KNAUR

BERND SCHWARZE

MEIN WILLE GESCHEHE

KRIMINALROMAN

Nach einer gemeinsamen Idee
und mit einem Nachwort von Sebastian Fitzek

Ähnlichkeiten mit realen Personen, Orten oder
Handlungen sind rein zufällig und nicht beabsichtigt.

Besuchen Sie uns im Internet:
www.knaur.de

Aus Verantwortung für die Umwelt hat sich die Verlagsgruppe
Droemer Knaur zu einer nachhaltigen Buchproduktion verpflichtet.
Der bewusste Umgang mit unseren Ressourcen, der Schutz unseres Klimas
und der Natur gehören zu unseren obersten Unternehmenszielen.
Gemeinsam mit unseren Partnern und Lieferanten setzen wir uns für eine
klimaneutrale Buchproduktion ein, die den Erwerb von Klimazertifikaten
zur Kompensation des CO_2-Ausstoßes einschließt.
Weitere Informationen finden Sie unter: www.klimaneutralerverlag.de

Originalausgabe Juli 2021
Knaur TB
© 2021 Knaur Verlag
Ein Imprint der Verlagsgruppe
Droemer Knaur GmbH & Co. KG, München
Alle Rechte vorbehalten. Das Werk darf – auch teilweise – nur mit
Genehmigung des Verlags wiedergegeben werden.
Ein Projekt der AVA International GmbH
Autoren- und Verlagsagentur
www.ava-international.de
Lektorat und Redaktion: Alexandra Löhr
Covergestaltung: ZERO Werbeagentur, München
Coverabbildung: Wuttichai jantarak / shutterstock
Satz: Adobe InDesign im Verlag
Druck und Bindung: CPI books GmbH, Leck
ISBN 978-3-426-52752-8

2 4 5 3 1

Geschieht ein Unglück in der Stadt,
ohne dass der HERR es verursacht?
(Amos 3,6)

Was der Mensch sät, das wird er ernten
(Galater 6,7)

Ein klägliches Wimmern drang aus dem Lautsprecher des kleinen Geräts. Das Scheusal lehnte ganz entspannt am Altar, grinste und hieß ihn näher kommen. Vorsichtig erhob er sich, machte ein paar Schritte. Er zitterte vor Angst.
Alles, was ihm nun vor Augen kam, ließ ihn taumeln. Der gutmütige Jesus auf dem Holzrelief im warmen Kerzenschein. Der silbrige Glanz des Kruzifixes mit dem steinernen Sockel. Die Altarbibel, beim Propheten Jeremia aufgeschlagen, und das Smartphone im Falz zwischen den Seiten. Das bläulich kalte Licht des Displays, dem er sich nicht entziehen konnte. Die Bilder des Grauens, die ihn nun erwarteten.
Eine Küche, weiße Möbel, weiße Fliesen. Ein High-Angle-Shot, eine Kameraperspektive von oben nach unten. Immer noch dieses herzzerreißende Wimmern. Dann ein wackliger Zoom auf eine Gestalt, die gekrümmt, ja geradezu eingerollt vor dem Herd am Boden lag. Blutspritzer auf den Bodenfliesen. Zögernd löste sich die Gestalt aus der Schutzhaltung und wandte ihr Gesicht der Kamera zu. Eine Frau mit dunkelblonden Haaren. Ihre Nase blutete, und das rechte Auge war zugeschwollen.
»Bitte!«, jammerte sie. Aus dem Off dröhnte ein keuchendes Husten, gefolgt von einem Würgen. Dann landete eine Ladung Speichel auf dem schmerzverzerrten Gesicht der geschundenen Frau. Ein gallertartiger Faden hing an der Braue des noch unverletzten Auges. Jetzt schrie sie, markerschütternd: »Hör auf, bitte!« Und eine auffällig ruhige, tiefe Männerstimme sprach: »Wenn du meinst, jetzt laut werden zu müssen, dann hat das hier alles keinen Sinn.«
Der kleine Bildschirm wurde schwarz; das silberne Kreuz reflektierte den Kerzenschein.
Binnen Sekunden durchströmte eine unkontrollierbare Energie

seinen Körper, zog vom Bauch her aufwärts in die Brust, weiter in die Schultern, und schoss wie ein Pfeil in seinen rechten Arm. Vor seinem geistigen Auge ratterten unzusammenhängende Begriffe vorbei, wie die Klappziffern auf seinem alten Radiowecker: Angst/Schmerz/Frau/Blut/Kreuz/Mutter/Tod/Laut/Wut. Er biss die Zähne aufeinander, dass es knirschte. Seine rechte Hand packte das schwere Kruzifix mit sicherem Griff. Ein Laut, einem Urschrei gleich, dröhnte aus seinem Mund. Dann schlug er zu.

SONNTAG JUDIKA,
22. MÄRZ

I
9.15 UHR

Ausgestorben. Das war das Wort, das Benedikt Theves in den Sinn kam, als er am Sonntagmorgen auf seinem roten Tourenrad in Richtung Petrikirche fuhr. Kein Mensch auf der Straße, kein Verkehr. An den Fenstern der Fachwerkhäuser in der Altstadt waren alle Vorhänge zugezogen. Dabei war es schon Viertel nach neun.

»Ausgestorben«, murmelte Benedikt vor sich hin, »Dinosaurier, Mammuts, Säbelzahntiger – und meine Stadt am Tag des Herrn.«

Als Pastor – im zehnten Dienstjahr an der Alsberger Petrikirche – hatte er sich das alles anders vorgestellt. Glanzvoller, oder wenigstens befriedigender. *Ein Traumberuf,* hatte sein Patenonkel Karl einmal gesagt. *Nur sonntags arbeiten, und die ganze Woche über frei.* Obwohl Onkel Karl schon viele Jahre tot war, erinnerte sich Benedikt noch gut an dessen feuchte Schnappatmung, mit der er jede seiner vermeintlich witzigen Bemerkungen beschloss.

Ein vertrautes Ruckeln setzte ein, als Benedikt in die Kirchstraße einbog. Historisches Kopfsteinpflaster, vom Stadtrat gegen alle Modernisierungsbemühungen verteidigt. *Durchgeschüttelt,* sann Benedikt, während die Schutzbleche schepperten und er den gestrigen Tag, den Abend und die halbe Nacht Revue passieren ließ.

Die Predigtvorbereitung war wieder einmal die Hölle gewesen. Verzweifelte Stunden hatte er vor dem leeren Bildschirm durchlitten. In der Abenddämmerung war er gerade am Schreibtisch eingenickt, als Silke die Tür zu seinem Arbeitszimmer geräuschvoll geöffnet und ihn in einem spöttischen Tonfall angesprochen hatte: *Na! Hat der Heilige Geist heute mal wieder Besseres zu tun?* Seinen leeren, um Entschuldigung bemühten Blick hatte sie mit einem Kopfschütteln kommentiert und war wieder davongeeilt.

Silkes kleine Provokationen waren inzwischen schon Standardsituationen. Was am Kränkungspotenzial aber nichts änderte. Gewiss hatte es mit ihr auch einmal gute Zeiten gegeben. Aber das war lange her. Dass er sich nachts manchmal vorstellte, eine andere Frau kennenzulernen und mit ihr den Zauber des Neuen zu erleben, mochte er sich tagsüber kaum eingestehen. War er das eigentliche Problem?

Nervös war er nach Silkes Auftritt auf und ab gegangen. Dann hatte er sich vor den Türpfosten gestellt und mit dem selbstzerstörerischen Wunsch geliebäugelt, seinen Schädel gegen das harte Holz zu schlagen. In der Vergangenheit hatte er das schon getan, weil er dazu neigte, sich für sein Versagen zu bestrafen. Schließlich hatte er doch mit dem Schreiben begonnen, lustlos allerdings und ohne einen halbwegs guten Gedanken, der vielleicht nicht seine Gemeinde, aber wenigstens ihn selbst überzeugen konnte. Nachts um zwei hatte der Laserdrucker dann fünf mühevoll beschriebene Seiten ausgespien, und eine Zopiclon hatte Benedikt zu ein paar unruhigen Stunden Schlaf verholfen.

Zittrig und unscharf nahm er nun die Werbeschilder der geschlossenen Geschäfte und die Plakate am ehemaligen Kino in der Kirchstraße wahr. Lag es nur am holperigen Straßenbelag, der seinem Fahrrad zu schaffen machte? Oder auch an seiner Gemütsverfassung? Sein Kopf schmerzte.

»Wir machen den Weg frei«, versprach das Plakat im Schaufenster einer Bankfiliale, deren gläserne Fassade die historisch anmutende Häuserzeile durchbrach, und verhieß günstige Kredite. Mächtig erhob sich der Turm der Petrikirche vor Benedikts Augen, auch wenn sich die graubraune Farbe der Sandsteinquader, aus denen man die Kirche vor fast achthundert Jahren erbaut hatte, kaum vom Nebelgries des Himmels abhob. Wie immer ging der große Zeiger der Uhr, die unterhalb des kupfergedeckten Turmhelms prangte, ein paar Minuten nach.

Je näher er dem stolzen Bauwerk kam, umso kleiner und unbedeutender fühlte er sich. Das halbherzige Lächeln von Magdalena

Kursow, seiner Superintendentin, erschien vor seinem geistigen Auge. Sie hatte ihm schon ein paarmal indirekt zu verstehen gegeben, dass eine so schöne zentrale Predigtstätte einen besseren Pastor verdient hätte. Superintendentin, was für ein passender Titel für eine Vorgesetzte! Benedikt musste an die britischen Krimis denken, die er manchmal vor dem Schlafengehen las. Da waren die Superintendents meist nervige Abteilungsleiter, die den tapferen Detectives das Leben schwer machten.

An der Einfahrt zum Kirchplatz, dessen Pflaster noch holpriger war als der Belag der Straße, stieg er ab und hielt nach einem freien Fahrradständer Ausschau. Die ersten Krokusse blühten auf dem Beet, das der Küster vor dem nüchtern-pragmatischen Nachkriegsbau angelegt hatte, der als Gemeindehaus und Pfarrbüro diente.

»Ja, hallo«, hörte er hinter sich die Stimme seines Vikars, Christian von Wagner, während er mit dem schweren Bügelschloss sein Rad sicherte. Anfangs war Benedikt stolz gewesen, dass man ihm die praktische Ausbildung eines Nachwuchstheologen anvertraut hatte. Doch dieser hoch aufgeschossene junge Mann mit den stahlblauen Augen, der dunkelblonden Tolle und der betont eleganten Kleidung hatte sich sehr bald als Besserwisser erwiesen, der seinem Mentor selten den angemessenen Respekt entgegenbrachte. Allein der kurze Gruß klang schon ein wenig selbstgefällig. Benedikt richtete sich auf und wandte sich mit Widerwillen seinem Auszubildenden zu.

»Guten Morgen«, erwiderte er tonlos. »Ich dachte, Sie hätten heute frei.«

Von Wagner schaute ihm nicht in die Augen, sondern ließ seinen Blick über den Kirchhof schweifen.

»Was heißt hier frei? Als Christ ist man doch immer in Bereitschaft. Und außerdem – wollte ich halt mal gucken.«

Was der Vikar *mal gucken* wollte, wurde Benedikt klar, als ein altersschwacher dunkelblauer Ford Ka mit knatterndem Auspuff in eine der Parkbuchten vor der Kirche fuhr. Ludmilla, die Kirchenmusikstudentin, die vor drei Monaten die Vertretung für die frei gewordene Organistenstelle übernommen hatte, erschien zum Dienst.

Bebenden Schrittes eilte von Wagner auf den schäbigen Kleinwagen zu. Kaum war die junge Frau mit grazilen Bewegungen ausgestiegen, da redete er auch schon aufgeregt auf sie ein. Dass er die Noten von brandneuen Lobpreisliedern aus den USA für sie ausgedruckt hätte. Und dass gegen Bach und Schütz nichts einzuwenden sei, man musikalisch aber doch mit der Zeit gehen müsste. Ludmilla sagte nichts, obwohl ihr Deutsch in den vergangenen Monaten schon erstaunlich gut geworden war. Sie lächelte nur, zuckte mit den schmalen Schultern und schüttelte immer wieder ihren weißblonden Lockenkopf. Kopfschütteln war auch so ziemlich alles, was Benedikt zu Christian von Wagner einfiel.

Als Benedikt die Mappe mit den Gottesdienstunterlagen vom Gepäckträger löste, bemerkte er, dass seine Finger schweißnasse Spuren auf dem Leder hinterließen. Auch nach gut neun Jahren Dienst in der Petrikirche überfiel sie ihn immer noch am Sonntagmorgen, die Angst. Es war nicht einfach Lampenfieber, wie es Schauspieler hatten, deren Aufregung sich zu Beginn der Aufführung meist schon minderte und beim Schlussapplaus vergessen war. Nein, Benedikt befürchtete stets bei seinen Auftritten, dass seine Gemeinde ihn irgendwann auslachen und aus der Kirche werfen würde. Die Angst vor dem Scheitern war kein Wahn. Sein Scheitern hatte längst begonnen.

Es muss etwas geschehen, dachte er, als er auf das große, mit einem Relief aus biblischen Gestalten überkrönte Hauptportal zuschritt. *Ein Wunder – oder wenigstens eine richtig gute Idee.* An Wunder aber konnte er seit seinen Studienjahren nicht mehr glauben. Und nach Ideen hatte er schon so lange vergeblich gesucht. Der Turm der Petrikirche reckte sich vor seinen Augen nach oben. Achtzig Meter, bis zum Wetterhahn an der Spitze – und doch immer noch unendlich weit vom märzgrauen Himmel entfernt.

2

10.20 UHR

»Gott, schaffe mir Recht, und führe meine Sache wider das unheilige Volk, und errette mich von den starken und bösen Leuten! Warum hast du mich verstoßen? Warum muss ich so traurig gehen, wenn mein Feind mich dränget?«

Benedikt war froh, dass ein Gottesdienst nicht allein aus einer Predigt bestand. Wenn er den Eingangspsalm vortrug, fühlte es sich so an, als wäre seine eigene Stimme in etwas Größerem geborgen. Und wie so oft sprachen ihm auch an diesem Sonntag die alten Gebetsworte aus der Seele. *Traurig, von den Feinden bedrängt, verstoßen.* Als die Orgel anhob, dachte er an Silke, die ihn für einen Verlierer hielt und die wohl davon träumte, an der Seite eines Bischofs in Hamburg oder Berlin zur feinen Gesellschaft zu gehören, an ihre schmal gezupften dunklen Brauen, die sie stets genervt zusammenzog, wenn er über seine Misserfolge klagte. Er dachte an Magdalena Kursow, die ihn schon zweimal darauf aufmerksam gemacht hatte, dass auf den Ostfriesischen Inseln demnächst Pfarrstellen frei würden. Und an seinen unsäglichen Vikar, der ihn nur allzu gern in Alsberg beerben würde. *Und führe meine Sache wider das unheilige Volk.*

Ludmilla saß am Spieltisch der kleinen Truhenorgel vor den Altarstufen und blickte freundlich zu Benedikt herüber. Sie hatte ihm mit ihrem unvergleichlichen Akzent einmal gesagt, dass sie seine Predigten schätze, nur würde sie sie leider nicht richtig verstehen. Das Präludium zu *O Mensch, bewein dein Sünde groß* hallte im prächtigen gotischen Gewölbe noch nach, dann fing die Gemeinde an zu singen. Kläglich hörte es sich an und dünn. Von seinem Sitzplatz im Chorgestühl ließ Benedikt seinen Blick über die Kirchenbänke schweifen. Kaum mehr als dreißig Besucher waren an diesem Morgen erschienen, saßen im Raum verteilt entweder allein oder in kleinen Grüppchen. Er hatte sich oft anhören müssen, wie voll die Kirche früher gewesen war. Zur Verabschiedung seines Vorgängers waren angeblich noch vierhundert Leute gekommen.

Die üblichen Getreuen hatten in der ersten und zweiten Reihe Platz genommen: vier Mitglieder des Kirchenvorstands, zwei Witwen aus dem Seniorenheim gleich gegenüber der Kirche, die Leiterin des Handarbeitskreises und natürlich von Wagner. Und dann fiel ihm der feiste Klaus Hambrück mit seiner grobschlächtigen Visage ins Auge. Besitzer von sieben Tankstellen in Alsberg und Umgebung und einer schicken Neureichenvilla am See. Ein Zyniker aus Leidenschaft. Getroffen hatte er ihn bisher nur ein paarmal beim städtischen Wirtschaftsrat und bei einigen öffentlichen Anlässen. Jetzt war er auf einmal in der Kirche. Warum nur? Was suchte ausgerechnet dieser Mann in einem Gottesdienst? Seine hübsche Frau begleitete ihn heute allerdings nicht. *Schade*, dachte Benedikt. Wenn es besonders schlecht mit Silke lief, träumte er hin und wieder davon, mit dieser Schönheit, deren Vornamen er nicht einmal kannte, durchzubrennen. Tagträume sollten doch erlaubt sein.

Schräg hinter Hambrück hatte sich Ehepaar Stern mit seiner zwölfjährigen Tochter platziert, deren weißer Parka sich von der gedeckten Kleidung ihrer Eltern deutlich abhob. Jemand hatte ihm erzählt, Clara würde nicht sprechen. Er selbst hatte sie auch noch nie ein Wort sagen gehört. Immerhin bewegte sie jetzt die Lippen, als sie das Lied im Gesangbuch verfolgte. *O Menschenkind, betracht das recht, wie Gottes Zorn die Sünde schlägt, tu dich davor bewahren.* Ein schönes Passionslied, wenn auch ein bisschen altertümlich. Was sollte ein so zartes Kind schon von der Sünde wissen?

Benedikt erhob sich, bemühte sich um Haltung in seinem an den Rändern schon etwas abgewetzten preußischen Talar, rückte das weiße Beffchen zurecht und stieg die acht sandsteinernen Stufen zur Kanzel hinauf. Seit etwa einem halben Jahr musste er sich dabei fest an den schmiedeeisernen Handlauf klammern, denn es wurde ihm immer schwindlig auf dem Weg zum Ort der Wahrheit.

»Gnade sei mit euch«, hob er an, als er oben unter dem mit Malereien verzierten Baldachin angekommen war, »und Friede von Gott, unserem Vater, und dem Herrn Jesus Christus.«

Wie immer klebte er, selbst bei diesen altvertrauten Formeln, mit gesenktem Kopf an seinem Manuskript und hatte Mühe, wenigstens gelegentlich den Blickkontakt zu seinen Zuhörern aufzunehmen. »Liebe Gemeinde, es ist ein außerordentlich schwieriger Text, der uns an diesem Sonntag zur Auslegung aufgetragen ist.« Kaum hatte er dies ausgesprochen, musste er an den Rhetoriktrainer aus dem Vikariatskurs denken, der einen solchen Predigtanfang in der Luft zerrissen hätte. *Das ist kein Einstieg, das ist eine Krankmeldung,* hätte der gestrenge ältere Herr gesagt. *So etwas will keiner hören!* Ein zaghafter Blick in die Reihen verriet Benedikt, dass tatsächlich niemand an seinen Lippen hing. Manche studierten die Fresken an den gotischen Pfeilern, andere blätterten im Gesangbuch. Die beiden Witwen tuschelten sogar miteinander. Hoffentlich hatte nicht eine von den beiden seine kleine Verlegenheitslüge bemerkt. Heute wäre eigentlich ein Text aus dem Markusevangelium an der Reihe gewesen, aber dazu war ihm überhaupt nichts eingefallen. Darum hatte er sich mit schlechtem Gewissen nach zweistündiger Quälerei für den alttestamentlichen Text zum Sonntag Judika entschieden. Viel gewonnen hatte er damit allerdings nicht. Unsicher fuhr er nun fort: »Gott ist gnädig. Darauf können wir uns immer verlassen.«

Mit vielen Ausschweifungen erzählte er dann die biblische Geschichte von Abraham und Isaak, in der Gott den treuen Diener Abraham auffordert, seinen geliebten Sohn zu schlachten und als Brandopfer darzubringen. Eine Geschichte, die haarscharf an der Katastrophe vorbeischrammt. Denn der biblische Urvater hatte schon das Messer gezückt, um seinen Sohn zu töten. Da erst ließ Gott von seinem Vorhaben ab und wies auf einen Widder, der sich mit dem Gehörn in einem Gestrüpp verfangen hatte und der nun als Opfertier genügen sollte.

»Warum?«, fragte er und bemühte sich um eine kleine Kunstpause. »Warum bringt Gott seinen Knecht so in Bedrängnis?«

Lange hatte sich Benedikt bei seinen Predigtvorbereitungen mit den Aussagen dieser Erzählung abgemüht. Und es war ihm der Verdacht gekommen, dass dieser Gott möglicherweise nicht barmherzig und gnädig, sondern bösartig oder zumindest ignorant war. Was für eine Zumutung war es doch für den frommen Abraham, dass er seinen einzigen Sohn dahingeben sollte! Die Rettung im allerletzten Augenblick: War das wirklich ein Zeichen der Gnade, oder spielte hier die biblische Erzählung perfide und geschickt mit der Einsicht, dass himmlische Mächte stets mit Willkür agieren? Schlimmer noch: War Gottes Befehl eine Anstiftung zum Mord? Benedikt hatte überlegt, ob er solche Fragen offen vor der Gemeinde ansprechen sollte. Aber am Ende hatte er sich dann doch nicht getraut und es bei einem mittelmäßigen Sermon über die Glaubenstreue bewenden lassen. Dennoch blieb das ungute Gefühl in seiner Seele haften. Irgendetwas stimmte nicht mit diesem angeblich so gnädigen und barmherzigen himmlischen Vater.

»Gott prüft uns manchmal«, beschloss er seine Predigt mit kraftloser Stimme, »aber er hilft uns auch. Er ist barmherzig und hat uns lieb. Amen.«

»Amen«, echote es leise aus einer der hinteren Reihen. Eine einsame Frauenstimme, die wohl aus Gewohnheit antwortete, denn die Zustimmung klang nicht gerade emphatisch.

Als er wieder aufsah und die müden Gesichter in den Bänken bemerkte, hätte er gern sofort die Flucht ergriffen. *Die Gottesdienstbesucher haben doch recht,* dachte er selbstquälerisch, *wenn sie sich bei meinen Predigten langweilen und wenn sie mir beim Händedruck zum Abschied meist so ein mitleidig mildes Lächeln schenken.* Aber er musste noch bleiben und sein mäßiges Werk zu Ende bringen. Das Fürbittengebet, für dessen Formulierung es glücklicherweise brauchbare Vorlagen gab, das Vaterunser und den Segen. Und dann stand ihm noch der Spießrutenlauf bevor: eine zähe halbstündige Geselligkeit, die sie *Kirchkaffee* nannten und die der Gemeinde aus unerfindlichen Gründen heilig war.

3
10.40 UHR

Das Glockengeläut hatte Antonius Kluge geweckt. Er streckte seine schweren Glieder und lauschte. Da um Mitternacht noch *Manhattan* von Woody Allen im Fernsehen gelaufen war, hatte er sich erst spät zur Ruhe begeben. Er mochte den Klang des Geläuts der Petrikirche, das bei Ostwind laut und klar zu vernehmen war, auch wenn sein Hausboot eine gute Viertelstunde Fußweg entfernt lag. Als Einladung zum Gottesdienstbesuch empfand der Altbischof diese Sonntagmorgenmusik allerdings längst nicht mehr.

Zwei Jahre vor seiner Pensionierung war seine Frau, die ihn stets unterstützt und liebevoll umsorgt hatte, nach einem Schlaganfall gestorben. Und wenig später hatte man bei ihm Lungenkrebs diagnostiziert. Ein komplizierter Eingriff und eine quälende Chemotherapie hatten ihn fast das Leben gekostet. Und während dieser Zeit der Trauer und der Krankheit war ihm irgendwie der Glaube abhandengekommen. Alle hatten eingesehen, dass er sich, geschwächt, wie er war, schon ein paar Monate vor dem eigentlichen Termin in den Ruhestand verabschiedete. Aber dass er sich nie wieder öffentlich äußern und keine Kanzel mehr betreten wollte, hatte doch viele irritiert. Selbst Benedikt Theves, sein Schützling, konnte ihn nicht überreden, noch einmal zu predigen. Nicht einmal zum Heiligen Abend.

Kaum merklich schwankte das Boot auf dem Flüsschen Merve, das er sich nach seiner Genesung als Heimstatt ausersehen hatte. Mit einem Becher Kaffee in der Hand und seiner dick umrandeten Lesebrille auf der Nase schlenderte er in seinem weinroten Morgenmantel auf und ab vor den Bücherregalen, die an fast allen Wänden seines Hausbootes festgeschraubt waren. Er musterte das farbenfrohe Mosaik aus Buchrücken, griff mal nach diesem, mal nach jenem Band, um Texte zu finden, die ihm zu seiner sehr persönlichen Art der Morgenandacht gereichen konnten.

Schopenhauer? Nein, der passte gerade nicht zur Stimmung. Dawkins' *Gotteswahn*? Das Buch hatte er vor ein paar Wochen mit einigem spöttischen Vergnügen gelesen, auch wenn er manche Übertreibungen und argumentative Engführungen des kämpferischen Atheisten nicht so überzeugend fand. Selbst die Freud-Gesamtausgabe vermochte den emeritierten Geistlichen an diesem Sonntagmorgen nicht zu locken. Theologische Bücher kamen schon gar nicht infrage und waren auch gerade nicht greifbar. Denn die Dogmatiken, die Luther-Ausgabe sowie die wissenschaftlichen Bibelkommentare lagerten immer noch in Umzugskartons im Unterdeck und würden wohl auch dort bleiben. Und alle erbaulichen Glaubensschriften hatte er vor seinem Umzug einer wohltätigen Einrichtung vermacht.

Kluge stöberte weiter. Ein blassblauer Einband erregte seine Aufmerksamkeit. *Über Wahrheit und Lüge im außermoralischen Sinne* war der Titel, in einer archaisch anmutenden Schrift in den Buchrücken graviert. Friedrich Nietzsche, wieder einmal. Er lächelte das Büchlein an, als begrüße er einen alten Freund. Dann machte er es sich gemütlich auf dem langen, der Form des Bootsrumpfes entsprechend gebogenen Ledersofa. Er blätterte die schon recht vergilbten Seiten hin und her, bis er an einem Satz hängen blieb, den er bei einer früheren Lektüre mit Bleistift unterstrichen hatte.

Wahrheiten sind Illusionen, von denen man vergessen hat, dass sie welche sind, Metaphern, die abgenutzt und sinnlich kraftlos geworden sind, Münzen, die ihr Bild verloren haben und nun als Metall, nicht mehr als Münzen in Betracht kommen.

Antonius Kluge dachte nach. Zwar hatte er nie geglaubt, im Besitz der Wahrheit zu sein, und doch war es ihm über dreißig Berufsjahre lang so vorgekommen, als hätte er sich zumindest auf sie zubewegt. Unermüdlich hatte er sie verkündigt und verteidigt, die Botschaft vom barmherzigen Gott, dessen Sohn in die Welt gekommen war, um Liebe, Heilung und Frieden zu bringen. Er hatte dafür gestritten in Fernseh-Talkshows und auf Podiumsdiskussionen, war pausenlos herumgereist zu Kirchweihfesten und Synoden, zu Gedenkveranstaltungen und Strategiekongressen und hatte seine eigenen Bedürfnisse und auch manche Zweifel an seinem Tun stets hintangestellt. Heute kam ihm sein einst so ruhmreiches Bischofsamt wie Falschmünzerei vor. Ob Nietzsche nicht recht hatte, wenn er behauptete, die Wahrheit sei nichts anderes als eine Konvention, ein Gerüst, aus Lügen erbaut, an dessen vermeintliche Glaubwürdigkeit man sich einfach nur gewöhnt hat?

Aus der Ferne hörte er den Schall einer einzigen Glocke. Jetzt war man in der Petrikirche also beim Vaterunser angekommen. Der letzte der sieben Schläge der Betglocke klang merkwürdig scheppernd und schrill. Der siebente Schlag, das Zeichen für die siebente Bitte: *Erlöse uns von dem Bösen.*

Wie es Benedikt wohl ergehen mochte, seinem jungen Freund, wie er ihn oft nannte? Kluge hatte ihn als Pfarramtskandidaten bei einer Ordinationsrüstzeit kennengelernt. Der junge Absolvent mit den weichen Gesichtszügen hatte ihm damals leidgetan, weil er so ungelenk und übervorsichtig gewesen war, so verdreht und verkrümmt in seinem Wesen, ein *homo incurvatus in se,* wie Luther das nannte. Aber er war auch fasziniert gewesen vom verzweifelten, oft quälerischen Ringen des jungen Mannes um die Einsichten des Glaubens. Zweifel waren angemeldet worden von der Personaldezernentin des Kirchenamts, ob Bruder Theves aufgrund seines zaghaften Wesens für das Pfarramt wirklich geeignet wäre. Doch diese Zweifel hatte Kluge mit einem wohlwollenden Gutachten ausräumen können. So war ihm Benedikt zunächst ein Schützling und dann ein enger Vertrauter geworden. Zwar redeten sie, wenn sie sich trafen, fast ausschließlich über Benedikts Sorgen und Nöte, aber der Altbischof gefiel sich in seiner Rolle als Mentor, auch wenn er längst nicht mehr daran glaubte, ein geistliches Vorbild zu sein.

Kluge tastete nach seinem linken Auge. Ein kleiner Tic am oberen Lid meldete sich wieder einmal. Meistens war das ein Zeichen, dass irgendetwas nicht stimmte. Als damals das Telefon geklingelt und sein Internist ihn mit neutraler Stimme gebeten hatte, wegen der Laborwerte noch einmal vorbeizukommen, war da auch dieses unwillkürliche Zucken gewesen. Lag denn jetzt irgendetwas im Argen? Nietzsche ging ihm noch einmal durch den Kopf. Und das blecherne Geräusch der Vaterunser-Glocke. War vielleicht etwas mit Benedikt? Er würde ihn bald einmal auf ein Glas Wein einladen.

4
10.45 UHR

Schwer war es nicht, das Dienstgewand der lutherischen Pastoren. Dennoch hatte Benedikt Mühe, seinen Talar über den ausladenden Holzbügel zu ziehen und in den großen Eichenschrank zu wuchten, in dem auch die Superintendentin und der Vikar ihre Gewänder aufbewahrten. Wie erschöpft er sich doch fühlte! Als hätte er acht Stunden harter körperlicher Arbeit hinter sich.

Die Sakristei, der stille Raum, den er vor und nach den Gottesdiensten jeweils für ein paar Minuten ganz für sich allein hatte. Er mochte diesen Ort mit seiner nüchternen Einrichtung: ein großer Tisch und zwei bestimmt hundert Jahre alte Stühle, ein kleiner Wandaltar, ein versilbertes Kreuz mit einem steinernen Fuß und zwei verschnörkelte silberne Kerzenleuchter auf einem zierlichen Tischchen davor. Vor dem Kreuz lag eine Bibel in alter Schrift, auf der Seite des Evangeliums für den Sonntag Judika aufgeblättert. Gemalte Porträts von Geistlichen, die vor langer Zeit ihren Dienst an der Petrikirche versehen hatten, hingen an den Wänden. Benedikt hatte ihre Namen und Lebensgeschichten vor Jahren nachgeschlagen, aber längst wieder vergessen. Ob jene auch einmal an ihren pastoralen Pflichten und an sich selbst verzweifelt waren?

Gern hätte er sich an diesem ruhigen Ort noch eine Weile verkrochen, doch er musste sich stellen. *Mich stellen*, dachte er, als gälte es, sich für ein Verbrechen zu verantworten. Benedikt verließ die Sakristei mit einem tiefen Seufzer. Als er an der modernen Petrusskulptur vorbeiging, die seit einigen Jahren der Stolz der Kulturbeflissenen in der Gemeinde war, fiel ihm ein, dass auch dieser biblische Gefolgsmann Jesu die Spannung zwischen Bekenntnis und Verleugnung hatte aushalten müssen. Er erreichte das südliche Seitenschiff, wo der Küster einige Stehtische für den Kirchkaffee aufgestellt hatte. Nur ein schaler Duft des von ihm sonst so geschätzten Heißgetränks wehte ihm entgegen. Der Kaffee musste aufgrund eines Synodenbeschlusses aus fairem Anbau sein, und weil die Bohnen ziemlich teuer waren, sparten sie am Pulver und gaben reichlich Wasser hinzu. Die dänischen Butterkekse, die auf kleinen Tellern angerichtet waren, wanderten meist unangetastet wieder in die Blechdose zurück.

Nur an drei Tischen standen kleine Gruppen zusammen. Die anderen Gottesdienstbesucher waren offenbar nach dem Segen nach Hause gegangen.

»War doch gar nicht mal so schlecht«, sagte jemand, dessen geübte Stimme sich über das allgemeine Gemurmel legte. Es war Schmiedemann, Anwalt für Familienrecht und Vorsitzender des Kirchenvorstands. In seinem schlichten, aber sicher nicht billigen grauen Anzug stand er mit einem älteren Ehepaar, das Benedikt nur vom Sehen kannte, und dem unsäglichen Klaus Hambrück zusammen. Mit *gar nicht mal so schlecht* hatte Schmiedemann wohl seine Predigt gemeint. Jedenfalls wirkte er peinlich berührt, als er Benedikt bemerkte.

»Ach, Herr Pastor Theves!«, rief er nun und winkte Benedikt an seinen Tisch heran. »Wir sprachen gerade von Ihnen. Äh, vielen Dank für diesen Gottesdienst.«

Es erfolgte das in kirchlichen Kreisen unvermeidliche Händeschütteln.

Benedikt wusste, dass der Vorsitzende es eigentlich immer gut mit ihm meinte. Gleichwohl war er gekränkt, dass sich Schmiedemann in seinen Äußerungen gegenüber anderen offenbar nicht als uneingeschränkt loyal erwies.

Hambrück grinste und nahm in einer ziemlich unmusikalischen Udo-Jürgens-Imitation den Faden wieder auf. »Vielen Dank für die Blu-men«, sang er, blickte Beifall heischend in die Runde, als hätte er gerade den besten Witz aller Zeiten gerissen.

Seine Stimme klang grob und kehlig, wie nach einer Flasche Wodka und fünfzig Zigaretten, und er roch auch danach.

Dann legte er nach: »Also, wenn Sie mich fragen, ich fand's nicht so prickelnd.«

Benedikt war kurz davor, seinem eingeübten Drang, sich zu rechtfertigen, nachzugeben. Fast hätte er mit seiner Entschuldigungslitanei begonnen: die harte Arbeitswoche, die anstrengende Sitzung des Bauausschusses am Freitag, der viel zu anspruchsvolle Bibeltext ... Da spürte er einen Luftzug hinter sich. Es war nur ein zarter Hauch. Benedikt wandte sich um. Vor ihm stand Clara Stern in ihrem weißen Parka; die langen schwarzen Haare umrahmten ihr blasses, geheimnisvolles Mädchengesicht. Wortlos, wie immer, schaute sie Benedikt direkt an und wandte ihren Blick nicht ab, als sie ein DIN-A4-Blatt entfaltete.

Auch an den anderen Tischen wurde es still. Alle Augen waren auf das Mädchen gerichtet.

Kalligrafisch und elegant mutete an, was nun zum Vorschein kam, offenbar mit einem feinen Pinsel in anthrazitfarbener Tinte mit allerlei Verzierungen auf das Papier gebracht. Doch es war kein Gemälde. Es war ein einziger Satz, der da zu lesen war: Ich möchte beichten.

5
11.05 UHR

»Beichten!«, platzte es aus Hambrück heraus, »beichten will die Kleine.«

Sein massiger Körper wogte. Er lachte dreckig, trat an Benedikt vorbei einen Schritt auf Clara zu und wischte mit seinem dicken Zeigefinger über das Blatt Papier, das sie immer noch aufgefaltet in den Händen hielt. So als wollte er durchstreichen, was da zu lesen war.

»So einen Quatsch gibt's bei uns gar nicht.«

»Doch!«, entfuhr es Benedikt leise, aber erstaunlich selbstbewusst.

Bevor Hambrück wieder lospoltern konnte, hob Schmiedemann beschwichtigend die Hände. Schon oft hatte der Kirchenvorstandsvorsitzende diplomatisch einspringen müssen, wenn Streitigkeiten in der Gemeinde zu eskalieren drohten. Aber auch ihm war offenbar nicht wohl bei der Sache.

»Nun mal ruhig«, sagte er, »aber, Herr Pastor Theves, eine Beichte in der evangelischen Kirche, die haben wir ja wohl wirklich nicht.«

Benedikt nahm allen Mut zusammen und versuchte, Hambrücks Grinsen zu ignorieren. »Die Beichte gab es immer und gibt es immer noch.«

»Aber Luther hat doch ...«, begann Schmiedemann einzuwenden.

»Nein. Martin Luther hat die Beichte geschätzt und nicht abgeschafft. Er hatte sogar einen Beichtvater, den alten Johann von Staupitz, dem er alle seine seelischen und geistlichen Nöte anvertraute und dessen Beistand von unschätzbarem Wert für seinen Werdegang als Theologe war. Die lutherische Kirche hat jedenfalls in den Bekenntnisschriften die Buße dann als drittes Sakrament neben der Taufe und dem Abendmahl anerkannt. Den Zwang zur Beichte und die auferlegten Bußübungen hat Luther abgelehnt, aber nicht die Beichte selbst.«

»Finsteres Mittelalter«, schimpfte Hambrück.

»Im Gegenteil«, gab Benedikt zurück, »hochaktuell.«

Jetzt hob sogar Vikar von Wagner, der am Nebentisch stand und Ludmilla gerade etwas zugeflüstert hatte, den Kopf. Aber er traute sich wohl nicht, sich einzumischen, denn wenn es um tiefsinnigere theologische Debatten ging, hatte er nicht viel anzubieten.

»Sünde, Schuld und Scham sind nach wie vor Themen«, fuhr Benedikt fort, »und zwar für jeden von uns. Für mich und für Sie alle. Was tragen wir nicht alles mit uns herum? Wir lassen uns verführen von Dingen, von Menschen, von Süchten. Wir verfehlen unser Leben, unsere Bestimmung. Aber tief in uns flüstert die Stimme des Gewissens: Bekenne! Beichte! Kehre um!«

Die Umstehenden starrten ihn an. Für einen Moment traute sich niemand, etwas zu sagen. Dann wagte sich eine ältere, gebückte Frau hervor, die zum Urgestein der Gemeinde gehörte:

»Also, hier in Alsberg hat es so etwas noch nie gegeben.«

»Dann wird es höchste Zeit, damit anzufangen.« Benedikt neigte den Kopf und sammelte sich einen Augenblick, dann richtete er sich auf und verkündete: »Mit sofortiger Wirkung führe ich in unserer Petri-Gemeinde die Beichte ein. Sonntags nach dem Gottesdienst und jederzeit nach telefonischer Vereinbarung. Und wir fangen gleich damit an.«

Freundlich wandte er sich dem Mädchen zu. »Clara?«

Clara faltete ihr Papier zusammen und schaute ihn erwartungsvoll an. Benedikt hielt nach den Eltern des Mädchens Ausschau, um sich zu vergewissern, ob sie einverstanden waren. Sie standen am Rande der kleinen Versammlung, beide mit leicht gesenktem Kopf, als ob ihnen die Sache peinlich war. Der Vater zuckte mit den Schultern, die Mutter aber nickte.

»Komm«, sagte Benedikt dann, wandte sich um, und Clara folgte ihm. Kaum waren sie ein paar Schritte gegangen, setzte ein Gemurmel ein, dem er ein paar Fetzen entnehmen konnte wie »…katholisch werden«.

»Fünf Ave Maria und zehn Lieber guter Weihnachts…«, rief ihm Hambrück hinterher, bevor ihm ein Hustenanfall die Pointe vermasselte.

6

11.35 UHR

Trübes, mattes Licht verlor sich in den hohen Bleiglasfenstern des ehrwürdigen Raumes. Kerzen brannten, zwei vor dem kleinen Altar und eine auf dem großen Tisch. Kühl war es in der Sakristei. Clara hatte ihren weißen Parka anbehalten und ihre Hände in die gefütterten Seitentaschen gesteckt. Sie starrte in den flackernden Kerzenschein in der Mitte des schweren Eichentischs und schwieg.

Benedikt hatte auch nichts anderes erwartet. Einen Zettel und einen Bleistift hatte er ihr hingelegt, weil er davon ausging, dass sie wahrscheinlich nicht sprechen, aber ihre Seelenpein vielleicht aufschreiben wollte. Doch sie nahm keine Notiz von den Schreibutensilien.

Er saß ruhig auf seinem Stuhl, dem Mädchen gegenüber. Das Schweigen auszuhalten, war das große Geheimnis der Seelsorge. Er wusste das aus vielen früheren Begegnungen mit leidgeplagten Menschen. In den vergangenen Jahren waren es allerdings immer weniger geworden, die sich ihm anvertrauen wollten. Kein Wunder, fühlte er sich doch selbst so zerrissen und hilfsbedürftig. Sensible Gemüter spürten so etwas offenbar.

Ein wenig Genugtuung empfand er, dass dieses zarte Kind bei ihm saß, dessen blasses Gesicht sich im Kerzenschein von den schwarzen Haaren leuchtend abhob. Dass er sich diesmal von den Spöttern nicht hatte einschüchtern lassen, tat gut.

Clara gab ein leises Seufzen von sich.

Benedikt merkte auf, doch dann war sie wieder still. Ein wenig Kerzenwachs war auf den Leuchter hinabgetropft, und das Mädchen schob seine rechte Hand hervor und betastete die weißliche Masse und knetete sie mit Daumen und Zeigefinger. Clara schien keinen Schmerz zu empfinden, obwohl das Wachs noch ziemlich heiß sein musste. Benedikt war es wichtig, dass zur Beichte Kerzen brannten, denn in einem Kirchenraum entzündet waren sie ein Zeichen für ein gottesdienstliches Geschehen. Und darum hatte er auch, bevor sie auf den Stühlen Platz genommen hatten, am kleinen Altar ein kurzes Gebet gesprochen.

Eine Beichte war etwas ganz Besonderes. Ein normales seelsorgerliches Gespräch konnte einfach in seinem Dienstzimmer im Gemeindehaus stattfinden. Das wäre dann auch vertraulich, aber der heilige Ernst einer Beichte verlangte einem Geistlichen mehr ab. Unverbrüchlich, absolut verbindlich, sei das Beichtgeheimnis, hatte Benedikt einst gelernt. Der pastorale Zuspruch der Befreiung von der Schuld wurde auch in der evangelischen Kirche beinahe so hochgeschätzt wie die Zueignung des Glaubens in der Taufe und die Vereinigung mit Gott im Abendmahl.

Wieder seufzte Clara. Dann schürzte sie kurz die schmalen Lippen und entspannte sie wieder. Und noch einmal. Zuerst war es nur wie ein Ausatmen, dann formte sich allmählich ein Ton zu einem langen »Oh«.

Benedikt bemühte sich, äußerlich ruhig zu bleiben, obwohl sich sein Puls merklich beschleunigte.

»So …«, hörte er Clara nun sagen, mit einer überraschend tiefen Stimme. »So weh.«

Benedikt atmete einmal tief durch, um nicht unbedacht zu reagieren, dann fragte er ganz vorsichtig und sanft: »Was tut dir denn so weh?«

»Ich habe Angst«, stöhnte das Mädchen, und seine Stimme brach.

»Ist gut«, beschwichtigte Benedikt Clara, »ist ja gut.«

Tränen strömten über das blasse Mädchengesicht.

»Nein. Alles … meine Schuld. Es tut so weh.«

Ein schlimmer Verdacht schoss Benedikt in den Sinn. Ein Kind klagte über Angst und Schmerzen und glaubte, selbst daran schuld zu sein. Er beugte sich nach vorn, stützte seine Arme auf die Tischkante und fragte, nun spürbar beunruhigt: »Clara, hat dir jemand etwas angetan?«

Clara nickte schwach, dann aber schüttelte sie umso heftiger den Kopf, griff in ihre Manteltasche, zog ein Taschentuch hervor und schnäuzte sich.

»Clara?«

Keine Antwort. Sie beugte sich vor, und ihre langen schwarzen Haare schlossen sich vor ihrem Gesicht wie ein Vorhang.

Sie schwiegen eine Weile, und Benedikt merkte, dass es keinen Sinn ergab, jetzt noch mehr zu erwarten.

»Das hat dich sicher sehr viel Kraft gekostet, Clara«, sagte Benedikt einfühlsam. »Möchtest du, dass ich zum Abschluss ein Gebet spreche?«

Er erschrak, als das Mädchen auf einmal aufsprang, zum Ausgang lief und die Tür aufriss. Hatte er einen Fehler gemacht? Da hielt Clara plötzlich inne, wandte sich langsam um, kam auf ihn zu mit ernstem Blick und legte für einen Moment ihre warme kleine Hand in seine.

7

12.10 UHR

»Asslieh, dreimal Deputat, aber zack, zack!«

Den kleinen Abstecher zu seiner Tankstelle im Gewerbegebiet am östlichen Stadtrand ließ sich Hambrück nach diesem Kirchenerlebnis nicht entgehen. Dass Aslı gerade noch mit einem Kunden beschäftigt war, dessen Bankkarte das Lesegerät an der Kasse nicht akzeptierte, kümmerte ihn nicht weiter. Ebenso wenig interessierte es ihn, dass die Abiturientin, die immer am Wochenende etwas zum Familieneinkommen beisteuerte, ihm einmal gesagt hatte, wie man ihren Namen richtig ausspricht. Allein, dass sie für wenig Geld arbeitete, war für ihn von Belang. Der Kunde hatte inzwischen in bar bezahlt und verließ den Kassenraum.

»Asslieh, mach schon!«

Immerhin spurte sie jetzt und hatte wohl allmählich auch begriffen, was Deputat bedeutete. Doppelkorn in kleinen Flaschen. Beherzt griff sie ins Spirituosenregal und gab ihm, was er gefordert hatte. Hambrück ließ den ersten Schraubverschluss knacken und fragte: »Na, auch 'n Schluck?«

Die junge Frau schüttelte sich.

»Ach komm, ein kleiner Absacker. Als du vorhin allein warst, hast du doch bestimmt wieder Bockwürste gefuttert.«

Aslı schüttelte heftig den Kopf, errötete aber. Hatte er sie etwa ertappt?

»Wusst ich's doch«, sagte Hambrück, »wenn keiner guckt und wenn's umsonst ist, schmeckt es euch, das Schweinefleisch. Ihr Moslems seid mir schon komische Heilige.«

Aslı schien mit sich zu ringen, ob sie widersprechen sollte, wandte sich dann aber wortlos ab. Eine Kundin war hereingekommen und wollte eine Chipkarte für eine Autowäsche kaufen. Hambrück musterte Aslıs Gestalt, während sie die ältere Frau bediente. Appetitliche Kurven zeichneten sich unter dem azurblauen Polohemd ab, aber alles war ein bisschen zu rund für seinen Geschmack. Und diese dunklen Haare, von denen sich sogar ein kleiner bartartiger Schatten auf den Wangen zeigte. Nein, da hatte er heute schon Besseres gesehen. Und zwar ausgerechnet in der Kirche!

Hambrück nahm einen großen Schluck, knallte die leere Flasche auf den Verkaufstresen und öffnete die zweite. Dann ging er ein paar Schritte zur Fensterfront neben dem Zeitschriftenregal, von dort konnte er das gesamte Tankstellengelände überblicken. Er erinnerte sich noch gut an die Begegnung am vergangenen Dienstag.

Bei einem Betriebsrundgang hatte er zuerst den Werkstattleiter wegen einiger herumliegender Schraubenschlüssel zusammengestaucht und dann im Shop die Kassenstände überprüft. Schließlich war er einmal den Hof abgegangen, um zu kontrollieren, ob seine Mitarbeiter überall den Müll aufgesammelt hatten. Das mussten sie jedes Mal nach Schichtende tun. Hambrück nannte dies die »soziale Überstunde«, denn den zeitlichen Mehraufwand bezahlte er selbstverständlich nicht. Auf einem Stellplatz am Rande des Geländes hatte er dann eine leere Coladose gefunden. Wutschnaubend hatte er sich überlegt, wen er für diese Schlamperei zur Rechenschaft ziehen konnte. Da war ihm ein dunkelblauer Ford Ka aufgefallen, der mit einem gurgelnden Motorgeräusch, das dann verstummte, am Straßenrand zum Stehen gekommen war. Keine zehn Meter vor der Zufahrt zur Tankstelle. Hambrück hatte laut losgelacht, als dann die Warnblinker aufleuchteten. Kein Wunder, wenn man solch eine Dreckskarre fuhr. Bestimmt saß eine Frau am Steuer.

In der Tat war dann eine Frau ausgestiegen, die sich anschickte, den rostigen Kleinwagen wieder in Bewegung zu bringen. Und was für eine Frau! Hellblonde Locken, die bei jeder Bewegung des schlanken Körpers bebten, und soweit er es auf diese Entfernung beurteilen konnte, ein bildhübsches Gesicht mit hohen Wangenknochen. Mit geöffneter Tür und einer Hand am Lenkrad hatte diese Wahnsinnsbraut versucht, den Wagen vorwärts zu schieben, was ihr natürlich nicht gelang. Normalerweise wäre Hambrück stehen geblieben und hätte mit den Händen in den Hosentaschen und hämischen Grimassen das hilflose Treiben verfolgt. Dann aber hatte er seine Chance gewittert und auf Charmeur und Beschützer umgeschaltet.

Wieder knackte ein Schraubverschluss. Noch immer schaute Hambrück versonnen aus dem Fenster und setzte das dritte Kornfläschchen an. Ein Prosit auf seine Heldentat und seine Geschicklichkeit als Verführer. Er glaubte, sich noch an jedes Wort und jede Geste aus der Begegnung mit Ludmilla zu erinnern.

»Na, schöne Frau. Probleme?«, fragte er sie und streichelte mit gespielter Sanftheit das Dach des alten Autos.

»Ach, Tank ist leer. Ich gedacht, ich schaffe noch.«

Normalerweise stand er nicht auf ausländisch klingende Akzente, aber wie diese blonde Schönheit nun die Worte dehnte und osteuropäisch anmutende Laute erklingen ließ, das machte ihn richtig an.

»Heute ist Ihr Glückstag, schöne Frau. Denn hier kommt der Fachmann. Diese wunderbare Tankstelle da drüben ist meine. Ich bin übrigens der Klaus.«

»Ludmilla. Sie mir helfen schieben?«

»Aber klar. Steig mal ein, schöne Frau. Gang raus, Handbremse lösen und lenken!«

Hambrück war schon ein wenig außer Atem, als er den Wagen an der Tanksäule losließ, aber das durfte er sich natürlich nicht anmerken lassen. Mit einer flinken, fast tänzerischen Bewegung stieg Ludmilla aus.

»Tankschlüssel, bitte. Wie viel darf's denn sein?«

»Zehn Euro, bitte. Ich bin Studentin. Nicht viel Geld.«

»Was studierst du denn?«

»Kirchenmusik. Orgel, Chor und Posaune.«

Vielsagend zwinkerte er der jungen Frau zu, packte die Zapfpistole mit einer kraftvollen Bewegung und versenkte dann den Schaft ganz langsam in der Tanköffnung.

»Aufhören. Ist zu viel«, jammerte sie, als die Anzeige auf der Zapfsäule auf zwanzig Liter sprang.

»Hab ich dir nicht gesagt, dass heute dein Glückstag ist? Für dich gibt es heute alles umsonst.«

Das typische Knarren der Zapfanlage war schon zu hören gewesen. Der Tank war voll. Aber Hambrück spritzte mit mehrfachem Ruckeln immer wieder noch ein paar letzte Tropfen hinein.

»Bitte sehr, schöne Frau.«

Ludmilla strahlte ihn an und zeigte zwei Reihen perfekter weißer Zähne.

»Vielleicht kannst du dich ja irgendwann mal revanchieren? Wo soll es nun hingehen, meine Hübsche?«

»In Petrikirche. Ich muss Orgel üben. Ich mache Sonntag Vertretung in Gottesdienst, weil Organist weg. Nicht viel Geld, aber macht Spaß.«

Dann war sie davongefahren und hatte noch lange durch das geöffnete Seitenfenster gewinkt. Und Klaus Hambrück hatte sich vorgenommen, fünf Jahre nach der Hochzeit mit Nicole doch einmal wieder einen Gottesdienst zu besuchen.

»Chef! Chef!«, weckte ihn nun eine Stimme, die definitiv nicht Ludmillas Stimme war, aus seinem Tagtraum.

»Chef, brauchen Sie noch was?«, fragte Aslı. »Ich würde sonst jetzt Kasse machen und an Orhan übergeben.«

»Ja, mach«, sagte Hambrück deutlich milder als zuvor. »Ich fahr nach Hause. Ist Ohr-Hahn denn schon da?«

Ohne eine Antwort abzuwarten, warf er die letzte leere Flasche in den Papierkorb und ging schnurstracks nach draußen, um in seinen heiß geliebten schwarzen 7er-BMW zu steigen. »Versteh einer die Weiber«, grummelte er vor sich hin.

Asslieh, die türkische Wurstdiebin. Ludmilla, die an der Orgel so schön mit dem Hintern gewackelt, sich danach aber mit einem tuntig gekleideten jungen Schnösel herumgedrückt hatte. Und dann dieses schreckliche Mädchen, Carla oder Clara, das der schwachsinnige Pastor zur Beichte mitgenommen hatte. Und Nicole, seine Frau? Einigermaßen knackig fand er sie ja immer noch. Blond war sie immerhin auch. Aber langweilig. Und wenn er ihr sagte, wo es langging, kapierte sie es einfach nicht. Er ließ den Motor an und trat kräftig aufs Gaspedal.

8

13.05 UHR

»Benedikt, ich verstehe dich nicht«, sagte Silke und blickte konzentriert auf ihr paniertes Hähnchenschnitzel. Betont elegant führte sie Messer und Gabel, als könnten gute Umgangsformen sie davor bewahren, ihrem Zorn allzu freien Lauf zu lassen.

»Was verstehst du nicht?«, gab Benedikt leise, beinahe flüsternd zurück.

»Also, entschuldige bitte«, entrüstete sich Silke und legte ihr Besteck beiseite. »Was du da tust, das ist, wie soll ich sagen – scheiße!«

Benedikt fiel offenbar immer wieder etwas Neues ein, um sich zu blamieren. Sie ärgerte sich dermaßen über ihn, dass sie sich sogar in ihrem Vokabular gehen ließ. Sie versuchte sich zusammenzureißen, schließlich stammte sie aus gutem Hause, und ihre schöngeistigen Eltern hatten immer viel Wert auf eine gepflegte Sprache gelegt. *Schrei, wenn du willst, und schimpfe wie ein Rohrspatz,* hatte ihre Mutter ihr eingebläut, *aber benutze bitte keine ekligen Kraftausdrücke.* Als einzige Tochter sollte sie gut vorbereitet sein für ein Leben in kultivierten Kreisen. Ballett- und Geigenunterricht, Sprachreisen nach Frankreich und Italien sowie das Studium der Kunstgeschichte hätten ein gutes Rüstzeug werden können. Aber dann war sie ja ihrem mittelmäßigen Gatten in diese Gegend gefolgt, wo es schon als Kunst galt, wenn ein pensionierter Finanzbeamter seine Landschaftsaquarelle im Rathaus ausstellte.

Nur ein einziges Mal hatte sie mit ihren Begabungen und Kontakten hier glänzen können, als sie im Auftrag des Kirchenvorstands den Düsseldorfer Bildhauer Marius Diepholz gewonnen hatte, eine moderne Petrusstatue zu schaffen, die nun seit acht Jahren den Kirchenraum zu einem Geheimtipp für Kunsttouristen hatte werden lassen. Noch viele weitere Ideen hatte sie gehabt, um die Stadt Alsberg und ihre kulturhistorisch wertvolle Petrikirche voranzubringen, aber immer war sie an Benedikts Zaghaftigkeit und Willensschwäche gescheitert. Und nun war er eine halbe Stunde zu spät zum Mittagessen gekommen, um ihr mit völlig unangemessenem Stolz seine neue Idee zu präsentieren. Eine Idee, die einfach nur lächerlich war.

»Die Beichte willst du wieder einführen. Mann, wo lebst du denn?« Silke zeigte auf den Kunstkalender, der über der Anrichte hing. »Da. Lies mal! Wir befinden uns im einundzwanzigsten Jahrhundert! Willst du dich zum Gespött der Leute machen?«

»Antonius hat mal gesagt …«

Ihr Ehemann stocherte lustlos in seinem Brokkoli herum.

»Antonius! Antonius! Ja, was sagt er denn, der kluge Herr Bischof Kluge? Der Mann ist über siebzig!«

Benedikt atmete einmal tief durch. »Antonius hat gesagt, dass die Menschen heute Begriffe wie Sünde und Vergebung nicht mehr verstehen, weil sich das Weltbild gewandelt hat. Aber das Gefühl von Schuld und den Wunsch, davon loszukommen, gibt es immer noch. Vielleicht mehr denn je.«

Silke verzog das Gesicht. »Das ist doch seniles Geplapper.«

»Nein«, widersprach Benedikt, ein wenig lauter als sonst bei ihm üblich.

»Benedikt!«, sagte sie warnend.

»Nein!«, wiederholte er, umklammerte sein Messer und schlug mit der Faust auf den Tisch. Ein Klecks Sauce hollandaise landete auf Silkes Lieblingstischdecke.

»Okay, Benedikt«, sagte Silke leise und mit einem herablassenden Schmunzeln. »Wenn du jetzt meinst, wieder laut werden zu müssen, können wir das hier sofort beenden. Mit deinen Aggressionen solltest du besser deine Ärztin behelligen.« Sie nahm ihren noch halb vollen Teller, stand auf, ging hinüber zur Küchenzeile und schabte die Essensreste geräuschvoll in den Mülleimer. »Choleriker«, fauchte sie und knallte die Tür hinter sich zu.

9

13.15 UHR

Benedikt sackte in sich zusammen. Das Messer fiel ihm aus der Hand und hinterließ einen weiteren cremigen Fleck auf der Tischdecke. Müde starrte er auf den Wandkalender. Einundzwanzigstes Jahrhundert – damit hatte Silke ja recht. Aber sonst? Das Bildmotiv des Monats März war eine Großaufnahme eines rostigen Nagels, der in einer Cocktailkirsche steckte. Das Werk *Penetration 21* eines berühmten ostdeutschen Künstlers hatte vor einem Jahr für angeblich 1,5 Millionen Dollar den Besitzer gewechselt. Benedikt fand es ärgerlich, dass seine Frau immer so tat, als sei sie in allen Dingen intellektuell auf der Höhe der Zeit. Dabei glaubte sie an Homöopathie und Horoskope, hatte sogar einmal eine gemeinsame Esoterikreise zu den Wunderheilern auf den Philippinen vorgeschlagen.

War sie jemals stolz auf ihn gewesen? Hatte sie ihn jemals für seine Arbeit gelobt? Nun, vielleicht gab es nichts, was des Lobes wert war. Manche Pastorinnen und Pastoren hatten in ihren Partnern echte Schicksalsgenossen gefunden, Begleiter im Glauben wie im Zweifel. *In guten und in schlechten Zeiten,* wie es die Trauungsliturgie so schön zu sagen wusste. *Bis, dass der Tod …* Wie kam er jetzt darauf?

Von einer Kollegin, die er seit dem Vikariat kannte – es hatte einmal ein wenig gefunkt zwischen ihnen beiden –, wusste er, dass deren Ehemann an jedem Sonntag in der ersten Reihe unter der Kanzel saß, obwohl er sich selbst als Atheisten bezeichnete. Jedes Mal, so hatte sie Benedikt bei einem Pfarrkonvent erzählt, würde er ihr Komplimente machen für eine originelle Predigtidee oder eine gelungene Formulierung. Manchmal sei es ihr peinlich, wenn Philipp ihr nach dem Gottesdienst am Kirchenausgang einen herzhaften Kuss aufdrückte vor den Augen der ganzen Gemeinde. Benedikt hatte seine Kollegin nur ungläubig angestarrt. Was hätte er antworten sollen? Dass Silke ihm schon nach seinem ersten Gottesdienst in Alsberg die sonntägliche Begleitung aufgekündigt hatte? Obwohl Schmiedemann sie so herzlich begrüßt und ihr einen Blumenstrauß im Namen des Kirchenvorstands überreicht hatte. *Ich hoffe, wir sehen Sie jetzt öfter,* hatte sie auf dem Heimweg den Vorsitzenden nachgeäfft. *Provinzhansel,* hatte sie geschimpft. Und mit den Worten *Gerbera! Nicht zu fassen!* das Gebinde in der Biomülltonne beim Gartentor versenkt. Er hatte versucht, ihr zu erklären, dass in ländlichen Regionen traditionsgemäß erwartet wurde, dass sich die Ehefrau des Pastors wenigstens ab und an im Gottesdienst blicken ließ. Spöttisch hatte sie dann nachgefragt, ob sie auch noch Kuchen für den Altenkreis backen sollte. Wie vorhin, so hatte sie ihm auch damals schon vorgeworfen, er sei noch nicht im einundzwanzigsten Jahrhundert angekommen.

Silke. Es hatte sich einmal wie Liebe angefühlt, aber das war schon lange her. Immer diese Zwistigkeiten, bei denen er stets das Nachsehen hatte.

Als er sich erhob, um das Geschirr abzuräumen und in die Küche zu bringen, fühlte er sich erschöpft wie ein Greis.

Wie oft sich die Szenen wiederholten! Dass er, ob er sich nun wehrte oder klein beigab, immer als Unterlegener aus den Auseinandersetzungen hervorging. War es nicht immer schon so gewesen? Auch schon viele Jahre vor seiner Ehe? Erinnerungen tauchten auf. Eine alte Geschichte. Er schloss die Augen und sah die Bilder, wie sie unscharf und überbelichtet vorüberzogen. Wie ein Filmabend im Super-8-Format auf der ausziehbaren Leinwand, damals, im Hobbykeller seines Vaters. Nur dass die Personen ihm merkwürdig fremd vorkamen und er der einzige Zuschauer war.

Weh euch, die ihr jetzt lacht
(Lukas 6,25)

Es war nur ein Freudenschrei gewesen. Spitz und laut. Ganz ohne Absicht. Aber trotzdem verboten, streng verboten. Der kleine Junge zuckte zusammen. Auf einmal war ihm ganz heiß. Und das kam nicht vom Spielen und Toben. Sein Mund fühlte sich trocken an, und ein Echo dröhnte in seinem Kopf: verboten, streng verboten. Der Widerhall von Mamas Stimme, ernst, sehr ernst. Du weißt, wie es um Papa steht.
Papa, sein Papa. Im Sommer hatte er noch die tolle Schaukel im Garten aufgebaut. Fußball hatten sie gespielt, und Papa hatte die ganze Zeit so aufgeregt geschrien wie der unsichtbare Mann im Fernsehen: Elfmeter in der letzten Spielminute! Was für eine Chance für den jungen Stürmer! *Und dann hatten sie* Tor! *gebrüllt und gelacht, und Papa hatte ihn gepackt und in die Luft geworfen. Theodor, seinen großen Bruder, auch, aber der war bei Papa immer erst als Zweiter dran. Anders als bei Mama, die Theodor immer ihren Sonnenschein nannte.*
Aber dann musste Papa ins Krankenhaus. Und als er wieder nach Hause kam, war er ganz anders geworden. Sagte kaum noch etwas, atmete schwer und lag ständig auf dem Sofa. Einmal in der Woche erschien der Arzt, setzte sich so merkwürdige Kopfhörer auf und schob ein glänzendes rundes Ding über Papas behaarte Brust. Und dann legte er den Kopf schief und sagte, dass Papa nicht den Mut verlieren sollte.
Papa braucht Ruhe, hatte der Arzt einmal freundlich zu den Kindern gesagt. Und Mama wiederholte das seitdem jeden Tag. Aber nicht so sanft wie der Doktor, sondern sehr bestimmt und ein bisschen traurig. Rennen und Kreischen und Herumtollen: Alles war inzwischen verboten. Auch im Kinderzimmer.
Nun hatten sie auf dem Straßenteppich neben Theodors Bett angefangen, eine Burg aus Legosteinen zu bauen. Das durften sie, denn das machte keinen Lärm. Konzentriert war er bei

der Sache gewesen. Nur dass sein großer Bruder wieder einmal hatte beweisen müssen, dass er der klügere und schnellere Baumeister war. Das hatte ihn ein wenig geärgert. Und als Theodor ihm plötzlich einen kleinen roten Stein aus der Hand gerissen hatte, den er selbst gerade auf die Spitze eines Türmchens hatte setzen wollen, da war er aufgesprungen und auf seinen großen Bruder losgegangen. Nicht richtig wütend, es war alles noch Spaß gewesen, und Theodor hatte gekichert dabei. Aber vollkommen überrascht vom plötzlichen Angriff war Theodor nun wehrlos auf dem Rücken gelandet, und er hockte triumphierend auf seiner Brust. Und dabei war ihm dieser Schrei entfahren. Spitz und laut. Eigentlich ein Freudenschrei. Der unverhoffte Sieg des Schwächeren in einer kleinen Rangelei.
Sofort war es still geworden, minutenlang. Das Erschrecken, das Gefühl von Hitze und Angst, der trockene Mund, das Echo: verboten, streng verboten. Reglos verharrten die Kinder, der kleine Junge rittlings auf seinem großen Bruder. Auch der sagte kein Wort.
Schritte auf dem Flur, erst kaum hörbar, dann lauter. Die zaghaft geöffnete Tür, Mamas zitternde Hand an der Klinke, ihr Gesicht ganz blass. Ein verzweifelter und doch milder Blick zu Theodor. Dann erst sah sie ihn an. Eine Grimasse wie aus Wachs und etwas wie ein Blitz in ihren Augen. Zögernd öffnete sie die Lippen: Papa ist tot.

10

14.35 UHR

Bräunlich schimmerte das feuchte Gras der großen, zum See hin abfallenden Wiese. Nicole Hambrück dachte daran, wie gern sie im Sommer da draußen ihre Nachmittage verbrachte, wie tröstlich sie es fand, wenn alles grünte. Im vergangenen Herbst hatte sie am Rand des Grundstücks ein Rosenbeet angelegt. Ein Züchter hatte sie beraten und ihr die berühmte *Gloria Dei* empfohlen. *Nehmen Sie die*, hatte der junge Gartenfachmann gesagt, *die ist fast so schön wie Sie.* Sie hatte ihren Kopf geneigt, aber nicht, weil ihr das Kompliment peinlich gewesen wäre, sondern damit er das Hämatom an ihrem Kinn nicht sah. *So ein sanfter Mann, trotz seiner wettergegerbten Haut,* dachte sie. Manchmal möchte sie von vorn anfangen. Ganz von vorn, nicht nur ein bisschen. Wer weiß, vielleicht schon bald.

Verträumt schaute sie durchs Terrassenfenster und spielte mit einer Strähne ihres dunkelblonden Haars. Was blieb ihr schon vom Leben, abgesehen von solchen kleinen Freuden? Friseurin war sie gewesen, in Osnabrück, hatte ihre Meisterprüfung mit Auszeichnung bestanden, aber am Grundkapital für ein eigenes Geschäft hatte es gefehlt. Dann war sie nach Alsberg gezogen, unter anderem weil ihr hier ein Job angeboten worden war. Bald darauf hatte Klaus, der berühmt-berüchtigte Tankstellenkönig, sie umworben, ein bisschen derb zwar, aber doch charmant. Und er war zweifelsohne eine gute Partie gewesen. Zu einer herrlichen All-inclusive-Reise in die Dominikanische Republik hatte er sie, die sie noch nicht viel von der Welt gesehen hatte, eingeladen und ihr eines Abends am Strand von Bayahibe den Heiratsantrag gemacht. Kurz nach der Hochzeit hatte er dann klargestellt, dass er keine Kinder wollte und dass sie sich den Traum von einem eigenen Salon auch abschminken konnte. Haus und Garten sollte sie in Ordnung halten, seine Bücher führen, sofern sie dazu in der Lage sei, und ihm zu Diensten sein, wenn er sie brauchte.

Nicole fuhr zusammen, als sie hinter sich ein tiefes Grunzen vom Designersofa in der Kaminecke hörte. Angetrunken war Klaus vor einer halben Stunde nach Hause gekommen, hatte angekündigt, dass er ihr eine tolle Geschichte erzählen müsste. Dann hatte er sich eine halb volle Flasche Aquavit und zwei Bier aus dem Kühlschrank geholt, alles binnen Minuten in sich hineingekippt, sich auf die Couch gefläzt und war sofort eingenickt.

Sie war stets auf der Hut, wenn er getrunken hatte. In den letzten Jahren hatte sie ihre Lektion gelernt: am besten mit Mädchenstimme sprechen und um Himmels willen keine Widerworte geben.

»Dolle Geschichte«, sagte er und gähnte.

Ihr Mann stemmte seinen mächtigen Leib mühevoll in eine halbwegs aufrechte Sitzposition.

»Was denn für eine Geschichte?«, fragte Nicole mit angestrengter Freundlichkeit und setzte sich auf den Rand des Sofas.

»Na, in der Kirche. Dieser bescheuerte Pfaffe.«

Nicole hielt den Atem an. Sein Alkoholgestank war entsetzlich. Meinte er Theves, diesen sympathischen, gutaussehenden Gemeindepastor, der beim Ratsempfang mit seinen traurigen Augen immer wieder Blickkontakt zu ihr gesucht hatte? Es war ihr damals wie ein hilfloser Flirtversuch vorgekommen. Verzweifelt, aber durchaus nicht unangenehm.

»Du warst in der Kirche? So kenne ich dich ja gar nicht.«

»Ja, kannst mal sehen. Dein Mann hat Kultur.«

Er rülpste laut, griff nach der Schachtel mit seinen filterlosen Zigaretten und zündete sich eine an. Dann berichtete er – mit vielen Pausen, in denen er sichtlich gegen eine zunehmende Übelkeit ankämpfen musste – von den Geschehnissen am Vormittag. Vom langweiligen Gottesdienst, von einem offenbar geistig zurückgebliebenen Mädchen, das sich mit einem Zettel an den Pastor herangemacht hatte, und an die neue Idee, mit der dieses Weichei, wie er den Geistlichen nannte, wohl glaubte, wieder Leben in seine Gemeinde zu bringen.

»Er will die Beichte wieder einführen?«, fragte Nicole erstaunt.

»Dieser Idiot!«

»Aber vielleicht erreicht er damit ja die Menschen.« Nicole hielt sich erschrocken die Hand vor den Mund. Wenn ihr Mann diesen Einwand schon als Widerspruch bewertete und möglicherweise auch noch ahnte, dass dieser Geistliche ihr hochsympathisch war, dann stand ihr einiges bevor. Doch er fixierte nur dösig seine leere Bierflasche. Behutsam und um Schadensbegrenzung bemüht, fuhr sie fort, damit er ja nicht dachte, sie wollte mit ihm streiten.

»Also, ich kann den ja auch nicht so gut leiden. Ich denke nur, es gibt viele Menschen, denen etwas schwer auf der Seele liegt. Die sich schuldig fühlen und mit niemandem darüber reden können.«

Plötzlich wirkte Klaus vollkommen nüchtern. Er drückte seine Zigarette aus, als wäre sie ein lästiges Insekt, sprang auf und ballte die Fäuste. Seine Augen glänzten glasig.

»Entschuldige«, wimmerte Nicole.

»Entschuldige?«, brüllte er sie an. »Du stehst wohl auf diese Scheiße. Findest den geil, oder was?«

Mit zunehmender Röte im Gesicht äffte er sie nach: »Menschen, die sich schuldig fühlen.«

»Ich will doch nur …«

»Was willst du? Willst du beichten? Deine Sünden? Was denn? Ehebruch?«

Er schrie immer lauter, sodass sich Nicole vor Angst zusammenkrümmte und die Ohren zuhielt.

»Nein, ich …« Sie versuchte, nicht zu jammern, weil ihn das immer nur noch wütender machte.

»Nein? Sicher? Mit wem vögelst du, du Hure? Los, sag's! Hey, ich glaube, du fickst diesen Pfaffen! Kniest dich hin und faltest deine Hände um sein schlaffes Ding und bläst ihm einen. Hey, wie guckst du denn? Hey, das stimmt, oder?«

»Nein«, schluchzte sie.

»Sodom und Gomorrha!«, keifte er. »Ich werde diesem perversen Popen mal zeigen, was eine Beichte ist. Hey, Hochwürden, du hast gesündigt. Du sollst nicht besteigen deines Nächsten Weib, auch wenn sie eine Hure ist! Und als Buße werde ich dir den Arsch versohlen!«

Nicole nahm die Hände vom Gesicht und hoffte, ihn mit einem demütigen Blick zu besänftigen.

»Klaus, bitte!«

»Schlampe!«, brüllte er, holte weit aus und verpasste ihr mit flacher Hand eine heftige Ohrfeige.

MONTAG, 23. MÄRZ

II

10.45 UHR

Benedikt saß an seinem Schreibtisch im Gemeindehaus. Die meisten seiner Kollegen machten am Montag frei, wenn sie am Sonntag Predigtdienst gehabt hatten, aber er nahm dieses Recht auf einen freien Tag nur selten in Anspruch. Oft grübelte er schon am Sonntagnachmittag über die Aufgaben nach, die ihm während der kommenden Woche das Leben schwer machen würden. Jetzt klingelte das Telefon und riss ihn aus seinen Vorbereitungen für den Konfirmandenunterricht.

»Tischlerei Brettschneider, Altötting. Grüß Gott.«

»Was kann ich für Sie tun?«

»Ja, san Sie net der Pfarrer Theves?«

»Selbst am Apparat.«

»Dann wissen'S ja, worum's geht.«

Benedikt stutzte. Eine Tischlerei aus Bayern? Er hatte für die neue Holzvertäfelung im Jugendkeller doch nur Unternehmen aus der näheren Umgebung angeschrieben, um Angebote einzuholen. Die markige Stimme aus dem Apparat fuhr fort:

»A junger Bursch aus Ihrer Gemeinde hat heut früh ang'rufen. Sie wollen einen Beichtstuhl bestell'n?«

»Nein. Das muss ein Irrtum sein.«

»Net? Mir ham gute Ware. Bestes Handwerk für Kirchenbedarf seit hundertfuchzig Jahr'n.«

Benedikt legte einfach auf. Eigentlich war das nicht seine Art, aber er war so perplex, dass er das Gespräch nicht mit den üblichen Höflichkeiten zu einem guten Ende führen konnte. Ein junger Bursche aus der Gemeinde also. War es möglich, dass der Vikar dahintersteckte? Von Wagner hatte sich ja schon einige Dreistigkeiten erlaubt. Aber es dürfte schwierig sein, ihm so etwas nachzuweisen.

Schon am frühen Morgen hatte Benedikt erfahren, dass die ersten Gerüchte in der Stadt kursierten. Das war erstaunlich, gab es doch nur wenige Augenzeugen für die Begegnung mit Clara Stern. Silke war mit hochrotem Kopf und einer Brötchentüte ins Haus gestürmt. Ganz außer Atem hatte sie berichtet – immerhin redete sie wieder mit ihm –, dass sie beim Betreten der Bäckerei offenbar ein Gespräch gestört hatte, da die Verkäuferin und eine Kundin plötzlich innehielten und dann über das schöne Wetter sprachen. Und das an diesem regentrüben Tag. Aber das Wort *Beichte* hatte Silke noch deutlich vernommen, als sie eingetreten war.

Das hast du nun davon, Benedikt. Sieh bloß zu, wie du da wieder rauskommst!, war ihr bissiger Kommentar gewesen.

Die Kommunikation beim Frühstück war dann recht einsilbig gewesen.

Benedikt schob den Stapel mit den Lehrbüchern für Konfirmanden beiseite und fuhr seinen Rechner hoch. Es war für ihn keine Option, alles wieder rückgängig zu machen. Er richtete eine Seite ein, wählte ein geschwungenes Schriftformat und schrieb: *Sich öffnen – loslassen – vertrauen.* Sein Professor für Praktische Theologie, von dem er in seinen letzten beiden Studienjahren viel gelernt hatte, war ein großer Freund von Infinitiven gewesen.

Einladung zur Beichte, tippte er unter die Überschrift. *Sonntags nach dem Gottesdienst und nach telefonischer Vereinbarung. Ihr Pastor Benedikt Theves.* In einem Internetportal zur Gestaltung von Gemeindebriefen fand er eine Grafik, die einen Schattenriss zweier sitzender, einander zugewandter Personen zeigte. Der Raum, der zwischen den beiden Figuren entstand, glich der Form eines Herzens. Benedikt fand das Bild perfekt und fügte es auf seiner Seite ein.

Der alte Tintenstrahldrucker ächzte und knackte. Die Anschaffung eines neuen, leistungsstarken Geräts war im Jahresbudget für Bürobedarf leider nicht vorgesehen. Nach einem letzten prüfenden Blick auf die drei etwas blässlich ausgedruckten Exemplare stand er auf, zog seine Jacke über und nahm den grünen Anhänger mit dem Schaukastenschlüssel vom Haken. Kurz zögerte er, ging noch einmal in sich und prüfte, ob er das, was er nun sichtbar für alle ankündigen würde, auch wirklich wollte und umsetzen konnte. Dann aber befand er, dass es an der Zeit sei, die Sache öffentlich zu machen.

12

12.15 UHR

»Frau Kursow! Frau Kursow!«, hallte es durch den langen Gang im Alsberger Kirchenkreisamt.

Die Superintendentin hatte gerade eine anstrengende Sitzung des Diakonie-Ausschusses hinter sich gebracht, bei der es wieder einmal um hohe Ansprüche und knappe Kassen gegangen war. Nun war sie auf dem Weg zurück in ihr Dienstzimmer, um dort ihre halbstündige Mittagsruhe zu genießen. Aber die Männerstimme weit hinter ihr, die ihr bekannt vorkam, ließ nicht ab.

»Frau Kursow! Bitte, einen Augenblick.«

Widerwillig wandte sie sich um, behielt aber ihren Schritt bei, um ja nicht den Eindruck zu erwecken, dass sie Zeit hätte. Zuerst sah sie nur eine große Gestalt und eine blonde Tolle, die auf und ab wippte. Dann erkannte sie den Vikar, der an der langen Reihe der fliederfarben getünchten Bürotüren vorbei hinter ihr hereilte. Sie hatte ihn schon in einigen Gesprächen erlebt, in denen er ihr als etwas übereifrig aufgefallen war. Anderseits war sie von seinem gepflegten Äußeren durchaus angetan. Allzu viele gutaussehende Männer waren im geistlichen Berufsstand leider nicht zu finden.

»Nun, Herr von Wagner, wo drückt der Schuh?«, fragte sie, als er sie eingeholt hatte und nun mit gewinnendem Lächeln neben ihr herschritt.

»Der Schuh? Nirgends«, antwortete er mit gespieltem Ernst und blickte zu den sepiabraunen Fullbrogue-Modellen an seinen Füßen hinab. »Handgenäht und maßgefertigt«, sagte er und grinste kokett.

Magdalena Kursow gefiel der charmante, wenn auch etwas eitle Scherz und sie belohnte ihn mit einem Schmunzeln.

»Ich habe da ein Konzept, das möchte ich Ihnen zeigen.«

Zur Bestätigung wedelte er mit einigen Plastiklaschen voller bunt bedruckter Papiere herum. An den Stufen zu den Büros der Leitungskräfte im ersten Stock angekommen, wurde die Superintendentin wieder ernst und sagte: »Sie wissen aber schon, dass Sie korrekterweise einen Termin mit Frau Balzer abstimmen müssen?«

Ihre Sekretärin hatte die Anweisung, alle nicht sehr dringlichen Terminanfragen frühestens in zwei Wochen einzuplanen.

»Aber ja, natürlich. Ich weiß ja, dass Sie sehr viel zu tun haben. Nur stresst das Predigerseminar gerade so mit dem Gemeindeprojekt, dass auf einmal alles ganz eilig ist. Das Projekt ist prüfungsrelevant, wie Sie wissen.«

Magdalena Kursow wusste vor allem, dass sich von Wagner einfach nur verzettelt hatte. Denn Stress und Eile waren Fremdwörter im Predigerseminar. Sie erinnerte sich noch gut an ihr eigenes Vikariat, an die endlosen Gespräche über pastorale Identität mit dem phlegmatischen Seminardirektor, an langatmige Runden, in denen alle Kandidaten ausführlich berichten mussten, wie sie sich gerade fühlten. Manchmal war sie in den Kursen sogar eingeschlafen. Nur nachts, wenn das Personal das kasernenartige Haus verlassen hatte und die Kursteilnehmer auf sich allein gestellt waren, war es richtig zur Sache gegangen. Mit Alkohol und Joints und manchmal sogar wildem Sex.

Magdalena Kursow schnaufte, als sie an der obersten Treppenstufe angekommen waren. Sie hatte ziemlich zugenommen in den letzten beiden Jahren. »Also gut, kommen Sie kurz mit in mein Büro.«

Sie schloss die Tür zu ihrem großen, hellen Arbeitszimmer auf und ließ Christian von Wagner mit der müden Andeutung einer einladenden Geste eintreten. Der Vikar steuerte, ohne dass sie ihn dazu aufgefordert hatte, sofort den Konferenztisch vor dem Panoramafenster an, warf seine Lederjacke – sepiabraun wie seine Schuhe – über einen der Stühle und verteilte unter erheblichem Geraschel seine Unterlagen auf dem Tisch. Dann setzte er sich.

»Nehmen Sie doch Platz.«

»Oh, ich …«

»Schon gut.« Magdalena Kursow ließ sich auf einen Stuhl gegenüber nieder, überflog rasch die ausgebreiteten Papiere, verschränkte die Arme und wandte sich ihrem Gesprächspartner zu. Es kam ihr vor, als ob seine blauen Augen geradezu leuchteten. Aber das mochte daran liegen, dass die Mittagssonne einen Weg durch den trüben Märzhimmel gefunden hatte und ein paar Strahlen auf das Gesicht des jungen Mannes fallen ließ. Die kleine Narbe am Kinn schmälerte seine Attraktivität nicht, sondern machte sein Gesicht noch interessanter.

»Sagen Sie, Chris..., ich meine, Herr von Wagner.« Sie errötete.

»Schon gut. Gern.«

Sein Lächeln hatte nun etwas Triumphierendes.

»Meinetwegen.« Sie fasste sich wieder. »Sagen Sie, Christian, wäre nicht Ihr Mentor der richtige Ansprechpartner für das Gemeindeprojekt?«

»Theves? Ja, gewiss.« Er zögerte, aber nur für einen kleinen Augenblick. »Also, es geht hier schon um etwas Größeres, und das möchte ich schon auf einer Ebene ansprechen, die dann die angemessene Reichweite hat.«

Die Superintendentin runzelte die Stirn. So ganz in Ordnung war es nicht, den zuständigen Kollegen zu übergehen. Allerdings saß sie im Falle einer tragfähigen Idee tatsächlich am längeren Hebel. »Na, dann lassen Sie mal sehen.«

Von Wagner sortierte seine Unterlagen noch einmal um und zeigte auf einen Konzeptbogen, der mit dem Wort *Analyse* überschrieben war.

»Unsere kirchliche Arbeit ist viel zu langweilig«, hob er an. »Unsere Gottesdienste, die Musik, die Predigten. Ich meine, Sie, Frau Kursow, machen das ja ganz toll, aber ansonsten ... Wir müssen die Menschen da abholen, wo sie stehen. Ich möchte über Pfingsten zwei Wochen lang mal einen frischen Wind wehen lassen. Zum Fest des Geistes sollte man die Leute auch begeistern!«

Magdalena Kursows Gesichtszüge blieben ungerührt. Den Rattenfängersatz, wie ein Kollege die Floskel mit dem Abholen der

Menschen einmal treffend genannt hatte, kannte sie bereits aus ihren Jugendtagen, und sie hatte ihn damals schon gruselig gefunden. Aber aus so einem hübschen Mund hörte sich das gleich ganz anders an.

Von Wagner legte nach und schob der Superintendentin eine Veranstaltungsliste zu.

»Ganz frische Gottesdienste mit toller Musik. Die Organistin habe ich schon so gut wie gewonnen. Niedrigschwellige Gemeindeangebote, lockere Gespräche über den Glauben mit Wein und Snacks. Und als Höhepunkt eine *Spirit Dance Night* in der Kirche mit CJ *Isaiah*.«

»CJ?«

»Ein christlicher DJ aus Siegen. Der macht tolle Mixes aus amerikanischem Gospel-Pop und Gregorianik. Da wird die Alsberger Jugend toben! Aber das ist noch nicht alles. Entscheidend ist die PR-Arbeit. Gemeindebrief und Schaukasten: Das war vorgestern. Jetzt aber: eigene Facebook-Seite, Instagram, Postings in allen Netzwerken und Großplakate. Ich habe da mal etwas vorbereitet.«

Der skeptische Blick wich aus ihrem Gesicht. Christian von Wagner hatte sie allmählich angesteckt mit seiner Euphorie. Langsam und mit bedeutungsschwerer Miene, als gelte es, verborgene Geheimnisse des göttlichen Ratschlusses zu enthüllen, holte er ein Plakat aus seinen Unterlagen hervor und strich es vor ihren Augen glatt. Das Bildmotiv zeigte von Wagners strahlendes Gesicht im Vordergrund, dahinter die Petrikirche in ihrer ganzen Pracht, und darüber war in zackigen Lettern zu lesen: *Ich will euch erquicken!*

»Puh. Ist das nicht ein bisschen gewagt?« Ihre Frage klang nicht kritisch, eher neugierig und fasziniert, und sie lächelte dabei. »Ich meine, das eigene Gesicht so in den Vordergrund einer kirchlichen Werbung zu rücken?«

»Verkündigung ist *Face-to-Face-Communication*«, erwiderte der junge Theologe selbstbewusst. »Wir brauchen *Faces*. Ein Gesicht wie meins und ein Gesicht wie Ihres.«

Die Superintendentin hob ihre rechte Hand, um sich eine Strähne hinter das Ohr zu streichen, realisierte jedoch, dass ihre Haare seit dem Friseurbesuch vor ein paar Tagen leider zu kurz dafür waren. »Nun gut«, sagte sie freundlich und zeichnete, damit die Geste nicht ins Leere lief, kleine Kreise auf ihrem Ohrläppchen. »Wenn man bedenkt: Christus ist das menschliche Antlitz Gottes, und alle Christinnen und Christen sind seine Schwestern und Brüder. So können auch wir als seine Geschwister zu Gesichtern der Güte Gottes werden.« Sie theologisierte gern ein bisschen, wenn sich die Gelegenheit dazu bot.

»Besser hätte ich es nicht sagen können«, platzte es aus von Wagner heraus.

Magdalena Kursow strahlte. »Also gut. Ein Versuch kann nicht schaden. Ist ja nur für zwei Wochen. Und falls es schiefgeht: Dann machen Sie ohnehin bald Ihr Examen und gehen woandershin.«

»Und wenn es richtig gut wird? Vielleicht gibt es dann ja einen Trick, dass ich noch länger bleiben kann.« Von Wagner ließ die Zunge langsam über seine Schneidezähne gleiten.

»Na, der Trick müsste aber erst erfunden werden«, trällerte die Superintendentin. »Sie kennen ja die Stellensituation. Und dass es nicht üblich ist, in der Vikariatsgemeinde zu bleiben, wissen Sie auch. Aber, ich kann nur sagen: Ein bisschen Modernität stünde unserer Alsberger Kirche gut zu Gesicht.«

»Apropos Modernität«, sagte der Vikar, beugte sich vor und senkte seine Stimme. »Ich will nicht illoyal sein, aber ich habe das Gefühl, mein Mentor hat eher Sehnsucht nach dem Mittelalter. Haben Sie schon gehört, was er mit allem Brimborium wieder einführen will?«

13

18.50 UHR

»Mach gefälligst deine Augen auf, du Heini!«, brüllte der Fahrer des silbergrauen Mercedes und ließ die Seitenscheibe gleich wieder hochfahren.

»Aber … aber Sie … haben doch …«, stammelte Benedikt erregt, dem es mit einem geschickten Sprung vom Sattel gerade noch gelungen war, einen Zusammenstoß zu vermeiden. Doch bevor er seinen Satz beenden konnte, war der Wagen schon mit quietschenden Reifen davongerauscht. Mit Sicherheit hatte der Fahrer das LED-Licht an seinem Lenker im Rückspiegel gesehen, als er aus der Parklücke fahren wollte, aber da der Verkehrsteilnehmer nur ein Radfahrer war, hatte er es wohl einfach darauf ankommen lassen.

Benedikts Knie zitterten. Was wäre gewesen, wenn er selbst, der er ja Vorfahrt hatte, nicht abgesprungen wäre? Arg verletzt hätte er sich bei dem kleinen Unfall wahrscheinlich nicht, aber er hätte mit einem geschickten Sturzmanöver dem Mercedes ein paar Lackschäden, vielleicht sogar eine anständige Beule beibringen können. Und dann hätte man die Polizei gerufen, und … was dann?

Benedikt erinnerte sich, dass er in seiner Schulzeit einmal mit einem Tadel bestraft worden war, obwohl er nichts verbrochen hatte. Ein Apfel war durch die Klasse geflogen und hatte die hereinkommende Lehrerin so unglücklich am Kopf getroffen, dass sie gestürzt und ohnmächtig geworden war. Bei der Befragung aller Schüler durch den Schulleiter hatte Benedikt wohl den schuldigsten Gesichtsausdruck gehabt. Seine Unschuldsbeteuerungen wurden nur milde belächelt. Man hatte ihm damals sogar angedroht, ihn der Schule zu verweisen. Jetzt, bei dem Zwischenfall mit dem Mercedes-Fahrer, hätte er wahrscheinlich auch wieder den Kürzeren gezogen. Irgendetwas regte sich in seinem Innern. Eine leise, aber sehr zornige Stimme, die er jedoch mit dem Gedanken an ein

Jesuswort verstummen ließ. *Wenn dich jemand auf die rechte Wange schlägt, dem biete die andere auch dar.* Sein Lieblingsprofessor hatte einmal gesagt, diese Maxime aus der Bergpredigt sei der wichtigste Satz der ganzen Bibel. Benedikt mochte dieses Jesuswort nicht, obwohl er im Grunde genommen immer wieder danach handelte. Aber wem nützte er damit? Sich selbst? Den anderen? Vielleicht sollte er das einmal mit seiner Ärztin besprechen.

Er schaute auf die Uhr und stellte fest, dass ihm noch ein wenig Zeit blieb, sodass er sein Rad bis zu den hohen Bürgerhäusern in der Rabenstraße schieben konnte.

Es war ein merkwürdiger Tag gewesen. Am Nachmittag hatte es zunächst einen Anruf gegeben: Eine Frau, die ihren Namen nicht nennen wollte, hatte um seinen seelsorgerlichen Beistand gebeten und dann ganz plötzlich aufgelegt. Es folgten zwei Anrufe, bei denen am anderen Ende der Leitung nur ein Atmen zu hören war. Vielleicht jemand, der sich zur Beichte anmelden wollte und sich dann nicht traute? Antonius, sein Freund und Mentor, hatte sich gemeldet, und sie hatten ein Treffen am kommenden Donnerstag verabredet. Und zuletzt Frau Stern, Claras Mutter, die sich bei ihm bedankt und dann gesagt hatte, dass Clara ganz bestimmt bald einmal wieder zu ihm kommen würde. Am Schweigen des Mädchens hätte sich zwar nichts verändert, aber sie sei seit Langem das erste Mal am Morgen mit einem Lächeln zur Schule aufgebrochen.

Benedikt schloss sein Fahrrad am eisernen Mast einer Straßenlaterne an, die warmes Licht verströmte, ging auf den Hauseingang von Nummer 18 zu und betrachtete zum wiederholten Male aufmerksam das Praxisschild mit den leicht geschwungenen blauen Buchstaben auf weißem Grund.

Dr. med. Dr. phil. Gabriele Montenbruck
Ärztin für Psychiatrie und Psychotherapie

14

19.10 UHR

»Herr Theves, es ist nicht gut für Sie, wenn Sie Ihre Aggressionen gegen sich selbst richten.«

Während sich Benedikt in einem weißen Ledersessel noch um eine bequeme Sitzposition bemühte, ging Dr. Montenbruck vor einem Flipchart auf und ab und hielt einige Filzschreiber in der Hand. Dann begann sie, mit einem schwarzen Stift die Umrisse eines Menschen auf die linke Seite des großen Blattes zu zeichnen, ohne sich dabei ganz von Benedikt abzuwenden.

Es gefiel ihm, seine Therapeutin so im Halbprofil zu betrachten. Ihre dunklen Locken wippten, während sie mit elegantem Strich den Filzschreiber führte, und ihre außergewöhnlich schöne Nase kam so besonders gut zur Geltung. Die weiße Bluse und die eng anliegende schwarze Jeans betonten ihre sportliche Figur. Für einen Moment verspürte er den Impuls, ihr ein Kompliment zu machen, aber er schob den Gedanken schnell beiseite. Er wollte auf keinen Fall den erhofften Therapieerfolg gefährden. Es war schließlich nicht sein erster Versuch, sich helfen zu lassen. Seit seiner Kindheit hatte er schon auf so einigen Beratungsstühlen gesessen.

»Tut mir leid. So sehen Sie nicht aus«, sagte sie mit einem herzhaften Lachen, als die stilisierte männliche Gestalt fertig war. »Aber nehmen wir trotzdem mal an: Das sind Sie.«

Benedikt hörte aufmerksam zu.

»Wenn Sie gekränkt, verletzt, gedemütigt werden, wenn der Mercedes-Fahrer Ihre Gesundheit gefährdet und Sie dann noch beleidigt, wenn Ihre Frau Sie beschimpft, wenn ein Mitarbeiter Sie hintergeht … Es gibt immer zwei Möglichkeiten. Das ist die eine.« Sie nahm einen grünen Stift und malte einen dicken, langen Pfeil, der von dem gezeichneten Mann fortwies. »Und das ist die andere.« In Rot malte sie einen zweiten Pfeil hinzu, der zunächst in die gleiche Richtung zeigte wie der grüne, dann aber einen Halbkreis beschrieb und mit der Spitze bis an die Brust der Figur zurückkehrte.

Benedikt senkte nachdenklich den Kopf.

»Herr Theves, Sie wählen fast immer die zweite Möglichkeit, und da liegt das Problem. Die Kränkung ist geschehen, die Wut meldet sich, aber kaum, dass sie zum Vorschein kommt, dreht der Pfeil – der rote hier – sich um und richtet sich gegen Sie selbst. Und dann kommen die Gedanken: *Ich kann nichts tun. Eigentlich bin ich schuld. Immer bin ich das Opfer.* Das führt zu Depressionen, zu Angststörungen, bei manchen sogar zu Selbstverletzungen. Bei Ihnen zum Glück noch nicht.«

Benedikt schüttelte den Kopf, sah die Ärztin dabei jedoch nicht an. Er hatte sich bisher nicht getraut, ihr zu gestehen, dass er in seiner Verzweiflung manchmal sogar seinen Kopf gegen die Wand oder einen Türpfosten rammte.

»Herr Theves, wir sollten daran arbeiten, dass Sie den *grünen* Pfeil für sich entdecken.«

»Was hätte ich tun sollen?«, entgegnete Benedikt leise. »Den Fahrer aus dem Auto zerren und zusammenschlagen?«

»Hätten Sie das denn gern getan?«

So direkt gefragt, zuckte Benedikt zusammen.

»Natürlich hätten Sie den Autofahrer nicht schlagen sollen«, sagte die Ärztin nun ganz einfühlsam, »aber Sie könnten sich vielleicht eingestehen, dass Ihre Wut groß genug dafür gewesen wäre. Nun, es wäre fatal, wenn Sie morgen spontan anfangen würden, all Ihre Wut auf einmal rauszulassen. Das sollten wir lieber ganz langsam und vorsichtig einüben.«

»Und wie?«

»Sie wissen, dass ich eine Menge von der Gestalttherapie halte. Sie hilft vor allem *den* Menschen, die viel reflektieren und Angst vor ihren Gefühlen haben. Ich schlage Ihnen etwas vor.« Gabriele Montenbruck durchquerte den großzügigen Praxisraum, öffnete die Tür zu einer Kammer und verschwand für einen Augenblick.

Benedikt war ein bisschen bang zumute, weil er nicht wusste, ob nun ein unerfreuliches oder peinliches Experiment folgte. Um sich abzulenken, fixierte er das großformatige, in einen Holzrahmen gefasste Foto, das eine Nordseelandschaft zeigte. Es wirkte aufregend und beruhigend zugleich – genau wie seine Ärztin. Geschmack hatte sie ohne Frage. Die Möbel, die frischen Blumen auf dem Beistelltisch: alles sehr dezent und gut aufeinander abgestimmt.

Sie kehrte zurück mit zwei grauen Klappstühlen in den Händen und einem großen Kissen unter dem Arm. Den einen Stuhl platzierte sie in Benedikts erreichbare Nähe und legte das Kissen darauf, den anderen stellte sie ein wenig abseits und setzte sich.

»So, und nun schließen Sie bitte Ihre Augen. Stellen Sie sich die Situation mit dem Mercedes-Fahrer noch einmal vor. Nehmen Sie sich Zeit.« Sie wartete eine Weile. »Und nun öffnen Sie die Augen wieder. Der Autofahrer sitzt jetzt auf dem Stuhl, Ihnen gegenüber.« Ihre Stimme wurde lauter, fordernder: »Was möchten Sie ihm sagen? Was wollen Sie ihm zeigen? Alles ist erlaubt!«

Hilflos schaute Benedikt seine Ärztin an. Ruckartig hob sie ihre Hände wie eine Dirigentin kurz vor dem Fortissimo.

»Fragen Sie ihn was! Schreien Sie ihn an! Gehen Sie auf ihn los, wenn Ihnen danach ist.«

Benedikt betrachtete das Kissen auf dem Klappstuhl. Da war ein Stoffanhänger an der seitlichen Naht, der mit einem Symbol die Handwäsche bei dreißig Grad empfahl. Allmählich spürte er etwas, eine Spannung, ein Kribbeln im Bauchraum. Da war sie wieder, diese innere Stimme, sie presste von unten gegen sein Zwerchfell, fluchte, schimpfte und forderte Rache. Er atmete ein, so tief wie er konnte, um zu schreien, aber nur ein jämmerlicher Klagelaut entwich seinem Mund.

»Ja! Das ist ein Anfang. Zeigen Sie's dem ungehobelten Kerl!«

Benedikt erhob sich zögernd von seinem Sitzplatz, versuchte erneut zu schreien, vergeblich, dann boxte er einmal schlaff in das Kissen und fiel dann matt in seinen Sessel zurück. »Ich glaube, das ergibt alles keinen Sinn«, sagte er mit einem Seufzen.

»Hm. Warum sind Sie hier?«

»Weil ... weil meine Frau immer wieder gesagt hat, dass ich mir Hilfe holen soll. Weil ich angeblich so aggressiv und cholerisch bin.«

»Ihre Frau, die Sie schon so oft gekränkt hat. Und wer noch?«

»Ach, ich weiß«, antwortete er. »Das hängt an mir, solange ich denken kann. Meine Mutter und so. Die Frauen. Die Autoritäten, was weiß ich! Aber jedes Mal, wenn's passiert, wenn's Streit gibt, erwischt es mich mit aller Macht.«

»Was möchten Sie dagegen tun?«

»Ich weiß es nicht.« Benedikt schluchzte.

»Ich verstehe Ihre Traurigkeit gut«, sagte Dr. Montenbruck sanft. »Aber glauben Sie mir, Sie sind auf dem richtigen Weg. Wir üben das in unseren nächsten Sitzungen gemeinsam. Und eine kleine Übung für die Zeit dazwischen hätte ich noch für Sie.«

Sie holte einen kleinen Bastkorb aus dem Bücherregal und drückte ihn Benedikt in die Hand. Er starrte das Flechtwerk verwundert an. Dieser Korb sah genauso aus wie die Körbe, mit denen sie im Gottesdienst die Kollekte einsammelten. Fragend blickte er auf.

»Wir wollen ihn Wutkorb nennen«, sagte die Therapeutin heiter. »Benutzen Sie ihn zu Hause! Nehmen Sie ihn mit ins Büro, wenn Sie können! Wann immer Sie eine Kränkung erfahren, wann immer Sie merken, dass sich ein kleiner Zorn meldet: Halten Sie den Korb in Ihrer linken Hand, und ballen Sie Ihre Rechte langsam, ganz langsam zur Faust, bis Sie die Anspannung spüren. Geben Sie Ihrem Gefühl einen Namen. Sagen Sie, oder schreien Sie: Wut oder Rache, oder geben Sie dem Gefühl den Namen Ihrer Frau, Ihrer Vorgesetzten oder den Namen eines anderen Menschen, der Sie verletzt hat.«

Die Stimme der Ärztin wurde sanfter und meditativer, sodass Benedikt ein wenig schläfrig wurde.

»Und dann lösen Sie die Faust, spüren die Entspannung und lassen das Gefühl und seinen Namen in den Wutkorb fallen.«

Nun strich sie sich die Hände ab, als hätte sie gerade etwas Staubiges angefasst.

»Und beim nächsten Mal betrachten wir dann gemeinsam, was sich in Ihrem Korb so angesammelt hat.«

DIENSTAG, 24. MÄRZ

15

13.25 UHR

René Wilmers atmete tief durch und setzte sich zu seiner Frau. Ein paar Krümel von seinem Mittagsimbiss waren noch auf seiner Hose. Er wischte sie weg und nahm einen Schluck aus dem leicht überdimensionierten Kaffeebecher mit dem Schriftzug *Who Ya Gonna Call?*, den ihm seine Kollegen vor einem halben Jahr nach dem Abschluss eines spektakulären Falls geschenkt hatten.

Ein Einbrecher hatte es damals auf die Villen am See abgesehen, und kaum ein Eigentümer war verschont geblieben. Der Kriminalhauptkommissar konnte sich noch gut an die blassen, erschrockenen Gesichter der Opfer erinnern, die entweder verreist gewesen waren oder die Einbrüche gar verschlafen hatten. Die Ehefrau dieses ziemlich unangenehmen Tankstellenbesitzers hatte so fürchterlich geweint, dass Wilmers sogar Zweifel gekommen waren, ob die Tränen allein von dem Verlust ihres Schmuckkästchens herrührten. Der Täter hatte mühelos alle Alarmanlagen überlistet, danach gezielt die Wertgegenstände entwendet und keine verwertbaren Spuren hinterlassen. Über Monate blieb er unsichtbar. In den Medien wurde er nur noch »der Geist« genannt.

Schließlich hatten sie ihn dank seiner Idee mit der Überwachungsstrategie gefasst, und die Gutbetuchten hatten zu ihrer Nachtruhe zurückgefunden. Daraufhin hatten die Kollegen von der Wache ihm diesen Becher mit dem *Ghostbusters*-Zitat geschenkt.

»Schatz, brauchst du noch was? Die Wäsche habe ich aufgehängt, und im Briefkasten war nur Werbung. Ich muss jetzt zum Dienst. Wenn nichts Aufregendes passiert, bin ich um zehn wieder da. Ich werde dich vermissen.« Zärtlich streichelte er Marias Wange. »Edyta wird in fünf Minuten bei dir sein und dich unterhalten. Und Laura kommt ja auch bald von der Schule nach Hause.«

René Wilmers erhob sich, ging in den Flur, zog seine alte Lederjacke an und griff nach seiner Aktentasche. Zum Glück war Alsberg eine ruhige Stadt, in der nur selten schwere Verbrechen passierten. So konnte er zwischendurch zu Hause nach dem Rechten sehen.

Er nahm seinen Schlüsselbund von der Anrichte im Flur und steckte seinen Kopf noch einmal durch die Tür in Marias Zimmer.

»Ich liebe dich, mein Vögelchen.«

Maria zwinkerte dreimal mit den Augen.

Nur das regelmäßige Piepen aus dem Überwachungsmonitor und das pumpende Fauchen des Beatmungsgeräts waren zu hören.

16

16.10 UHR

Picklig und fahl war das Gesicht des hochgewachsenen Jungen, den die Konfirmandengruppe für die Rolle des Jesus ausgesucht hatte. Er hatte noch versucht auszuweichen, als Yannick in den Innenraum eines aus Schultischen zusammengeschobenen Karrees heruntergelassen wurde, von vier anderen Pubertierenden. Warum waren diese jungen Leute alle so ungelenk? Benedikt war in Sorge, dass es bei dieser harmlosen Situation noch Verletzte geben könnte.

»Mann, du Spast«, schimpfte Yannick, der jetzt auf dem Linoleumboden lag und den Gelähmten spielte.

Jesus alias Finn war ihm bei der Transportaktion, die nach dem biblischen Vorbild durch das abgedeckte Dach eines Hauses führte, auf die Kapuze seines Sweatshirts getreten.

»Ruhe, jetzt!«, rief Benedikt, den jede Konfirmandenstunde viel Kraft und Nerven kostete. »Lasst Jesus mit seinem Text weitermachen!«

Finn stand da mit herunterhängenden Schultern und nuschelte mit ausdruckslosem Gesicht: »Kind, deine Sünden sind dir vergeben.«

»Du mich auch«, raunte eine stimmbrüchige Jungenstimme aus dem Hintergrund.

Einige Mädchen kicherten.

»Was gibt es da zu lachen?« Benedikt bemühte sich, Ruhe zu bewahren. Denn wie er wusste, konnten sich aus solchen Störungen durchaus fruchtbare Gesprächsgänge entwickeln. »Alina, was hat dich zum Lachen gebracht?«

Die kleine Schönheit mit der zarten Haut und den schier endlos langen brünetten Haaren stand über den Tisch gebeugt und blickte ein wenig betreten zu Boden. Die Jungen mochten es, wenn Alina aufgerufen wurde, denn dann hatten sie einen triftigen Grund, sie anzuschauen.

Das Mädchen gab sich einen Ruck. »Also, krass fand ich, dass Finn, ich meine Jesus, den Gelähmten mit *Kind* angesprochen hat. Der nimmt den irgendwie nicht für voll, weil er behindert ist.«

»Yannick ist doch auch voll behindert«, feixte Marvin, den alle *Snickers* nannten, mit vollem Mund.

Der übergewichtige Junge, der sich selbst im Unterricht nicht davon abbringen ließ, Schokoriegel zu mampfen, stand etwas abseits und hoffte vergeblich auf einen Lacher. Auch Benedikt ließ sich nicht von ihm beeindrucken.

»Okay, Alina. Ich bin mir nicht sicher, ob du recht hast, aber mach mal weiter!«

Das Mädchen richtete sich auf und drückte selbstbewusst die Schultern nach hinten, sodass die sich allmählich entwickelnden Brüste zur Geltung kamen. Aus dem Pulk der Jungen war ein sehnsüchtiges Schnalzen zu vernehmen.

»Na ja«, hob Alina an und schob sich, ihrer Wirkung bewusst, eine Strähne aus dem Gesicht. »Das Ganze ist doch sowieso Quatsch. Ich meine, der Typ ist gelähmt und will von Jesus geheilt werden. Aber der redet nur über Sünden, anstatt ihn zu untersuchen und zu behandeln.«

»Kannst du dir denn vorstellen, dass Krankheit etwas mit Sünde zu tun hat?«, fragte Benedikt.

Alina schwieg und dachte offensichtlich nach.

»Mein Uropa …«, warf ein Junge aus der zweiten Reihe ein, errötete und grinste. »Mein Uropa hat mal gesagt, dass einem von zu viel W…, äh, Sie wissen schon, die Wirbelsäule verdorrt.«

Schallendes Gelächter. Yannick, der minutenlang reglos dagelegen hatte, fiel aus seiner Rolle und wand sich prustend.

Auch wenn diese Wendung des Gesprächs Benedikt peinlich war, fand er doch die richtigen Worte: »Das ist sehr interessant, Jonas. Denn dein Urgroßvater hat da etwas zitiert, das die Menschen wirklich lange Zeit geglaubt haben. Natürlich ist es Unsinn, dass man vom Onanieren Rückenmarksschwindsucht kriegt, auch wenn sogar Kirchenlehrer das vor tausend Jahren behauptet haben. Was diese Heilungsgeschichte uns aber erzählen will, ist, dass die Leiden des Körpers mit unserer Seele und unserem Verhalten zusammenhängen. Darum geht es immer, wenn im Neuen Testament von der Sünde die Rede ist.«

»Das verstehe ich jetzt nicht«, wandte Alina ein, »also ist der Mann von Kaper-Naum …«

»Kaperna-um!«

»… also ist der Mann da behindert, weil er Kaugummis geklaut hat oder frech zu seinen Eltern war?«

Alina hatte offenbar gut aufgepasst, als sie vor einigen Wochen die Zehn Gebote durchgenommen hatten.

»Nein, heute wissen wir selbstverständlich, dass ein Gelähmter nichts für seine Behinderung kann. Es sei denn, er ist wie ein Wahnsinniger Motorrad gefahren und hat sich selbst in diese Situation gebracht.«

Justin machte pulsierende Drehbewegungen mit seiner geschlossenen rechten Hand und ahmte lautstark Motorengeräusche nach.

»Ist ja gut, mein Lieber«, sagte Benedikt nachsichtig. Justin hatte ihm erzählt, dass er sein Konfirmationsgeld für die spätere Anschaffung einer Cross-Maschine ansparen wollte. »Nun, ihr müsst das symbolisch verstehen. Wenn wir unser Leben verfehlen, dann schaden wir nicht nur unserer Seele. Dann leidet irgendwann auch der Körper.«

»Psychosomatisch.«

Offenbar ohne zu ahnen, wie ausgezeichnet dieser Begriff zu Benedikts Ausführungen passte, hatte Ann-Kristin, die Tochter des Internisten-Ehepaars mit der neu gebauten Praxis aus Stahl und Glas in der Mühlenstraße, das einfach vor sich hin gesagt.

»Hervorragend«, lobte er das Mädchen, das in seinen pastellfarbenen Designer-Outfits stets ein wenig verkleidet wirkte. Ann-Kristin tat Benedikt leid, weil ihre Eltern sie dreimal pro Woche zur

Mathenachhilfe schicken, denn sie hatte mit einer Zwei minus im Halbjahreszeugnis ihre Erwartungen bitter enttäuscht.

Behutsam erläuterte Benedikt dann seinen Konfirmanden, die nun erstaunlich konzentriert wirkten, die einzelnen Aspekte der Geschichte von der Heilung des Gelähmten von Kapernaum. In dieser Erzählung aus dem Markusevangelium hatte Jesus tatsächlich die Sündenvergebung und die Erlösung vom körperlichen Leiden in eins gesetzt. Als ihm die Schriftgelehrten vorwarfen, dass er Gott lästere, wenn er meine, Vergebung zusprechen zu können, befahl er dem Gelähmten aufzustehen. Bereitwillig spielten die Jungen und Mädchen die ganze Szene in verschiedenen Varianten nach.

Benedikt war froh, dass er sich erstmals getraut hatte, seine Erfahrungen aus einem Bibliodrama-Seminar, an dem er zwei Jahre zuvor teilgenommen hatte, im Unterricht anzuwenden. Salomon Rüegg, ein Theologe und Psychoanalytiker aus der Schweiz, der dem spielerischen Umgang mit biblischen Geschichten nicht nur einen pädagogischen, sondern auch einen therapeutischen Wert beimaß, hatte ihn bei dieser Fortbildung tief beeindruckt. Unter den Geschichten, die sie damals bearbeitet hatten, war auch die Heilung zu Kapernaum gewesen. Rüegg hatte damals ein szenisches Moment besonders hervorgehoben: das Herunterlassen des Kranken durch ein offenes Dach. Als eine Parodie auf den griechischen *Deus ex Machina* hatte der Schweizer die Szene identifiziert, einen Gott, der vom Schnürboden des Theaters aus abgeseilt wird.

»Ist das der Grund, warum Sie das mit der Beichte machen?«

Mit dieser Frage riss Alina ihn aus seinen Gedanken.

»Wie meinst du?«

»Die ganze Stadt redet darüber. Man kann sich bei Ihnen anmelden, und dann vergeben Sie den Leuten ihre Sünden.«

»Ganz so einfach ist das leider nicht«, antwortete Benedikt mit einem Schmunzeln. Er war überrascht und erfreut, dass er einmal nicht im Spott, sondern freundlich und unbefangen nach seinem neuen Angebot gefragt wurde.

»Aber wenn ihr mögt ...« Er blickte auf die Armbanduhr. »Wir haben noch zwanzig Minuten, und wir können gern darüber reden.«

Snickers formte raschelnd ein Kügelchen aus der Folie seines dritten vertilgten Schokoriegels und fragte: »Äh, Herr Pastor Theves, was ist eigentlich eine Todsünde?«

17

17.50 UHR

Fluoxetin, Fluoxetin, Fluoxetin, hatte die Apothekerin in einer Art Singsang halblaut vor sich hin gemurmelt, während sie auf ihrem Bildschirm am Verkaufstresen die Verfügbarkeit des Antidepressivums prüfte. Benedikt hatte sich maßlos darüber geärgert, als er kurz vor Ladenschluss das Rezept einlösen wollte, das ihm seine Ärztin am Abend zuvor ausgestellt hatte. Diskretion schien in der Petrus-Apotheke an der Kirchstraße kein großes Thema zu sein. Eine füllige ältere Dame war in der Warteschlange so dicht an ihn herangerückt, dass sie mit ihrer Einkaufstasche sein Hosenbein berührte. Mit Sicherheit hatte sie gelauscht. Er hoffte nur, dass sie das Medikament nicht kannte. Das hätte gerade noch gefehlt, dass die Gemeinde jetzt auch noch darüber tratschte, dass ihr Pastor Psychopharmaka einnahm. Seinen Wutkorb hatte er nicht dabei. Nun ja, der therapeutische Umgang damit war ihm ohnehin beim ersten Versuch zu Hause ziemlich albern vorgekommen.

Das Abendgeläut hatte eingesetzt, und der Küster sperrte gerade die Kirchentür zu, als Benedikt auf das Portal zuging. »Lassen Sie nur, Herr Demuth, ich muss noch rein. Ich schließe von innen ab.«

»Na dann, schönen Abend. Und bringen Sie mir nichts durcheinander! Wo der Lichtschalter ist, wissen Sie ja.«

Fleißig und verlässlich war er durchaus, der leicht gebeugt gehende Mann, der schon seit einer halben Ewigkeit für die Kirche arbeitete. Aber auch ziemlich pingelig, wenn es um *seine* Kirche ging, wie er immer wieder betonte.

Unter dem gedämpften Schall der Glocken nahm Benedikt in der ersten Bankreihe Platz, versuchte, klare Gedanken zu fassen und sich auf das vorzubereiten, was ihn in einer halben Stunde erwarten sollte.

Am späten Vormittag hatte die Gemeindesekretärin, die immer nur dienstags und donnerstags im Büro arbeitete, einen Anruf zu ihm durchgestellt. Ein Herr Hambrück wollte ihn angeblich sprechen. Benedikt war darauf gefasst gewesen, sich wieder Gemeinheiten anzuhören, aber der sonst immer so ungehobelte und dreist auftretende Tankstellenkönig hatte am Telefon ganz anders, irgendwie kleinlaut gewirkt. Um einen möglichst baldigen Termin zur Beichte hatte er gebeten. *Hambrück und Beichte?* Vorsichtig hatte Benedikt nachgefragt, ob es sich um einen Scherz handelte. Nein, es sei ihm ernst und wichtig, hatte Hambrück daraufhin betont. Er wollte kommen, noch am selben Abend.

Benedikt betrachtete die mannshohe Petrusfigur, die auf einem massiven Sockel vor der südlichen Säule an den Chorstufen aufgestellt war. Nicht zum ersten Mal fiel ihm auf, dass die moderne Skulptur überhaupt nicht zu den anderen Kunstgegenständen in der Kirche passte. Der Renaissancealtar, der durch einen kleinen Scheinwerfer erhellt wurde, war von großer Anmut und geradezu überweltlichem Glanz. Nüchtern und prosaisch wirkte der moderne Petrus dagegen. Das Einzige, was ihn als einen Heiligen auswies, war die kleine Gloriole. Allerdings war der Stahlstift deutlich zu sehen, mit dem der goldene Kranz am Kopf der Figur befestigt war. Ansonsten: keine altersweise Demutshaltung, kein Rauschebart, kein biblisches Gewand. Dieser Petrus war ein naturalistisch dargestellter Mann der Neuzeit mit Fassonschnitt, Businessanzug, Schlips und Kragen. Er sah aus wie ein gehobener Bankangestellter von etwa vierzig Jahren. Benedikt hatte seine Probleme damit, aber Silke, die sich so sehr für diesen Petrus eingesetzt hatte, hielt ihn ja ohnehin für einen hoffnungslosen Banausen.

Handwerklich hatte der berühmte Künstler Marius Diepholz gut gearbeitet, wenn man bedachte, dass die ganze Gestalt, bis hin zu den Haaren und der feinen Textur der Kleidung, aus einem einzigen Steinblock herausgearbeitet und dann mit Farben überzogen worden war. Aber ansonsten war dieses Kunstwerk gewöhnungsbedürftig, einschließlich der ikonografischen Symbole. Unter dem linken Arm trug Petrus einen Schlüssel, aber nicht etwa einen schönen alten Kirchenschlüssel mit Ring und Bart. Sein Exemplar glich eher dem Generalschlüssel für das Gemeindehaus, den Benedikt am Schlüsselbund in seiner Jackentasche hatte. Nur dass der Petrusschlüssel etwa zwanzigfach vergrößert war, damit er sichtbar in der Armbeuge ruhte. Und auf der Innenfläche der rechten Hand, die die Skulptur dem Betrachter entgegenstreckte, war eine Thermostat-Armatur aus dem Baumarkt festgeschraubt.

Abermals krähte der Hahn. Dieser Satz aus der Petrusgeschichte schoss Benedikt in den Sinn. Er schaute auf die Uhr. Fünf nach halb sieben. Ob Hambrück ihn versetzte? War der Anruf nur eine Finte gewesen? Oder hatte er sich in ehrlicher Absicht angemeldet und konnte nun nicht genügend Mut aufbringen?

Aus seinen Seelsorgekursen, die er als eine Art Psychotherapiepraktikum im Sparprogramm absolviert hatte, wusste Benedikt, dass Menschen ihre wahren Gefühle oft hinter anderen versteckten. Höhnisches Gelächter vermochte Schmerz und Trauer zu überdecken, und hinter mächtigem Getue konnten sich tiefe Verzweiflung und Hilflosigkeit verbergen.

Wenn Klaus Hambrück in Wirklichkeit doch ein ganz anderer war, als es bisher den Anschein hatte? Wenn sein Kirchenbesuch am Sonntag trotz aller Frechheiten, zu denen er sich hatte hinreißen lassen, doch einen tieferen Grund gehabt hatte? War es möglich, dass er einfach ein offenes Ohr und etwas Zuspruch brauchte, um seine Bedürftigkeit und Schwäche zu offenbaren? Er würde es bald erfahren, falls Hambrück denn noch erschien.

Fünfmal klopfte es am Portal. Das war das Zeichen, das sie am Telefon verabredet hatten. Benedikt griff nach seinem Schlüsselbund und eilte zur Tür. Mit gesenktem Kopf trat Klaus Hambrück ein und grüßte leise. Dass der abendliche Gast eine stattliche Alkoholfahne hatte, entging dem Pastor nicht. Manchen schwer beladenen Menschen mochte ein Schlückchen wohl helfen, um die Zunge zu lösen.

18

18.40 UHR

Das Streichholz zischte, als Benedikt es an der Reibefläche der Schachtel entzündete. Die Kerzendochte knisterten. Sie hatten die Feuchtigkeit des nur selten beheizten Raums aufgesogen. Während Hambrück schon am großen Tisch saß, still und in sich zusammengesunken, blieb Benedikt noch für einen Moment der Andacht vor dem kleinen Sakristei-Altar stehen.

Das Reliefbild zeigte einen gutmütigen Jesus, wie er einem vor ihm knienden Mann segnend die Hände auflegte. Es war kein altes und bedeutendes Kunstwerk, wie er von Silke wusste. Wahrscheinlich ein Geschenk von einem Holzschnitzer aus der Region. Der silberne Christus am schweren Kruzifix, das direkt davor auf dem kleinen Tischchen stand, war von anderer Art. In seiner Haltung wirkte dieser Erlöser leidend und kraftvoll zugleich. Nicht zum ersten Mal dachte Benedikt darüber nach, warum es zur Andacht in der Sakristei wohl zweier Jesusse bedurfte. *Gab es zum Namen Jesus überhaupt einen Plural?* Vielleicht war es allmählich an der Zeit, das Altar-Arrangement der Sakristei, das einer seiner Vorgänger so eingerichtet hatte, einmal neu zu bedenken.

Er faltete die Hände und zitierte auswendig einige Verse aus dem 51. Psalm: »Gott, sei mir gnädig nach deiner Güte und tilge meine Sünden nach deiner großen Barmherzigkeit. Wasche mich rein von meiner Missetat. Schaffe in mir, Gott, ein reines Herz und gib mir einen neuen, beständigen Geist. Amen.«

Benedikt vernahm direkt hinter sich Hambrücks schweren, rasselnden Atem. Er wandte sich um und setzte sich, seinem Besucher gegenüber, an den Eichentisch. »Sie möchten beichten?«

Hambrück wiegte seinen massigen Körper hin und her, nickte dann, sah aber nicht auf.

»Das ist gut«, sagte Benedikt ruhig, »denn es gibt so viele Dinge, die uns vom Weg abbringen.«

»Ich …«, begann der kräftige Mann zaghaft und schaute dem Pastor nun ins Gesicht.

Sein Blick wirkte unsicher, hatte aber auch etwas Berechnendes.

Hambrücks Stimme wurde kräftiger: »Ich muss eine Sache vorher wissen.«

»Fragen Sie nur.«

»Stimmt es, dass alles, was jetzt hier passiert, unter uns bleibt? Dass Sie niemandem davon erzählen dürfen? Nicht mal Ihrer Frau oder … oder einem anderen Pastor?«

Er zeigte mit dem wulstigen Finger auf die Porträts der verblichenen Geistlichen an der Wand.

»Das ist richtig.«

Benedikt wusste, dass die Vertraulichkeit immer ein großes Thema war, auch schon in weniger aufregenden seelsorgerlichen Gesprächen. In Zeiten, in denen man damit rechnen musste, dass Telefonate abgehört und E-Mails von Unbefugten mitgelesen wurden, waren viele Menschen misstrauisch geworden.

Hambrück schien noch nicht ganz zufrieden.

»Ich meine, selbst wenn Ihnen jemand ein Verbrechen beichtet? Es bleibt alles geheim?«

»Das Beichtgeheimnis ist unverbrüchlich! Nicht einmal ein Staatsanwalt hätte das Recht, mich zu befragen.«

Diese Antwort hatte Benedikt am Nachmittag bereits seinen Konfirmanden gegeben. Die waren ganz überrascht gewesen, dass es eine Schweigepflicht gab, die noch strenger war als die eines Rechtsanwalts oder eines Arztes.

»Also gut. Ich bin ein Sünder«, sagte Hambrück und spielte mit einem protzigen Goldring am linken kleinen Finger, »und was für einer!«

Benedikt schwieg und wartete ab, auch wenn es ihm so vorkam, als ob durch den ernsten Blick des Beichtenden ein verstohlenes Grinsen hindurchblitzte.

»Wissen Sie, warum ich im Gottesdienst war?«

Das Kerzenlicht flackerte. Hambrück nestelte ein metallglänzendes Fläschchen aus seiner Jackentasche, schraubte es auf, nahm einen tiefen Schluck und ließ den Flachmann wieder verschwinden.

»Wegen dieser Ludmilla, dieser Orgeltante. Ich sitze da in der Bank und ahne nichts Böses, und dann setzt sie sich da vorn an dieses Dingsbums, trampelt auf den Pedalen rum und wackelt mit dem Arsch, als ob sie einen drin hätte.«

Benedikt wurde rot. Aber sehr beunruhigt war er noch nicht. Seine ersten Dienstjahre hatte er in einem Arbeiterviertel in Hannover absolviert. Dort hatte er sich an den rauen Tonfall und die sehr direkte Wortwahl mancher Leute gewöhnt. Und dass Ludmillas erfreuliche Rückenansicht an der Gemeindeorgel vor den Chorstufen manchen Mann auf Ideen bringen konnte, ließ sich kaum leugnen.

»Sie machen sich Sorgen wegen Ihrer sexuellen Fantasien.«

Nicht nachfragen, sondern spiegeln. Die Aussagen des Gesprächspartners kurz zusammenfassen und die emotionale Dimension hervorheben. Benedikt rief sich die Regeln aus dem Grundkurs Seelsorge wieder ins Bewusstsein.

»Sorgen? Ha!«

Hambrücks Blick wurde auf einmal kalt, dass Benedikt fröstelte.

»Ich hab auf das blöde Liederblatt geguckt und das Wort *Orgelvorspiel* gelesen. Or-gel-vor-spiel! Da hab ich echt einen Harten gekriegt. Mann, ich hatte Bock, diese Russen-Uschi durchzuorgeln!«

Demonstrativ leckte er sich die Lippen. Dann hustete er. Ein gelblich schaumiger Speicheltropfen blieb an seinem Doppelkinn hängen.

»Moment mal!« Für Benedikt war es nun doch an der Zeit, zu intervenieren.

»Wie? Moment mal? Das kennst du wohl nicht, du Pfaffenschwuchtel.«

Der Widerling formte mit dem Daumen und dem Zeigefinger

der linken Hand ein Loch, schlug dreimal mit der flachen rechten darauf und lächelte schmierig.

»Hallo! Ich beichte. Bleibt doch alles unter uns, mein Lieber. Hast du mir hoch und heilig versprochen, oder?«

»Gewiss«, hauchte Benedikt kraftlos.

Das brachte Hambrück erst richtig in Fahrt.

»Ich hab noch viel mehr zu beichten. Zum Beispiel, was ich mit *dir* machen möchte, du Loser, du Pfeife. Du und dein blödes Gequatsche. *Huh, huh, Gott hat uns lieb. Vater unser im Pimmel.* Keine Sau hört dir zu. Dir geht doch nur noch einer ab, wenn du am Sonntag den ausgetrockneten Omas die Hände schüttelst.«

»Also hören Sie mal ...« Benedikt rang um Fassung.

»Oh ja, ich höre. Tauschen wir mal die Rollen. Erzähl du doch mal von deinen Sünden. Sag schon: Fickst du meine Alte?«

»Bitte?«

»Unser Herr Pastor«, flötete Hambrück mit Fistelstimme und wackelte kokett mit seinem riesigen Kopf. »Unser Herr Pastor, der erreicht die Menschen! Der geht ihnen auch mit christlicher Nächstenliebe an die Wäsche.«

»Aber ...«

»Aber ja!«

Abrupt wechselte Hambrück nach der widerlichen Frauenimitation wieder in seine derbe Trinkerstimme.

»Du kannst mir doch nicht erzählen, dir wäre die Schnalle an meiner Seite noch nicht aufgefallen. Sag schon: Wo knallst du sie? Hier auf dem Tisch?«

Er schlug auf die Eichenholzplatte, dass es nur so krachte. »Nee, echt jetzt, die steht auf solche Nieten wie dich, auf Loser mit Hundeblick. Ich meine, falls du denn noch einen hochkriegst. Du klappst ja schon zusammen, wenn du auf diese ... diese Kanzel raufklettern musst. Und was für eine Scheiße du da laberst!« Er griff sich an die Stirn und schimpfte: »Und ich Idiot zahl auch noch Kirchensteuer. Je-den Cent, je-den Cent möchte ich aus dir rausprügeln.«

Benedikt zuckte zusammen und hielt sich die Arme schützend vor die Brust.

»Hey«, sagte Hambrück nun mit gespielter Freundlichkeit, »nur so eine Fantasie. Ich will dir doch nichts tun. Ich schlag doch keinen Popen. Das spare ich mir lieber auf für meine Alte, wenn ich gleich nach Hause gehe.«

Benedikt nahm allen Mut zusammen und fragte: »Wollen Sie mir etwa beichten, dass Sie Ihre Frau misshandeln?«

Der Kraftprotz erhob sich von seinem Stuhl und fummelte in seiner Jackentasche herum.

»Misshandeln? Ach was. Da gibt's nichts zu beichten. Die kriegt nur, was sie braucht. Komm mal! Ich zeig dir was.«

Er holte ein Smartphone hervor, ging ein paar Schritte auf und ab und suchte etwas auf dem Display. Schließlich blieb er beim Altartisch stehen, drückte eine Taste und legte das Gerät auf der aufgeschlagenen Bibel ab.

»Nun komm schon«, brummte er, »bleibt ja alles unter uns.«

Ein klägliches Wimmern drang aus dem Lautsprecher des kleinen Geräts. Das Scheusal lehnte ganz entspannt am Altar, grinste und hieß ihn näher kommen. Vorsichtig erhob er sich, machte ein paar Schritte. Er zitterte vor Angst.

Alles, was ihm nun vor Augen kam, ließ ihn taumeln. Der gutmütige Jesus auf dem Holzrelief im warmen Kerzenschein. Der silbrige Glanz des Kruzifixes mit dem steinernen Sockel. Die Altarbibel, beim Propheten Jeremia aufgeschlagen, und das Smartphone im Falz zwischen den Seiten. Das bläulich kalte Licht des Displays, dem er sich nicht entziehen konnte. Die Bilder des Grauens, die ihn nun erwarteten.

Eine Küche, weiße Möbel, weiße Fliesen. Ein *High-Angle-Shot*, so hatte ihm ein befreundeter Fotograf das einmal erklärt, eine Kameraperspektive von oben nach unten. Immer noch dieses herzzerreißende Wimmern. Dann ein wackliger Zoom auf eine Gestalt, die gekrümmt, ja geradezu eingerollt vor dem Herd am Boden lag. Blutspritzer auf den Bodenfliesen. Zögernd löste sich die Gestalt aus der Schutzhaltung und wandte ihr Gesicht der Kamera zu. Eine Frau mit dunkelblonden Haaren. Benedikt erkannte sie jetzt. Es war diese faszinierend schöne Frau, in die er sich ein bisschen verguckt hatte, obwohl er sie bislang nur aus der Ferne bewundern durfte. Diese Frau, die aus unerfindlichen Gründen an diesen furchtbaren Kerl geraten war. Diese Frau. Was hatte Hambrück nur mit ihr gemacht! Ihre Nase blutete, und das rechte Auge war zugeschwollen.

»Bitte!«, jammerte sie. Aus dem Off dröhnte ein keuchendes Husten, gefolgt von einem Würgen. Dann landete eine Ladung Speichel auf dem schmerzverzerrten Gesicht der geschundenen Frau. Ein gallertartiger Faden hing an der Braue des noch unverletzten Auges. Jetzt schrie sie, markerschütternd: »Hör auf, bitte!« Und eine auffällig ruhige, tiefe Männerstimme sprach: »Wenn du meinst, jetzt laut werden zu müssen, dann hat das hier alles keinen Sinn.«

Der kleine Bildschirm wurde schwarz; das silberne Kreuz reflektierte den Kerzenschein.

Binnen Sekunden durchströmte eine unkontrollierbare Energie seinen Körper, zog vom Bauch her aufwärts in die Brust, weiter in die Schultern und schoss wie ein Pfeil in seinen rechten Arm. Vor seinem geistigen Auge ratterten unzusammenhängende Begriffe vorbei, wie die Klappziffern auf seinem alten Radiowecker: *Angst/Schmerz/Frau/Blut/Kreuz/Mutter/Tod/Laut/Wut.* Er biss die Zähne aufeinander, dass es knirschte. Seine rechte Hand packte das schwere Kruzifix mit sicherem Griff. Ein Laut, einem Urschrei gleich, dröhnte aus seinem Mund. Dann schlug er zu.

19

19.05 UHR

»Silke Theves, guten Abend.«

Ein Anruf auf dem Privatanschluss um diese Zeit? Vielleicht war es der Hamburger Kunstverein, der ihr vor einigen Wochen einen Auftrag in Aussicht gestellte hatte.

»Ja, guten Abend.«

Eine schüchterne Frauenstimme.

»Kann ich Ihren Mann sprechen?«

»Wer ist denn da?«

»Oh, Entschuldigung. Mein Name ist Nicole Hambrück. Bitte, es ist sehr wichtig.«

»Mein Mann ist noch nicht zu Hause. Kann spät werden. Rufen Sie morgen im Gemeindebüro an. Wiederhören!« *Frechheit. Woher hatte diese Frau die Nummer?* Silke hatte den Anschluss vor zwei Jahren aus den Telefonregistern löschen lassen, weil sie keine Lust mehr hatte, zu den unmöglichsten Zeiten von irgendwelchen Leuten mit banalen Gemeindeangelegenheiten belästigt zu werden. Wenn sich Benedikt sogar nachts noch von besorgten Kirchenvorstehern belästigen ließ, dann sollte dazu der Dienstanschluss samt Weiterleitung in sein Arbeitszimmer im Obergeschoss doch wohl genügen. Seine kreative Klause, wie er – nicht ganz zutreffend in Hinsicht auf das gewählte Attribut – diese Kammer nannte.

Was für ein Glück – immerhin –, dass sie nicht im Pastorat neben der Kirche wohnen mussten. Da hätten die Leute auch noch andauernd an der Tür geklingelt. Weil das Pastorat in einem baulich katastrophalen Zustand war, hatte die Gemeinde für Benedikt ein Siedlungshaus, recht schlicht, aber wenigstens in einer ruhigen Anwohnerstraße, angemietet, das gut einen Kilometer von der Kirche entfernt gelegen war.

Silke fiel ein, dass sie der Frau, die sie am Telefon gerade abgebügelt hatte, schon einmal begegnet war. Vor ungefähr zwei Monaten beim Neujahrsempfang des Bürgermeisters. Im Schlepptau dieses widerwärtigen Mannes, der nach seinen laut vorgetragenen derben Witzen immer nach Aufmerksamkeit heischend um sich geblickt hatte und dessen teurer Armani-Anzug nichts von seiner proletenhaften Ausstrahlung überdecken konnte. Und diese Frau, viel jünger als er, war auf ärgerliche Weise schön gewesen, dabei allerdings sehr still und irgendwie bedrückt. Eine Mischung, die manche Männer attraktiv fanden. Benedikt bestimmt. Hatte er damals, während der endlosen und schrecklich langweiligen Rede des Bürgermeisters, nicht öfter mal in ihre Richtung geschaut?

Eine fast vergessene Empfindung keimte in ihr auf. Eifersucht? Hatte Benedikt in dieser Person möglicherweise eine interessante Leidensgenossin gefunden, eine Gefährtin zum gemeinsamen Suhlen in depressiven Verstimmungen? Nein, das sah ihm nicht ähnlich, und es würde weder zum Sternzeichen Krebs noch zu seinem Enneagramm-Typ 6 passen. Doch abgesehen davon: Es musste einfach aufhören, dass er jederzeit als emotionaler Mülleimer zur Verfügung stand und nun auch noch seine Ehefrau als Meldestelle für seelische Entsorgungsprobleme einspannte. Wo war er überhaupt? Normalerweise kam er dienstags doch immer gleich nach dem Konfirmandenunterricht nach Hause.

Sie rief im Gemeindebüro an. Nach dem dritten Klingeln hörte sie die Ansage von Frau Birnstein, der Sekretärin. Sie wählte seine Handynummer. Nur die Mailbox. Dann zog sie ihren gesteppten Wintermantel über, steckte sicherheitshalber Benedikts Ersatzschlüsselbund in die Tasche und verließ das Haus. Ein Spaziergang in der Abendfrische würde ihr bestimmt nicht schaden.

20

19.10 UHR

Ein Schlag. Das Geräusch war entsetzlich gewesen. Der reglose Körper lag mit halb geschlossenen und trüben Augen in verdrehter Haltung auf dem braunen Linoleumboden. Eine Blutlache breitete sich aus und erreichte gerade das vordere linke Bein des Altartisches. Erst als Benedikt ein Speicheltropfen auf die zitternde Hand fiel, mit der er immer noch das Kruzifix umklammert hielt, merkte er, dass er seit einer gefühlten Ewigkeit seinen Mund nicht mehr geschlossen hatte. Was hatte er nur getan? War er das wirklich gewesen? Unvorstellbar. Eine Kraft hatte sich seiner bemächtigt. Und warum hatte sich der Moment des gewaltigen Schlags so erleichternd und richtig angefühlt?

Er sank auf die Knie und beugte sich über den Leblosen. Atmete er? Benedikt vernahm keinen Hauch. Hastig griff er nach Hambrücks schlaffem linkem Arm und tastete zitternd nach der Schlagader im Handgelenk. War da etwa ein schwacher Puls? Nein. Er merkte nur, wie seine eigenen Finger vor Aufregung pochten. Dann suchte er auf Hambrücks Pulli die Stelle, wo er das Brustbein vermutete. Wie war das noch mal? Sein Erste-Hilfe-Kurs war bestimmt schon zwanzig Jahre her. Er legte seine Hände aufeinander und presste ein paarmal, allerdings vorsichtig und unentschlossen. Was, wenn sich der Totgeglaubte wie in einem schlechten Film auf einmal aufbäumte und sich auf ihn warf? Noch zweimal presste er. Dann beugte er sich ein letztes Mal zaghaft über das Gesicht, das inzwischen von Blut ganz umringt war. Da war kein Atem, da war nichts mehr. Dann schaltete Benedikts Gehirn auf Autopilot.

In der Kommode, in der Demuth die Antependien, die Ziervorhänge für den Altar und die Kanzel, sortiert nach den Farben des Kirchenjahres, aufbewahrte, fand er einen Stapel zerschlissener Altartischdecken. Er riss sie aus der Schublade, nahm die erstbeste, hob den Kopf seines Opfers mit der heftig blutenden Wunde an der Schläfe an und umwickelte ihn damit. Der Erfolg war bescheiden, denn schon nach wenigen Augenblicken sickerte das Blut durch den weißen Baumwollstoff.

Benedikt verließ die Sakristei und rannte durch das nördliche Seitenschiff zur Vogtei, dem Arbeitsraum des Küsters, wo es einen Wasseranschluss gab. In einen Putzeimer ließ er lauwarmes Wasser laufen und spritzte Reinigungsmittel hinein. Dann schnappte er sich noch schnell eine Packung Papierservietten, einen schwarzen Müllsack und lief zurück zur Sakristei.

Zuerst schaltete er die Deckenbeleuchtung an, löschte die Kerzen und steckte Hambrücks Smartphone in die Hosentasche. Danach wischte er das Kruzifix sorgfältig ab. An den Kanten des Sockels war zwar nur wenig Blut, aber darin klebten kleine hellgraue Splitter. Dann schob er den schweren Körper ein Stück beiseite, nahm ein zweites Tischtuch und konnte das meiste Blut vom Linoleumboden damit aufsaugen. Er tränkte ein weiteres Tuch mit dem Putzwasser und wischte hektisch, bis er außer Atem war. Mit den Papierservietten polierte er die Fläche.

O Haupt voll Blut und Wunden. Eigentlich hatte Benedikt mit dem Anblick von Blut immer Probleme, und jetzt überkam ihn auch die Übelkeit, als er auf Hambrück hinabblickte. Das eine Auge, das er nicht mit verbunden hatte, war geschlossen. Der Kopfverband war rot durchtränkt, aber die Blutung schien nachzulassen.

Noch einmal musste er in die Vogtei, stopfte den schwarzen Sack mit den besudelten Tüchern in den Mülleimer und verteilte ein paar übrig gebliebene Liederzettel vom vergangenen Sonntag darüber. Dann entleerte und spülte er den Eimer, wusch sich ausgiebig die Hände und schrubbte mit einem Putzschwamm die rötlichen Ränder aus dem Ausguss weg.

Und was nun? Als er das Küstereitelefon sah, überlegte er, ob er nicht doch die Polizei anrufen sollte. War es nicht Notwehr gewesen? Aber womit sollte Hambrück sein Leben bedroht haben? Mit einem Handy? Dann schoss ihm ein Bild in den Sinn, eine schlimme Fantasie: das Titelblatt einer Boulevardzeitung. Ein Foto, das ihn mit belämmertem Blick und in Handschellen zeigte, dazu die Schlagzeile: *Gefasst! Die Bibel-Bestie von Alsberg.* Nein, das kam nicht infrage. Er eilte zurück in die Sakristei.

Wohin mit der Leiche? Im Fluss versenken? Keine gute Idee, wenn man mit dem Fahrrad unterwegs war. Da fiel ihm die Krypta ein, der Kellerraum unter dem Chor, in dem vor Hunderten von Jahren angeblich einmal Heiligengräber gewesen waren. Als Provisorium würde dieser Ort genügen. Und der Zugang zur Krypta war unauffällig, ein Treppchen im Chorumgang, wohin sich nur selten jemand verirrte. Allerdings müsste er den Leichnam einmal quer durch die Kirche schleppen.

Nach mehreren missglückten Versuchen gelang es ihm endlich, den schweren Körper auf die Schultern zu hieven. Das Blut gefror in seinen Adern, als er ein Geräusch wie ein Ausatmen hörte. Doch es lag wohl nur daran, dass das Zwerchfell des Toten auf seine Schulter drückte. Es war erstaunlich, wie viel Kraft er auf einmal hatte, schwächelte er doch sonst bei körperlichen Anstrengungen immer. Ächzend trug er die Leiche an den Chorstufen vorbei. Er hörte ein metallisches Rasseln und Schaben am Kirchenportal und hielt inne. *Um Himmels willen! Nicht Demuth, bitte!* Doch der Küster konnte es nicht sein, denn der kannte den Trick, wie man das klemmende Türschloss ohne viel Ruckeln überlistete. Ludmilla vielleicht, die noch Orgel üben wollte?

Benedikt hetzte mit der schweren Last der Treppe zur Krypta entgegen. Es konnte nur noch Sekunden dauern, bis er nicht mehr allein in der Kirche war. Als er an der Petrusskulptur vorbeihastete, spürte er einen kleinen Ruck, Hambrücks verbundener Kopf hatte das Haupt des Apostels touchiert. Aber das war jetzt Nebensache. Beinahe wäre er noch gestürzt, als er die Kellerstufen hinuntereilte.

Die Tür zur Krypta war zum Glück nicht verschlossen. Er stieß sie auf und befand sich in einer Rumpelkammer: Kirchenbänke, die aus dem Leim geraten waren, der scheußliche Gebetsbaum, den der Vikar für seine Familiengottesdienste benutzte, alte Blumenvasen, Beutel mit Gewändern für das Krippenspiel. Obwohl nur wenig Licht aus der Kirche in diese dunkle Kammer fiel, entdeckte er eine Nische hinter einer halbhohen Wand aus Umzugskartons. Sosehr er sich auch bemühte, seine Last behutsam abzulassen, wie ein Sack voller Steine glitt ihm das Opfer ganz von selbst von der Schulter, wobei Hambrücks Kopf mit einem dumpfen Krachen auf dem Steinboden aufschlug. Benedikt stieß einen spitzen Schrei aus, fing sich jedoch gleich wieder. Auf dem Kartonstapel lag ein zusammengerollter Teppich, der widerlich nach Schimmel roch. Er riss ihn herunter und drapierte ihn rasch über den leblosen Körper.

»Benedikt!«

Auch wenn der Hall des Kirchenraums den Klang der Stimme verfremdete, erkannte er sie doch sofort an ihrem strengen, vorwurfsvollen Ton.

21
19.45 UHR

»Benedikt!«

Schritte wie Hammerschläge. Der Gewölbehimmel warf ein polterndes Echo zurück. Schneller werdend, immer lauter. Die Frequenz überlagerte sich mit dem Pochen von Benedikts Herz. So leise wie nur möglich schloss er die Krypta-Tür hinter sich und hoffte, sein ungewöhnlicher Aufenthaltsort würde unbemerkt bleiben. Vorsichtig überwand er die Treppenstufen; der Steinabrieb knirschte leise. Noch einmal hörte er den Ruf seines Namens. Dann kam das hallende Klopfen der Schritte zum Stehen.

Wenn Benedikt auf direktem Wege auf sie zuging, würde sie sich wundern, woher er denn komme, da es im Südschiff der Kirche doch nur den Zugang zur vermüllten Krypta gab. Wenn er stattdessen den Umweg über den Chorumgang nahm, musste sie annehmen, er wäre in der Sakristei gewesen. *Der Kammer des Schreckens.* Übelkeit stieg in ihm auf. Doch immerhin war der Tatort jetzt sauber. Benedikt entschied sich für den längeren Weg. Dank der Gummisohlen unter seinen Schuhen konnte er verdächtige Geräusche vermeiden. Dennoch lief er vorsichtig auf Zehenspitzen den Halbkreis hinter dem Hochaltar ab, passierte die Sakristei, erreichte nun auf der Nordseite der Kirche den letzten Pfeiler vor dem Zugang zu den Chorstufen und hielt kurz inne. Sein Puls raste. Er versuchte es mit der Lippenbremsatmung, die er mit Dr. Montenbruck für Momente großer Erregung und Angst eingeübt hatte. *Ein- und ausatmen. Ein- und ausatmen.* Es funktionierte. Nur ein paar Schritte noch.

»Benedikt!«

Silkes Stimme war jetzt mehr ein Hauchen als ein Rufen. Sie hatte ihn wohl kommen hören, aber sie schaute ihn nicht an. Mit geöffnetem Mantel stand sie unmittelbar vor der Petrusskulptur ihres Lieblingskünstlers und starrte, erstaunt und erschrocken zugleich, dem modernen Apostel ins kantige Gesicht. Benedikt betrachtete sie im Profil: Silke so starr, als wäre sie ein Teil der künstlerischen Installation geworden.

»Benedikt, ich wollte …, warum hast du …, da war so ein Anruf …, o Gott!« Stockend kamen die Worte aus ihrem Mund. Ihre Hände, leicht erhoben, zitterten. »Oh, Benedikt, was ist nur geschehen?«

»Ich … ich bin nur hier, weil …« Hatte sie etwas geahnt oder bemerkt? Sosehr Benedikt Silkes esoterische Anwandlungen auch verachtete, so musste er doch zugeben, dass sie manchmal über einen siebten Sinn zu verfügen schien. Nun blieb ihm nichts übrig, als zu improvisieren. »Ich … ich wollte hier zur Besinnung kommen. Ein paar Anregungen sammeln. Du weißt, ich muss am Sonntag schon wieder auf die Kanzel, weil von Wagner …«

Silke schwieg. Sie schien ihm nicht zuzuhören. Endlich wandte sie sich zur Seite und schaute ihm ins Gesicht. Ihr Blick wirkte entrückt, selig und ein bisschen irre zugleich. So hatte sie ihn erst ein einziges Mal angeschaut, damals, als sie vom Chakren-Workshop mit Isadora Sharma nach Hause gekommen war und ihr ganzes Leben ändern wollte.

»Benedikt, das ist jetzt alles egal. Es ist ein Wunder geschehen.«
»Was?«
»Ein Wunder! Sieh nur!«

Sie streckte ihren Zeigefinger aus und lenkte Benedikts Blick zur Petrusskulptur.

»Ich habe es immer gewusst: Es ist die Kunst, die uns zu Gott führt.«

Benedikt musterte die Statue. Da war nichts Besonderes, sie war geschmacklos und scheußlich wie eh und je.

»Siehst du es denn nicht? Da oben.«

Da war etwas am linken Auge, ein Fleck am inneren Augenrand, der sich in Form einer Träne bis zum Nasenflügel erstreckte. Auf den ersten Blick nicht viel mehr als ein Schatten, aber beim näheren Hinsehen entdeckte Benedikt einen rötlichen Schimmer auf dem hautfarben bemalten Gesicht. War das etwa Blut? Im Zeitraffer lief ein Film der vergangenen Stunde vor seinem inneren Auge ab: Wie er zugeschlagen und hektisch und verzweifelt die Spuren der Tat beseitigt hatte. Wie anstrengend es gewesen war, den schweren Körper zu schultern. Der kleine Ruck, als er mit Hambrücks notdürftig verbundenem Leichnam an der Statue angestoßen war. Da musste es passiert sein. Panik stieg erneut in ihm auf, aber er schaffte es, sie zu unterdrücken.

»Okay, da ist eine verschmutzte Stelle. Vielleicht Taubendreck?« Es geschah nicht selten, dass sich ein Vogel in die Kirche verirrte.

»Taubendreck?«, konterte Silke, jetzt wieder ganz bei Stimme. »Von einer Taube mit Hämorrhoiden, oder was? Das ist Blut! Kapierst du denn nicht?«

Benedikt kapierte nur zu gut.

Erregt fuhr Silke fort: »Mann, Blut! Blut an der Gestalt eines Heiligen!«

»Was meinst du? Etwa ein Stigma?« Er stutzte. »Hör mal, Silke, solche Bluterscheinungen gibt es nur in den Handflächen, an den Füßen und seitlich am Bauch. Die Wundmale des Gekreuzigten eben. Nicht mitten im Gesicht.«

»Benedikt, du verstehst nicht ...«, versuchte Silke ihn zu unterbrechen.

»Und schon gar nicht an Kunstobjekten, sondern bei lebenden Heiligen. Franz von Assisi, zum Beispiel. Und selbst da nicht in der Wirklichkeit, sondern in der Märchenwelt der Wundergläubigen.«

»Ach, das alte Thema.«

»Welches Thema?«

»Du bist so verkopft!«, fuhr Silke ihn an. »Du hast kein Gefühl für all die wundersamen Dinge zwischen Himmel und Erde. Was hast du in deinem Studium eigentlich gelernt?«

»Wieso?«

»Weinende Madonnen? Klingelt da nichts? Die Statue von Civitavecchia, aus deren Augen vierzehnmal blutrote Tränen geflossen sind. All die Blutwunder in Spanien, in einem Kloster in Indien, in den USA ...«

»Tricks, Hysterie und Erfindungen von Boulevardmedien.« Benedikt wunderte sich, wie leicht es ihm auf einmal fiel, seiner Frau zu widersprechen. Außerdem war er erleichtert, dass sie mit ihrer Diskussion auf bewährtem Terrain gelandet waren. Denn solange sich Silke auf diesem Niveau aufregte, war sie weit davon entfernt, etwas von den wirklich schrecklichen Dingen zu ahnen.

»Tricks, ja? Und was ist mit der weinenden Madonna von Syrakus? Das war übrigens 1953. Aber du hast es ja nicht so mit Geschichte. Katholische Bischöfe haben das Phänomen untersuchen lassen und bestätigt, dass die Ursache übernatürlich war.«

»Katholische Bischöfe. Ja, dann.« Benedikt zog die linke Augenbraue hoch.

»Du und dein verfluchter Zynismus!«

Silke geriet jetzt richtig in Rage.

»Dein kluger Bischof Kluge würde das natürlich besser wissen. Mensch, begreif doch! Es ist ein *Wunder!*«

Benedikt stutzte. Dieser Unsinn konnte fürs Erste rettend sein. Er griff sich an die Stirn und sprach ganz ruhig: »Also gut, nehmen wir mal an, du hast recht. Was für einen Grund könnte eine Petrusstatue hier im beschaulichen Alsberg haben, auf einmal Blut zu weinen?«

»Gute Frage. Vielleicht den gleichen Grund, den die vielen anderen Madonnen und Heiligen rund um die Welt hatten.«

»Und der wäre?«

»Nun, die meisten Zeugen solcher Ereignisse haben das Blutweinen als eine Warnung Gottes verstanden. Eine Warnung vor einer Katastrophe, zum Beispiel, die dann auch bald eintrat. Einige haben aber auch geglaubt, dass es Tränen des Schmerzes oder Tränen des Entsetzens waren, weil die Heiligen etwas Furchtbares gesehen hatten.«

Benedikt schluckte. Dieser Heilige hatte, wenn man so wollte, in der Tat etwas Furchtbares gesehen. »Und so etwas glaubst du also?«

»Was heißt hier *glauben*? Mensch, mach doch deine Augen auf! Petrus, der Fels, auf dem Gott seine Kirche erbaut hat: Petrus weint bittere Tränen. Du siehst es doch, wie es bergab geht mit dem Glauben. Die Kirche – was bedeutet sie denn noch? Du sagst doch selbst, wie entsetzlich das ist, wenn am Sonntag nur eine Handvoll Leute in den Bänken sitzt. Denkst du denn nicht, dass Gott darunter leidet?«

»Silke!«

Seine Frau schien kurz davor überzuschnappen. Doch sie ließ sich nicht bremsen.

»Es ist ein Wunder! Ein göttliches Zeichen. Wir müssen die Superintendentin verständigen.«

»Die Kursow? Bist du wahnsinnig?«

»Was weiß ich? Die Kirchenleitung, die Medien. Die ganze Welt soll es sehen! Alsberg wird zum Wallfahrtsort. Zu einem zweiten Lourdes. Ja, noch besser: zu einem Lourdes der zeitgenössischen Kunst.«

»Silke, du musst dich beruhigen!«, forderte er sie eindringlich auf, doch sie fuhr unbeirrt fort.

»Das ist erst der Anfang. Günther Uecker, Jenny Holzer, Neo Rauch: Sie alle werden kommen und diese Stadt in eine Kunstmetropole verwandeln. Der Papst und vielleicht sogar der Dalai Lama werden unsere Stadt besuchen. Alsberg: die heilige Stätte, wo Gott die Kunst und den Glauben zusammenführt.« Silkes Stimme überschlug sich, und ihre Augen glänzten.

»SILKE!« Benedikt spannte alle seine Muskeln an und fixierte ihr Gesicht.

»Ja?«

»Schluss jetzt!« Noch nie hatte er so mit ihr gesprochen.

»Was?«

»Niemanden werden wir verständigen. Niemanden! Keine Superintendentin, keine Zeitung. Niemanden. Hast du mich verstanden?«

»Aber … ja, okay.«

Kleinlaut war sie jetzt geworden.

»So. Und jetzt raus hier. Raus! Du brauchst frische Luft. Wir reden später.«

22

20.10 UHR

Komm mit mir an den weißen Strand ...

Bis ins Mark erschrocken fuhr Benedikt von der Kirchenbank hoch, auf die er sich gerade erst gesetzt hatte. Ein Vibrieren in seiner rechten Hosentasche und dazu diese banale Schlagermelodie. Er griff hektisch in seine Hosentasche. Hambrücks Telefon! Seine Hand zitterte, als er das brummende und singende Gerät zutage förderte. *Will dich lieben im heißen Sand ...*

Ein Foto füllte das Display aus, darauf die Frau, von der er manchmal geträumt hatte, deren geschundenes Antlitz ihn auf diesem Bildschirm zunächst zur Verzweiflung und dann in Rage versetzt hatte. Jetzt lächelnd, gebräunte Haut, wehendes dunkelblondes Haar, in einem Strandcafé mit einem Cocktailglas in der Hand. ... *Diese herrliche Sommernacht ist wie für uns gemacht ...*, trällerte es aus dem kleinen Lautsprecher.

Verwirrt tastete Benedikt auf dem Display herum, bis sein Zeigefinger den roten Button fand. Endlich war Ruhe.

Ruhe? Nein. Nur äußerlich. Eindrücke tosten durch ihn hindurch. Bilder des Schreckens und Wortfetzen. *Mea maxima culpa.* Brechende Knochen, Angstschweiß und Schüttelfrost. *Wenn ich Unrecht hab getan, rühre mein Gewissen!* Der Choral zur Verleugnung des Petrus aus der Johannespassion. Und immer wieder Blut. Rote Schuld. Die Träne unter dem Auge des Petrus. Er würde gleich versuchen, sie abzuwischen. Aber würde das noch etwas nützen? Das Unfassbare, das schlechthin Unmögliche war geschehen. *Wir sind allzumal Sünder,* hieß es bei Luther. Sünder, ja. Aber Mörder? Alles, was ihm bislang heilig gewesen war ...

Er setzte sich wieder auf die Bank und legte das Smartphone neben sich ab. Sollte er nicht doch die Polizei rufen? Es war nur eine Frage der Zeit, bis man ihn des Mordes überführte. Andererseits:

diese Kraft, die er auf einmal verspürt hatte, diese Energie, die durch ihn hindurchgeflossen war. Inmitten der Beichte, einem sakralen Geschehen, von dem es hieß, nicht der Mensch, sondern Gott selbst wirke darin. Pervers, das zu denken! Oder? Sie war immer noch da, diese Stärke. Sie hatte ihn nicht verlassen, als er den leblosen Hambrück durch die Kirche schleppen musste. Er hatte sie gespürt, als er Silke zusammengestaucht hatte. Das erste Mal seit Langem, dass er sich ihr gegenüber nicht wie ein Versager fühlte. Wenn das nun nicht das Ende, sondern der Anfang von etwas Neuem war? Und wenn …

Komm mit mir an den weißen Strand … Hambrücks Smartphone vibrierte so stark, dass es auf dem polierten Holz der Kirchenbank zu wandern begann. Schon wieder dieses hinreißende Gesicht auf dem Display. Reflexhaft griff Benedikt nach dem Gerät, das sich gefährlich nahe dem Rand der Sitzfläche näherte. Erneut suchte er den Abschalt-Button.

»Hallo?«

Eine Frauenstimme. Versehentlich musste er den Anruf freigeschaltet haben. Zaghaft legte er das Handy ans Ohr.

»Klaus? Klaus, hörst du mich?«

Benedikt stockte der Atem. *Auflegen!,* brüllte ein anderer Benedikt in seinem Kopf. *Sonst ist es vorbei!* Er musste schweigen. Das Handy samt SIM-Karte zerstören. Aber dann hörte er wie von fern seine eigene Stimme: »Hier ist Benedikt Theves.«

»Herr Pastor Theves? Nanu, habe ich mich … ich wollte doch meinen Mann … ich meine … Hier ist Nicole Hambrück, das ist ja verrückt. Wissen Sie, ich habe heute schon versucht, Sie anzurufen. Aber es ist gut, dass ich Sie erreiche. Es ist vielleicht wichtig. Ich muss Sie warnen.«

»Warnen? Wovor?«

»Vor meinem Mann. Ich kriege ihn nicht ans Telefon. Mein Gott, wo fange ich an? Herr Pastor Theves, wir hatten furchtbaren Streit. Das hatte – Sie können nichts dafür –, aber das hatte etwas mit Ihnen zu tun. Mein Mann denkt, ich hätte eine Affäre mit Ihnen. Er ist so … das ist so peinlich. Vor mehr als zwei Stunden ist er aus dem Haus gegangen, hat gegrinst und gesagt, er müsse jetzt einen Beichtstuhl auseinandernehmen.«

Benedikt stöhnte.

»Ja, und dann wollte ich Sie anrufen. Im Kirchenbüro war nur der Anrufbeantworter. Und dann habe ich in einem alten Telefonbuch Ihre Privatnummer gefunden. Aber da hat Ihre Frau abgenommen und gesagt, Sie wären nicht zu sprechen. Und nun habe ich richtig Angst bekommen. Ich weiß nicht, was er anstellt. Meinen Anruf hat er vorhin weggedrückt. Ich meine, ich bin froh, Ihre Stimme zu hören – Moment mal!«

»Ja?«

»Ich. Aber das … das ist doch seine Nummer.«

Benedikt wusste, dass es keinen Ausweg mehr gab. Sein Schicksal war besiegelt.

»Frau Hambrück, es ist etwas Entsetzliches geschehen!«

23

20.20 UHR

Christian von Wagner genoss die frische Abendluft. Von der Seelsorgesupervision nach Hause gekommen, hatte er seinen Calvin-Klein-Anzug und seine maßgefertigten Schuhe ausgezogen und war in die Sportkleidung geschlüpft. Sooft es ging, lief er seine große Runde, knapp zehn Kilometer, die ihn durch das Villenviertel am Alsberger See über den Wanderweg am Fichtenwald entlang zum Flusslauf der Merve führte. Auch wenn er den größten Teil der Strecke nun schon hinter sich gebracht hatte, atmete er immer noch ziemlich ruhig und spürte die Anstrengung kaum. Er befand, dass er gut in Form sei. Das würde ihm nützlich sein, bei allem, was er sich beruflich vorgenommen hatte. Und natürlich auch bei den Frauen.

Ludmilla, die süße Organistin, wusste wohl noch nicht so recht, was ihr entging. Da war er bei der Superintendentin schon einen Schritt weiter. *Sagen Sie, Chris… ich meine, Herr von Wagner.* Köstlich. Nicht, dass er es darauf anlegte – sie war ihm ein wenig zu füllig und zu alt –, aber wenn es ihm half, sein Ziel zu erreichen – Sport war eine feine Sache. Er regte die Fantasie an und machte Lust auf andere Formen körperlicher Betätigung.

Ein paar Enten schnatterten aufgeregt und schwammen schnell davon, als er sich dem Flussufer näherte. Ohne anzuhalten, setzte er die Kopfhörer auf, die bislang um seinen Hals baumelten, und ließ sich von den White-Metal-Rhythmen der *Jesus Breezers* antreiben, deren neues Album *Trust* er vor einigen Tagen heruntergeladen hatte.

Als er sich dem Hausboot näherte, das am kleinen Steg unweit der alten Wäscherei festgemacht war, nahm er zunächst nur ein orangefarbenes Glimmen in der Dunkelheit wahr. Dann sah er, dass der Altbischof in eine Decke eingehüllt auf einer Bank an

Deck saß und rauchte. Unmöglich! Hatte der nicht Lungenkrebs gehabt? Jetzt hob er auch noch seine Hand zum Gruß. Von Wagner winkte nur halbherzig zurück. Er konnte Kluge nicht leiden. Nur zweimal hatte er sich mit ihm unterhalten, und die häretischen, ja bisweilen blasphemischen Kommentare des emeritierten Geistlichen waren ihm unangenehm in Erinnerung geblieben.

Einmal war die Angst vor dem Sterben Thema ihrer Plauderei gewesen. Christian hatte sich auf der sicheren Seite gewähnt, indem er einen starken Spruch einer bekannten Theologin zitiert hatte: *Du kannst nie tiefer fallen als in Gottes Hand.* Und Kluge hatte allen Ernstes erwidert: *Und wenn doch? Wohin fällt man dann?* Wenigstens eine gewisse Rechtgläubigkeit dürfte man von einem Bischof doch wohl verlangen! Dass so einer bei vollen Pensionsbezügen seinen Lebensabend fristen durfte, während sich ein kirchenloyaler Vikar mit seinem schmalen Gehalt nicht einmal ein Auto leisten konnte – ein Skandal!

An den Gewerbegebäuden vorbei joggte Christian von Wagner nun durch die Siedlungen der westlichen Vorstadt. Walmdachhäuser und kleine Bungalows säumten die Straßen. Die Vorgärten waren gepflegt, die Hecken ordentlich geschnitten. Auch wenn die Kirchenaustrittswelle noch nicht vorbei war, waren die Hälfte der Familien, die hier wohnten, Mitglieder seiner Gemeinde. Sein Laufrhythmus beschleunigte sich, passend zu den Beats der Musik. Er malte sich aus, wie er eines Tages über die Geschicke der Kirche bestimmen würde. Eine Pfarrstelle an St. Petri in Alsberg würde ein guter Anfang sein. Dazu musste allerdings sein unglückseliger Mentor erst einmal verschwinden. Aber da Theves ja fleißig daran arbeitete, sich für die Gemeinde untragbar zu machen, war das alles nur noch eine Frage der Zeit. Und die Kursow müsste sich entsprechend engagieren. *Schon gut, Magdalenchen.*

Inzwischen doch ein wenig schnaufend, erreichte von Wagner das Stadtzentrum. Der gelbliche Schein der Straßenlaternen hüllte die Altstadt beschaulich ein. Die Geschäfte hatten schon geschlossen, es herrschte wenig Verkehr. Er passierte die windschiefen

Fachwerkhäuser der Steinstraße und überquerte den Rathausmarkt, wo einige Jugendliche herumlungerten und mit Bierflaschen anstießen. Auf der freundlich beleuchteten Kirchstraße polterten ein paar Autos über das Kopfsteinpflaster. Die Musik aus seinen Kopfhörern war zwar lauter, aber er spürte die Vibrationen.

Als er an der Kirche vorbeilief, fiel ihm auf, dass Licht brannte. Wahrscheinlich Demuth, der Küster, der noch nach dem Rechten sah. Ludmillas Wagen war jedenfalls nicht da. Schade. Er hätte ihr sonst noch einen Besuch abgestattet.

Kurz darauf vor dem *Niedersächsischen Hof* musste der Vikar sein Lauftempo abbremsen. Ein großer schwarzer BMW hatte den Bürgersteig fast vollständig zugeparkt. Frechheit! Der Wagen war ihm neulich schon einmal, ähnlich dreist abgestellt, auf der anderen Straßenseite aufgefallen. Das war am Sonntag gewesen, kurz vor dem Gottesdienst.

Von Wagner wollte auf die Straße ausweichen, doch dann hielt er inne, weil ihm ein knallroter Smart entgegenkam. Ganz kurz konnte er das Gesicht der Fahrerin sehen. Ziemlich hübsch, aber auch sehr ernst. Sie raste an ihm vorbei. Das war gewagt in einer verkehrsberuhigten Zone. Ach, die Frauen!

Nick Plumber, die kraftvolle Stimme der *Breezers,* sang: *All things are possible to those who believe.* Die Bässe wummerten, die Gitarren kreischten. Noch fünfhundert Meter – und dann eine heiße Dusche.

24

20.50 UHR

»Ich … ich weiß nicht, wie ich's Ihnen sagen soll.«

Planlos ging Benedikt auf und ab, fuhr sich nervös durch die Haare und rang nach Worten.

»Nun beruhigen Sie sich! So schlimm kann es doch gar nicht sein.«

Nicole Hambrück hatte in der ersten Bankreihe Platz genommen und gestikulierte beschwichtigend mit ihren Händen.

»Doch, doch, doch. Leider noch viel schlimmer«, klagte Benedikt, nicht ihr, sondern der Petrusstatue zugewandt.

Keine Viertelstunde war nach dem Telefonat vergangen, da hatte Benedikt den Motor eines einparkenden Fahrzeugs vernommen. Vorsichtig hatte er das Portal geöffnet und im Gegenlicht der Kirchhofbeleuchtung die Umrisse einer weiblichen Gestalt auf sich zukommen sehen. So zerrissen und verzweifelt er auch war, ihr anmutiger Gang war ihm dabei nicht entgangen. Nachdem er sie hereingebeten hatte, war er gleich zweimal nacheinander erschrocken. Zunächst über den dunkelroten, schon ins Bläuliche changierenden Fleck auf Nicole Hambrücks linker Wange und die blutige Kruste unter ihren Nasenlöchern, danach über sich selbst. Wie konnte er jetzt, nach der schlimmsten Tat seines ganzen Lebens, wie konnte er so elektrisiert von ihrer Anmut sein, dass es rund um seinen Solarplexus kribbelte? Denn trotz der Blessuren wirkte sie so anziehend und begehrenswert auf ihn, dass vor seinem inneren Auge ein ungeheuerliches Bild aufgetaucht war: Er lag mit ihr in seidenen Laken auf dem Tisch des Herrn vor dem Renaissance-Retabel. Er hatte einmal fest die Augen zukneifen und sich schütteln müssen, um dieses Bild wieder zu vertreiben. Unfassbar, was für ein absurdes Spiel seine verletzte Seele mit ihm trieb.

»Nun sagen Sie doch etwas, Herr Pastor Theves.«

Ihre Stimme klang nicht fordernd, sondern einfühlsam und geduldig.

»Mein Mann war also hier bei Ihnen? Das tut mir so leid. Hat er Sie etwa bedroht?«

Benedikt hielt inne und nickte kaum vernehmbar. Sein Blick ging ins Leere.

»Ich kann nicht … ich darf nicht …, o Gott!«

Erschöpft ließ er sich mit angemessenem Abstand neben ihr auf die Kirchenbank fallen. Nicht zu nah. Was auch immer sie durchgemacht hatte: Schließlich war er der Mörder ihres Ehemanns.

»Sie können mir vertrauen. Ich werde ihm nichts davon erzählen.«

Sie überbrückte die Distanz und legte sanft ihre Hand auf seine Schulter.

Die Berührung traf ihn wie ein leichter Stromschlag. »Frau Hambrück, ich …«

»Nicole.«

Was für einen vertrauten Klang dieser Name doch hatte. In seiner Schulzeit war er in eine Nicole verliebt gewesen. Das schönste Mädchen der Parallelklasse. Mit klopfendem Herzen hatte er jeden Morgen auf dem Schulhof gewartet, in der Hoffnung auf den einen günstigen Moment. Aber sie hatte ihn nicht einmal registriert.

»Nicole. Das ist schwer zu erklären. Ich darf nicht darüber reden, weil es in einer Beichte passiert ist. Aber schweigen darf und kann ich auch nicht.«

»Darf ich Benedikt sagen?«

Erst jetzt traute er sich, ihr wieder ins Gesicht zu schauen. Für einen Augenblick schwelgte er im Genuss des Anblicks ihrer blauen Augen und ihrer samtenen Haut, und doch konnte er die Verletzungen, die Hambrück diesem schönen Antlitz zugefügt hatte, nicht übersehen.

»Benedikt, was auch immer es ist, bitte sprich mit mir.«

Noch immer ruhte ihr Arm auf seiner Schulter. Er beugte sich vor, vergrub den Kopf in seinen Händen und sprach mit zitternder

Stimme. »Es … es war doch keine Absicht. Er hat mich provoziert. Immer mehr und immer mehr. Und dann … dann habe ich zugeschlagen.«

»Du hast …? Das hat noch nie jemand gewagt! Und er hat dich nicht umgebracht?«, fragte Nicole irritiert.

»Oh, Nicole!« Er war kurz davor, zusammenzubrechen, seine Stimme versagte beinahe. »Ich … ich habe ihn nicht einfach nur geschlagen. Ich habe ihn totgeschlagen!«

Nicole erbleichte. Aber sie sprang nicht auf, rückte nicht von ihm ab, schwieg.

»Es ist vorbei«, seufzte Benedikt. »Ich bin ein Mörder. Ruf die Polizei!«

Einen Moment lang herrschte angespannte Stille.

»Nein«, flüsterte sie.

»Wieso, nein?«

»Weil …«

Nicole stand auf, nahm seine Hand und half ihm aufzustehen. Noch immer war sie blass, sodass sich das Hämatom auf ihrer Wange deutlich abhob von ihrer sonst so klaren Haut. Ganz nah trat sie an Benedikt heran. Mit ihren Augen sandte sie zärtliche Signale in seinen angsterfüllten Blick.

»Das weißt du doch schon länger, oder?«

»Was?«

»Siebzehnter Januar, neunzehn Uhr dreißig. Alsberger Rathaus. Ein Mann mit traurigen Augen. Und eine Frau, die sich nach Liebe sehnt.«

Dann öffnete sie ihre Lippen und küsste ihn ganz sacht.

MITTWOCH, 25. MÄRZ

25

7.20 UHR

»Schönen guten Morgen.«

Freundlich wurde René Wilmers von dem bebrillten jungen Mann im blauen Polohemd begrüßt, als sich die Automatiktür des Shops der ansonsten verwaisten Tankstelle hinter ihm schloss. Auch wenn er kein Morgenmuffel war, brach der Hauptkommissar nur selten so früh zur Arbeit auf, weil er zu Beginn eines jeden Tages gern ein wenig Zeit mit seiner Frau verbrachte. Doch die bürokratischen Folgen eines Diebstahldelikts zwangen ihn an seinen Schreibtisch. Da Edyta, Marias Pflegerin, bereits um sieben Uhr eingetroffen war, glaubte er schnell zur Tat schreiten zu können. Aber die Tankanzeige seines Dienstwagens hatte einen Zwischenstopp angemahnt. Er ließ seinen Blick über das Süßigkeitenregal schweifen und entdeckte die Gummibärchen, die er Maria in besseren Zeiten immer mitgebracht hatte.

»Das macht genau 77 Euro«, sagte der junge Kassierer, dessen Ansteckschild ihn als Orhan Savaş auswies.

»Gern«, antwortete Wilmers und zückte das Portemonnaie, »aber wissen Sie, dass die Tanksäule drei nicht funktioniert? Ich habe da immer gedrückt und gewartet, und dann musste ich zu einer anderen Säule fahren.«

»Oh, das tut mir leid«, erwiderte der junge Mann, »schon vor zehn Minuten hat mich eine Kundin darauf angesprochen. Ich habe bereits den Chef angerufen, aber der ist nicht rangegangen.«

»Nun ja«, sagte Wilmers beschwichtigend, obwohl er das Gespräch nicht vertiefen wollte, »vielleicht möchte Ihr Chef mal ausschlafen.«

Orhan schüttelte den Kopf. »Da kennen Sie Herrn Hambrück schlecht. Wenn's um seine Tankstellen geht, ist er rund um die Uhr erreichbar.«

Bei diesem Namen klingelte etwas in Wilmers' Ohren. Damals, als »der Geist« sein Unwesen trieb, hatte er Klaus Hambrück befragt. Manchmal verbarg sich hinter einem groben Auftreten durchaus ein warmherziges Wesen, aber Hambrücks Benehmen hatte er in schlechter Erinnerung, zumal er bei der Erstvernehmung durch die Streifenpolizisten gerade noch an einer Anzeige wegen Beamtenbeleidigung vorbeigeschrammt war.

»Aber heute haben Sie ihn nicht erreicht?«, fragte er nach und verfluchte sich innerlich sofort dafür. Er musste sich nicht wundern, wenn er wertvolle Zeit verplemperte, nur weil sich seine Ermittlerstimme wieder gemeldet hatte.

»Ich verstehe das auch nicht«, sagte der Kassierer und entsperrte das Handy, das vor ihm auf dem Tresen lag. »Beim ersten Mal hat er mich anscheinend weggedrückt. Danach ging immer nur die Mailbox an.«

»Merkwürdig.«

»Ja, und seine Frau kann ich auch nicht erreichen. Dann habe ich noch eine Kollegin angerufen, und die hat gesagt: Vielleicht wieder mal *du weißt schon was*.«

»Du weißt schon was?« Mit einem gewinnenden Lächeln fixierte der Hauptkommissar sein Gegenüber.

Betreten senkte der Angestellte seinen Blick.

»Ach, darüber dürfen wir nicht reden.«

»Bleibt ja unter uns!«, entgegnete der geübte Ermittler.

Orhan nahm seine Brille ab, rieb mit einem Bügel am Kinn und raunte ihm dann zu: »Vielleicht gibt es da ein klitzekleines Alkoholproblem.«

»Stimmt so, Herr Savaş.« Wilmers klatschte drei Scheine auf den Tresen und eilte zur Tür.

26
7.45 UHR

Klack, klack, klack.

Der Sekundenzeiger der billigen Wanduhr im Pfarrbüro begleitete seine Grübeleien. *Denn ihr wisset nicht, wann es Zeit ist,* stand in blasslila Lettern auf dem Zifferblatt. Ein Werbegeschenk der Landeskirche. Viertel vor acht. Benedikt war froh, hier allein und hoffentlich für eine Weile ungestört zu sein.

Klack, klack, klack.

Er hatte die ganze Nacht kein Auge zugetan. Nachdem er Nicole – soweit es seiner Einschätzung nach das Beichtgeheimnis gerade noch zuließ – die wichtigsten Details seiner Schreckenstat erzählt hatte, war es noch richtig spät geworden. Sie hatte so unglaublich verständnisvoll, ja dankbar reagiert. Nein, den Leichnam hatte sie nicht sehen wollen. Auch die Polizei wollte sie auf keinen Fall verständigen. Er erinnerte sich noch genau an ihre Worte: *Es kann doch nicht angehen, dass wegen eines solchen Widerlings, der den Tod verdiente, mein Held und Retter ins Gefängnis kommt.*

Sie hatte ihm gestanden, dass sie Hambrück einmal geliebt oder es sich wenigstens eingebildet hatte. Und dass sie nach all den Demütigungen und Schlägen selbst schon öfter Mordgedanken gehegt hatte. Sie hatte sogar Schlaftabletten gehortet, sich von ihrem Hausarzt immer wieder neue verschreiben lassen. Aber letztlich hatte es ihr an Mut gefehlt. Auf Benedikts Frage, wie es nun weitergehen sollte, hatte sie geantwortet: *Nichts überstürzen. Erst einmal zur Ruhe kommen. Du und ich zusammen: Wir finden bestimmt einen Weg.*

Nicole hatte Hambrücks Handy an sich genommen und ihm versprochen, es auf sicherem Wege zu entsorgen. Dann hatten sie ihre Mobilnummern ausgetauscht und einander zum Abschied vorsichtig umarmt. Benedikt hatte versucht, sie noch einmal zu küssen. Ganz sanft hatte sie ihn abgewiesen und mit einem Lächeln gesagt: *Noch nicht, aber bald.*

Das Telefon klingelte. So früh schon? Da er die Nummer auf dem Display nicht kannte, hob er nicht ab. Er musste nachdenken, in Ruhe abwägen, was geschehen war. Und dann eine Lösung finden. Aber wie sollte die aussehen, wenn er nicht Selbstanzeige erstattete und die Tat gestand?

Klack, klack, klack.

Bitte geh nicht zur Polizei, hatte Nicole ihn vor der letzten Umarmung noch angefleht. Wie gut ihr Haar gerochen hatte. Da war so ein Himbeerhauch wie aus einer edlen Rose. Und als ihn dann eine Strähne leicht am Hals gekitzelt hatte. Es war nicht einfach nur eine sexuelle Anziehung gewesen. Das sicherlich auch, aber das Gefühl hatte ihn tiefer berührt. So ein Sausen im Oberbauch. Silke hätte gewusst, welches Chakra da aktiviert worden war.

Klack, klack, klack.

Mein Gott, Silke! Als er spätnachts nach Hause gekommen war, hatte er gehofft, sie schon schlafend vorzufinden. Auf Zehenspitzen hatte er sich der Schafzimmertür genähert. Sie hatte auf dem Bett gesessen und gefragt, ob sie noch reden könnten.

Du, ich schlafe in meiner Klause, hatte er gesagt. *Ich werde bestimmt wieder schnarchen. Und außerdem fühle ich mich wie erschlagen.* Erst nachdem er die Tür geschlossen hatte, war ihm aufgegangen, was für eine furchtbare Formulierung er da gewählt hatte.

Erschlagen. Er hatte einen Menschen umgebracht! Alles verraten, was ihm heilig war. Da hatte es vor ein paar Jahren ein sechswöchiges Kanzeltauschprojekt gegeben zwischen seiner Landeskirche und der *Lutheran Church* im US-Bundesstaat Texas. Auf die Anfrage eines Oberkirchenrats, ob er nicht daran teilnehmen wollte, hatte er geantwortet, dass er niemals in einem Land leben und arbeiten würde, in dem es der Justiz erlaubt sei, Menschen zum Tode zu verurteilen. Könnte ein solches Urteil nicht für sein eigenes Verbrechen die angemessene Lösung sein? *Wer einen Menschen tötet, tötet die ganze Welt,* hieß es im babylonischen Talmud. Schon der Kinderpsychologe, zu dem ihn seine Mutter einst geschickt und dessen Wegweisung ihm viel bedeutet hatte, wusste diesen Satz zu zitieren. *Und wer einen einzigen Menschen rettet, rettet die ganze Welt.*

Nicole.

Hatte er nicht Nicole Hambrück das Leben gerettet?

Klack, klack, klack.

Nein, er machte sich etwas vor. Wäre auch nur ein Funken von dem übrig, was seinen immer schon beschädigten und zaghaften Glauben ausgemacht hatte, dann müsste er viel grundsätzlicher mit sich selbst ins Gericht gehen. Genau genommen: *vor* Gericht und in die Zelle? Oder gar den Richterspruch Gottes abwarten? Nein, es ergab keinen Sinn, sich jetzt ins Mythenreich der Heiligen Schrift zu flüchten.

Warum hatte sich der Augenblick, in dem das schwere Kruzifix auf Hambrücks Kopf aufschlug, so reinigend und befreiend angefühlt? Das Kreuz Christi als Mordwaffe. War ein solcher Missbrauch eines Glaubenssymbols nicht schlimmste Blasphemie? Todsünde im Quadrat? Vielleicht hob die eine Sünde die andere auf. Benedikt fasste sich an die Stirn. Sie war heiß, als hätte er Fieber. Wie hieß es noch in dieser Osterpredigt von Martin Luther, mit der er sich im kirchengeschichtlichen Proseminar herumgeschlagen hatte: *Christus hat den Tod getötet, der Sünde Sünde angetan und dem Teufel einen Teufel geschaffen in sich selber.* Den Tod getötet! Was bedeutete es dann, einen Mörder zu ermorden, und sei es auch nur einen potenziellen? Heftig schüttelte Benedikt seinen Kopf, nicht etwa, weil er den Gedanken sofort verneinte, sondern weil er das Gefühl hatte, seine Neuronen neu sortieren zu müssen. Es half ein bisschen.

Klack, klack, klack.

Er tauchte aus der Welt der theologischen Spekulationen wieder in der nüchternen Realität auf und resümierte, dass ihm nichts anderes übrig blieb, als sich bei der Polizei zu melden. Wann? Jetzt gleich? Oder vielleicht doch die Leiche entsorgen und darauf hoffen, dass nicht allzu viele Menschen den fiesen Tankstellenkönig vermissten? Er stellte sich Nicoles zart geschwungene Lippen vor, und ihre sanfte Stimme echote in seinem Sinn.

Nichts überstürzen ... Du und ich zusammen ...

Diese Dankbarkeit, diese Zuneigung, als spielte für Nicole das Schlimme, das zutiefst Verwerfliche, das er getan hatte, keine Rolle. Es fühlte sich nach bedingungsloser Liebe an, nach dieser erstaunlichen Kraft, welche die Theologen gemeinhin Gott zuschrieben. Jemanden annehmen mit allen Schwächen, allen Fehlern, die Liebe stets mächtiger sein lassen als allen Zorn, das konnte doch nur Gott allein. Und wenn nun Nicole seine Göttin war?

Benedikt sprang mit einem Ruck vom Schreibtisch auf, um sich von diesem häretischen Gedanken buchstäblich zu distanzieren. Sein Bürostuhl kollerte über den Linoleumboden nach hinten. Und wenn sie keine Göttin war, aber der Himmel sie geschickt hatte?

Bedingungslose Annahme. Hatte er so etwas jemals erlebt? Bei seiner Mutter nicht, bei seinen Lehrern nicht, bei seinen Freunden? Bei Silke schon gar nicht. Bei niemandem. Doch, in Ansätzen schon. Burkhard Buhse, der so freundlich zu ihm gewesen war, der ihm den Weg zum Glauben gewiesen hatte.

Aber das war schon so lange her.

Klack, klack, klack.

Lasset die Kinder und wehret ihnen nicht
(Matthäus 19,14)

Burkhard Buhse mochte den kleinen Jungen sehr. Für ihn war er, wie jedes Kind, ein Geschenk Gottes. Zum vierten Mal war der Siebenjährige nun schon in seiner Praxis. Er schien sich wohlzufühlen und entspannte sich zusehends.
Immer wenn der Kleine das Therapiezimmer betrat, griff er zuerst nach den Holzfiguren, die Buhse von einer befreundeten Kunsthandwerkerin nach seinen eigenen Entwürfen anfertigen ließ. Eine Investition, die sich bezahlt machte, denn diese Gestalten mit den freundlichen Gesichtern – Adam und Eva mit übergroßen Feigenblättern, Moses, David und Goliath, Jesus als Kind in einer Krippe und als erwachsener Mann, Maria und Joseph und noch einige mehr – erleichterten die therapeutische Kontaktaufnahme. Manchmal gelang es sogar, mithilfe dieser Figuren Familienkonflikte auszudrücken und in verschiedenen Variationen durchzuspielen.
Buhse erlaubte es dem Jungen, während der Therapiestunde vor dem Couchtisch zu knien und mit den biblischen Holzgestalten zu spielen. Er war davon überzeugt, dass jede Form der Auseinandersetzung mit der Bibel den Menschen half, zur Quelle des Lebens zurückzufinden. Er rückte seinen Stuhl zurecht, schlug die Beine übereinander und schrieb den Namen des Jungen und das Datum der Sitzung auf seinen Notizblock.
»Oh!«, rief der Junge plötzlich und zuckte zusammen, als ihm aus Versehen eine der Holzfiguren zu Boden gefallen war. »Ich mach aber auch alles kaputt.«
»Nicht so schlimm«, antwortete der Kinderpsychologe milde. »Wer sagt denn, dass du immer alles kaputt machst?«
»Mama.«
»Ja. Deine Mama sagt auch, dass du ganz oft zornig bist und manchmal sogar deine Mitschüler verprügelst.«
»Aber das stimmt doch gar nicht!«

Auf einmal schien der Junge den Tränen nah.
»Der Thorsten hat mir in der Schwimmhalle die Badehose runtergezogen, und alle Mädchen aus der Klasse haben gelacht. Da habe ich ihn bloß geschubst. Und er hat mir dann ins Gesicht geboxt, und meine Nase hat geblutet. Dann hat Frau Dietrich mich nach Hause geschickt. Und Thorsten auch.«
»Und was ist dann passiert?«
Der kleine Junge nahm zwei Figuren in die Hände und rieb sie aneinander.
»Mama hat geschimpft. Thorstens Mutter hat sie angerufen und gesagt, dass ich angefangen habe. Ich habe dann gesagt, dass das nicht stimmt. Ganz normal, gar nicht laut. Aber sie hat dann gesagt: Wenn du jetzt wieder schreist, hat das alles keinen Sinn. Und dann hat sie meinen großen Bruder geknuddelt und gesagt: Wie gut, dass wenigstens du ein lieber Junge bist.«
Burkhard Buhse blickte auf die Kinderhände, die nach wie vor zwei kleine Holzfiguren aneinanderpressten. Jakob und Esau, die beiden Brüder, die um den Erbsegen ihres Vaters Isaak konkurrierten. Erstaunlich, wie sich Wort und Geste doch manchmal glichen. Gottes Weisheit war offenbar untrüglich. Der Therapeut notierte die Worte Bruderzwist und Eifersucht auf seinem Block und kreiste sie ein. Rolle der Mutter? schrieb er darunter.
Er erinnerte sich noch gut an die erschöpft wirkende Frau, wie sie, den Jungen am langen Arm hinter sich herziehend, zur Anmeldung gekommen war. Wie sie erzählt hatte, dass sich nach dem frühen Tod ihres Ehemanns ihr Leben so dramatisch verändert hatte. Dass sie wieder arbeiten musste und sich trotzdem immer redlich um die Kinder bemühte. Um den Großen machte sie sich wenig Sorgen, aber der Kleine wäre immer so wild und aggressiv. Kaum ein Tag verginge ohne eine neue Katastrophe.
Buhse vermochte das nicht ganz nachzuvollziehen. Sein klei-

ner Klient kam ihm zwar lebhaft, aber doch auch schüchtern vor, und dabei immer sehr aufmerksam. Eigentlich ein Kind, wie er es gern gehabt hätte, was seiner Frau und ihm leider verwehrt blieb. Selbst wenn er den Jungen bewusst provozierte, blieb er doch meistens ruhig. Dieses Kind brauchte nur ein bisschen Unterstützung. Vielleicht noch fünf oder sechs Stunden. Dann wäre er auf einem guten Weg, ein friedfertiger Christenmensch zu werden.

Noch immer hatte der Junge die beiden Holzfiguren in den Händen, schob sie auf dem Tisch auseinander und wieder zusammen und machte mit seinem Mund dazu Geräusche, die an den Aufprall eines Boxhandschuhs auf einen Sandsack erinnerten.

»Sag mal: Welche von den Figuren bist du?«

Buhse rechnete damit, dass sich der Kleine für Jakob oder Esau entscheiden würde, wo er doch gerade in das Spiel mit den biblischen Brüdern vertieft war. Aber der Junge legte die beiden beiseite, griff entschlossen nach einer großen Figur aus der Mitte. Es war eine mit langen gewellten Haaren, einem freundlichen Lächeln und einem bräunlichen Gewand, eine Hand zum Segensgruß erhoben. Jesus. Der Junge winkte damit und strahlte.

»Hallo. Das bin ich.«

27

9.05 UHR

Benedikt überquerte den Kirchhof. Ihn fröstelte bei der Vorstellung, an den Schauplatz des Verbrechens zurückzukehren. Nun galt es, einen kühlen Kopf zu bewahren. *Realitätsprüfung* nannte das Frau Dr. Montenbruck. Immer wenn entweder die Angst oder die Melancholie dazu führte, dass seine Fantasie Kapriolen schlug, sollte sich Benedikt möglichst nah an die vermutete Ursache der emotionalen Verfassung heranbewegen.

Da die Glocke der Kirchturmuhr eben erst neunmal geschlagen hatte, würde er sich ungestört dem Tatort nähern können. Demuth begann für gewöhnlich erst gegen zehn Uhr seinen Dienst und öffnete dann auch das Portal für die Touristen, die im März jedoch nicht so zahlreich erschienen, und für die Mitglieder der Gemeinde, die St. Petri als Ort der stillen Andacht schätzten.

Nachdem er eingetreten war und wieder abgeschlossen hatte, konnte er diese Atmosphäre sofort wieder spüren. Der feuchte, beinahe etwas schimmelige Geruch, der hier stets vorherrschte, minderte die erhabene Stimmung nicht. Wohl aber der Gedanke, dass er selbst die Heiligkeit des Ortes ein für alle Mal entweiht hatte.

Durch den Mittelgang schritt er auf die Chorstufen zu. Die Petrusskulptur schien ihn zu verhöhnen. Der Blutfleck zwischen Auge und Nasenflügel war über Nacht ein wenig verblasst, aber immer noch sichtbar. Vielleicht sollte er sich nachher in der Vogtei eine Trittleiter besorgen und das vermeintliche Tränenmal mit Brennspiritus abtupfen. Doch zunächst musste er die Sakristei in Augenschein nehmen. Auf dem Weg dorthin knickte er einmal kurz ein. Seine Beine wollten ihm nicht recht gehorchen.

Als er den Raum betrat, verspürte er kurz Erleichterung. Nichts wies mehr auf die entsetzlichen Dinge hin, die sich am Vorabend hier abgespielt hatten. Er bückte sich, strich mit dem Zeigefinger über den Boden – keine Spur von Blut. Aber er wusste, Kriminaltechniker würden Mittel und Wege finden, auch kleinste Blutmengen sichtbar zu machen. Das Verfahren, das eine Lösung namens Luminol und Schwarzlichtlampen verwendete, kannte er aus einer Fernsehdokumentation. Allerdings mussten die Mitarbeiter der Polizei zunächst einmal darauf kommen, wo sich die Suche lohnen würde.

Den schlimmsten Gang hatte er sich für den Schluss aufgespart. Wann fing ein Leichnam an zu riechen? Würden ihm schon Fliegen entgegenschwirren, wenn er die alte Holztür öffnete? Angewidert merkte er, wie Magensäure in seine Speiseröhre hochstieg. Jetzt bloß nicht erbrechen! Er spannte die Muskeln an und machte sich auf den Weg zur Krypta.

Gerade wieder am unseligen Petrus vorbeigekommen, ließ ihn ein metallisches Geräusch aus dem Chorumgang ihn innehalten. Was war das? Da, noch einmal! So ein Scharren oder Schaben. *Das kann doch nicht ...*

»Herr Pastor Theves, wieso schleichen Sie denn hier schon herum?« Demuth stand mit einem Werkzeugkoffer in der Hand direkt vor dem Zugang zur Krypta. Und hinter ihm hockte jemand in einem blauen Overall und hantierte an der klapprigen Tür. War Benedikt bereits aufgeflogen?

»Ich, ja ...«, Benedikt fand vor Schreck nicht so schnell die Worte. »Und was machen Sie hier schon so früh?«

Der Mann in Blau kehrte ihnen weiterhin den Rücken zu und schlug mit einem Hammer auf den Türpfosten ein.

»Der frühe Vogel, he, he, he«, erwiderte der Küster gut gelaunt. »Nein, ich hab dem Schlosser ja gesagt, vor zehn soll er nicht kommen. Aber die Handwerker ...«

Demuth sah ziemlich übernächtigt aus.

»Was ist mit der Krypta?«, fragte Benedikt tonlos.

»Nichts ist mit der Krypta. Das übliche Gerümpel wie immer. Ich habe schon tausendmal angeboten, da unten auszumisten. Aber immer sagt einer: Das brauchen wir alles noch, das kann noch nicht weg. Nee, ich habe den Schlosser angerufen, weil die Tür nicht mehr richtig schließt. Wenn sich da mal einer rein verirrt, kann er sich den Tod holen.«

Benedikt hielt den Atem an. »Und jetzt?«

»Und jetzt?«, gab Demuth zurück. »Jetzt gibt's erst mal ein Vorhängeschloss als Provisorium. Und dann kann nur ich da rein.«

»Kommt gar nicht infrage«, entgegnete Benedikt, schroffer als er beabsichtigt hatte. Er war zwar erleichtert, dass der Küster offenbar noch nichts von der Schreckenstat bemerkt hatte, aber wenn ihm selbst jetzt der Zugang zur Leiche verwehrt würde ….

»Ach, Herr Theves, wenn Sie von dem Kram was brauchen, rufen Sie mich einfach an.«

»Nein. Wenn Sie hier fertig sind, erwarte ich, dass Sie einen Zweitschlüssel in mein Büro legen.«

»Aber …«

»Herr Demuth, das ist keine Bitte, sondern eine Anordnung!«

Benedikt ließ den Küster, der nach der unerwarteten Schärfe seiner Worte ganz betreten dreinblickte, stehen und lief in Richtung Hauptportal. In der Vierung vor den Chorstufen nahe der ersten Bankreihe lag ein kleiner schwarzer Gegenstand am Boden, der ihn an ein Einwegfeuerzeug erinnerte. Wütend kickte er das Teil in den Mittelgang, dass das Plastikgehäuse nur so schepperte. Sollte Demuth doch besser den Müll wegräumen, statt überall herumzuschnüffeln. In einem Lichthof, der durch die Morgensonne entstand, die in die östlichen Fenster hereinbrach, blieb der Gegenstand liegen.

»Moment!«, entfuhr es Benedikt.

Das war gar kein Feuerzeug. Er ging in die Knie und nahm das Plastikteil in die Hand. Es war ein elektronischer Autoschlüssel mit einem eingeprägten BMW-Logo. *Wer verliert denn seinen Schlüssel in der Kirche und merkt es nicht?* Er hatte diesen Gedanken noch nicht ganz zu Ende formuliert, da dämmerte es ihm: Hambrück war bestimmt nicht zu Fuß zur Beichte erschienen. Und fuhr er nicht so eine schreckliche schwarze Protzkiste? Der Schlüssel musste auf dem Weg zur Krypta aus Hambrücks Tasche gefallen sein. Benedikt dachte nach. Auf dem Parkplatz vor der Kirche war der Wagen definitiv nicht abgestellt. Aber wo sonst?

28

9.35 UHR

Eine ganze Viertelstunde hatte Benedikt die Seitenstraßen rings um den Kirchplatz abgesucht, hatte auch die Stellplätze hinter dem ehemaligen Kino überprüft, aber da war außer einem alten, eher bescheidenen Modell mit H-Kennzeichen kein BMW weit und breit. Er überlegte, ob Hambrück seinen Wagen vielleicht im Parkhaus nahe der Fußgängerzone abgestellt hatte. Das würde eine aufwendige Suche werden angesichts der sechs Geschosse. Aber Typen wie Hambrück machten sich bestimmt nicht die Mühe, ein Ticket zu lösen und fünf Minuten zu laufen. Die nahmen lieber einen Strafzettel für Falschparken in Kauf. Da fiel ihm der Seitenstreifen mit dem eingeschränkten Halteverbot gegenüber dem *Niedersächsischen Hof* ein. Ein großer Getränkelaster stand dort und versperrte ihm die Sicht und auch den Weg, weil er ganz dicht an der Häuserwand geparkt war. Er erinnerte sich, dass es bei den neueren Fahrzeugen eine Funktion gab, mit der man seinen Wagen auch auf einem unübersichtlichen Parkplatz wiederfand. Vorsichtig drückte er eine der Tasten auf dem Schlüssel, und schon piepte es zweimal hinter dem Laster. Er zwängte sich am Getränkewagen vorbei und sah das pechschwarze Ungetüm, das Hambrück am Vorabend dort hinterlassen hatte: mit einem Vorderreifen auf dem Bürgersteig, während das Heck ein ganzes Stück auf die Fahrbahn herausragte. Noch einmal drückte Benedikt die Taste, hörte erneut dieses Piepen, wozu die Warnblinkanlage zweimal kurz aufleuchtete. Kein Zweifel, das war der Wagen, der schleunigst verschwinden musste. Kennzeichen KH 1000. Zum Glück hatten die Ordnungshüter noch kein Knöllchen hinter den Scheibenwischer geklemmt. Das hätte gerade noch gefehlt. Benedikt wandte sich vom Fahrzeug ab, um nicht verdächtig zu erscheinen, nahm sein Handy aus der Tasche und klickte die Verbindung an, die er diskret mit dem Kürzel N eingespeichert hatte. Wusste Nicole, was zu tun war? Den BMW zu ihr nach Hause zu bringen und dort in die Garage zu stellen, war keine gute Idee. Aber sie nahm nicht ab, und es war auch keine Mailbox eingeschaltet.

Er spürte, wie sich die Anspannung in seinem Körper ausbreitete. Stehen bleiben durfte der Wagen hier auf keinen Fall. Er schaute sich um und entdeckte vor dem Hoteleingang einen Mann in Nadelstreifenanzug und Krawatte, der eine Zigarette rauchte. Benedikt entfernte sich eilig ein paar Schritte und holte erneut sein Handy aus der Tasche. Er drückte auf die Wahlwiederholung, doch es ertönte auch jetzt wieder nur das Freizeichen. Endlich hatte der rauchende Anzugträger seinen Zigarettenstummel fallen gelassen und war wieder im *Niedersächsischen Hof* verschwunden.

Vorsichtig schaute Benedikt in alle Richtungen. Der Zeitpunkt schien günstig. Er öffnete schnell die Tür auf der Fahrerseite und stieg ein. Und fremdelte. Es dauerte eine Weile, bis er die hochmoderne Technik des Armaturenbretts samt allen Schaltern und Displays durchschaut hatte. Sein anständiges, aber nicht üppiges Pastorengehalt hatte bislang immer nur für bescheidene Gebrauchtwagen gereicht. Dann drückte er den Startknopf, bugsierte den BMW vom Bürgersteig und verließ die Innenstadt in westlicher Richtung. Kurz erschrak er, als er ein Martinshorn in der Nähe aufheulen hörte. Aber die Sirene wurde schon wieder leiser. Die Polizei war also nicht seinetwegen unterwegs. *Noch nicht ...*

Gab es in der Nähe eine provisorische Abstellmöglichkeit? Für eine endgültige Lösung hatte er weder genügend Zeit noch eine Idee. Da fiel ihm die Gewerbebrache an der Merve ein, nicht weit von der Anlegestelle von Antonius' Hausboot entfernt. Von dort aus könnte er zu Fuß in die Stadtmitte zurückkehren und würde auf dem Weg durch das Wohngebiet, in dem es zu dieser Vormittagszeit ziemlich ruhig war, mit etwas Glück niemandem auffallen.

Die Fahrt verlief ohne Zwischenfälle, auch wenn der Wagen von Zeit zu Zeit Geräusche von sich gab, die vom Keilriemen kommen mussten. Er schmunzelte, ausgerechnet der Wagen eines Tankstellenkönigs, der auch mehrere Werkstätten besaß, funktionierte nicht reibungslos. Vorsichtig blickte er nach links und rechts auf andere Fahrzeuge und einige wenige Passanten, doch niemand schien Notiz von ihm zu nehmen.

Schauerlich kreischten die Scharniere des verrosteten Eisentors zum Hof der ehemaligen Wäscherei, als Benedikt es aufschob. Glücklicherweise war das Tor nicht abgeschlossen gewesen. Er lenkte den BMW in den Innenhof des u-förmigen Gebäudes, der vom Schotterweg aus nicht einzusehen war, und stellte den Wagen hinter einem ausgedienten, notdürftig mit einer Plane bedeckten Gabelstapler ab. Es kostete ihn einige Mühe, die mit Vogelkot, Staub und öliger Schmiere verdreckte graue Folie von dem Stapler herunterzureißen. Schließlich gelang es ihm, und die Plane reichte aus, um Hambrücks Auto so weit zuzudecken, dass niemand mehr auf den ersten Blick eine fast fabrikneue Luxuskarosse unter der Verhüllung vermuten konnte. Den Autoschlüssel behielt er für den Fall, dass er den Wagen bei nächster Gelegenheit an einen sichereren Ort überführen würde.

Noch einmal versuchte er, Nicole anzurufen. Wieder kein Kontakt.

Als er das Gelände verlassen wollte, hörte er Schritte, die sich im Lauftempo vom Flussufer her näherten. Rasch duckte er sich hinter einen gemauerten Pfeiler neben dem Eisentor. *Nur ein Jogger,* stellte er erleichtert fest und spähte vorsichtig auf den Schotterweg. Das Erste, was er sah, war das Wippen einer blonden Tolle, dann ein großer schwarzer Kopfhörer, der den Läufer wie eine Disney-Figur aussehen ließ. Vikar von Wagner.

Intuitiv duckte er sich noch etwas tiefer hinter den Pfeiler. Zum Glück hatte von Wagner ihn nicht bemerkt. Wie hätte er auch sollen, wenn seine Ohren mit irgendeiner scheußlichen Musik und seine anderen Sinne von seiner eigenen Großartigkeit und Schönheit wie berauscht waren! Benedikt hatte sich schon oft, zum Beispiel bei seinen Konfirmanden, darüber geärgert, wie autistisch die junge Generation doch geraten war. Diesmal war er ausgesprochen dankbar dafür.

29

15.10 UHR

Brigitta Stern war gerade nach Hause gekommen, als es an der Tür klingelte. Sie dachte, dass es bestimmt nur ein Werbungsverteiler wäre, und blieb auf dem Küchenstuhl sitzen. An diesem Tag hatte sie Teildienst im Restaurant des *Niedersächsischen Hofs,* und das hieß, dass sie nach dem Mittagstisch nun drei Stunden Pause hatte, bis ihre Abendschicht begann. Drei Stunden, in denen sie immerhin etwas Zeit mit Clara verbringen konnte, auch wenn ihre Tochter, wie seit Monaten schon, kein Wort sprach. Immerhin war sie ein wenig aufgetaut, seit sie am vergangenen Sonntag mit dem Pastor in die Sakristei gegangen war.

Ein neuerliches Klingeln riss sie aus ihren Gedanken. Clara konnte es nicht sein. Es sei denn, sie hätte ihren Schlüssel vergessen. Seufzend ging Brigitta Stern zur Wohnungstür und betätigte den Summer für den Hauseingang.

Der Paketbote schnaufte, als er endlich im dritten Stock angekommen war. An einen Fahrstuhl hatte man beim Bau des schlichten Mehrfamilienhauses vor rund dreißig Jahren nicht gedacht.

»Guten Tag. Kennen Sie Herrn Gerhard Lindner aus dem Erdgeschoss?«

»Kennen wäre zu viel gesagt. Ich weiß, wer das ist.«

Man grüßte sich halt unverbindlich. Außerdem war Brigitta Stern der etwas verhuschte, allein lebende Mann, von dem niemand wusste, was er tat, nicht ganz geheuer.

»Könnten Sie bitte eine Postsendung für ihn annehmen?«, fragte der junge Mann mit freundlich-demütigem Blick.

»Na, ich weiß nicht. Ich muss nachher ...«

»Ach, bitte«, sagte der Bote, »heute ist nämlich echt nicht mein Tag. Wenn es so weitergeht, bringe ich am Abend mehr als die Hälfte aller Päckchen wieder ins Lager zurück.«

»Also schön.« Sie lächelte ihn an, nahm den Stift, den er ihr reichte, unterzeichnete auf dem Display seines kleinen Diensttablets und nahm die Sendung entgegen. Es war kein richtiges Päckchen, eher ein dicker Pappumschlag, in dem man Zeitschriften verschickt.

Brigitta Stern schloss die Wohnungstür und wunderte sich über die anonym wirkende Verpackung. Festes Textil-Tape war um die Ränder geklebt, sodass ein unbemerktes Öffnen unmöglich war. Der Adressat war korrekt angegeben, nur dass man *Baeumlerstrasse* geschrieben hatte, da man am Herkunftsort der Sendung wohl keine deutschen Sonderzeichen kannte. Und kein Hinweis auf den Absender? Sie überprüfte nun auch die Rückseite des Umschlags. Da fand sie einen kleinen pinkfarbenen Stempelabdruck, offenbar etwas unsauber aufgesetzt und zu einem Drittel vom Packband abgedeckt. Wenn sie sich nicht versah, stand da, umgeben von asiatisch anmutenden Schriftzeichen, in kursiv gesetzten Kleinbuchstaben: *petitemodel corp.*

Ein kalter Schauer lief ihr über den Rücken. *Petite Model*. Konnte das nicht, ähnlich wie *Lolita,* ein Codewort für Pädophile sein? Vielleicht schlug ihr Mutterinstinkt ja falschen Alarm. Aber wenn man eine halbwüchsige Tochter hatte, musste man in solchen Dingen aufmerksam sein. Mit Ekel erinnerte sie sich an einen Fernsehbeitrag über Kinderpornografie und die weitgehende Machtlosigkeit der Behörden. Lindner, diese blasse, immer etwas verschämt dahinschleichende Karikatur von einem Mann – das passte doch irgendwie. Vor gut einem halben Jahr war er im Erdgeschoss eingezogen, hatte nur wenige Möbel und Kartons, dazu eine rätselhafte riesige Holzplatte dabeigehabt und alles allein aus einem gemieteten Sprinter geladen. Und – jetzt wurde ihr richtig übel – hatte er nicht manchmal im Vorgarten gewartet, wenn Clara aus der Schule kam? Sie immer wieder angesprochen und ihr nachgeschaut, wenn sie in den Hauseingang weiterging? Und das arglose Kind hatte diesen widerlichen Kerl auch noch freundlich angelächelt. Brigitta hatte dies mehr als einmal vom Küchenfenster aus beobachtet.

Ein Schlüsselbund rasselte im Schloss der Wohnungstür. Clara. Nein, sie durfte ihr Kind auf keinen Fall darauf ansprechen, sich nicht einmal etwas anmerken lassen. Mit spitzen Fingern griff sie nach dem Päckchen und verstaute es schnell im Besenschrank. Wenn sie nun Robert in der Werkstatt anrief? Sie verwarf den Gedanken gleich wieder. Das Thema würde Zeit brauchen, und Clara sollte auf keinen Fall etwas merken. Doch am späten Abend, nach der Schicht im Restaurant, wenn das Mädchen schlief, dann hätten sie und ihr Mann etwas Dringendes zu besprechen.

»Hallo, Schatz, wie geht's?«

Keine Antwort. Aber immerhin ein Lächeln.

30

18.00 UHR

»Guten Abend. Ich möchte Ihnen zuallererst mein tief empfundenes Beileid aussprechen.« Etwas unsicher stand Benedikt in einem altmodisch eingerichteten Flur voller Setzkästen mit kleinen Kitschfiguren und Vasen mit künstlichen Blumen und drückte einer Frau mit verweinten Augen die Hand.

Der Anruf von Hendrik Kandetzki, dem Bestatter, war um die Mittagszeit eingegangen, als Benedikt mit dem Kirchenvorstandsvorsitzenden Schmiedemann, der sich extra freigenommen hatte, über den Zahlen des spätestens am 15. April fälligen Haushaltsabschlusses des Vorjahrs gebrütet hatte. Nach seiner Verdunklungsaktion, die ihn mit Hambrücks Fahrzeug zur alten Wäscherei geführt hatte, hatte er es gerade noch geschafft, rechtzeitig zur Finanzberatung im Kirchenbüro zu erscheinen. Die Zahlen auf den Haushaltslisten waren ihm wie verzerrte Zeichen einer gänzlich unbekannten Schrift vorgekommen. Den ganzen Tag lang hatte er Schwierigkeiten gehabt, sich auf irgendetwas anderes als seine innere Zerrissenheit zu konzentrieren. Zeit und Ruhe für einen weiteren Anrufversuch bei Nicole hatte er auch nicht gefunden. Nun wurde, weil der Tod ja meistens unvorhergesehen kann, am selben Abend auch noch sein seelsorgerlicher Beistand gebraucht. Und Benedikt wusste, wie wichtig es war, in einem Beerdigungsgespräch genau zuzuhören. Sonst lief man Gefahr, bei der Trauerfeier Unsinn zu erzählen.

Als Heike Thalmann, die Tochter der verstorbenen Frau Haselböck, ihn in das kombinierte Wohn- und Schlafzimmer führte, in dem die ältere Dame in der vergangenen Nacht ihr Leben ausgehaucht hatte, meinte er den Geruch des Todes wahrzunehmen. Aber es war wohl nur der übliche, leicht süße Gestank von wirkungslosen Einreibemitteln, die die meisten Alten benutzten, weil in den öffentlich-rechtlichen Fernsehsendern unentwegt dafür geworben wurde.

»Hier haben wir sie heute Morgen gefunden«, sagte Frau Thalmann tonlos und wies mit einer matten Geste auf das bescheidene Einzelbett, das bereits wieder mit einer Tagesdecke gerichtet worden war.

»Dann hat Kandetzki sie abgeholt. Er meinte zwar, wir sollten sie noch eine weitere Nacht hierbehalten, um Abschied zu nehmen. Aber das hätten wir, glaube ich, nicht ausgehalten.«

»Das kann ich verstehen«, sagte Benedikt und meinte es auch so. Zwar schätzte er Kandetzki als unkonventionellen Beerdigungsunternehmer, der anders als manch andere seiner Zunft ein aufrichtig mitfühlendes Herz für die Hinterbliebenen hatte, nur inszenierte er auch immer ein bisschen viel Drama um die nüchterne Angelegenheit des Todes. Bei einer Fortbildung in den USA hatte Kandetzki die Kunst des *Modern Embalming* erlernt, wodurch der Verwesungsprozess auch ohne Kühlung des Leichnams für mehrere Wochen aufgehalten wurde. Mit einem speziellen Pumpverfahren wurden dazu die Körperflüssigkeiten durch eine formalinhaltige Lösung ersetzt. Der Bestatter hatte ihn einmal eingeladen, einer solchen mehrstündigen Prozedur beizuwohnen, aber Benedikt hatte dankend abgelehnt. Auch die Kirchen machten erstaunlich viel Wind um die Trauer- und Friedhofskultur, als wäre sie das primäre Anliegen ihrer Verkündigung. Benedikt sah das anders. *Lasst die Toten ihre Toten begraben,* war ein Jesuswort, das ihm schon in seiner Jugend sehr gefallen hatte.

»Ich will Ihnen gern beistehen, wenn Sie diesen letzten schweren Weg mit Ihrer Mutter gehen«, sagte Benedikt routiniert.

»Das ist gut, danke. Ich meine, wir hatten ja zuerst nach der Superintendentin gefragt, aber die Sekretärin sagte, sie hätte vor Ostern überhaupt keine Zeit mehr.«

Früher hätte er eine solche Botschaft lediglich mit ein wenig Enttäuschung entgegengenommen, denn es war schon häufig passiert, dass er, obwohl er der zuständige Gemeindepastor war, nur als Ersatzmann einspringen sollte. Jetzt aber keimte Wut in ihm auf. Wut auf Magdalena Kursow, die es wieder einmal geschafft hatte, sich Arbeit vom Leib zu halten. Im Pastorenkonvent dozierte sie oft über die Bedeutung der Work-Life-Balance für ein glückliches geistliches Leben. Sie selbst schien die Gewichte eindeutig in die Life-Waagschale zu legen. Noch wütender aber machte ihn, dass die Trauernde so offen ausgesprochen hatte, dass er nur die zweitbeste Lösung war.

»Ich denke, Sie haben jetzt die bessere Wahl getroffen!«, entgegnete er mit einigem Nachdruck.

Inzwischen waren auch der Ehemann von Frau Thalmann und die beiden erwachsenen Töchter eingetroffen, und die Trauerfamilie saß nun um den Esstisch der kleinen Wohnung versammelt.

»Es ist nicht fair«, jammerte Heike Thalmann, »sie war doch erst siebzig und hat immer gesund gelebt. Und sie hat sich so auf Julias Hochzeit im Mai gefreut.«

Die ältere der beiden Enkelinnen hielt sich ein Taschentuch vor das Gesicht und wimmerte.

»Der Tod ist leider nicht fair«, gab Benedikt zu bedenken.

»Aber was ist mit Gott?«

»Das ist eine große Frage, die man nicht mit wenigen Worten beantworten kann.«

Benedikt nahm sein Notizbuch aus der Aktenmappe und ließ sich von den Angehörigen die biografischen Daten von Elisabeth Haselböck mitteilen. Er fragte auch nach besonderen Charaktereigenschaften der Verstorbenen und nach bemerkenswerten Geschichten, die es über sie zu erzählen gab. Denn schließlich brauchte er Material für seine Beerdigungspredigt. Obwohl er die richtigen Fragen stellte, war er bei den ausführlichen Antworten der Familie immer wieder leicht abwesend, wie er sich eingestehen musste.

»Eines ist uns ganz besonders wichtig«, sagte Heike Thalmann. »Wir möchten …«

Ein Klingelton unterbrach ihren Satz rüde.

Mit Schrecken stellte Benedikt fest, dass es sein eigenes Telefon war, das er zu solchen Anlässen normalerweise ausschaltete.

»Oh, ich bitte um Verzeihung«, sagte er schnell und griff in die Innentasche seines schwarzen Sakkos, das er eigens für diesen Besuch angezogen hatte. Er starrte auf das Display. Ein *N* leuchtete auf. Sein Herz schlug wie wild. Er musste dringend mit Nicole sprechen! Aber es blieb ihm nichts anderes übrig, als den Anruf wegzudrücken.

»Wir möchten«, setzte die Tochter der Verstorbenen noch einmal an, »dass die Trauerfeier nicht in der Friedhofskapelle, sondern in der Kirche stattfindet.«

»Gut«, sagte Benedikt, »und warum?«

»Weil meine Mutter die Petrikirche so geliebt hat. Früher ist sie jeden Sonntag zum Gottesdienst gegangen. Nun ja, in den letzten Jahren nicht mehr so oft. Aber bei Ihrem Vorgänger, Pastor Peine, war sie mindestens zehn Jahre lang regelmäßig im Gesprächskreis.«

Für einen Moment geriet Benedikt in Versuchung, in das alte Muster der larmoyanten Selbstverteidigung zurückzufallen. Er hatte seinerzeit versucht, Peines Kreis, zu dem einmal fünfzig Teilnehmer gehört haben sollten, fortzusetzen. Aber zu den ersten Treffen waren nur vier bis fünf Leute erschienen, sodass er das Projekt nach wenigen Monaten beendet hatte. Auch wenn es schon die zweite Frechheit war, mit der seine Gesprächspartnerin ihn zum Pastor zweiter, wenn nicht dritter Wahl erklärte, beschloss er, auch diesen Seitenhieb zu ignorieren.

»In der Kirche also. Gern.«

Sie einigten sich auf einen Gottesdiensttermin am Dienstag der kommenden Woche, weil dann auch die Verwandten aus Stuttgart dabei sein könnten. Und Benedikt war sich sicher, dass ihm bis dahin etwas Besonderes einfallen würde. Die Angehörigen von Elisabeth Haselböck würden sich noch wundern und bereuen, ihn so gering geschätzt zu haben.

31

22.30 UHR

»Komm, gib mir die Schere! Ich schneide das bescheuerte Päckchen jetzt auf.«

»Brigitta, beruhige dich. Das können wir nicht machen.«

Ihr Mann legte ihr die Hand auf die Schulter.

»Wir müssen, Robert, wir müssen!«

Bevor sie am späten Nachmittag wieder in den *Niedersächsischen Hof* zurückgefahren war, hatte Brigitta Stern noch ihren Laptop hochgefahren und mit zittrigen Händen die Unheil verheißenden Worte in die Suchmaschine eingegeben:

> Petite Model
> petite model
> petitemodel

Egal, welche Schreibweise sie auch wählte, stets war sie auf scheußlichen Pornoseiten gelandet. Manche hatten einen Altersnachweis gefordert, andere ohne Vorwarnung das ganze obszöne Material vor ihren Augen ausgebreitet. Meistens gab es irgendwo auf der Seite einen sogenannten *Legal Disclaimer*, der darauf hinwies, dass alle fotografierten Modelle mindestens achtzehn Jahre alt waren. Aber konnte man in dieser unübersichtlichen Datenwelt darauf vertrauen, dass das der Wahrheit entsprach? Die jungen Frauen, die sich auf den Bildern verrenkten und ihre rasierte Scham darboten, sahen höchstens wie sechzehn aus. Auf manchen Aufnahmen berührte sogar eine schwielige Hand, die eindeutig einem älteren Mann gehörte, die kleine Brust eines Mädchens.

Brigitta Stern hatte sich fast übergeben. Und natürlich war all das nur die Spitze des Eisbergs. Bei ihren Nachforschungen hatte sie auch erfahren, dass sich die Anbieter der allerschlimmsten

Schändlichkeiten vor polizeilichen Ermittlungen schützten, indem sie ihre Daten in nicht kontrollierbaren Bereichen des Internets verbreiteten oder ihren kriminellen Kunden auf geheimem Wege Passwörter für ihre Seiten zukommen ließen. Jedenfalls hatte sie genug gesehen, um mit ihrem Mann zu besprechen, wie man dem kranken Perversen im Erdgeschoss das Handwerk legte.

Jetzt saß sie mit Robert auf den harten Stühlen am Küchentisch, den er als Tischlergeselle nach eigenem Entwurf gefertigt hatte. Über die Jahre war dieser Tisch zum bevorzugten Ort für ihren familiären Austausch, aber auch für ihre ehelichen Problemgespräche geworden.

»Mein Liebling, es gibt das Briefgeheimnis. Wir dürfen Lindners Sendung nicht öffnen, egal, was sich darin befindet«, sagte Robert.

»Dann gehen wir mit dem Päckchen eben zur Polizei.«

»Wegen einer merkwürdigen Absenderadresse auf dem Umschlag? Na, die werden uns was erzählen! Hast du Clara schon auf Lindner angesprochen?«

»Bist du verrückt?«, erwiderte Brigitta empört und stellte ihr Wasserglas so heftig auf dem Tisch ab, dass die Flüssigkeit überschwappte. »Ich bin so froh, dass sie allmählich ein bisschen auftaut. Wenn wir sie damit konfrontieren, redet sie vielleicht bis an ihr Lebensende kein einziges Wort mehr. Denk doch mal nach: Das Ganze hat angefangen, kurz nachdem der Kerl da unten eingezogen ist.«

»Ja, aber das bedeutet doch noch lange nicht, dass er auch die Ursache ist.«

Brigitta Stern umfasste mit beiden Händen so fest die Tischkante, dass ihre Knöchel weiß hervortraten. »Sag mal, wie naiv bist du denn? *Petitemodel!* Soll ich mal meinen Laptop holen und dir die Seiten zeigen?«

Robert winkte ab.

»Wie dem auch sei. Dir wird nichts anderes übrig bleiben, als das Päckchen morgen bei Lindner abzugeben.«

»Was soll ich?« Ihre Stimme war voller Zorn und Ekel. »Dem würde ich höchstens ins Gesicht spucken!«

»Lass uns nichts überstürzen. Wir überlegen morgen Abend noch mal in Ruhe. Und wenn uns gar nichts mehr einfällt, können wir ja vielleicht Pastor Theves um Rat fragen.«

DONNERSTAG, 26. MÄRZ

32

10.55 UHR

Magdalena Kursow gefiel es, wenn die Vormittagssonne durch die große Fensterfront ihres Büros hereinstrahlte. Auf der anderen Straßenseite war ein Kinderspielplatz. Zwei Mütter saßen auf der Bank, tranken *Coffee to go* und sahen ihren Kleinen zu, wie sie sich auf der Rutsche vergnügten. Ihr entfuhr ein Seufzer. Mit ihrer eigenen Mutterrolle hatte es nicht so ganz geklappt. Leon besuchte sie nur an jedem zweiten Wochenende. Nach der Trennung hatte er sich gewünscht, bei seinem Vater und dessen neuer Partnerin zu wohnen. Zum Glück waren die Zeiten vorbei, in denen eine Scheidung für eine geistliche Amtsträgerin zugleich einen Karriereknick bedeutete. Mittlerweile lebten sogar schon Bischöfe in zweiter Ehe. Sie wusste ihr Singledasein durchaus zu genießen. Aber manchmal bedauerte sie es doch ein wenig, dass es keinen Mann an ihrer Seite gab. Sie hatte zwar diesen vielversprechenden Urlaubsflirt erlebt vor einem Jahr auf Gran Canaria, doch leider konnte sie das sonnenberauschte Herzflattern nicht in die raue norddeutsche Wirklichkeit hinüberretten.

Es klopfte. Ihre Sekretärin steckte den Kopf zur Tür herein und fragte:

»Darf ich durchstellen? Ein Anruf für Sie.«

»Frau Balzer, habe ich vorhin nicht deutlich genug gesagt, wie viel ich heute auf dem Zettel habe?«

»Ja, schon. Entschuldigung. Es ist Wagner, dieser Vikar. Und er sagt, es sei ganz dringend.«

»*Von* Wagner heißt der, Frau Balzer. Na, stellen Sie schon durch.«

Lag es an den Gedanken, denen sie gerade nachgegangen war? Jedenfalls freute sie sich darauf, gleich die Stimme des gutaussehenden jungen Mannes zu hören.

»Hallo, Magdalena, ich meine, guten Morgen, Frau Superintendentin. Ich bin gerade im Gemeindebüro und habe einen Anruf vom Evangelischen Pressedienst entgegengenommen. Angeblich ist etwas Unheimliches mit unserer Petrusskulptur passiert. Sie wollen in einer Stunde vorbeikommen.«

»Christian, hallo!«, begrüßte Magdalena Kursow ihn etwas zu überschwänglich. »Etwas Unheimliches, sagen Sie? Was in aller Welt?«

»Das wollen sie uns vor Ort erklären«, erwiderte von Wagner.

»Haben Sie Theves verständigt?«

»Nein, der ist nicht da. Und außerdem dachte ich, dass so ein Pressetermin Ihnen besser zu Gesicht steht. Sie wissen ja: die *Faces!* Medien sind Chefsache.«

Die Superintendentin musste schmunzeln. *Chefsache,* das hörte sie gern. Zwar wurde sie von den meisten männlichen Geistlichen in ihrem Kirchenkreis als Vorgesetzte akzeptiert, aber keinem von denen wäre es je in den Sinn gekommen, sie als *Chefin* anzusprechen.

»Ist gut, Christian. Ich werde kommen.«

»Da ist noch etwas«, fuhr der Vikar fort, »wenn ich den Namen des Anrufers richtig verstanden habe, hieß der Theodor Theves. Das ist doch nicht etwa ein Verwandter meines Mentors?«

»Doch, das ist sein Bruder. Kennen Sie ihn nicht? Theodor Theves ist ein wichtiger Mann in der christlichen Medienszene.«

Magdalena Kursow beendete das Gespräch, denn sie wollte die verbleibende Zeit nutzen, um sich auf die Begegnung vorzubereiten. Theodor Theves hatte eine beeindruckende Karriere gemacht. Nach seinem Theologiestudium hatte er noch zwei Lehrjahre in einer namhaften Journalistenschule in Hamburg absolviert. Manche kritisierten seine Reportagen zu kirchlichen Themen zwar als wenig tiefsinnig, aber sie hatten immer Pfiff, und seine Kolumnen in einer überregionalen Zeitung fanden viele treue Leser. Im christlichen Privatsender *Vision* TV moderierte er das Talkshow-Format *Theo.Logisch.* Als Magdalena Kursow vor fünf Jahren nach Alsberg gekommen war, konnte sie kaum glauben, dass Benedikt Theves, dieses Häuflein Elend von einem Gemeindehirten, der Bruder dieses souveränen und charmanten Journalisten sein sollte.

Sie öffnete die untere Schreibtischschublade, in der sie für alle Fälle ein Schminktäschchen aufbewahrte. Bestimmt war ein Fotograf mit von der Partie. Es würde wohl nicht schaden, noch ein wenig Farbe aufzutragen.

33

11.15 UHR

Die rasselnde Anzeige seines alten Radioweckers schlug auf elf Uhr fünfzehn um, als Benedikt endlich aus einem pharmazeutisch unterstützten Tiefschlaf erwachte. Er hatte seiner Psychiaterin versprechen müssen, dass er den Einsatz der von ihr inzwischen mit Widerwillen verschriebenen Schlafmittel streng kontrollierte. Er liefe sonst Gefahr, medikamentenabhängig zu werden. Da er nach den Ereignissen des Vortags zwar einerseits erschöpft, andererseits aber auch hochgradig nervös gewesen war, hatte er am Abend nach weiteren missglückten Versuchen, Nicole Hambrück zu erreichen, gleich drei Tabletten eingeworfen.

Silke hatte sich schon am gestrigen Nachmittag für ein dreitägiges Seminar namens *Ars Multiplicata*, das in Köln stattfinden sollte, telefonisch von ihm abgemeldet. Gut, dass er für ein paar Tage wenigstens zu Hause nicht andauern aufpassen musste, was er sagte. Silke hatte offenbar seinen Rüffel wegen ihrer esoterischen Blutfantasien auf dem Kunstwerk gut weggesteckt. Zumindest hatte es keine Retourkutsche gegeben, und über ihre Auseinandersetzung in der Kirche hatten sie beide diskret geschwiegen. Allerdings hatte er das ungute Gefühl, dass Silke etwas ausheckt.

Benedikt erhob sich stöhnend von seinem Nachtlager und schleppte sich in die Küche. Am Kaffeevollautomaten drückte er dreimal nacheinander die Espresso-Taste, nahm den Becher und legte sich wieder ins Ersatzbett in seiner Klause.

Sein Smartphone vibrierte auf dem Beistelltisch. Rasch robbte er sich aus den Kissen und griff danach. Das *N* leuchtete auf. Endlich!

»Hallo, Benedikt, hier ist Nicole.«

Allein vom Klang ihrer Stimme wurde ihm warm ums Herz.

»Nicole, wie geht's dir? Ich habe gestern den ganzen Tag versucht, dich zu erreichen.«

»Das tut mir so leid. Aber du ahnst ja nicht, was hier los war. Alle halbe Stunde ging das Telefon. Die Mitarbeiter aus den Tankstellen. Hier war eine Kasse abgestürzt, da eine Lieferung ausgefallen, und noch woanders gab es ein Problem mit der Waschanlage. Und ich musste überall hinfahren. Zum Glück kenne ich mich einigermaßen aus. Klaus hat zwar immer aufgepasst, dass ich nicht alles verstehe, aber ich habe mich heimlich in die meisten Abläufe eingearbeitet.«

»Die haben doch bestimmt gefragt, wo er bleibt«, mutmaßte Benedikt.

»Ja, aber ich habe allen, die ich erreichen konnte, gesagt, dass er verreist ist und dass ich übernehme. Ein Automechaniker, der schon lange bei uns beschäftigt ist, hat gleich wissend gelächelt. Das Wort *verreist* hatte ich nämlich schon mal benutzt, als Klaus am Ende einer dreitägigen Sauftour in eine Suchtklinik eingeliefert wurde.«

»Das ist gut«, kommentierte Benedikt, obgleich er nicht recht wusste, ob er den Gang der Ereignisse wirklich für so gut befand.

»Aber die Polizei war trotzdem da.«

»Die was?« Benedikt gefror das Blut in den Adern.

»Die Polizei! Sogar ein Hauptkommissar. Aber mach dir keine Sorgen. Den habe ich ganz sanft um den Finger gewickelt.«

Nicole erzählte dies erstaunlich fröhlich.

»Was ist passiert?«

»Ach, Klaus hatte seinen BMW in der Werkstatt unserer Tankstelle in Wedendorf angemeldet. Wegen des Keilriemens. Frühmorgens um sieben wollte er da sein und hatte wohl schon ziemlich Druck gemacht, dass er seinen Liebling tipptopp und blitzsauber nach höchstens einer Stunde wieder mitnehmen könnte. Na ja, und die Mitarbeiterin, die sich um die Termine kümmert, hat sich irgendwie Sorgen gemacht, als Klaus mit seinem Wagen nicht auftauchte. Innerlich hat sie bestimmt aufgeatmet …«, erzählte Nicole beschwingt. »Jedenfalls ist sie zu diesem Kommissar durchgestellt worden.«

»Aber es ist doch noch zu früh für eine Vermisstenanzeige«, wandte Benedikt nervös ein.

»Ja, aber dann ist der Beamte beim Namen Hambrück aufmerksam geworden, weil Klaus eben schon mal polizeilich aufgefallen war. Daraufhin hat mich der Kommissar verständigt, und wir haben uns in Wedendorf getroffen. Klar habe ich auch ihm gesagt, dass es nichts Besonderes ist, wenn Klaus mal für eine Weile von der Bildfläche verschwindet.«

»Und hat sich der Kommissar damit zufriedengegeben?«, fragte Benedikt angespannt.

»Nicht so richtig. Er hat gesagt, dass er hofft, Klaus würde nicht betrunken Auto fahren. Da hätte er nämlich schon die schlimmsten Dinge erlebt.«

»Wann war das?«

»Gestern Morgen, so gegen halb zehn.«

Benedikt trat der Schweiß auf die Stirn. Um die Zeit hatte er Hambrücks BMW ausfindig gemacht und ihn zum Gelände der alten Wäscherei überführt.

Nicole fuhr unbeirrt mit ihrem Bericht fort.

»Kurz darauf hat eine Streife beim Kommissar angerufen. Die Beamten hatten am frühen Morgen ein völlig unmöglich geparktes Fahrzeug, auf das die Beschreibung passte, beim *Niedersächsischen Hof* gesehen. Sie waren aber auf dem Weg zu einem Notruf gewesen. Aber auf dem Rückweg in die Innenstadt war der Wagen nicht mehr da.«

Aufgeregt berichtete Benedikt ihr, wie haarscharf er offenbar bei seiner Vertuschungsaktion, die er nun in allen Details schilderte, einer Entdeckung entgangen war. Diese Beinahe-Katastrophe und die Tatsache, dass sein Versuch, in die Krypta zu gelangen, vereitelt worden war, ließen Zweifel bei ihm aufkommen, ob er der Sache gewachsen war.

»Nicole … ich fürchte, ich muss mich anzeigen.«

»Bitte tu es nicht«, flehte sie ihn an, »sonst geht doch alles kaputt.«

»Es ist doch alles kaputt. Ich bin … wir sind am Ende!«, jammerte Benedikt.

»Das glaube ich nicht. Du schaffst das. Wir schaffen das. Meinst du nicht, dieses Ende könnte ein neuer Anfang sein?«

»Ach Nicole, wie gern würde ich …« Sein Seufzer kam von Herzen.

»So gefällst du mir schon viel besser. Weißt du, bis jetzt haben wir doch alles richtig gemacht. Wir brauchen einen guten Plan, passen auf, dass wir keine Fehler machen. Du und ich, wir kriegen das hin.«

»Aber …«

»Kein Aber«, sagte Nicole. »Und übrigens erinnere ich mich gerade an etwas. Findest du nicht, wir sollten weitermachen, wo wir aufgehört haben?«

Bevor er antworten konnte, zerhackte das Zeichen für das Anklopfen eines anderen Anrufers ihre verführerische Einladung. Benedikt sah auf die Uhr: Es war schon fast Mittag. Er konnte sich nicht länger verstecken.

»Ja, ja, ja!«, flüsterte er eilig ins Telefon und hoffte, dass Nicole verstand. »Ich muss auflegen.«

Er nahm den eingehenden Anruf entgegen. »Theves, guten Morgen.«

»Von Wagner. Habe ich Sie geweckt?«

Ein halb unterdrücktes Kichern.

»Was fällt Ihnen ein!«

»Entschuldigung. War nur so ein Spruch. Herr Theves, wir sind in der Kirche.«

Im Hintergrund hörte er die Stimme der Superintendentin, die immer so pastoral wogte, wenn es um etwas Offizielles ging.

»Sie müssen sofort kommen!«, sagte von Wagner und legte auf.

34

11.40 UHR

»Vollidiot!«, brüllte ein Fußgänger ihm nach, als Benedikt ihn beim Abbiegen in die Kastanienallee fast angefahren hätte. Der Anruf hatte ihn kalt erwischt. War Demuth in der Krypta gewesen und hatte alles herausgefunden? Er rechnete mit dem Schlimmsten. Wenn die Polizei nun schon da war und er sofort alles gestand? Würde ihm das noch helfen? Jemand machte sich mit einem Gummihammer an einem Garagentor zu schaffen. Für Benedikt hörte es sich an wie das Zuschlagen einer Zellentür. Er schaltete in den höchsten Gang und raste in Richtung Stadtmitte.

Aus dem Badezimmerspiegel hatte ihn ein erbärmliches Gesicht angeschaut. Er hatte sich nur schnell ein paar Ladungen Wasser ins Gesicht gespritzt, seinen Mund mit einer Gurgellösung ausgespült und die Sachen vom Vortag angezogen. Es gab bestimmt keine Kleiderordnung in der Untersuchungshaft. Dann hatte er sich aufs Fahrrad geschwungen.

Das verhasste Ruckeln, das wie gewohnt einsetzte, als er in die kopfsteinbepflasterte Kirchstraße einbog, erfüllte ihn nun mit Wehmut. Würde er jemals wieder die Schutzbleche klappern hören? Wochenlang war der Himmel fast immer bedeckt gewesen. Ausgerechnet heute schimmerten die Fachwerkfassaden der alten Häuser im Stadtkern in klarstem Frühlingslicht. In einigen Blumenkästen vor den Fenstern blühten die ersten Tulpen auf. Ein Touristenpaar mit Wanderrucksäcken stand eingehakt am Rathausmarkt, die Gesichter der Sonne zugewandt. Glückliche Reisende. Sein nächster *Urlaub* würde lang werden, dachte er, und die Unterkunft wäre nicht sonderlich komfortabel.

Erleichtert stellte er fest, dass keine Armada von Einsatzfahrzeugen ihn auf dem Kirchplatz erwartete. Demuths Opel und Kursows Dienstwagen standen in den Parkbuchten und daneben noch ein klobiger anthrazitfarbener SUV mit einem Frankfurter Kennzeichen. Benedikt bremste so scharf, dass das Hinterrad blockierte. Beinahe wäre er gestürzt. Er ließ sein Rad in die Büsche beim Gemeindehaus fallen und eilte durch das weit offen stehende Portal in die Kirche.

Schon von der Vorhalle aus sah er, dass die Superintendentin vor der Petrusskulptur auf und ab ging und gestikulierte. Der Küster stand etwas abseits mit den Händen in den Hosentaschen. Neben ihm von Wagner. Und da war noch ein Mann, hochgewachsen, in einem dunklen Leinenanzug, für den die Kursow wohl derart mit den Armen wedelte, aber Benedikt konnte sein Gesicht nicht sehen, weil er sich der Statue zugewandt hatte. Dann, als er sich der Vierung näherte, erkannte Benedikt den Besucher: Theodor! *Was in aller Welt führte seinen Bruder hierher?* Vor drei Jahren hatten sie sich zum letzten Mal gesehen. Das war anlässlich der Beerdigung ihrer Mutter gewesen. Theodor hatte darauf bestanden, dass er selbst die Traueransprache hielt, auch wenn er kein ordinierter Geistlicher war. Benedikt verlangsamte sein Schritttempo und spürte, wie er in sich zusammensackte. Sein älterer Bruder mochte nur sieben Zentimeter größer sein, aber immer wenn sie einander gegenübertraten, hatte er das Gefühl, mindestens einen halben Meter nach oben zu blicken. Doch bevor er seinen Bruder begrüßen konnte, stürmte Magdalena Kursow schon auf ihn zu.

»Bruder Theves«, rief sie ihn.

Benedikt wusste, dass sie diese altmodische Anrede unter Pastoren, die eine enge Verbundenheit signalisieren sollte, nur verwendete, wenn sie einen Kollegen abkanzeln wollte.

»Bruder Theves, ich werde doch wohl erwarten können, dass Sie den Überblick behalten in Ihrer Kirche. Wo haben Sie denn die ganze Zeit gesteckt?«

Theodor nickte ihm zu. Demuth schaute betreten zu Boden. Christian von Wagner schob mit arroganter Geste seine Haartolle nach hinten und grinste.

»Ein dringendes seelsorgerliches Gespräch«, log Benedikt. Diese Notlüge funktionierte fast immer, und jetzt half sie ihm, sich aus der Schusslinie zu bewegen. »Was ist denn los?«, traute er sich nun zu fragen.

Aber anstatt zu antworten, kam Theodor auf ihn zu, um ihn zu umarmen. Benedikt streckte ihm im letzten Moment den Arm zum Handschlag entgegen und hielt ihn so auf Distanz.

»Bene, schön dich zu sehen!«

Benedikt hasste es, wenn sein Bruder ihn so nannte. Es war in ihrer Kindheit gewesen, dass Burkhard Buhse ihm diesen Kosenamen gegeben hatte. Dummerweise hatte er Theodor damals davon erzählt. Nach all den Jahren wollte sein Bruder nicht aufhören, ihn damit aufzuziehen.

»Bene, es gibt Hinweise, dass in deiner Stadt, in deiner Kirche, mysteriöse Dinge geschehen«, begann Theodor mit seiner geschulten Medienstimme. »Deine Superintendentin ist nicht so ganz begeistert, aber du weißt, ich bin stets auf der Suche nach aufregenden Kirchen-Geschichten. Wir müssen den Glauben immer wieder neu erzählen, dann wird er auch wieder wachsen in unserer Welt.«

Während von Wagner aufhorchte, weil dies ein Theologe ganz nach seinem Geschmack zu sein schien, und Magdalena Kursow die Augen verdrehte, fragte Benedikt leise und furchtsam nach: »Was für mysteriöse Dinge?«

Fröhlich strahlend wies Theodor mit theatralischer Geste auf das moderne Petrus-Kunstwerk, bis sein Finger genau auf die Augen der Skulptur zielte. »Schau doch nur hin!«

Benedikt kniff die Augen zusammen, als betrachtete er das steingemeißelte Gesicht zum allerersten Mal.

»Was ist das? Taubenkot? Machst du eine Reportage über den schlechten Zustand der Kunst in unseren Kirchen?«

Die Umstehenden schienen ihm seine gespielte Überraschung abzunehmen.

»Bene! Taubenkot? Immer noch der bierernste Protestant alter Schule. Vernunft über alles. Kein Sinn für das Schöne und Wunderbare.«

»Was meinst du damit?« Benedikt erinnerte sich an Silkes skurrile Deutungen. *War Schwachsinn ansteckend?*

»Nun, Bruderherz, euer Petrus hat offensichtlich Blut geweint«, tönte Theodor sonor. »Endlich passiert so etwas mal bei uns Protestanten. Weißt du, was für ein undankbarer Job es ist, ein Medienmann zu sein für die evangelische Kirche? Die Katholiken haben Spaß, prächtige Farben und schöne Bilder. Da gibt es Priester in herrlichen Gewändern, Weltjugendtage, Prozessionen, Wallfahrten, hübsche Skandale über bischöfliche Luxusbauten und allerlei Schweinereien. Die schaffen es damit bis in die *Tagesschau*. Und was haben wir? Knochentrockene schwarz berockte Repräsentanten, die Vorträge halten über soziale Gerechtigkeit, und warum Gott den Krieg nicht gut findet.«

Christian von Wagner stand noch immer etwas abseits, aber er konnte gar nicht aufhören zu nicken.

»Nun machen Sie mal halblang«, fuhr Magdalena Kursow dazwischen.

»Aber, Verehrteste, ich rede doch nicht über Sie. Mit Ihnen würde ich mich gern einmal über einen schönen Fernsehgottesdienst unterhalten. Sie strahlen etwas Geheimnisvolles aus.«

Die Superintendentin errötete, aber ihr Blick blieb ernst. Sie schien dem medienerfahrenen Charmeur nicht zu trauen.

»Und genau darum geht es«, fuhr Theodor Theves fort, »um Geheimnisse, um Geschichten, die die Menschen im Herzen erreichen. Wie zum Beispiel ein Petrus, der Blut weint.«

»Was? Glaubst du das wirklich?«, fragte Benedikt schroff.

»Bene, Bene, was heißt Glauben? Ich glaube grundsätzlich das, was die Kirche voranbringt. Dafür werde ich bezahlt, und das bin ich ihr schuldig.«

»Sag mal, woher weißt du eigentlich von diesem Fleck auf unserem Petrus? Du interessierst dich doch sonst nicht für die Provinz.«

Theodor setzte eine verschwörerische Miene auf. »Ein Tipp aus einer sicheren Quelle.«

Benedikt stutzte. Vikar von Wagner wäre eine derart durchtriebene Aktion zuzutrauen. Aber der war stets so mit sich selbst beschäftigt, dass ihm die Veränderung an der Diepholz-Skulptur sicher nicht aufgefallen wäre. Hatte etwa Silke … gut möglich. Unfassbar. Mitten in seiner Gefühlswallung hielt er inne.

»Wer hat dir davon erzählt?«

Theodor Theves antwortete souverän: »Ich sage dir alles, was du hören willst. Aber niemals gibt ein guter Journalist seine Quellen preis. Doch nun zur Sache: Mein Fotograf wird in wenigen Minuten eintreffen. Wer möchte mit aufs Bild?«

Der Vikar meldete sich sofort, aber Theodor würdigte ihn keines Blickes. Stattdessen fixierte er die Superintendentin, und als sie nicht reagierte, ging er zum nächsten Punkt seines Plans über: »Und dann brauche ich natürlich noch ein paar O-Töne zum Wunder von Alsberg. Von Ihnen, Frau Kursow, und von dir, Benedikt.«

»Das können Sie vergessen«, sagte die Superintendentin. Von Wagner schien offenbar sicherheitshalber die Seiten gewechselt zu haben und schüttelte heftig den Kopf. Demuth, der Küster, der sich bislang herausgehalten hatte, schnalzte einmal mit der Zunge.

»In Ordnung, wenn Sie sich diese Chance entgehen lassen möchten! Schreiben werde ich die Geschichte sowieso. Macht sich zwar nicht so gut ohne *Human Touch,* aber heute Abend geht das Ganze über den Nachrichtenticker.«

»Mir reicht's«, fauchte die Superintendentin. »Das ist doch alles Quatsch!« Sie schnappte sich ihre Umhängetasche von der Kirchenbank und schickte sich zu gehen an.

»Moment!« Benedikt spürte auf einmal eine Kraft in sich wachsen, so wie neulich in der Katastrophennacht. Er hob beide Hände, und es gelang ihm, alle Blicke auf sich zu vereinen. Leise sprach er, aber bestimmt: »Mir reicht es auch. Und zwar mit euch allen!« Nachdenklich wiegte er den Kopf hin und her. »Was ist nur aus unserer Kirche geworden? Zynismus, Unglaube, Geltungssucht, Desinteresse. Keine Leidenschaft, kein Streben nach höherer Weisheit. Der eine glaubt nur, was seiner Karriere nützt, die andere hält ein Wunder für Quatsch, der Dritte hängt sein Fähnchen nach dem Wind, und dem Vierten ist das alles vollkommen egal.«

Keiner von den Angesprochenen rührte sich.

Hatte er den Nagel auf den Kopf getroffen? Benedikt atmete tief ein und fuhr mit lauter Stimme fort: »In zehn Tagen ist Ostern, und dann werdet ihr wieder alle fromm dahersalbadern über das Wunder der Auferstehung. Schämt euch, alle miteinander!«

Benedikt machte auf dem Absatz kehrt und stürmte aus der Kirche hinaus. Sein Scheltwort hallte exakt sieben Sekunden nach.

35

18.30 UHR

Man soll nicht in Kirchen gehn, wenn man reine Luft atmen will. Wie schon so oft schmückte Antonius Kluge das freundschaftliche Gespräch an geeigneter Stelle mit einem steilen Zitat aus. Wieder einmal war es sein geliebter Nietzsche, diesmal aus der Schrift *Jenseits von Gut und Böse*. Aber er hatte auch Freud und Schopenhauer, Cioran und Sloterdijk parat und noch manche andere, deren Namen Benedikt überhaupt nichts sagten. Altbischof Kluge war für ihn ein unerreichbares Vorbild, ein gescheiter und belesener, ein streitbarer und dabei zutiefst warmherziger Mann.

»Ich bin stolz auf dich, mein Junge. Ich wusste, dass aus dir noch ein richtiger Theologe wird.«

Benedikt hatte ihm, unter Auslassung aller Verdacht erregenden Stellen, von seinen Erlebnissen der vergangenen Tage erzählt. Mit dem Projekt zur Wiedereinführung der Beichte hatte er seinen Bericht begonnen und war noch ein wenig befangen gewesen. Wesentlich leichter war es ihm dann gefallen, die Geschichte seiner mittäglichen Heldentat in allen Einzelheiten auszubreiten, vom Anruf des Vikars bis hin zu den erschrockenen Gesichtern seines Bruders und seiner Vorgesetzten, als er sich abgewandt und die Kirche verlassen hatte. Kluge hatte an einigen Stellen so herzlich gelacht, dass das Hausboot von seinem Schenkelklopfen ins Schaukeln geraten war. Benedikt hatte den suspekten Blutfleck vorsorglich als leicht rötlich schimmernde Verschmutzung bezeichnet, auch wenn der Wunsch, sich dem väterlichen Freund gänzlich zu offenbaren, groß gewesen war.

Anfangs hatten sie noch auf dem Achterdeck gesessen und nach Westen geschaut, wo die untergehende Sonne in den Büschen am gegenüberliegenden Ufer der Merve ein schillerndes Farbenspiel präsentiert hatte. Zweimal hatte Benedikt, der seit Jahren nicht mehr rauchte, sich vom Altbischof zu einem Zigarillo überreden lassen. Während Kluge, dessen gefütterte Strickjacke seinen untersetzten Leib umspannte, angesichts der abendlich sinkenden Temperaturen überhaupt nicht fror, begann Benedikt in seinem leichten Pullover zu frösteln und bat darum, das Gespräch im Inneren des Bootes fortzusetzen.

»Gute Idee«, sagte der Altbischof. »Es wird auch Zeit, den Tag mit einem guten Tropfen zu besiegeln.«

Benedikt staunte wieder einmal, als er den Wohnraum des Hausbootes betrat. Trotz des in die Jahre gekommenen Mobiliars aus dunklen Hölzern hielt Antonius Kluge sein kleines Reich bestens in Schuss. Alles war sauber und aufgeräumt, unzählige Bücher standen Spalier in den Regalen. Ein frischer Strauß rot-weiße Tulpen entfaltete seine Pracht in einer schlichten Vase auf dem niedrigen Couchtisch mit den edlen Intarsien. Kluge hatte ihm einmal erzählt, dass seine Frau stets viel Wert auf Blumenschmuck in der Bischofsvilla gelegt hatte. Und ihr zum Gedenken achtete er auch in seiner neuen schwimmenden Bleibe noch darauf. Kerzen glommen in drei ehemaligen Positionslaternen, die der Altbischof zum Zweck der behaglichen Raumbeleuchtung hatte umarbeiten lassen. Benedikt liebte diesen Ort. Das Hausboot strahlte eine Geistigkeit aus, nach der er sich immer gesehnt hatte, auch wenn er ihr nach eigener Einschätzung nicht ganz gewachsen war.

»Wie geht es dir denn so, Antonius?«, fragte er nun, weil er nicht wollte, dass es im Gespräch allein um seine Anliegen ging.

»Ich bin ganz zufrieden«, antwortete der Altbischof, der noch auf der Vorderkante seines gemütlichen Ruhesessels saß, weil er den Chianti, den er seit Jahren bei einem toskanischen Winzer bestellte, achtsam in die edlen Rotweingläser goss.

»Vor zwei Wochen war ich wieder beim Onkologen, und der hatte keine unerfreulichen Nachrichten für mich. Der Teufel hat wohl gerade kein Zimmer frei. Allerdings wundere ich mich, dass mich dieses merkwürdige Augenzucken von Zeit zu Zeit wieder anfällt.«

Benedikt wusste, dass dieser Tic für seinen Freund eine ominöse Bedeutung hatte und ihm schicksalhafte Ereignisse ankündigte.

Antonius hob sein Glas, lächelte und fuhr fort: »Das ist halt nur so eine sentimentale Macke von mir. Aber auch ein Spätberufener der Vernunft braucht seine kleinen Refugien für gepflegten Aberglauben.« Er nahm einen kleinen Schluck. »Merkwürdig! Vergangenen Sonntag hat es auf einmal gezuckt, und ich musste ausgerechnet an dich denken. Und am Dienstagabend war es ganz schlimm. Während der *Tagesschau* musste ich mir das rechte Auge zuhalten, weil das Bild sonst flimmerte. Ich sollte vielleicht einen Neurologen aufsuchen.«

Benedikt stutzte. Am Sonntag war sein Gottesdienst mit Claras Beichte gewesen. Und am Dienstag hatte er Klaus Hambrück erschlagen. Hatte Silke vielleicht doch recht, dass es mehr gab zwischen Himmel und Erde, als er immer glauben wollte?

»Aber zurück zu dir, junger Freund. Erzähl mir mehr aus deinem aufregenden Leben! Ich kann nur sagen, du machst einen guten Eindruck. Vorhin, diese Geschichte mit der Petrusfigur – ich habe dich selten so lebendig erlebt.«

Benedikt schaute in sein Glas, schwenkte den guten Wein und sammelte sich. Ja, es ging ihm in diesem Augenblick wirklich gut. Aber das durfte doch eigentlich nicht sein. Er hatte Böses getan, und sein Leben wendete sich dabei zum Guten. Er log und betrog, und es fühlte sich in perfider Weise wahrhaftig an. Durfte er darüber reden? Wie konnte er seinen Freund um Rat fragen, ohne ihn in die Geschichte hineinzuziehen?

Aus der Seelsorgesupervision fiel ihm die dort übliche Praxis der Anonymisierung ein, mit deren Hilfe problematische Gespräche, die vertraulich waren, in der Gruppe besprochen wurden, ohne die Identität der beteiligten Personen preiszugeben. Aber selbst das schien ihm noch zu gefährlich. Antonius war zu intelligent für diese Spielchen. Und wenn er nun stattdessen einen hypothetischen Fall konstruierte? Er musste es versuchen.

»Weißt du, es ist mehr so eine theoretische Sache, über die ich zurzeit öfters nachdenke, ein Gedankenexperiment: Nehmen wir mal an, ich würde einen Menschen kennen und derjenige hätte im Affekt einen durch und durch üblen Mistkerl umgebracht. Mit *durch und durch übel* meine ich, dass dieses Scheusal eine Gefahr für die Allgemeinheit war. Er hatte seine Frau schwer misshandelt und vielen Menschen aus seiner Umgebung das Leben zur Hölle gemacht. Aber damit nicht genug. Es gab Hinweise, dass dieser Mann imstande war, seine bösartigen Aktivitäten noch auszuweiten. Er empfand eine sich steigernde Lust bei der Ausübung von Gewalt und wäre irgendwann nicht mehr zu bremsen gewesen.«

»Und deine Frage ist nun?«

»Ja, meine Frage ist, wie man das Handeln meines hypothetischen Bekannten beurteilen soll. Eine Tötung ist normalerweise ein Verbrechen vor Gott und den Menschen. Aber in diesem konkreten Fall? Kein Vorsatz, keine niederen Beweggründe, einfach ein Affekt.«

Antonius ließ den Rebensaft in seinem Weinglas kreisen, blickte mit abwesendem Blick hinüber zu seinem Klassikerregal und rezitierte:

»*Was wolltest du mit dem Dolche, sprich!*«
Entgegnet ihm finster der Wüterich.
»*Die Stadt vom Tyrannen befreien!*«
»*Das sollst du am Kreuze bereuen.*«

Benedikt erblasste. Sollte das Urteil seines Freundes so eindeutig ablehnend sein? Doch Antonius Kluge schmunzelte, machte es sich bequem und hob zu einem Vortrag an.

»Schillers *Bürgschaft*, ein Beispiel von vielen. Ein großes Thema seit uralter Zeit, und eben nicht nur für die Theologen. Literaten, Philosophen und Rechtsgelehrte haben schon darüber gestritten. Und die moralische Antwort ist bis heute nicht eindeutig. Das Grundgesetz enthält einen Paragrafen zum Widerstand und schließt dabei die Möglichkeit der Tötung eines volksschädigenden

Diktators nicht aus. Allerdings lässt sich der Fall, den du nennst, schwerlich als Tyrannenmord einsortieren. Denn hier geht es ja nicht um das Wohl eines ganzen Volkes. Und Tötung im Affekt ist schon wieder ein ganz anderer Kasus. Also, ich fürchte, juristisch lässt sich dein hypothetischer Totschläger nicht entschuldigen.«

»Grundgesetz und Jurisdiktion: schön und gut«, wandte Benedikt ein, »aber ist der Fall denn theologisch nicht anders zu bewerten? Immerhin gelingt es dem Täter – und dazu noch ohne eigene Absicht –, Gerechtigkeit walten zu lassen und Leid von anderen Menschen abzuwenden. Wenn nun, symbolisch gesprochen, Gott die Hand des Täters geführt, ihn quasi zum Werkzeug seiner höheren Rechtsordnung gemacht hat?«

Der Altbischof verzog das Gesicht.

»Mein Lieber, das klingt mir eher nach Psychopathologie als nach Gottesgelehrsamkeit. Wobei man leider in der kirchlichen Lebenswelt das eine vom anderen nicht leicht unterscheiden kann.«

Der wohlbekannte Lästerton, über den Benedikt früher des Öfteren erschrocken war, verriet ihm nun, dass Antonius geistig allmählich auf Touren kam. Nun hieß es dranbleiben. Vielleicht gelang es ihm ja, seinen Mentor wenigstens in der Theorie als Verbündeten zu gewinnen.

»Aber ist es nicht so, dass sich Gott manchmal der Menschen bedient, um seine Feinde aus dem Weg zu räumen? Denk mal an den Propheten Elia, der auf Anweisung des Herrn alle Baalspriester tötete.«

»Es ist immer ganz gut, zwischen Mythos und realem Leben zu unterscheiden«, sagte Antonius Kluge. »Und zwischen der Zeit des alten Orients und unserer Gegenwart. Die historisch-kritische Methodik haben wir ja im Studium von der Pike auf gelernt. Das Gottesurteil auf dem Karmel, auf das du anspielst, hat ja nur auf einer oberflächlichen Erzählebene mit Priestermorden zu tun. Du erinnerst dich? Elia provoziert die Priester der Naturgottheit Baal. Ein Opferstier liegt bereit. Baal soll seine Macht beweisen und den Stier ohne menschliche Hilfe entzünden. Nichts geschieht. Dann lässt

Elia, um die Spannung zu steigern, das Opfer sogar noch mit Wasser übergießen. Und siehe da: Seinem Gott, dem *Adonaj*, gelingt es, selbst das Unbrennbare in Flammen aufgehen zu lassen.«

»Ein großartiger Machterweis«, warf Benedikt ein.

»Gewiss«, bestätigte sein Freund. »Diese Erzählung will einen Glaubenswandel geschichtlich verorten und zeigen, dass der Gott Israels die Götter Kanaans besiegt hat. Da Baal offensichtlich tot ist, müssen auch seine Priester sterben. Aber bedenke, mein Lieber: Das Gottesurteil ist ein Mythos über einen religionsgeschichtlichen Wandel rund tausend Jahre vor unserer Zeitrechnung. Daraus eine Aussage über Gottes Handeln heute abzuleiten, wäre schon ziemlich gewagt.«

»Aber ...« Benedikt presste die Hände zusammen, als würde er beten. »Aber bist du nicht trotzdem davon überzeugt, dass Gott auch heute noch handelt? Dass er lenkend eingreift in unser Leben?«

Der Altbischof atmete einmal tief ein und ließ die Luft geräuschvoll durch die Nase entweichen.

»Die gute alte Gretchenfrage. Ich will – anders als Goethes Faust zu Margarete – versuchen, Klartext zu reden. Weißt du, im Grunde ist es mit Gott als einer himmlischen Lenkungsmacht doch schon seit der Aufklärung vorbei. Kant hat in seinen Schriften diesen Gott zwar nicht ganz aufgegeben, aber im Grunde nur, weil ihm das moralische Handeln wichtig war, und er meinte, dass die Menschen einen übergeordneten Garanten für ihre Werte bräuchten. Substanzielle Aussagen über Gott überschreiten seit Kant aber die Möglichkeiten unserer Vernunft.«

»Aber das wissen wir doch nicht erst seit der Aufklärung«, wandte Benedikt ein. »Im Kanzelsegen zitieren wir den alten Paulus und reden vom *Frieden Gottes, der höher ist als alle Vernunft*.«

Kluge schenkte Wein nach und zog dabei nachdenklich die Stirn in Falten.

»Ja, aber für Paulus war das so etwas wie eine objektive Aussage über Gott. Doch solche Aussagen können wir heute nicht mehr treffen. Aber die Kirche hat das nie richtig nachvollziehen können oder wollen, wohl aus Angst, ihre Macht und Bedeutung zu verlieren. Früher, im Amt, hätte ich wohl auch gesagt: Ja, der Glaube ist etwas ganz Besonderes, und unser Verstand vermag die ganze Wahrheit nicht zu erkennen. Aber da du mich heute fragst: Nein, da ist kein Gott, der unser Handeln leitet. Nein, es ist nicht legitim, eine höhere Macht für unsere Taten verantwortlich zu machen, seien sie nun gut oder böse.«

Benedikt merkte, wie sein Mund trocken wurde, und nahm noch einen großen Schluck vom Chianti.

»Antonius«, sagte er leise, als müsste er sich vergewissern, dass er mit einem Freund und nicht mit einem großen Gelehrten diskutierte. »Als ich vorhin von meinem Beichtprojekt berichtet habe, hast du gesagt, dass die Beichte eine gute Sache sei. Aber wenn es keinen Gott gibt, der eingreift oder lenkt, wie kann er dann überhaupt vergeben?«

Antonius Kluge nickte erst bedächtig, dann beugte er sich vor und antwortete: »Unterschätze nie die Kraft von Ritualen! Es ist nicht entscheidend, ob da wirklich ein Gott ist, der vergibt, sondern dass einem Menschen die Chance gegeben wird, sich mit allem Leid und aller Schuld zu offenbaren. Und zwar auf einen Horizont hin, der das rein Zwischenmenschliche übersteigt. Das kann ein psychotherapeutisches Gespräch nicht leisten. Aber du mit deinem geistlichen Auftrag, zu binden, zu lösen und zu segnen, bewirkst, dass ein zutiefst verzweifelter Mensch von vorn anfangen kann.«

»Aber, wenn Gott vielleicht nicht existiert und dieser Auftrag eine Lüge ist?«

»Ach, mein Lieber. Mit Existenz hat Gottes Seinsweise nichts zu tun. Objekte existieren, dieser Tisch oder dein Weinglas existiert. Gott existiert nicht, was allerdings nichts über seine Allursprünglichkeit oder Wirkungsmacht aussagt.«

Benedikt atmete tief durch, schwer beeindruckt von der philosophischen Tiefgründigkeit seines väterlichen Freundes.

»Und was die Lüge betrifft ...«, fuhr Kluge fort, erhob sich, begab sich zum Bücherregal auf der gegenüberliegenden Seite, orientierte sich für einen Moment und zog schließlich ein Büchlein mit blauem Einband hervor. Er blätterte darin, wurde fündig und schmunzelte: »*Überzeugungen,* sagt Nietzsche, *sind gefährlichere Feinde der Wahrheit als Lügen.*«

FREITAG, 27. MÄRZ

36

8.20 UHR

»Herr Demuth! Ich sagte: spätestens am Sonntag!« Mittlerweile reagierte er auf den Küster und dessen ständige Ausflüchte und Vertröstungen mehr als gereizt. »Was in aller Welt ist so schwierig daran, mir einen Schlüssel für die Krypta zu besorgen?«

Als Demuth ein weiteres Mal mit einem *Aber* ansetzte, legte Benedikt fluchend auf. Schon wieder klingelte das Telefon. Bestimmt zum zehnten Mal, seit er vor einer halben Stunde abgehetzt im Gemeindebüro eingetroffen war. Noch von zu Hause aus hatte er versucht, Frau Birnstein zu erreichen, um sie zu einer Sonderschicht im Sekretariat zu überreden. Inzwischen war ihm eingefallen, dass sie mit einer Freundin zu einem verlängerten Wochenende an die Ostsee gefahren war. So war es ständig, wenn er jemanden brauchte.

»Theves.« Normalerweise hasste er es, wenn sich Leute so barsch am Telefon meldeten.

»Hier ist Herschel, *Alsberger Anzeiger*, noch mal. Herr Pastor Theves, würden Sie nicht vielleicht doch …?«

»Nein«, unterbrach Benedikt den Anrufer eilig. »Ich habe das Ganze nicht veranlasst, und ich habe nichts dazu zu sagen.«

»Aber.«

Benedikt knallte den Hörer auf die Station. Ausgerechnet dieser Herschel! Dass der Kulturjournalist der Lokalzeitung damals nach seinem Begrüßungsgottesdienst geschrieben hatte, die Antrittspredigt wäre doch recht langatmig gewesen, hatte er ihm inzwischen halbwegs verziehen. Aber in den vergangenen Jahren war Benedikt mit seinen Anliegen bei Herschel stets auf taube Ohren gestoßen. *Kirche hätte nichts mit Kultur zu tun und fiele nicht in sein Ressort*, hatte der arrogante Journalist getönt, als er ihn um die Veröffentlichung eines Ankündigungstextes für eine besondere Konzertreihe in St. Petri gebeten hatte.

Gut gelaunt und noch geistig angeregt von dem Abend bei Antonius, war er um sieben Uhr aufgestanden und hatte sich auf ein ruhiges Frühstück gefreut. Silke würde erst am Samstag wiederkommen. Doch ein Blick auf die Titelseite der Tageszeitung hatte genügt, um die Beschaulichkeit zu vertreiben.

Heiliges Blut in der Petrikirche!
Pastor von Wunder überzeugt

Benedikt war umgehend schlecht geworden. Ein großes Foto zeigte eine ernst dreinblickende Superintendentin links und einen hilflos lächelnden Küster rechts von der Petrusskulptur. Von einer dritten Person am Bildrand sah man nur die rechte Schulter. Wenigstens hatte man Christian von Wagners eitles Antlitz herausgeschnitten. Ein zweites Foto zeigte eine Nahaufnahme der Augen- und Nasenpartie des Apostels von Marius Diepholz. Die jetzt mehr bräunlich als rot wirkende Färbung des Flecks in Höhe des Jochbeins war nicht zu übersehen. Was würde passieren, wenn Theodor in dem ihm eigenen Selbstdarstellungswahn auch noch die Polizei aufgescheucht oder selbst einen Gutachter zur Untersuchung der suspekten Verschmutzung auf dem Kunstwerk beauftragt hatte? Ohne auch nur seinen Kaffee ausgetrunken zu haben, hatte er sich mit der Zeitung unter dem Arm aufs Rad gesetzt, als wäre Eile allein schon ein probates Mittel zur Schadensbegrenzung.

Schon wieder klingelte das Telefon. Bereits am Vorabend hatten Herschel und zwei auswärtige Journalisten Nachrichten auf dem Anrufbeantworter der Gemeinde hinterlassen. Benedikt hob auch diesmal nicht ab, sondern las den Artikel im *Alsberger Anzeiger* noch einmal.

Superintendentin Magdalena Kursow (40) hält eine übernatürliche Erklärung für ausgeschlossen. Dem widersprach Petri-Pastor Benedikt »Bene« Theves (42) gegenüber dem Evangelischen Pressedienst: »Wer an die Auferstehung Jesu glaubt, sollte auch die Möglichkeit anderer Wunder in Betracht ziehen. Warum sollten hier und heute keine Wunder mehr geschehen?« Für ein Foto und nähere Erläuterungen stand Theves dem Alsberger Anzeiger bislang nicht zur Verfügung.

»Ich fasse es nicht!«, entfuhr es ihm. Benedikt verfluchte seinen Bruder, auf dessen Agenturmeldung der Artikel offensichtlich aufbaute. Und was in aller Welt hatte sich Silke nur dabei gedacht?

Er wandte sich dem überalterten Dienstcomputer mit dem klotzigen Bildschirm zu. Es dauerte fast drei Minuten, bis ihn ein Google-Doodle in animierter Gebärdensprache, welches an das Werk eines japanischen Behindertenpädagogen erinnern sollte, zur Internetrecherche einlud. Um über seine nächsten Schritte entscheiden zu können, musste Benedikt wissen, ob das *heilige Blut* auch überregionalen Medien eine Schlagzeile wert war.

Die *Frankfurter Allgemeine* und die *Süddeutsche Zeitung* hatten andere Aufmacher. Als Topnachricht hatten sie die Meldung über ein Busunglück mit mehr als zwanzig Todesopfern platziert. Es folgten Berichte über die Unruhen im Jemen und über innenpolitische Themen. Weiter unten auf den Seiten fand Benedikt dann kurze Artikel, die mit *Merkwürdiger Fund* und *Wer glaubt schon an Wunder?* überschrieben waren. Die Redakteurin der *Süddeutschen* hatte sich einen kleinen Seitenhieb über mangelnde Seriosität des Kirchlichen Pressediensts nicht verkniffen und darauf verwiesen, dass es bis zum 1. April doch noch fünf Tage seien.

Lediglich *Bild Online* zollte den Alsberger Ereignissen ein wenig mehr Aufmerksamkeit. Hier wurde sogar ein Kardinal befragt, der bereitwillig darüber Auskunft gab, dass derartige Phänomene von der Glaubenskongregation grundsätzlich ernst genommen würden. Aber dass sich solche Geschehnisse auch in protestantischen Kirchen ereignen würden, hielt er für äußerst unwahrscheinlich.

Benedikt lehnte sich zurück in seinem Bürostuhl, dessen lederüberzogene Armlehnen abgewetzt waren. Einerseits die vielen Anrufe schon am frühen Morgen, darunter auch Schmiedemann, der versucht hatte, ihn zu beruhigen. Andererseits die Presseartikel, die er zwar unerfreulich fand, die aber zum Glück nicht so durchschlagend sensationslüstern waren, wie er befürchtet hatte.

Sende dein Licht und deine Wahrheit, verhieß der Psalmenspruch auf dem Wandkalender für den Monat März. Ein Sonnenaufgang über schneebedeckten Bergen, mit einem glitzernd klaren See im Vordergrund war das Bildmotiv dazu. Ein Geschenk des Kirchen-Kitsch-Vertreters, der ihn einmal im Jahr besuchte und ihm fromme Büchlein für Geburtstagsbesuche andiente.

Licht und Wahrheit. Ließ es sich noch länger vermeiden, die Wahrheit ans Licht zu bringen? Benedikt haderte mit sich. Nicole hatte sich nicht wieder gemeldet und war auch am gestrigen Abend nicht erreichbar gewesen.

Das Telefon riss ihn aus seinen Gedanken.

»Herr Pastor Theves, hier ist Brigitta Stern, die … äh … die Mutter von Clara.«

Sie klang fahrig und aufgeregt.

»Meine Tochter will … ich meine, ich soll für Clara fragen, ob sie noch einmal zur Beichte kommen kann. Am besten schon heute. Sie ist nur bis zwei Uhr in der Schule. Ab morgen sind Osterferien. Ach, was red ich? Ich meine nur …«

»Frau Stern, immer mit der Ruhe. Ist denn etwas vorgefallen?«

»Nein, sie ist … wie soll ich sagen, ganz normal. Aber ich dachte nur … Wissen Sie, es passieren so viele schlimme Dinge.«

»Schlimme Dinge?«, fragte Benedikt besorgt.

»Ja, aber das ist nichts fürs Telefon. Sprechen Sie bitte erst einmal mit Clara! Und dann rufe ich Sie wieder an.«

Benedikt vereinbarte mit Brigitta Stern, dass sie ihrer Tochter eine SMS schicken sollte. Er würde dann in der Kirche auf sie warten.

37

12.00 UHR

Hoch über ihm tönte das Mittagsgeläut, als Kriminalhauptkommissar René Wilmers über den Kirchplatz schritt. Nur selten hatte er zuvor bewusst darauf geachtet. Jetzt aber merkte er, dass die Glocken im Turm von St. Petri nicht einfach nur Lärm, sondern einen fein aufeinander abgestimmten Wohlklang von sich gaben.

Das Kirchenportal stand einladend offen, als würde er bereits erwartet. Er hatte sich im Stadtcafé nur ein belegtes Croissant für die Mittagspause holen wollen, aber dann hatte er, mit der Brötchentüte in der Hand, doch noch einen kleinen Umweg zur Kirche gemacht. Die Zeitungsmeldung über das vermeintliche Blutwunder tat er zwar als lächerlich ab, aber da seine Erfahrung ihn lehrte, dass sich hinter scheinbar Mysteriösem oft menschliches Fehlverhalten verbarg, wollte er sich doch selbst ein Bild vom Ort des Geschehens machen. Auch wenn ihn privat ganz andere Sorgen quälten, siegte meist seine Neugier, die er als kriminalistische Schlüsselkompetenz erachtete.

Während er die Eingangshalle der Kirche betrat und die letzten Glockenschläge gedämpft über ihm verhallten, schoss ihm noch in den Sinn, dass Hambrücks Auto, nach dem die Kollegen immer noch suchten, zuletzt in unmittelbarer Nähe der Kirche gesehen worden war. Aber dieser laute und vermutlich trunksüchtige Angeber und dieser erhabene Ort des Friedens und der Stille passten so wenig zueinander, dass er die Idee eines möglichen Zusammenhangs gleich wieder verwarf.

»Hallo!«, rief eine Stimme aus der Tiefe des Raumes. »Besichtigungszeit ist gleich zu Ende. Wir machen jetzt Mittagspause.«

Es klang nicht unfreundlich, aber sehr bestimmt. Hinter einer Säule trat ein älterer Mann in einem grauen Arbeitskittel hervor. Wilmers ging ein paar Schritte auf ihn zu, fischte seinen Dienstausweis aus der Brusttasche seiner Lederjacke und streckte sie dem Mann entgegen.

»Tut mir leid, dass ich störe. Wilmers, Kripo Alsberg, ich hätte nur ein paar Fragen. Arbeiten Sie hier?«

»Das kann man wohl sagen. Demuth, mein Name. Was kann ich denn für Sie tun?«

Wilmers lächelte ihn an. »Nichts Besonderes. Darf ich mir mal die Petrusskulptur aus der Nähe anschauen?«

»Das hässliche Ding?«

Der Mann machte eine abwertende Handbewegung.

»Das hat die Frau vom Pastor uns eingebrockt. Sie ist angeblich eine große Kunstexpertin.«

Beim letzten Wort rollte er die Augen. Mit einer einladenden Geste fuhr er fort: »Na, kommen Sie! Sie sind weiß Gott nicht der Erste nach diesem Quatsch in der Zeitung heute Morgen.«

Schnellen Schritts ging er voraus, und Wilmers folgte ihm zu den Chorstufen. Beim Konfirmationsgottesdienst seiner Tochter hatte er sich das Kunstwerk schon einmal aus der Nähe angeschaut. Hässlich fand er diesen Petrus nicht direkt, jedoch ein wenig deplatziert in einem sonst so einheitlich ausgestatteten alten Gemäuer.

»Da, schauen Sie!«

Aufgrund seiner geringen Körpergröße musste er sich auf die Zehenspitzen stellen, um mit dem Zeigefinger in die Nähe der Augen der Statue zu gelangen. »Wegen diesem kleinen Fleck hier das ganze Theater!«

René Wilmers ging vor der Skulptur langsam auf und ab, um das Gesicht des Petrus aus allen Winkeln zu betrachten. Der Anblick von Blut, ob frisch oder getrocknet, war ihm vertraut. Gänzlich ausschließen konnte er auf den ersten Blick nicht, dass es sich bei diesem blassen Fleck tatsächlich darum handeln könnte, aber es gab unzählige andere Substanzen, die hier infrage kämen. Dass diese Skulptur echtes Blut geweint haben könnte, gehörte nicht in sein Repertoire der Ermittlungsgedanken.

»Ich kann Ihnen gern eine Trittleiter holen.«

Doch Wilmers hatte sich sein Urteil schon gebildet. »Danke. Lassen Sie mal.« Und weil er nicht einfach wieder gehen wollte, ohne seine Hilfe angeboten zu haben, fügte er hinzu: »Es sein denn, Sie möchten Anzeige erstatten.«

Sein Gegenüber prustete.

»Das könnte dem so passen.«

»Wem denn?«

»Na, diesem Medienheini, der diesen Wunderblödsinn verbreitet hat. Als ob wir nicht schon genug Arbeit hätten. Und der ist auch noch mit unserem Pastor verwandt.«

»Aber Pastor Theves«, entgegnete Wilmers, »ich kenne ihn ja kaum, scheint mir doch eher ein ruhiger Vertreter zu sein.«

»Schon«, bestätigte Demuth, »aber wer weiß, was sich in den Köpfen der Pastoren so abspielt? Unsere Pröpstin ist auch ganz schön um diesen Reporter herumgetänzelt. Wenn schon keiner mehr zum Gottesdienst kommt, kann man ja immer noch in der Zeitung glänzen.«

Wieder ertönte das vertraute Glockengeläut. Wilmers schmunzelte, als er begriff, dass es der Klingelton von Demuths Handy war, das dieser nun umständlich aus seiner Hosentasche nestelte und sich dann abwandte, um den Anruf entgegenzunehmen.

»Ach, hallo, Schatz. ... Ja, alles ist gut. ... Nein, jetzt passt es nicht. Aber mach dir keine Sorgen. ... Ja, ich rufe nachher zurück.«

Dann wandte er sich wieder zu ihm. »Sie glauben also nichts von alledem?«, fragte Wilmers.

»Glauben? Was heißt glauben?« Demuth verfiel in ein tiefes Gelächter. »Ich *glaube,* ich habe da so ein Mittelchen in der Vogtei und einen weichen Lappen. Ein paarmal wischen, und dann hat es sich für unsern Petrus ausgeblutet.«

38

14.25 UHR

»Ich … ich weiß nicht«, stammelte Clara.

Ihr blasses Gesicht leuchtete im Kerzenschein. Wie schon beim ersten Mal, fünf Tage zuvor, sprach sie keine vollständigen Sätze. Heiser klang ihre Stimme, ungeübt. Das war nicht ungewöhnlich nach so vielen Monaten des Schweigens. Immerhin, ein bisschen offener war das rätselhafte Mädchen geworden, schaute nicht mehr nur auf seine Hände hinunter, sondern ab und zu sogar seinem Gegenüber in die Augen. Ja, Clara hatte sich ein wenig verändert. Vollkommen farblos war sie Benedikt beim ersten Beichtgespräch erschienen, jetzt zierte ein grün und gelb gemustertes Tuch den Halsausschnitt ihres weißen Parkas. Und ihre schwarzen Haare glänzten.

»Es ist so …«, setzte Clara wieder an und verstummte erneut.

Benedikt hakte nicht nach. Es war besser, geduldig zu warten, auch wenn er sich nach dem irrsinnigen Vormittag zur Ruhe zwingen musste. Das Betreten der Sakristei war für ihn allerdings der schwierigste Angang gewesen. Als er Clara in der Kirche empfangen hatte, waren seine Versuche, sie zum Gespräch ins Gemeindehaus einzuladen – *weil es da wärmer ist* –, gescheitert. Sie hatte nur mit dem Kopf geschüttelt und mit der Hand in Richtung Sakristei gewiesen. Demuth hatte derweil in der letzten Bankreihe gesessen, geräuschvoll in der *Bild Zeitung* geblättert und nicht einmal zu ihnen aufgesehen. Mulmig war es Benedikt geworden, als er dann die Tür zur Sakristei aufgeschlossen hatte. Doch bei einer diskreten Inspektion des Raumes hatte er keine Restspuren der Gräueltat vom Dienstagabend entdecken können.

Clara hatte jetzt ihre Hände so an die Schläfen gelegt, dass sie wie durch einen Tunnel auf die leckenden Kerzen blickte. »Menschen sind böse«, flüsterte sie.

»Ja«, antwortete Benedikt und sinnierte, wie sehr das Mädchen doch recht hatte. Denn ohne es zu wissen, sprach Clara auch in diesem Augenblick mit einem bösen Menschen.

»Und ein Mensch ist besonders böse. Der hat … der macht …«

Benedikt merkte auf. Clara schien sich ihm öffnen zu wollen. Das löste zwiespältige Gefühle bei ihm aus. Denn zum einen hoffte er, dass sie ihm erzählte, was sie so bedrückte, zum anderen fürchtete er sich davor, dass sich sein schwerwiegender Verdacht über einen Missbrauch bestätigen könnte. Schreckensszenarien liefen vor seinem inneren Auge ab. Ihm war bekannt, dass sexuelle Misshandlungen meistens im Kreis der Familie begangen wurden. Wenn es nun ihr eigener Vater war, würde ihn das Beichtgeheimnis in große Schwierigkeiten bringen. Wenn er gewusst hätte, wie viele Probleme er sich mit seiner Wiedereinführung der Beichte einbrocken würde. Der kleine Spießrutenlauf nach dem hinreichend unerfreulichen vergangenen Sonntag war ein Witz gewesen, verglichen mit allem, was danach geschehen war.

Er griff nach einem Taschentuch aus der Packung, die er für Clara hingelegt hatte, und wischte sich ein paar Schweißperlen von der Stirn.

»Clara, du darfst es aussprechen. Mach dir keine Sorgen. Es ist geheim, vertraulich. Was hat dieser Mensch getan?«

Das Mädchen zuckte zusammen und schüttelte heftig den Kopf, so als wollte sie die schlimmen Gedanken hinausschleudern.

»Nein, nein, nein«, begann sie zu schreien, »nein, nein, nein«, und am Ende war nur noch ein Wimmern übrig. »Selber schuld. Ich bin selber schuld.«

»Sag das nicht. Ich glaube, das ist nicht wahr«, intervenierte Benedikt, so sanft er konnte.

»Doch!«, gab das Mädchen trotzig zurück.

»Warum solltest du, so jung und zart, wie du bist, an etwas schuld sein?«

Für einen kurzen Augenblick herrschte in der Sakristei vollkommene Stille.

»*Weil* ich so jung und zart bin«, sagte sie mit einem verzweifelten Blick. Dann hob sie ihren schwarzen Rucksack mit den Schulsachen vom Boden auf, legte ihn auf den Tisch und nestelte darin herum. Schließlich verschnürte sie ihn wieder und bugsierte ihn auf ihre rechte Schulter.

»Danke«, sagte sie leise, stand auf und verließ die Sakristei.

Benedikt starrte für einen Moment auf die Tür, die das Mädchen fast geräuschlos hinter sich geschlossen hatte. Als er die Kerzen auspusten wollte, bemerkte er, dass auf dem Tisch ein Blatt Papier lag, genau an der Stelle, wo Clara ihren Rucksack abgelegt hatte. Er griff danach, um die Zeichnung, die sich auf dem Blatt befand, aus der Nähe zu betrachten. Mit feinem Bleistiftstrich skizziert war da ein kleines Mädchen am unteren Bildrand, abgewandt vom Betrachter. Schwarzes Haar und die Rückenansicht einer weißen Jacke. Und dem sitzenden Kind gegenüber erhob sich, monströs und zwei Drittel des Bildes ausfüllend, eine dunkle Gestalt mit Fledermausflügeln. Auf dem Körper und den Flügeln dieses Höllenwesens verteilt drohten und grinsten kleine Dämonengesichter. Darüber thronte auf den Schultern der Bestie eine furchterregende Fratze, die fast ausschließlich aus zwei blitzenden Augen und einem weit aufgerissenen Maul voller spitzer Zähne bestand.

39
15.15 UHR

Nach dem Zwischenhoch der vergangenen Tage war der Himmel über Alsberg wieder grau geworden, und ein böiger Wind trieb Nieselregen vor sich her. Benedikt ärgerte sich, dass er bei seinem überstürzten Aufbruch am Morgen nicht an die gefütterte Regenjacke mit der Kapuze gedacht hatte. Der dunkelblaue Baumwollmantel, dessen Kragen er hochgeschlagen hatte, schützte ihn immerhin vor der Kälte. Als er nun ziellos die Straßen und Gassen der Altstadt durchstreifte, kam ihm das schlechte Wetter allerdings gerade recht. Denn die wenigen Passanten, die um diese Zeit unterwegs waren, hatten es ziemlich eilig, ihre Geschäfte zu erledigen, und kämpften mit ihren Schirmen gegen die Windböen. Kaum einer würdigte ihn eines Blickes. Niemand machte Anstalten, ihn über das vermeintliche Blutwunder auszufragen. Vor dem Coffeeshop in der Fußgängerzone tropfte Wasser von den Fleecedecken auf den Korbstühlen, die die Mitarbeiterinnen in Erwartung eines weiteren Frühlingstags vor das Schaufenster geräumt hatten.

Benedikt fühlte sich selbst wie durchgeweicht. Zwar hatte er sich seinem Bruder und der Superintendentin gegenüber gut geschlagen, aber der unverhoffte Energiezuwachs nach seiner Bluttat hatte sich allmählich aufgebraucht.

Aus den offenen Türen des Schallplattenladens, der sich mit einem gut sortierten Angebot und einer neu eingerichteten Vinyl-Abteilung gegen den allgemeinen Download-Wahn behauptete, tönte Rockmusik aus besseren Tagen. *Red Rain*, erkannte er. Die klagend-brüchige Stimme von Peter Gabriel. Wie das doch passte.

Und zu allem Übel hatte es dann noch die zweite Beichtstunde mit Clara Stern gegeben. Zwar waren ihre wenigen Worte nicht eindeutig gewesen, aber die gespenstische Zeichnung, die das Mädchen hinterlassen hatte, wies auf eine äußerst verstörende Geschichte hin. Damit war er vollends überfordert. Nicht nur, dass er als Mann, möglicherweise auch noch im selben Alter wie ihr mutmaßlicher Peiniger, wohl kaum der geeignete Ansprechpartner für Claras Nöte war. Er hatte keine Ausbildung für derart schwere Fälle, und wegen des Beichtgeheimnisses konnte er sonst niemanden zurate ziehen.

Der Regen hatte zugenommen. Als er die Mühlenstraße erreichte, zischten die Autos auf der nassen Fahrbahn an ihm vorbei. Wassertropfen rannen ihm von den Haaren in den Nacken und über das Gesicht und mischten sich mit den Tränen, die er nicht mehr zurückhalten konnte. Er passierte einige Geschäftshäuser, einen türkischen Friseurladen, ein Versicherungskontor und die Innenstadtfiliale der Sparkasse, da blieb sein Blick auf einem Leuchtschild hängen: weiße Lettern auf blauem Grund. Plötzlich spürte er einen dumpfen Stoß an seiner linken Schulter. Er wandte sich um und sah einen jungen Typen in Lederkleidung mit Stöpseln in den Ohren, der ihn angerempelt hatte und unbeirrt weiterging. Benedikt war zu verdattert, um ihm etwas nachzurufen.

War es eine Art Fügung, dass er auf einmal vor dem Polizeirevier stand? Einladend wirkte es nicht, das unauffällige Gebäude aus den Fünfzigerjahren mit der Ziegelfassade und den kleinen Fenstern. Aber die Automatiktür über den zwei Treppenstufen mit der seitlich installierten Rollstuhlrampe erschien ihm jetzt wie ein Tor zur Wahrheit.

Wie hieß er noch gleich, der Kommissar, den er im vergangenen Jahr bei einem der Konfirmationsbesuche kennengelernt hatte? Er stellte seinen Fuß auf die erste Stufe. Mit einem Ruck schoben sich die beiden Glasscheiben zur Seite. Seine Bedenken, seine Angst vor dem Gefängnis und der öffentlichen Schande waren auf einmal wie weggeblasen.

Der uniformierte Wachhabende, der hinter dem Empfangstresen saß, wirkte gänzlich unbeeindruckt von seinem durchnässten Auftritt. Er blickte dösig auf seinen Computerbildschirm und kratzte sich hinter dem linken Ohr. Jung wirkte er, kaum wie ein

Volljähriger. Sein Oberlippenbärtchen war nicht mehr als ein zarter Flaum. An der Plakatwand zu seiner Rechten hingen Steckbriefe von gesuchten Verbrechern und ein Poster von einem Beamten, der seine Dienstmütze lüftete. *Unser Service für die Sicherheit der Bürger,* verhieß eine geschwungene Schrift.

Leises Piepen und Gluckern aus den Bildschirmlautsprechern verriet Benedikt, dass der junge Polizist wohl nicht in eine Fallakte, sondern in ein Online-Spiel vertieft war.

»Guten Tag. Ist Hauptkommissar, äh, Wilmers zu sprechen?«

»Nee, der hat heute schon früher Feierabend gemacht«, nuschelte der Wachhabende und sah nicht einmal auf.

Benedikt rieb sich die Hände, die ganz glitschig waren. Er schauderte und fühlte die aufsteigende Panik. Aus seinen Haaren fiel ein Tropfen auf den Tresen.

»Ich ...«, begann er, doch der junge Beamte hob die Hand zum Zeichen, dass er nicht gestört werden wollte. *Ich muss aber mit ihm reden,* dachte Benedikt verzweifelt.

Er wandte sich ab, und sein Blick blieb an einem Fahndungsplakat haften. Das Phantombild eines gesuchten Räubers zeigte einen Mann, der mit seinen sanften Gesichtszügen nicht wie ein Verbrecher wirkte. *Weil sich das Böse im Inneren versteckt.* Erschüttert schloss Benedikt die Augen. Eine furchtbare Erkenntnis fraß sich in sein Gehirn. Dass er sich nur vorgemacht hatte, mit der Tötung Hambrücks Gottes Willen erfüllt zu haben. Dass ihn sein Gott in Wahrheit längst verlassen hatte. Dass er keinen Deut besser war als Claras Peiniger, auch keinen Deut besser als dieser Mann, der wegen eines Raubüberfalls mit schwerer Körperverletzung gesucht wurde. Man musste nicht an den Teufel glauben, wenn man selbst ein Teufel war. Zur Klärung von Verbrechen brauchte es keine Theologie. Er musste sich stellen, alle Demütigungen ertragen, sein altes Leben, seine neue Liebe verlieren und im Gefängnis Buße tun. Er musste mit Wilmers sprechen.

Als Benedikt die Polizeistation verließ, hatte ein starker Wind die Regenwolken weggeblasen. In den Gläsern der Fassade der

Arztpraxis schräg gegenüber spiegelte sich Sonnenlicht. Klarheit war auch wieder in seinen Sinnen eingekehrt. Er fror nicht mehr, und die Nässe in seinen Haaren und seinem Mantel machte ihm nichts mehr aus. Gewiss, die Konsequenzen würden grauenvoll sein, doch seine Seele schrie nach Läuterung.

Laura Wilmers, die lebhafte Konfirmandin aus der Vorjahresgruppe, hatte er noch in bester Erinnerung, auch wenn ihm ihr Familienname nicht gleich eingefallen war. Sie war auch die Einzige gewesen, die sich über seinen pastoralen Besuch zum Konfirmationskaffee richtig gefreut hatte. Und die Wohnung der Familie hatte bei ihm einen angenehmen, wenn auch ein wenig traurigen Eindruck hinterlassen. Mit der Mutter hatte etwas nicht gestimmt, während sich der Vater sehr offen und freundlich mit ihm unterhalten hatte.

Das war in der Doppelhaussiedlung am Waldrand gewesen, dort sahen alle Grundstücke ziemlich gleich aus. Eine Viertelstunde zu Fuß, vielleicht. Benedikt war fest entschlossen, den Weg zu gehen. Jetzt war es an ihm, zu beichten. Allerdings in einem weltlichen Sinn.

40

16.00 UHR

Benedikt hatte ein wenig suchen müssen, aber an einem kleinen Brunnen im Vorgarten hatte er schließlich das Grundstück von Familie Wilmers wiedererkannt. Am Konfirmationssonntag im Mai des vergangenen Jahres hatte das Wasser gesprudelt, und die Steinumrandung war von einem Blumenmeer umgeben gewesen. Jetzt im März sah das Gärtchen eher grau und ein wenig ungepflegt aus, wenn auch einige blaue Krokusse auf der noch winterlich anmutenden Rasendecke blühten.

Wenige Augenblicke nachdem er geklingelt hatte, öffnete sich die Haustür. Erstaunt, aber herzlich wurde er von René Wilmers begrüßt.

»Herr Pastor Theves! Lange nicht gesehen und doch gleich wiedererkannt. Was verschafft uns die Ehre?«

Benedikt war angetan von der Freundlichkeit des kräftigen Mannes mit den kurzen grau melierten Haaren und dem offenen Blick aus seinen graugrünen Augen. Kaum vorstellbar, dass Wilmers im Dienst in strenger Manier Befehle erteilen und Übeltäter vernehmen musste. Aber Letzteres würde er vielleicht heute noch erleben.

»Darf ich bitte reinkommen?«

»Natürlich. Ich war doch heute auch schon bei Ihnen zu Gast.«

»Wie bitte?«

»Nicht bei Ihnen zu Hause, sondern in St. Petri. Ich war neugierig und wollte mal schauen, was es mit diesem Blutwunder auf sich hat.«

Wilmers wies mit einladender Geste in den Hausflur, aber Benedikt stockte vor Schreck. »Oh! Und …«

»Und nichts«, entgegnete Wilmers heiter. »Ihr Küster hat mir alles gezeigt. Ich hoffe, es verletzt Sie nicht, wenn ich Ihnen sage, dass ich den ganzen Zauber für ausgemachten Blödsinn halte.«

»Keineswegs.« Ob es gut war, dass sich der Polizeibeamte, wenn auch unwissentlich, schon auf die Szenerie des beabsichtigten Geständnisses eingelassen hatte?

»Nun kommen Sie schon«, komplimentierte Wilmers ihn ins Haus.

»Sind Sie allein?«

Wilmers ließ Benedikt eintreten und nahm ihm den immer noch nassen Mantel ab.

»Allein nicht gerade. Laura ist oben und guckt Videos mit einer Freundin – und meine Frau, na ja.«

Wie ein Schatten huschte ein nachdenklicher Ausdruck über sein Gesicht.

»Aber wir können uns allein unterhalten. Gehen Sie einfach schon durch ins Wohnzimmer! Trinken Sie etwas?«

Benedikt verneinte. Der Polizeibeamte bot ihm einen Platz auf der raumgreifenden Sofalandschaft an. Diesen Sitzkomfort müsste er vielleicht heute Abend schon gegen die harte Pritsche einer Zelle im Untersuchungsgefängnis eintauschen. Den Fluchtpunkt des Zimmers bestimmte ein Flachbildfernseher von enormen Ausmaßen. Silke hatte immer darauf bestanden, dass in einem Bildungshaushalt der Fernsehapparat keine zentrale Rolle spielen durfte. Er ließ sich jedoch gern einmal zur Entspannung von einem guten Film unterhalten. Aber das vorzeitliche Gerät, das Benedikt und Silke ihr Eigen nannten, war kaum größer als der Computerbildschirm im Kirchenbüro.

Wilmers ließ sich in einen großzügigen Sessel fallen, der wohl sein Stammplatz war, kontrollierte seine Armbanduhr und sagte dann mit ernster Miene: »Anwesende: Pastor Benedikt Theves und Kriminalhauptkommissar René Wilmers. Beginn des Verhörs: sechzehn Uhr vier. Nun fangen Sie mal an!«

Benedikt sah ihn panisch an, doch Wilmers lachte fröhlich.

»Entschuldigung, Berufskrankheit. Sogar mit meiner Tochter rede ich manchmal so.«

Benedikt rang sich mühsam ein Lächeln ab. Sein Gesprächsanliegen ließ keinen Raum für Scherze und Freundlichkeiten. Er kniff für einen Moment die Augen zu, um sich zu vergewissern, dass er das Richtige tat. Dann räusperte er sich. »Herr Wilmers, ich bin nach reiflicher Überlegung zu Ihnen gekommen. Ich kann aus meinem Herzen keine Mördergrube machen. Natürlich könnte ich schweigen, aber ich sehe keine Möglichkeit mehr, meine Augen vor dem Unrecht zu verschließen. Ich kann nicht mehr schweigen. Das hält mein Gewissen nicht aus.«

Wilmers beugte sich vor: »Was ist passiert um Himmels willen?«

»Wissen Sie, natürlich gibt es Umstände, da denken wir Menschen, es wäre gerechtfertigt, ein Leben zu nehmen. Es kommt uns so vor, als könnte der Tod eines Menschen etwas Gutes bewirken, weil er Leid verhindert. Aber, entschuldigen Sie, wenn es altmodisch klingt: Wir dürfen uns selbst nicht über den Willen Gottes stellen.«

Bei den letzten Worten war René Wilmers blass geworden. Mit offenem Mund rang er nach Worten: »Wie können Sie …? Ich meine, … wie haben Sie es erfahren?«

41
16.10 UHR

»Sie dürfen ihm das nicht einfach durchgehen lassen, Magdalena.«

»Das lassen Sie mal meine Sorge sein«, gab die Superintendentin zurück. Es schmeichelte ihr, dass sich Christian von Wagner derart an sie heranschmiss, aber es war wichtig, die Kontrolle zu behalten. Trotz der Ansage, dass sie nicht gestört werden wollte, hatte Frau Balzer den Anruf des Vikars einfach durchgestellt.

»Aber hören Sie doch, Theves macht alles kaputt. Ist doch unglaublich, wie er da in der Zeitung zitiert wird. Außerdem sind Sie die Chefin, und er untergräbt respektlos Ihre Autorität!«

»Ja, Christian, das ist mir nicht entgangen. Und ja, wenn es so weitergeht, werde ich Ihren Mentor fürs Erste beurlauben müssen.«

Einem gehauchten, aber explosiven »Ja!« am anderen Ende der Leitung entnahm sie, dass da wohl jemand eine Siegerfaust gereckt hatte.

»Aber ich muss sehen, wie sich die Dinge entwickeln. So kurz vor Ostern noch zu intervenieren, stiftet jede Menge Unruhe.«

»Aber ich bin ja schließlich auch noch da«, raunte Christian, gut eine halbe Oktave tiefer als zuvor.

»Die Palmsonntagsprozession, die mir Theves wieder weggenommen hat, kann ich zwar nicht mehr eintüten, aber für die Karwoche und Ostern hätte ich ein paar schöne Ideen. Am Gründonnerstag würde ich gern mal eine Fußwaschung ausprobieren.«

Magdalena Kursow stöhnte. Der kirchliche Nachwuchs neigte immer mehr dazu, die mangelnde geistliche Kompetenz durch allerlei Rituale zu kompensieren. Die Vorstellung, sie würde vor dem Altar die stinkenden Füße von Gemeindegliedern schrubben, verursachte eine leichte Übelkeit.

»Worin ich übrigens auch ganz gut bin ...«

»Schluss jetzt! Ich entscheide!«, brach sie von Wagners Werbeversuche ab, allerdings nicht richtig streng, sondern mit einem mädchenhaften Kichern.

»Stets zu Diensten, Magdalena. Was auch immer ich für Sie tun kann: Rufen Sie mich an!«

42

16.20 UHR

Alles in allem war das Zimmer nicht ungemütlich. Drucke berühmter Gemälde von Monet hingen an den Wänden, Narzissen in einer rot schimmernden Glasvase schmückten den Beistelltisch. Ein farbenfroher, zur Hälfte geöffneter Vorhang gab den Blick frei auf die große Terrasse und den angrenzenden Nadelwald. Aber selbst die Nachmittagssonne, die sich noch gegen das Schmuddelwetter durchgesetzt hatte und ein paar wärmende Strahlen entsandte, konnte die beklemmende Kühle des Raumes nicht mildern. Das Klinikbett mit seinem funktionalen Design und die Geräusche der Apparate, die Maria Wilmers überwachten und versorgten, hinterließen einen Eindruck von Siechtum und Todesnähe.

»Gut, dass Sie da sind, Herr Pastor Theves.« René Wilmers' Stimme brach. »Wir bekommen nicht mehr viel Besuch. Manche halten das nicht aus.«

Der Mann, der mit allen Wassern der Polizeiarbeit gewaschen war, schluchzte ohne Hemmungen. Und Benedikt vergaß nun beinahe, warum er hergekommen war.

Wie haben Sie es erfahren?, hatte Wilmers ihn vorhin gefragt, als er zu seinem großen Geständnis angesetzt hatte. Benedikt hatte schon fast den Satz auf den Lippen gehabt, mit dem er sich als Mörder eines Menschen bezichtigt hätte. Vollkommen verdutzt war er gewesen, als der Hauptkommissar so asynchron, so komplett an der Sache vorbei, reagiert hatte. Ein fatales Missverständnis.

Denn Wilmers hatte seinerseits gleich mit einem eigenen Geständnis begonnen. Benedikt hatte eine Weile gebraucht, bis er ihm folgen konnte. Sein Gesprächspartner befand sich in einer moralischen Zwickmühle, da er gedachte, seiner todkranken Frau den Wunsch nach Sterbehilfe zu erfüllen. Und darum hatte er Benedikts Worte über das Sterben und den Willen Gottes auf seinen eigenen Plan bezogen und sah sich selbst auf der Anklagebank.

»A-L-S«, sagte er nun. Jeden Buchstaben betonte er einzeln, als stünde jeder dieser drei für eine eigene Katastrophe. »Amyotrophe Lateralsklerose. Zuerst habe ich es nicht richtig aussprechen können und danach nicht wollen.«

Zärtlich umfasste er die linke Hand seiner Frau, die diese Geste jedoch offensichtlich nicht erwidern konnte.

»Nach und nach versagen die Nervenzellen, die für die Motorik zuständig sind, ihren Dienst. Mit den Händen fängt es meist an, und irgendwann kann man nicht mehr eigenständig atmen. Die Symptome lassen sich lindern, aber eine Heilung gibt es nicht. Einfach teuflisch, diese Krankheit. Glauben Sie an den Teufel, Herr Pastor?«

Benedikt schwieg, und er erinnerte sich jetzt genau, was ihn im vergangenen Jahr inmitten der fröhlichen Familienfeier so traurig gestimmt hatte. Maria Wilmers hatte damals noch mit allen Gästen am Kaffeetisch gesessen und voller Stolz ihre konfirmierte Tochter angeschaut. Aber nur mit großer Mühe konnte sie die Kuchengabel halten, und mit der Kaffeetasse hatte Laura ihr geholfen.

»Vor einem Jahr …«, begann René Wilmers zu erzählen, als hätte er bemerkt, woran Benedikt dachte, »vor einem Jahr hatten wir noch ein Leben. Mit etwas Mühe konnten wir sogar noch kleine Ausflüge unternehmen. Aber jetzt ist alles, wirklich alles nur noch eine Qual.«

Benedikt schaute in das ausgezehrte, leichenblasse Porzellangesicht einer Frau, die früher einmal eine richtige Schönheit gewesen sein mochte.

Sie schloss einmal kurz ihre Augen.

»Sie bestätigt meine Worte«, flüsterte Wilmers und konnte wieder lächeln. »Das ist unsere Art zu kommunizieren. Einmal Zwinkern bedeutet ›ja‹, zweimal bedeutet ›nein‹, und dreimal Zwinkern heißt ›ich liebe dich‹.«

Benedikt war ergriffen von der Vertrautheit, die dieses Paar selbst in den schwersten Zeiten noch verband.

»Schön«, sagte er hilflos.

»Schön? Na, ich weiß nicht«, erwiderte der Polizeibeamte, jetzt mit entschlossener Miene. »In vier Tagen ist es nun so weit. Die Ärzte hier sind alle entweder feige oder hilflos. Die glauben doch tatsächlich, sie würden sich die Finger schmutzig machen, wenn sie einem leidenden Menschen den letzten Herzenswunsch erfüllen. Dabei gäbe es niemanden, der sie anzeigen würde. Aber nichts zu machen.«

Benedikt dachte an die zwar gemäßigte, tendenziell aber doch ablehnende Position der evangelischen Kirche zur Sterbehilfe. Mit einem Mal kamen ihm all die frommen Hirtenworte wie purer Zynismus vor. Vor einiger Zeit hatte ein EKD-Ratsvorsitzender sein Amt aufgegeben, damit er sich um seine kranke Frau kümmern konnte. Im Zusammenhang mit seiner Dienstentpflichtung hatte er geäußert, dass er schweren Herzens auch Sterbehilfe leisten würde, wenn seine Frau dies wünschte. Allen Ernstes hatten ihn die evangelikalen Rechten dafür öffentlich angegriffen. Nicht zu fassen, dass eine solche Hartherzigkeit in der Kirche Jesu Christi Platz fand.

»Was ist denn in vier Tagen?«

»Am Dienstag fahren wir nach Zürich. Am Mittwoch müssen wir noch ein paar Dinge regeln, und am Donnerstag darf Maria endlich sterben. Wir mussten einen Kredit aufnehmen. In der Schweiz ist der Tod nun einmal auch ein gutes Geschäft. Aber wir haben uns bei anderen Familien erkundigt. Der Abschied geschieht in Würde und Barmherzigkeit.«

Er blickte kurz ins Leere, seufzte einmal und fuhr dann mit angespannter Miene fort:

»Und ausgerechnet jetzt verschwindet dieser Hambrück, der Tankstellenbesitzer. Vielleicht haben Sie schon davon gehört?«

Benedikt erstarrte. Er beabsichtigte, den Kopf zu schütteln, doch das wollte ihm nicht gelingen.

»Aber Sie wissen, wer das ist?«

Benedikt konnte eine Zuckung gerade noch in ein rasches Nicken verwandeln.

»Sie haben ihn nicht zufällig in den letzten Tagen gesehen?«
Wilmers' Tonfall wirkte jetzt wie der eines Verhörexperten. »Nun ja«, ergänzte er belustigt, »als einen eifrigen Kirchgänger kann ich mir unseren Tankstellenkönig nicht vorstellen.«

Sag's ihm, flüsterte eine hämische Stimme in Benedikts Innenohr. *Sag ihm, dass Hambrück gerade mehr Zeit in der Kirche verbringt als die frömmste Betschwester von Alsberg!* Er öffnete und schloss die Lippen, ohne dass ein Laut entwich.

»Hambrücks Frau«, setzte der Kommissar nun wieder an, »sie glaubt ja, er sei auf einer Sauftour, aber mein Gefühl sagt mir, da stimmt was nicht. Hm. Aber ich will Sie nicht mit meinen beruflichen Dingen langweilen.«

»Sie ...«, Benedikt hielt ein, »Sie langweilen mich nicht.« Wenn er nicht jetzt mit seinem Geständnis begänne, dann wäre wohl die letzte Chance vertan. Sollte er am Bett einer Todkranken von seiner Tat berichten?

Sie schwiegen eine Weile. René Wilmers streichelte die Wangen seiner Frau, soweit sie nicht von der Beatmungsmaske bedeckt waren. Dann wechselte er das Thema.

»Das aber möchte ich doch gern wissen: Wie in aller Welt haben Sie von uns und unseren Plänen erfahren? Hat sich Edyta, unsere polnische Pflegekraft, Ihnen anvertraut? Sie ist so eine gute Seele, und wir wüssten nicht, wie wir all das ohne sie durchgestanden hätten. Aber Schweigen ist nun einmal nicht ihre Stärke.«

»Dazu kann ich Ihnen leider nichts sagen«, antwortete Benedikt. Der Lügner in ihm hatte wieder die Macht übernommen.

»Schweigepflicht, verstehe. Aber eines kapiere ich nicht. Am Anfang unseres Gesprächs sind Sie so moralisch streng aufgetreten, dass ich vor lauter Schuldgefühlen fast im Boden versunken wäre. Und jetzt reagieren Sie so anteilnehmend und verständnisvoll, wie ich mir das von einem Seelsorger gewünscht hätte.«

Benedikt blickte betreten drein, und zwar nicht nur wegen des Vorwurfs des verzweifelten Ehemannes, der sich schon mitten im Trauerprozess befand, sondern auch, weil es jetzt keine Chance mehr gab, zur Ehrlichkeit und zu seinem wahren Anliegen zurückzukehren.

»Es tut mir aufrichtig leid«, sagte er. »Ich muss zugeben, ich bin bei diesem Thema hin- und hergerissen. Einerseits gibt es da etwas, das mein Glaube von mir fordert, wenn es um die Unterscheidung von Gut und Böse geht, aber andererseits fühlt sich die Wirklichkeit des Lebens doch ganz anders an.« Er schämte sich für den Unsinn, den er redete.

»Ja«, seufzte René Wilmers, »Gut und Böse. Darüber habe ich schon viel nachgedacht. Sie glauben ja gar nicht, was einem in über zwanzig Jahren Polizeidienst so alles widerfährt. Da gibt es Recht und Gesetz, und man denkt, solange man auf deren Seite steht, ist man einer von den Guten. Und wer dagegen verstößt, der handelt böse und gehört bestraft. Aber dann kommt die *Wirklichkeit des Lebens* dazwischen, wie Sie so schön sagen, und dann ist man sich seiner Sache nicht mehr so sicher.«

Benedikt nickte. Vielleicht war seine gestammelte Rechtfertigung doch nicht so falsch gewesen. Wilmers fuhr fort.

»Ein Beispiel: Vor drei Jahren hatte ich mit einem Fall zu tun, der zunächst in die Zuständigkeit der Verkehrspolizei fiel. Ein Geisterfahrer. Mit fast zwei Promille hatte der die Autobahnabfahrt als Auffahrt benutzt. Es war Nacht, nicht viel Verkehr, und so ist das ein paar Kilometer lang gut gegangen. Aber dann ist er frontal in einen Passat gekracht, der von der Überholspur nicht mehr ausweichen konnte. Der Fahrer des anderen Wagens war sofort tot. Aber der Geisterfahrer: Schleudertrauma, ein paar Schrammen, sonst nichts. Unglaublich! Dann wurden wir von den Kollegen zur Unfallstelle gerufen. Wir sollten uns den Kofferraum des zertrümmerten Fahrzeugs des Todesopfers anschauen. Wissen Sie, was wir gefunden haben? Einen Revolver und einen Abschiedsbrief. Der Fahrer des Passats war auf dem Weg zu seiner Ex-Frau gewesen. Und nun passen Sie auf: Er wollte zuerst sie, dann die beiden Kinder und zuletzt sich selbst erschießen. Ohne etwas zu ahnen, hatte also der Geisterfahrer einen erweiterten Suizid verhindert, bei dem sonst drei Unbeteiligte ums Leben gekommen wären. Da kommt man schon ins Grübeln. Ich bin ja kein Theologe, aber ich denke seitdem: Manchmal benutzt Gott das Böse in uns, um Gutes zu tun.«

Benedikt war wie in Trance geraten, als die Ausführungen des Hauptkommissars diese bemerkenswerte Wendung genommen hatten. Glich dieser Fall nicht wenigstens im Ansatz seinem eigenen Schicksal? Nach Recht und Gesetz hatte der Geisterfahrer eine schwere Straftat begangen. Aber am Ende hatte er drei Leben gerettet. Gab es sie nicht manchmal doch, diese höhere Gerechtigkeit, die sich in den Gesetzbüchern nicht wiederfand? Und Wilmers? Sollte er dafür verurteilt werden, dass er seiner Frau half, aus einem qualvollen Leben zu scheiden? Wo doch alles, was er tat, aus Liebe geschah …

»Herr Pastor Theves, sind Sie noch bei uns?«

René Wilmers' Weckruf schreckte Benedikt auf.

»Herr Pastor, ich will Ihnen noch etwas sagen. Eine Kollegin auf dem Revier hat mir vom Angebot der Beichte in der Petrikirche erzählt. Ich habe das zuerst für einen Scherz gehalten. Aber jetzt, nach diesem Gespräch, fühle ich mich richtiggehend befreit, als ob mir jemand eine schwere Last von den Schultern genommen hätte. Ich glaube, was Sie da tun, ist eine richtig gute Sache.«

Leicht benommen erhob sich Benedikt, nahm die Hand des Polizisten und umschloss sie in einer Geste der Verbundenheit. Dann wandte er sich der Ehefrau zu, der stummen Zeugin des Gesprächs, die sehr wahrscheinlich alles mitbekommen hatte. Vorsichtig berührte er ihre Stirn und zeichnete mit Zeige- und Mittelfinger ein Kreuz auf ihre bleiche Haut.

Sie zwinkerte.

SONNABEND,
28. MÄRZ

43

9.45 UHR

Bescheiden und rechtschaffen. Das hätte Benedikt geantwortet, wenn ihn jemand nach den Wohnblöcken in der Bäumlerstraße und den Leuten, die dort lebten, gefragt hätte. Hier hatten Menschen ihre Bleibe gefunden, die es mit ehrlicher Arbeit zu gutem Auskommen, aber nicht zu Wohlstand gebracht hatten. Seines Wissens war Robert Stern Tischlergeselle in einem Betrieb, der schon einige Male von der Insolvenz bedroht gewesen war. Seine Frau Brigitta hatte Benedikt öfters bedient, wenn er mit den Mitgliedern des Kirchenvorstands nach den Sitzungen noch auf einen Umtrunk im *Niedersächsischen Hof* eingekehrt war. Bescheiden und rechtschaffen – so war auch das Wohnzimmer eingerichtet, in dem Ehepaar Stern ihm den bequemsten Sessel angeboten hatte. Konnte in unmittelbarer Nähe dieser kleinbürgerlichen Normalität das Grauen wohnen?

Über die Fernabfrage hatte Benedikt am frühen Morgen Robert Sterns Anruf vom Vorabend abgehört und war seiner Bitte, doch möglichst bald vorbeizukommen, noch am selben Vormittag gefolgt.

»Wo ist Clara denn jetzt?«

»Wir haben sie losgeschickt, um für ihre Oma, die in der Seniorenwohnanlage *Waldfrieden* lebt, ein paar Besorgungen zu erledigen. Wir finden es besser, wenn sie erst einmal nichts von der Sache erfährt.«

Es war ein Schock für Benedikt gewesen, als das Ehepaar Stern ihm den suspekten Umschlag präsentiert und ihre Verdachtsmomente über das schmutzige Treiben des Nachbarn aus dem Erdgeschoss unterbreitet hatte. Benedikt schämte sich dafür, dass er insgeheim sogar den Vater verdächtigt hatte. Robert Stern verhielt sich skeptisch, was die Beschuldigung des Nachbarn betraf, aber seine Frau schien sich ihrer Sache sicher zu sein. Ihr Verdacht fügte sich in beängstigender Weise in das Bild, das er sich selbst von Claras mutmaßlichem Leiden gemacht hatte. Claras Zeichnung schien das zu bestätigen. Wenn nun dieser Lindner das fledermausartige Monster war, das sie gezeichnet hatte? Und wenn diese Dämonenfratzen so etwas wie die Masken seiner kranken Seele waren? *So ein Schwein!*

Doch darüber durfte er mit Claras Eltern nicht sprechen. Diese Bilder und Gedanken waren im Beichtgeheimnis versiegelt.

»Was sollen wir denn tun?«, fragte Brigitta Stern mit eindringlicher Stimme.

»Frau Stern, Ihr Mann hat leider recht. Wir dürfen die Postsendung nicht öffnen. Und die Polizei würde nur bestätigen, dass uns der Inhalt nichts angeht und dass wir diesen Umschlag schleunigst dem rechtmäßigen Empfänger übergeben müssen.«

Benedikt hielt kurz inne und ließ den Blick Richtung Balkon schweifen, auf dem besonders schöne Gartenmöbel aus Teakholz, die Robert Stern vermutlich selbst getischlert hatte, auf ihre sommerliche Nutzung warteten. Noch war es zu kalt, um draußen zu sitzen.

»Ich mache Ihnen einen Vorschlag. Ich nehme die Sendung an mich und verwahre sie erst einmal. Heute und morgen muss ich mich um den Gottesdienst kümmern. Aber auf ein paar Tage mehr oder weniger kommt es auch nicht an. Und dann werde ich schon eine Gelegenheit finden, diesen Lindner mit der Sache zu konfrontieren.«

Ein Gefühl der Stärke, wenn nicht gar der Euphorie, stieg in Benedikt auf, etwas, das er vor ein paar Tagen schon einmal empfunden hatte. So ähnlich wie durchdrehen, nur dass es sich gut anfühlte. Auch das Wort *Manie* kam ihm in den Sinn. Frau Dr. Montenbruck hatte seinerzeit, als es um die psychiatrische Diagnose ging, einmal über die *bipolare Störung* gesprochen, sie in seinem Fall jedoch sofort ausgeschlossen, da sie an ihm angeblich nichts Manisches beobachten konnte. Seinem manifesten »Zu-Tode-Betrübt«

stand gemäß ihrer Anamnese kein »Himmelhoch-Jauchzend« gegenüber. Auch wenn die Ärzte für jeden Seelenzustand einen medizinisch relevanten Begriff parat hatten, war Benedikt nicht bereit, seine bislang unbekannte energische Seite für pathologisch erklären zu lassen. Das war doch keine Störung, denn dieses Neue hatte mit Wahrhaftigkeit, mit Macht, oder besser mit Vollmacht zu tun. Und es wuchs und gedieh in ihm, als er in die dankbaren Gesichter von Claras Eltern blickte.

44
14.35 UHR

»Hallo! Ich bin wieder da.«

Gekünstelt klang der fröhliche Gruß, der bis in Benedikts Klause hinaufdrang. Ein Rollkoffer ratterte über die Fliesen im Erdgeschoss.

»Ich habe dir etwas mitgebracht.«

Silke war von ihrem Kunstseminar zurückgekommen. Seit seiner Heimkehr vom Besuch der Sterns saß Benedikt an seinem Schreibtisch, in dessen Geheimschublade er den Umschlag für Lindner versteckt hatte, und arbeitete an seiner Predigt für Palmarum.

Bereits am Dienstag war ihm klar geworden, dass er mit dem Text der geltenden Predigtreihe wieder einmal nicht zurechtkommen würde. Aber eine andere biblische Geschichte zum Palmsonntag aus dem Perikopenbuch hatte seine Aufmerksamkeit geweckt: die Erzählung von einer Frau, die in eine Tischgesellschaft platzte und Jesus teures Öl in das Haupthaar massierte. Da hatte er sich noch gefragt, ob es nicht peinlich sei, dass seine Verstöße gegen die Leseordnung allmählich zur Norm wurden. Zumal seine Textauswahl auch nicht gerade leuchtende Verkündigungsergebnisse hervorgebracht hatte. Aber nach all den Ereignissen der vergangenen Tage konnte er jetzt zu seiner Entscheidung stehen. Nicht, dass die Worte einfach so aus ihm herausgeflossen wären, aber nach einer knappen Stunde sprudelten nun doch ein paar Assoziationen und Wortspiele wie von selbst aus ihm hervor. Gerade sortierte er die Blätter mit den Ideen und Stichworten, als er Silkes Schritte auf den Treppenstufen vernahm. Er biss die Zähne zusammen und wandte sich absichtlich nicht um, als sie ihn ansprach:

»Oh, du Armer! Schon wieder Predigtdienst. Schau mal, was ich für dich habe!«

Silke trat von hinten auf ihn zu, hauchte einen Kuss auf sein rechtes Ohr und legte eine durchsichtige, sicher nicht ganz billige Pralinenschachtel mitten auf den Papierstapel.

»Ein Mitbringsel aus Köln, ein bisschen süße Nervennahrung.«

Wenn das nicht wieder einmal typisch für ihre seit Langem gestörte Beziehung war! Wie konnte es sein, dass Silke nach all den Jahren immer noch nicht wusste, dass er zwar Schokolade mochte, aber Pralinen abscheulich fand.

»Ach, das war ein tolles Seminar über die Geschichte der Multiplen Kunst«, tönte Silke schwärmerisch. »Beuys, Claes Oldenburg, Dieter Roth, Rosemarie Trockel … Und stell dir vor, Zbigniew Radix war als Hauptreferent eingeladen!«

Benedikt war versucht, sie zu fragen, warum Kunstexperten immer so eigenartige Namen hatten. Aber er wollte keine Zeit verlieren und musste ihre Aufmerksamkeit auf einen anderen Namen lenken. Er stieß sich von der Tischkante ab und rollte mit seinem Schreibtischstuhl nach hinten. Silke erschrak und sprang zur Seite. Dann drehte er sich um und sagte streng: »Zbigniew Radix, so, so. Und was ist eigentlich mit Theodor Theves?«

Silke errötete und erwiderte ängstlich: »Theo? Woher …? Was ist mit Theo?«

»Tu doch nicht so!« Er spuckte seine Worte geradezu in ihre Richtung. »Darf ich dir vielleicht auf die Sprünge helfen? *Das Wunder von Alsberg!* Du warst das! Du hast diesen Aasgeier angerufen. Das kannst du nicht abstreiten.«

»Ach das …«

Benedikt wunderte sich, warum sie erleichtert wirkte, obwohl er sie doch gerade des illoyalen Verhaltens überführt hatte.

»Das musst du doch verstehen«, flehte Silke nun. »Ich habe das für dich, für uns, getan. Du versauerst doch hier mit deiner blöden Gemeinde. Machst dich mit deiner Beichte zum Gespött der ganzen Stadt, und am Ende verpasst du noch die größte Chance deines Lebens!«

»*Ende* ist ein gutes Stichwort. Noch hat sich die Kursow nicht wieder gemeldet. Aber wenn sie es tut, was meinst du wohl, was sie dann sagt?«

»Ende?«

»Jawohl: Ende! Und willkommen auf Juist oder Norderney! So, und jetzt: Ende! Ende des Gesprächs. Verschwinde. Ich muss arbeiten.«

Nachdem seine Frau ganz betreten sein Arbeitszimmer verlassen hatte, wunderte sich Benedikt, wie gut ihm dieser Wutausbruch tat und wie klar und deutlich er sie mit ihrem unmöglichen Verhalten konfrontiert hatte. Seine Mutter hätte ihm damals eine Woche Hausarrest dafür aufgebrummt und ihn derweil ignoriert. Aber seine Mutter erschien ihm nur noch wie ein Schatten aus einer vergangenen Zeit. Und jetzt würde es sich zeigen, wer hier wen ignorierte. Vielleicht musste er wenigstens ein bisschen böse sein, um im Leben das Richtige zu tun.

Er rollte wieder an den Schreibtisch zurück und nahm die Pralinenschachtel in die Hände. *Gruß aus der Pâtisserie am Römer* stand am unteren Rand der Verpackung. Aber der Römer war doch das Rathaus von Frankfurt.

»Das ist ja ein tolles Köln-Souvenir!« Er schleuderte die Schachtel gegen die Wand.

SONNTAG PALMARUM, 29. MÄRZ

45

10.05 UHR

Gott, hilf mir! Denn das Wasser geht mir bis an die Kehle.
Ich versinke in tiefem Schlamm, wo kein Grund ist.
Ich bin in tiefe Wasser geraten, und die Flut will mich ersäufen.
Sie geben mir Galle zu essen und Essig zu trinken für meinen Durst.
Ich bin aber elend und voller Schmerzen. Gott, deine Hilfe schütze mich.

Als Ludmilla an der Orgel zum *Gloria Patri* anhob, dem Gesang, mit dem die Gemeinde auf das Psalmgebet zu antworten pflegte, hatte Benedikt erstmals seit langer Zeit den Eindruck, noch andere Sangesstimmen außer seiner eigenen zu vernehmen. Mehr noch, dieses *Ehre sei dem Vater und dem Sohn* hörte sich geradezu festlich an. Die Kirchenmusikstudentin warf ihm einen Blick zu. Und wie sie strahlte!

Zumindest eine der vielen Stimmen in seinem Kopf hatte die Verse der Verzweiflung aus dem 69. Psalm von ganzem Herzen mitgebetet. *Schlamm, wo kein Grund ist.* Das traf es wirklich haargenau. Kurz huschte eine Fantasie durch sein Bewusstsein: eine vor sich hin wesende Leiche, die sich nach zu langer Lagerung in Schlamm auflöste. Doch er schob das Bild beiseite, denn der Rest seines Gemüts freute sich schon auf die Lesungen und die Predigt. Diesmal würde er die Gemeinde überraschen, und zwar mit erotischen Konnotationen, die bestimmt niemand je von ihm erwartet hätte.

Als er am Vorabend schon gegen zwanzig Uhr seinen Computer abgeschaltet hatte, war er zufrieden und fast ein wenig übermütig gewesen. Silke war ihm nicht wieder unter die Augen getreten, und so hatte er ohne Scham, wie schon vorher, während des Predigtschreibens, immer wieder an Nicole gedacht. Es war an der Zeit, dem Elend des 69. Psalms die Freuden eines Psalms *Soixante-neuf* entgegenzustellen. So würde er das natürlich nicht seiner Gemeinde verkaufen, denn allzu deutliche sexuelle Anspielungen von der Kanzel waren auch im einundzwanzigsten Jahrhundert, zumindest in den eher konservativen ländlichen Regionen, immer noch ein Tabu. Dies war schließlich St. Petri in Alsberg, Niedersachsen, und nicht St. Pauli in Hamburg.

Als er sich zur Epistellesung an den Ambo begab, wagte er einen ersten unbefangenen Blick in die Bankreihen. Mindestens dreimal so viele Besucher wie am vergangenen Sonntag waren erschienen. Das konnte nicht allein daran liegen, dass der Palmsonntag, der die Karwoche eröffnete, schon ein recht wichtiger kirchlicher Feiertag war. Aber ob nun das Gerede über sein Beichtangebot oder die Zeitungsmeldung über das angebliche Blutwunder das gewachsene Interesse an seinen Gottesdiensten ausgelöst hatte, wusste er nicht zu beurteilen. Jedenfalls hatte sich, als er während des Präludiums von der Sakristei zum Altar geschritten war, noch ein kleiner Pulk von Gottesdienstbesuchern bei der Petrusskulptur versammelt – unter ihnen auch Herschel vom *Alsberger Anzeiger* –, sich dann aber rasch auf die Sitzplätze begeben.

»Christus, der in göttlicher Gestalt war, hielt es nicht für einen Raub, Gott gleich zu sein.«

In gemessenem Tempo las er den geheimnisvollen Text des Hymnus aus dem Philipperbrief vor, über den er bei der Vorbereitung intensiv meditiert hatte. Christus hielt es also nicht für einen Raub, sich als Gott auszugeben. Sollte Benedikt es dann für einen Mord erachten, wenn er Gottes Werk vollzog? Und – wer weiß – vielleicht sogar mehr als einmal? Was würde er am liebsten mit Lindner, diesem Kinderschänder, anstellen?

Auch die Lesung des Evangeliums ging ihm erstaunlich leicht von der Zunge.

»Da kam eine Frau mit unverfälschtem und kostbarem Nardenöl, und sie zerbrach das Glas und goss es auf Jesu Haupt ...«

Nie zuvor hatte sich Benedikt im Talar so souverän vor seiner Gemeinde gefühlt. Als er sich während des Liedes vor der Predigt auf den Weg zur Kanzel machte, sang die Gemeinde den Choral: *Liebe, dir ergeb ich mich, dein zu bleiben ewiglich.* Ludmilla, die den Gesang sehr feinfühlig auf der Orgel begleitete, verfolgte seinen Weg mit einem ermutigenden Blick.

Alles war anders als sonst. Ohne jedes Unwohlsein erklomm er die Stufen zur Kanzel und legte ganz in Ruhe sein Manuskript ab. Erstmals verzichtete er auf den immer so betulich klingenden Kanzelgruß, der einem Briefanfang von Paulus entlehnt war. Auch die zähe Anrede, »liebe Gemeinde«, die so viel Tradition und Langeweile atmete, ließ er weg. Stattdessen sprang er gleich mitten hinein in sein Thema und fing an.

»Die Liebe«, sagte er und machte eine kleine Kunstpause. »Die Liebe ist eine Himmelsmacht.« Ganz aufrecht stand er da und blickte selbstbewusst ins Kirchenschiff und war nicht einmal überrascht, dass so gut wie alle Gottesdienstbesucher ihn erwartungsvoll anschauten. Die beiden älteren Damen, die am Sonntag zuvor noch getuschelt hatten, lächelten synchron. Von Wagner war natürlich mit sich selbst beschäftigt. Aber sogar in den hinteren Reihen hatte Benedikt ungeteilte Aufmerksamkeit. Doch dann erschrak er. Ganz hinten an einer Säule saß, das Gesicht umspielt von herrlichem dunkelblondem Haar: Nicole Hambrück. Aber nur kurz brachte ihn das aus dem Konzept. Er atmete tief durch und begann noch einmal von vorn.

46

10.25 UHR

»*Die Liebe ist eine Himmelsmacht.* Das ist ein Vers aus einer Operette von Johann Strauß. Aber mein Herz spricht: Dies ist ein Satz, der unserer Bibel gut zu Gesicht stünde. Vielleicht war dieser Vers ja einmal in einem Evangelium gut verborgen. Und ist verloren gegangen, vergessen oder gar absichtlich herausgenommen worden. Die Liebe: eine Himmelsmacht.

Ach, wären doch unsere Herzen große Räume, licht und klar und kathedralenweit! Wohnte in ihnen nicht nur die Kraft des Lebens, sondern auch aller Geist und Verstand und alle Empfindung! So wie man es noch glaubte, damals, in biblischer Zeit.

Dann könnten wir sie einfach in uns tönen lassen, diese großen Geschichten über das, was wirklich zählt. Gottes Liebeslied, samt seinem Widerhall und allen Resonanzen. Und dazu alles, was in uns selbst an Fragen und Zweifeln und Sehnsucht pocht. Und all die Botschaften, die von außen in uns dringen, Machtworte, die uns führen oder irritieren. Selbst sie wären noch da, doch sie dröhnten nur verhalten. Denn auch die leisen und die zarten und die schwachen Stimmen fänden ein Echo, fänden Gehör. Himmlische und irdische Gesänge. Und all das ordnete sich zu einer Sinfonie im großen Herzensraum. Lasst uns so tun, als wenn es so wär.«

Benedikt hielt ein. Unfassbar still war es nun im Kirchenraum. Justin und Finn, Ann-Kristin und Alina aus seiner Konfirmandengruppe, die sich sonst immer mit anderen Dingen die Zeit vertrieben, wenn sie einen ihrer Pflichtgottesdienste absolvierten, hatten sogar ihre Smartphones für einen Moment vergessen.

»Und schon höre ich sie rufen, die Hüter der vermeintlich reinen, der ach so sauberen Christenlehre, höre sie salbadern von Keuschheit und von einem Geist, der kein Begehren kennt. Als wäre die körperliche Lust die Wurzel des Verderbens. Denn war es nicht bereits am Anfang so, als Adam und Eva erkannten, dass sie nackt waren? O ja, so reden und so fragen sie, die ›Eunuchen für das Himmelreich‹, wie eine katholische Theologin sie einmal nannte. Die das Leben verachten zugunsten einer Ewigkeit, die sie wohl niemals sehen werden. Die alle Gefühle bändigen wollen und dabei verkennen, dass unsere Emotionen das Wertvollste von allem sind.

Gewiss, Gefühle sind nicht ungefährlich. So lehren uns mit Recht die Psychologen. Doch wohin kommen wir, wenn wir uns Liebe und Hass, Angst und Zorn und Traurigkeit verbieten? Wenn wir das, was in uns webt und tost, nicht leben, nicht erleben dürfen? Wir werden leer und hohl. Denn es gibt keinen Sinn ohne die Sinne, ohne die Erfahrung von Sinnlichkeit.«

Bei diesem Stichwort musste Benedikt unwillkürlich nach Nicole Ausschau halten. Da saß sie, viel zu weit von ihm entfernt, und doch spürte er ihre Nähe geradezu körperlich. Sie legte den Kopf zur Seite und schenkte ihm ein Lächeln.

»Diese Frau ... diese Frau«, fuhr er fort, »welche die Tradition mit Maria Magdalena identifizierte, diese Frau hat die Zeichen des Himmels erkannt. Sie nähert sich Jesus als eine Liebende. Man meint den herben, leicht bitteren Duft des wertvollen Öls beinahe zu riechen, die sämig-samtene Berührung auf der Haut zu spüren, das Knistern der Lust.«

Wieder ließ Benedikt seinen Blick schweifen. Wie ungleiche Zwillinge saßen Finn und Justin auf der Konfirmandenbank mit vor Staunen geöffneten Mündern. Eine der alten Damen aus dem Handarbeitskreis schüttelte den Kopf, konnte sich aber ein Lächeln nicht verkneifen.

»Sanft gleiten die ersten Tropfen auf das Haar des sonderbaren Mannes, bald mehr und immer mehr, verteilen sich und breiten sich aus. Dann stellt die junge Frau den teuren Alabasterkrug ab, schmiegt ihren schlanken Körper an den Rücken des Sitzenden, der kaum noch zu atmen wagt. Er entspannt seine Nackenmuskeln, sodass sein Haupt auf der Höhe ihrer zarten Brüste Halt findet. Unendlich sanft und doch kraftvoll beginnt sie nun, mit ihren feingliedrigen Fingern das ölig weiche Haar des Mannes zu streicheln und zu kneten, das Salböl bis in die Tiefen der Kopfhaut einzumassieren. Und trotz aller Zeugen am Tisch gibt Jesus seinem Wohlbefinden mit einem leichten Seufzen Ausdruck. Oh, wie gut das tut! So fühlt sich Gottesliebe an.«

Ein Raunen, ein Murmeln ging durch die Reihen. Benedikt fragte sich, ob er zu weit gegangen war und seine Zuhörer gleich protestieren würden. Doch nichts dergleichen geschah. Die Stimmen verstummten wieder, und alle Blicke ruhten auf ihm. Und bestens vorbereitet fügte er, mit wohlüberlegter Beiläufigkeit, einen Kommentar zum angeblichen Wunder von Alsberg hinzu, nicht ohne einen gelegentlichen Blickkontakt zum Kulturredakteur des *Alsberger Anzeigers* zu suchen, der in der dritten Reihe Platz genommen hatte.

»Die Liebe. Die Liebe ist das große Wunder. So einfach ist das. Und was unseren Petrus betrifft ...« Nur für einen Augenblick wandte er sich der Diepholz-Skulptur zu. »... ob das ein Wunder ist: Wer weiß das schon? Ja, es könnte auch ein Zufall sein, ein kleiner Fleck ohne Bedeutung. Oder doch ein Zeichen aus einer anderen Welt? Nun, warum nicht. Aber ganz gewiss kein Hinweis auf Finsteres und Böses. Denn so ist Gottes Botschaft nicht. All dieser Blutdurst der Heiligenlegenden, er verfehlt den Geist des Evangeliums. Wer sagt denn, dass die rötliche Verfärbung eine Träne voller Blut sein soll? Vielleicht ist es viel mehr – dem Wunder der Liebe entsprechend – ein Berührungshauch eines himmlischen Lippenstiftes?«

Benedikt kniff ein Auge zu, und siehe da, einige seiner Hörer grinsten und zwinkerten zurück. Die Ironie war angekommen.

Wie in Trance fuhr er fort, lächelte, unterstützte seine Worte mit feinsinnigen Gesten, löste sogar gelegentlich seinen Blick vom Manuskript, improvisierte für einen Moment und fand wieder zum roten Faden seines Predigtkonzepts zurück.

»Die Liebe ist eine Himmelsmacht, und sie wird wirkmächtig inmitten unserer Welt. Himmlisches und Irdisches sind keine Ge-

gensätze. Ganz irdisch will der Himmel in uns wohnen. *Gott ist die Liebe,* heißt es im 1. Johannesbrief. Da steht nicht *Gott ist wie die Liebe.* Das ist nicht metaphorisch gemeint. Sondern ganz lebensnah: Da, wo du die Liebe findest, da findest du Gott!«

Benedikt vernahm ein Seufzen aus einer der vorderen Reihen.

»Ja, darüber darf man diskutieren. Daran darf man auch zweifeln. Das tun die Jünger und alle, die mit Jesus an einem Tisch zusammensitzen. Die sich empören über die Verschwendung des teuren Öls und die erotische Annäherung an das Göttliche nicht ertragen. Sie ermahnen uns, wir müssten unterscheiden zwischen dem Eros, in dem ein Begehren wohnt, und der Agape, die selbstlos und hingebungsvoll liebt. Denn nur die Letztere, die Agape, könne die Liebe im Sinne Gottes sein.

Jesus widerspricht. Er sagt, dass es gut war, was die Frau getan hat. Spricht leider nicht aus, dass er es genossen hat. Aber besteht daran irgendein Zweifel? Wir können Liebe von Liebe nicht trennen. Gibt es eine Liebe, die nicht wenigstens mittelbar auch das Eigene sucht? Wer unter euch ohne Begehren ist, der werfe den ersten Kuss.«

Ohne »Amen« zu sagen, nahm er seine Papiere und verließ gelassen die Kanzel. Dieser Schlusssatz, der ein Jesuswort parodierte, war ihm am gestrigen Abend einfach so zugefallen. Und er verfehlte seine Wirkung nicht. Wieder ging ein Raunen durch die Gemeinde, diesmal aber in einem unverkennbar freundlichen Ton. Erhobenen Hauptes kehrte Benedikt an seinen Platz zurück. Jemand begann zu klatschen. Einer von den Konfirmanden? Einige andere fielen ein. Der kurze Applaus verebbte wieder. Doch für Benedikt war schon dieses Zeichen mehr Bestätigung, als er je zu träumen gewagt hatte.

Ludmilla zwinkerte ihm zu und stimmte ein kurzes Präludium an. Und erstaunlich lautstark und wohlklingend sang die Gemeinde: *O dass ich tausend Zungen hätte – und einen tausendfachen Mund.*

47

11.10 UHR

Das Antlitz, in das er schaute, lächelte, lächelte wie schon lange nicht mehr, sah richtig gut aus und passte zum Körper, trotz der albernen Verkleidung. Obgleich, auf den zweiten Blick wirkte das schwarze Gewand nicht einmal so lächerlich, sondern strahlte Seriosität und Würde aus. Die Schultern wirkten breiter als sonst. Selten zuvor hatte sich Benedikt so lange mit seinem Spiegelbild beschäftigt, schon gar nicht nach einem Gottesdienst in der Sakristei.

Ob sich eine Frau in einen solchen Anblick verlieben konnte? »Amtserotik« hatte der Kursleiter im Predigerseminar das genannt und zugleich davor gewarnt, den Vorteil auszunutzen. Denn angeblich bewirkte die Amtstracht eine Vielzahl von Übertragungen. Der Talarträger repräsentierte, der Deutung des Kursleiters nach, zum einen die unberührbare Autorität Gottes, würde zum anderen aber – zumal seine Menschlichkeit ja unübersehbar bleibe – zum Objekt erotischer Fantasien, zur Sehnsuchtsfigur einer Lust, sich mit dem Unerreichbaren sinnlich zu vereinigen. Das eher asexuell anmutende Pastorengewand böte dafür paradoxerweise keinen Schutz, sondern würde die Entdeckerfreude bei den Betrachterinnen, oder auch den Betrachtern, erst richtig hervorrufen, hatte der psychologisch geschulte Dozent damals behauptet. Die Fantasie, einen männlichen Amtsträger zu entkleiden, enthielte einen doppelten Reiz: die Lust, unter einem quasiweiblichen Gewand ein männliches Sexualobjekt zu entdecken, gepaart mit dem Sakrileg der Entblätterung eines Heiligen.

Vieles von dem, was man den Vikarinnen und Vikaren seinerzeit erzählt hatte, war nach Benedikts Ansicht einfach nur Geschwätz gewesen. Aber dieser Vortrag war ihm in Erinnerung geblieben.

Antonius Kluge, fiel ihm ein, hatte für die Psychologiebegeisterten der eigenen Zunft nur Spott übrig, vor allem für diejenigen, die ihren Mangel an theologischer Kompetenz durch Unmengen an Seelsorgekursen auszugleichen versuchten. *Pastoralpsychologie, hörte er den Altbischof in amüsiertem Tonfall sagen, ist so, als ob ein Heilpraktiker eine Herzoperation durchführt und Globuli in den geöffneten Thorax wirft.* Ach ja, der gute Antonius.

Mit einem letzten freundlichen Blick verabschiedete sich Benedikt von seinem Spiegelbild in der geöffneten Schranktür, knöpfte seinen Talar auf, streifte ihn ab und hängte ihn auf den Bügel. Erst dann griff er, langsam und behutsam, in die Seitentasche des Gewandes, um den kleinen Zettel hervorzuholen, den Nicole ihm nach dem Gottesdienst mit verführerischem Blick zugesteckt hatte. Unfassbar, wie geschickt sie ihm, für alle Umstehenden sichtbar, mit höflicher Distanz die rechte Hand zum Abschied gereicht und dann ein Stolpern vorgetäuscht hatte, was ihr einen Augenblick der Tuchfühlung bescherte. Das leise Rascheln des Papiers, als ihre Hand blitzschnell und behände in seine Talartasche glitt, war ihm dennoch nicht entgangen.

Die Rückmeldungen der Gottesdienstbesucher am Ausgang waren erstaunlich gewesen. Nie zuvor hatte Benedikt so viele ernst gemeinte Worte des Dankes und der Ermutigung entgegengenommen. Da sich Demuth diesmal geweigert hatte, den Kirchkaffee vorzubereiten, war Benedikt bereits während des Orgel-Postludiums zum Portal geschritten, um sich dort von der Gemeinde zu verabschieden. Der Küster war offensichtlich immer noch gekränkt. Kommentarlos hatte er Benedikt unmittelbar vor dem Gottesdienst einen Schlüssel und eine Quittung des Schlossers in die Hand gedrückt, welche den Austausch des Schlosses und die Übergabe von zwei Schlüsseln verzeichnete. Benedikt hatte daraufhin die Quittung in seine Aktenmappe gesteckt, den Schlüssel jedoch sicherheitshalber gleich an sich genommen – für eine Aktion, die ihm im Anschluss noch bevorstand.

Noch einmal ließ er sie Revue passieren, die strahlenden Gesichter beim Abschiedsdefilee der Gottesdienstbesucher. All die Dankesworte, die nicht einfach nur artig, sondern aufrichtig gewirkt hatten. »Klasse!«, hatte Schmiedemann ihm zugeraunt, und sogar Herschel, der Redakteur, hatte für seine Verhältnisse Rührung gezeigt und zum festen Händedruck immerhin einen Mundwinkel hochgezogen.

Vorsichtig entfaltete er den doppelt geknickten gelben Post-it-Zettel:

Heute Abend, 20 Uhr, bei mir?

Beerenrote Tinte, und in derselben Farbe der Abdruck eines sinnlichen Lippenpaars.

48
11.20 UHR

Ob er sich wohl traute? Ob sie mit ihrer unmissverständlichen Einladung zu viel riskiert hatte? Und falls er den Mut aufbrächte, sich überhaupt davonschleichen konnte oder eine passende Ausrede fand? Immerhin war er verheiratet. Sie hatte davon gehört, dass zumindest in früheren Zeiten Pastoren ihre Gemeinden verlassen mussten, wenn ihre Ehe zerbrach. Und sie selbst, hatte sie ein schlechtes Gewissen?

Diese Fragen gingen Nicole Hambrück durch den Kopf, als sie nach dem Gottesdienstbesuch durch die fast menschenleere Alsberger Fußgängerzone schlenderte. Wie poetisch er doch geredet hatte! Trotz ihrer diskreten Platzwahl in einer der hinteren Bankreihen hatte Benedikt sie schnell entdeckt, als er sich von der Kanzel aus an die Gemeinde wandte. Selbst auf die Entfernung war ihr nicht entgangen, dass er im Moment der Überraschung leicht errötet war. Sie lächelte still in sich hinein und dachte daran, dass ihn noch viel größere Überraschungen erwarten würden. Aber ob er die dann auch verkraftete? Immerhin hatte er in seiner Predigt von der himmlischen Macht der Liebe gesprochen, und wenn sie es recht verstanden hatte, stand den Liebenden doch nichts im Wege.

Frühlingshaft hatte sich die Wolkendecke inzwischen geöffnet, und ein klares, nur von wenigen Wolken gebrochenes Himmelsblau lag über der Stadt. Der Brunnen vor dem Schuhgeschäft sah zwar hässlich aus wie eh und je, und doch war es eine Freude, dem Plätschern des Wassers zu lauschen, das sich über die Betonkugeln in seiner Mitte ergoss. Zwei Spatzen hüpften über das Pflaster, neckten und verjagten einander und teilten sich letztlich doch die Brötchenkrümel aus einer aufgerissenen Papiertüte. Frühlingsgefühle.

Schuldgefühle? Zumindest hielten sie sich in Grenzen. Das mit

Klaus, das war kein Leben mehr gewesen. Ob im Argwohn oder im Suff – irgendwann hätte er sie totgeschlagen. Dass noch lange nichts sicher war, war ihr bewusst. Aber auch, dass sie jetzt an der Reihe war. Was die Organisation des Geschäfts betraf, machte sie sich keine großen Sorgen. Fürs Finanzielle hatte sie eh ein gutes Händchen, und was ihr an fachlichen Kenntnissen im Betrieb der Tankstellen und Werkstätten fehlte, glich sie mit menschlicher Kompetenz wieder aus. Dazu gehörte auch, dass man nicht immer die Wahrheit vor sich hertragen musste. Denn immer wahrhaftig zu sein bedeutete auch, Menschen zu verletzen oder gegen sich aufzubringen. Noch recht frisch dagegen waren ihre Erfahrungen mit vorsätzlichen Lügen. Ob der Hauptkommissar ihre Erklärung zu Klaus' Verschwinden geglaubt hatte? Ganz sicher war sie sich nicht. Woran sie jedoch nicht zweifelte, war, dass es das Risiko wert war: ein selbstbestimmtes und unbeschadetes Leben, mit ein wenig Glück an der Seite des Mannes, der binnen kürzester Zeit ihr Herz erobert hatte.

Benedikt, der Zögerliche. Wie schön, dass es einen Mann gab, der – von seiner unfreiwilligen Heldentat einmal abgesehen – nichts überstürzte, der sich auch mal schwach zu sein erlaubte und sie um ihre Hilfe bat. Ein paar Tage, ein paar Nächte würde sie noch brauchen, um ihn ganz und gar für sich zu gewinnen. Wenn es denn wirklich gelang? *Die Liebe ist ...* Für den Abend nahm sie sich vor, einfach unwiderstehlich zu sein.

Zwei Halbwüchsige südländischen Typs mit schwarzen Basecaps schlenderten ihr betont lässig entgegen. Der eine, dessen Gesicht durch eine blühende Akne ganz rot wirkte, blickte dösig ins Nichts. Der andere, schon ein wenig reifer und von athletischer Gestalt, konnte seinen Blick nicht von ihr wenden und musterte sie von oben bis unten, aber keineswegs so, dass es ihr unangenehm war.

»Voll die Milf, Alter«, hörte sie ihn raunen, als die beiden vorbeigezogen waren.

Vergnügt schnalzte sie mit der Zunge, auch wenn sie, vor allem vor den Jahren mit Klaus, schon charmantere Komplimente gehört hatte. Allmählich schien sich nun alles zum Besseren zu wenden.

Der Klang eines Glöckchens holte sie aus ihren Gedanken. Sie zog ihr Telefon aus der Handtasche und vergewisserte sich kurz, ob auch alles darin war, was drinnen sein sollte. Sie tippte ihren Code in das Handy ein. Die SMS, die sie erwartet hatte:

Lust auf Pitza?

Nicole grinste. Die Person, die ihr schrieb, war weder bildungsfern, noch litt sie an einer Rechtschreibschwäche. Sie tat aber gern so.

49

11.30 UHR

»Mahlzeit! Ich bin weg.«

Unwirsch hatte der Küster die Sakristeitür aufgerissen und sich lautstark verabschiedet, ohne eine Antwort abzuwarten. Demuth würde seinen Küsterfrust, sein Unverständnis, dass man manchmal klein beigeben musste, obwohl man nach eigener Einschätzung doch zum Spitzenpersonal der Kirche gehörte, wohl gleich mit einem fettigen Sonntagsmahl und ein paar Bierchen besänftigen. Und die meisten Gottesdienstbesucher würden den Rest des freien Tages nutzen, um sich ihren Hobbys oder familiären Pflichten zuzuwenden. Benedikt hatte für Silke nur eine knappe Notiz auf dem Esstisch hinterlassen. Dass sie nicht auf ihn warten solle. Ohne Anrede, ohne Gruß.

Bei aller Freude an der Predigtvorbereitung, die zum ersten Mal in seinem Leben zu einer beglückenden Gottesdiensterfahrung führen sollte, hatte er nicht vergessen, dass schwierige, vielleicht unlösbare Aufgaben auf ihn warteten. Seine Frau, die er dafür bestrafen wollte, dass sie hinter seinem Rücken und gegen ihre Abmachungen agierte. Lindner, der mutmaßliche Kinderschänder, dem er zumindest eine Lektion, wenn nicht Schlimmeres verpassen musste. Und das waren noch die leichteren Angelegenheiten, die nicht auf eine sofortige Lösung warteten. Aber der tote Hambrück in der Krypta duldete keinen Aufschub mehr.

Obwohl er noch nicht wusste, wie er die Leiche entsorgen sollte, hatte er am Morgen in der Garage ein paar Decken und Müllsäcke eingesammelt und für die Fahrt zur Kirche ausnahmsweise den Wagen genommen. Der Vorbesitzer des mattgrünen Ford Focus, ein erfolgloser italienischer Weinhändler, hatte die Heckscheiben des Kombis tönen lassen, was einem diskreten Transportvorhaben zugutekam. Benedikt erinnerte sich noch, wie er nach dem Kauf die Buchstaben des albernen Firmennamens *Vineta Veneziana* mithilfe eines geliehenen Dampfstrahlers abgelöst hatte.

Möglicherweise war es unauffälliger, an einem Sonntag, zur Mittagszeit den Wagen durch die kleine Seitengasse direkt an das selten genutzte Nordportal heranzufahren, um den Leichnam zu verladen, als selbiges im vermeintlichen Schutz der Dunkelheit zu tun. Dass ein Pastor nach einem Gottesdienst noch etwas zu transportieren hatte, dürfte zufällige Zeugen wohl weniger beunruhigen als eine Nacht-und-Nebel-Aktion. Da Benedikt am Freitag seinem Küster ein Ultimatum gesetzt hatte, dass er spätestens zum Sonntagsgottesdienst die Übergabe des neuen Krypta-Schlüssels erwartete, stand seinem Vorhaben nichts mehr im Wege.

Nun saß er am großen Eichentisch der Sakristei und überlegte sein konkretes Vorgehen. Der Tisch der Wahrheit. Hier, an diesem Tisch, hatte Clara Stern zögerlich ihr Herz geöffnet, hier hatte Klaus Hambrück seine abscheulichen Taten gestanden und damit sein Schicksal besiegelt. Hier, an diesem Tisch, sollte sich nun entscheiden, ob es ihm gelang, die Spuren seiner Mordtat, die er zumindest für den Moment als gerecht erachtete, zu verwischen und sich auf eine hoffnungsfrohe Zukunft vorzubereiten. Seine Chancen standen nicht schlecht, beruflich, und, wenn er an den kommenden Abend dachte, vielleicht auch privat. Nur vermasseln durfte er jetzt nichts. Ein kleiner Fehler nur, und er würde verhaftet. Sein Besuch bei Wilmers schoss ihm in den Sinn. Vor zwei Tagen noch war er schwach gewesen, hatte nichts sehnlicher gewollt, als sich von der Last seiner Schuld zu befreien, hatte sich schon in Handschellen gesehen, wie ein Polizeibeamter ihn mit sanftem Druck auf die Rücksitzbank eines Streifenwagens beförderte. Unwillkürlich schüttelte er den Kopf. Er musste jetzt stark sein. Er musste die Stufen zur Krypta hinuntersteigen und die Leiche begutachten. Wenn sie nun schon unerträglich nach Verwesung stank, wenn er sich in diesem Kellerloch übergeben musste und dann nicht mehr imstande war, den Schaden zu beheben, was dann? Er verdrängte die Schreckensbilder, erhob sich, ging auf den Schrank mit den liturgischen Gewändern zu und tastete seinen Talar ab. Hatte er den Schlüssel, den Demuth ihm so widerwillig überreicht hatte, denn nicht gleich in die Seitentasche gesteckt? Er war da doch schon für den Gottesdienst umgezogen gewesen. In der linken Tasche ertastete er nichts. Instinktiv griff er nach der rechten, obwohl er doch wusste, dass da nur ein Durchgriff war, der dazu diente, ein paar Münzen für die Kollekte oder ein Taschentuch aus der Hosentasche zu nehmen. Noch einmal vergrub er seine Finger in der linken Talartasche, aus der er erst vor einer halben Stunde den vielversprechenden Gruß von Nicole hervorgenestelt hatte. Nichts! Hektisch suchte er nun seine Hosentaschen vorn und hinten ab, drehte sich um zum Tisch, auf dem seine Aktenmappe lag. Der Verzweiflung nahe, riss er den Verschluss der Mappe auf und schüttete den gesamten Inhalt aus. Zwei Kugelschreiber und ein Textmarker landeten klackernd auf dem Eichenholz, das Manuskript seiner Predigt fiel raschelnd auf den Tisch, einige Blätter segelten zu Boden. Die Quittung des Schlüsseldienstes fiel hinterdrein. Noch einmal schüttelte er die Mappe, aber außer einem Hustenbonbon, der ihn an die schwere Erkältung vom Februar erinnerte, kam nichts mehr zutage. Sein Wintermantel, den er über einen der Stühle gelegt hatte, war seine letzte Chance. Doch die Wölbung in der rechten Tasche, die er umgehend inspizierte, brachte nur sein Portemonnaie und den großen Schlüsselbund zum Vorschein, aber keinen einzelnen Schlüssel. Hatte Demuth ihn etwa ausgetrickst? Ihm den Krypta-Schlüssel in einem Moment seiner Unachtsamkeit gleich nach der Übergabe wieder aus der Talartasche entwendet? Er sah Demuth schon vor sich, stellte sich dessen Grinsen vor, wenn er ihm beim nächsten Mal begegnen würde. Ansonsten war nur Nicole in seiner unmittelbaren Nähe gewesen. Aber dass sie ihn genommen hatte, war undenkbar.

Wütend kramte Benedikt seine Utensilien zusammen. Nichts würde er heute mehr ausrichten können. Zweimal fiel ihm der Schlüsselbund aus den Händen, weil seine Hände so zitterten.

Beim zweiten Bücken war er der Ohnmacht nahe. Verzweifelt griff er sich an die Stirn. Sie war schweißnass.

Als er vor dem Verlassen der Kirche noch einen Blick auf Diepholz' Heiligenfigur riskierte – der Blutfleck am Auge war weiter verblasst, aber immer noch sichtbar –, schien ihm Petrus seinen überdimensionierten Schlüssel höhnisch entgegenzustrecken.

50

11.35 UHR

»Wo bist du gerade?«

»Auf meinem Ektorp-Dreiersofa, mit Récamière, Bezug: Nordvalla dunkelgrau. So lasziv und feminin hingeräkelt, wie dieses Möbel es eben zulässt.«

»IKEA?«

Sein sonores Lachen zauberte ihr ein Lächeln ins Gesicht. »Ja. Für mehr hat es bisher nicht gereicht.« Ein Seufzer, gekünstelt, mit einem Kieksen am Ende. »Ach, ich vermisse dich so. Dich und die hohen Fenster deiner Altbauwohnung. Den Balkon mit Blick auf den kleinen Park. Das elegante Bistro gleich an der nächsten Ecke.«

»Ist denn ein kirchlich angemietetes Sechzigerjahre-Siedlungshaus vom Architekturbüro Biedermann nicht die passende Adresse für eine Frau von Welt wie dich?«

»Mach du nur deine Scherze, mein edler Gebieter! Sei froh, dass du den Kleinstadtmief nicht ertragen musst. Die Nachbarn mit ihren Kugelgrills und ihren Vertikutierern. Anfangs hatte ich es für ein Klischee gehalten, dass sie am Samstag ihre Autos in die Waschanlage fahren. Sie tun es alle! Und einmal im Jahr gibt's Kultur: zwei Nächte Bochum mit *Starlight Express*.«

»Komm doch zu mir! Und bleib, wenn du magst. Diese Stadt ist nicht gerade Berlin, aber sie ist besser als ihr Ruf. Immerhin wurde Goethe hier geboren. Und das große Geld ist hier zu Hause. Und wo Geld ist, ist auch ein guter Platz für Kunst. Apropos Geld: War ich in den vergangenen Tagen und Nächten zu bescheiden zu erwähnen, dass ich im Mai zum Leitenden Redakteur erkoren werde?«

Sie hörte ein Rascheln.

»Das offizielle Ernennungsschreiben flattert gerade auf meinen

Schreibtisch. Bedauerlicherweise ist gleich ein Tröpfchen von meinem köstlichen Latte macchiato daraufgefallen, den ich in vollen Zügen genieße, während ich mit dir Süßholz rasple.«

»Du verstehst dich gut auf Frauen, nicht wahr?«, fragte sie kokett mit mädchenhaftem Unterton.

»Ach nein, nur auf die ganz besonderen. Sag mal, wann sehen wir uns wieder?«

Sie hörte ein erneutes Rascheln.

»Ich habe hier eine persönliche Einladung zur Vernissage im MMK mit einer Body-Bashing-Live-Performance von Mandy Forrest. Da steht im Kleingedruckten: *Bringen Sie jemanden mit, den Sie lieben. Den Champagner haben wir jetzt schon kaltgestellt.*«

»Du glaubst doch nicht, dass ich aus diesem kleinbürgerlichen Gefängnis schon wieder Freigang kriege. Aber es wäre schön, zusammen mit dir ein Gläschen Moët & Chandon zu schlürfen.«

»Weil du gerade schlürfen sagst, weißt du, was ich jetzt gern mit dir machen würde?«

Ein Poltern im Hintergrund.

»Mist, er kommt nach Hause. Küsschen, ciao, ciao!«

51
19.25 UHR

Du meine Schwester Braut
Wie süßer ist deine Liebe denn Wein!
Der Duft von deinen Salben lieblicher als aller Duft.
Honig triefen deine Lippen, o Braut!
Milch und Honig ist unter deiner Zunge,
Der Duft von deinen Kleidern
Wie Libanons Duft.

Mindestens einmal in der Woche widmete sich Antonius Kluge dem großformatigen, handgebundenen Schmuckband, den ihm die Pastoren seines Sprengels zur Pensionierung geschenkt hatten. *Gedichte und Gedanken* lautete die geprägte Inschrift, umgeben von einer geschwungenen Grafik, die sich erst bei näherem Hinsehen als ein feines Werk ineinander übergehender organischer Strukturen wie Blumen, Kräuter und menschlicher Hände erschloss. Die Seiten aus handgeschöpftem Papier, deren Struktur er so gern ertastete, waren damals noch leer gewesen. Man wusste in den kirchlichen Kreisen, dass der scheidende Bischof Lyrik und Aphorismen liebte, und hoffte, er würde das bibliophile Geschenk dazu nutzen, seine schönsten Funde aus der Literatur darin eigenhändig niederzuschreiben. Und das tat er inzwischen mit Hingabe erstaunlich regelmäßig.

Nach seiner Krebsdiagnose hatte er das Geschenk zunächst nicht mehr gewürdigt. Denn was hätte es noch für einen Sinn gehabt, zu sichten und zu sammeln, wo doch das Ende absehbar war. Aber bald hatte er erkannt, dass es beim Abschreiben von geliebten Texten nicht so sehr ums Festhalten und Bewahren ging, sondern dass er sich mit jeder Schreibbewegung den Gedichten näherte und sie ein Teil von ihm wurden. Auf die erste Seite hatte er den *Psalm* von

Paul Celan niedergeschrieben, in dem der Dichter einen rätselhaften, nachreligiösen Gott namens *Niemand* lobte. Schwermütige Verse von Christine Lavant sollten folgen, Sylvia Plath mit ihrer schroffen Ehrlichkeit und Gedanken voller leidgeprüftem Lebensmut von Mascha Kaléko und Ingeborg Bachmann. Biblische Texte hatten es bislang nicht in seine Sammlung geschafft, was sich aber heute ändern sollte.

Mit Geduld widmete er sich nun einigen längeren Passagen des *Hohelieds* aus der Hebräischen Bibel, dieses Liebesgesangs, den die Tradition König Salomo zugeschrieben hatte. Sorgsam achtete er auf seine Handschrift, die in den Jahrzehnten des eiligen Notierens und Unterschreibens gelitten hatte und beinahe unleserlich geworden war, und malte jeden Buchstaben einzeln und bewusst. Es war nicht die Luther-Bibel, die ihm als Vorlage diente, sondern die kommentierte Übersetzung des Philosophen Johann Gottfried Herder, von der er einen Nachdruck in seiner kleinen Bootsbibliothek wiedergefunden hatte. Nach dem Genuss eines selbst gemachten Pastagerichts aus seiner Kombüse hatte er einen Armagnac in seinen Lieblings-Cognacschwenker gegossen und sich an die Arbeit gemacht:

Die zwo Brüste dein,
Wie zwo Zwillingsrehchen,
Die unter Lilien weiden.

Der Altbischof schmunzelte, als er der durchaus deftigen Bilder in altertümlicher Sprache gewahr wurde. Und da seine Abschrift nur für ihn selbst und nicht für die Öffentlichkeit bestimmt war, passte er Rechtschreibung und Wortwahl seinen Bedürfnissen entsprechend ein wenig an.

Herders Textausgabe lag ihm schon immer am Herzen. Denn dieser Denker der Aufklärung war der Erste gewesen, der dieses Loblied zweier Liebender aus der keuschen Vereinnahmung durch die Theologie befreit hatte. Jahrhundertelang hatte man lediglich *eine* Deutung gelten lassen, wonach das Liebespaar nur aus Gott und seiner ihm dienenden Gemeinde bestehen konnte. Erst mit Herder durfte die alte Dichtung als das genossen werden, was sie wohl von Anfang an war: ein erotisches Kunstwerk aus dem Alten Orient, voller Lust an den Kräften und Schönheiten der Natur. Allerdings hatte der Philosoph, wohl der Ordnungsliebe der Aufklärungszeit geschuldet, immer noch Wert darauf gelegt, dass die beiden Liebenden noch schamhaft-jungfräulich den noch nicht erlaubten Vollzug im Brautgemach abwarteten. Antonius Kluge konnte, auch nachdem er einmal den hebräischen Urtext zurate gezogen hatte, keinen Hinweis auf eine derartige Züchtigkeit erkennen.

O Liebe in der Lust!
Deine Höhe
Ist gleich dem Palmenbaum,
Und deine Brüste den Trauben.
Ich sprach: »Ich klimm' auf den Palmenbaum!«
Ich erfasse seine Zweige.

Sulamith und ihr Geliebter dürften ihre pure Freude aneinander mit allen Sinnen ausgekostet haben. Antonius dachte mit einigem Schmerz darüber nach, wie lange die Kirche gebraucht hatte, um in der Sexualität nicht nur ein Problem, sondern auch ein großes Geschenk zu sehen. Als er damals seine Hilde an der Uni in Heidelberg kennenlernte, waren sie beide voller Schuldgefühle gewesen, als sie die Lust verspürten, sich körperlich näher zu kommen. Wie viel Angst sie hatten, als sie das erste Mal miteinander schliefen. Ach, wie sie ihm jetzt wieder fehlte, seine treue Gefährtin!

Seit der Entdeckung Herders, der nicht nur Philosoph, sondern auch Theologe gewesen war, war die Haltung der Kirche zur körperlichen Lust mehr als zwei Jahrhunderte später noch längst nicht entspannt. In manchen Landeskirchen wurde allen Ernstes immer noch diskutiert, ob Homosexualität eine Sünde sei. Und in manchen Freikirchen brachte man den jungen Leuten bei, dass sie in die Hölle kämen, wenn sie vor der Eheschließung miteinander intim wurden.

Bewegt von diesen Gedanken klappte Kluge sein Gedichte-Tagebuch zu und stellte es zurück an seinen Ehrenplatz im Regal. Für den Rest des Abends würde gleich ein *Tatort* für hoffentlich spannende Unterhaltung sorgen. Warum musste er jetzt an Benedikt denken? Vielleicht wegen der Beichte? Er überlegte kurz, ob die vermeintlichen Sünder der Alsberger Gemeinde seinem Schützling wohl ihre sexuellen Verfehlungen anvertrauen und um Vergebung bitten würden. Bei diesem Gedanken musste er lächeln. Er griff nach der Fernbedienung und wunderte sich, dass sein linkes Augenlid schon wieder zuckte.

52

20.05 UHR

Zum Glück hatte der Florist am Bahnhof seinen winzigen, aber stets gut sortierten Laden noch am Sonntagnachmittag geöffnet. Benedikt war eine Rose aufgefallen mit einem dichten Werk aus eierschalenfarbenen Blütenblättern, die am äußeren Rand in ein zartes Rosé changierten. Intuitiv hatte er sie für passend befunden und die Verkäuferin gebeten, einen schönen, kleinen Strauß aus sieben besonders wohlgestalteten Exemplaren zu binden.

Seine Ehefrau hatte ihm die Stunden des Wartens leicht gemacht. Als er nach dem Gottesdienst und seinen anschließenden erfolglosen Bemühungen, sein momentan größtes Problem zu beheben, nach Hause gekommen war, hatte Silke offenbar gerade ein Telefongespräch beendet, ihn nur flüchtig gegrüßt und sich dann in ihr Arbeitszimmer zurückgezogen. Dass ihre Wangen gerötet waren, war ihm zwar aufgefallen, aber er hatte nicht weiter darüber nachdenken wollen. Sein späterer Ausflug zum Blumenladen blieb unbemerkt und sein ausführlicher Badezimmeraufenthalt und sein Aufbruch am frühen Abend unkommentiert.

Den Wagen stellte er am Rande eines Trampelpfads zum See ab, dort schattete ein Gebüsch das Licht der Straßenlaternen ab. Im Laufschritt legte er die wenigen Meter bis zum Hof der Villa zurück, halbwegs sicher, nicht gesehen worden zu sein. Stattlich und ein wenig angeberisch wirkte das weiße, steinsichtige Gebäude, das zur Straßenseite hin nur vier kleine Fensterluken zeigte. Die protzige breite Eingangstür schüchterte ihn ein. Zögerlich drückte er den Klingelknopf und war überrascht, als ein erstaunlich tiefer Dreiklang, der ihn an das Geläut von St. Petri erinnerte, im Inneren des Hauses ertönte. Es mochten nur Sekunden sein, bis er Schließgeräusche von drinnen vernahm, doch kam es ihm vor, als hätte er ein ganzes Leben darauf gewartet.

Mildes Licht lugte erst durch einen Spalt und breitete sich zunehmend aus. Dazu ein Duft aus zarter Himbeernote, einem Hauch Vanille und noch einem weiteren, etwas erdigeren Unterton, alles zusammen ein nicht aufdringlicher olfaktorischer Gruß aus dem Garten Eden. Und dann *sie*. Wie eine Mandorla umschmeichelte das Licht ihren göttlichen Körper, den nur ein weißes Baumwollkleid verhüllte. Der sanfte Schwung ihres Haars, die feinen Konturen ihres Gesichts. Ihre Augen, graublau wie das Meer an einem frühlingsfrischen Tag, zum Eintauchen nah, kaum merklich mit sachtem Pinselstrich umgeben. Und dann ihr Mund, im selben Beerenrot wie der Abdruck auf dem Gruß vom Vormittag. Süßeste Frucht, reif zur Ernte.

Unendlich weit entfernt war ihm das Reich Gottes immer vorgekommen, sofern er denn überhaupt daran glaubte. Nun war es nur ein einziger Schritt der Sehnsucht dorthin.

53
22.45 UHR

Nights in White Satin …

Keine Überraschung, dass ihm dieser Song mit seiner pompösen Instrumentierung jetzt in den Sinn kam. Er war fest davon überzeugt gewesen, dass Menschen nur im Film Sex in Satinbettwäsche hatten. Aber auch die atmosphärische Stimmung des *Moody-Blues*-Klassikers, mäandernd zwischen Schwermut und Erfüllung, traf genau seine Empfindungen, als Nicole jetzt nur halb bedeckt schlummernd neben ihm lag. *Nights in White Satin* war lange vor seiner Zeit gewesen. Aber wenn auf den Klassenfesten seiner Oberstufenjahre zur späten Stunde der »Engtanz« ausgerufen worden war, hatte unter diesen Harmonien das große Schmusen begonnen.

Damals hatte er immer neben dem DJ-Pult gesessen und verschämt eine gewisse Nicole angeschmachtet – eine andere, bei Weitem nicht so bezaubernde wie die Nicole, deren schlafendes Gesicht nun eine tiefe Zufriedenheit ausstrahlte.

Sie hatten sich viel Zeit gelassen, auch wenn der Reiz groß gewesen war, einander gleich die Kleider vom Leib zu reißen. Wunderbar gekocht hatte seine Schöne, ein Risotto mit Scampi und allerlei Gemüse. Bei allem Genuss hatte er völlig vergessen, dass er sich aus Meeresfrüchten eigentlich gar nichts machte. Nicoles feingliedrige Hand mit den sehr dezent lackierten Nägeln am langstieligen Glas mit honigfarbenem Chablis.

Geredet hatten sie, auch über das Problem, das immer noch in der Krypta von St. Petri auf eine Lösung wartete. Während Benedikt zunehmend zweifelte, schien Nicole alles noch recht optimistisch zu sehen. *Glaub mir, wir haben noch Zeit. Und heute Nacht ist erst einmal die Zeit der Liebe.* Mit diesen Worten hatte sie ihn beruhigt. Den leitenden Mitarbeitern und einigen Lieferanten hatte sie Hambrücks Abwesenheit inzwischen glaubhaft verkauft. Er sei in einer Rehaklinik in Süddeutschland. Ein wenig Spannung trübte vorübergehend die zweisame Idylle, als sie erwähnte, dass sie diese Lüge beinahe auch der Polizei aufgetischt hätte. Denn dieser Hauptkommissar, dessen Name ihr entfallen war, hatte überraschend wieder angerufen und sie nach eventuellen Lebenszeichen ihres vermissten Ehemanns gefragt. Freundlich, aber hartnäckig hatte er mehrmals nachgehakt, und sie hatte auf verzweifelte Ratlosigkeit umgeschaltet.

Schließlich hatte sie Benedikts Hand genommen und ihn ins Schlafzimmer geführt. Er fragte sich jetzt, was dann geschehen war. Im Grunde gab es keine Worte dafür, die all das Wunderbare beschreiben konnten. Auch nicht für etwas so Schönes wie diese Andeutung eines gebogenen Schattens zwischen ihrer linken Brust und dem Brustkorb, auf dem er ruhte. Mit zwei Fingern zeichnete er nun die zarte Linie nach, spürte den unsichtbaren Flaum auf ihrer Haut, die im Licht der Kerzen schimmerte. Pfirsich? Nein, selbst dieses Wort war viel zu grob für solch ein Wunder.

Er richtete sich ein wenig auf von seinem Kissen, damit er das Wunderwerk der Schöpfung, das noch immer die Augen geschlossen hielt, besser anschauen konnte. Benedikt küsste die kleine Vertiefung oberhalb des linken Schlüsselbeins. Nicole wurde wach und lächelte.

»Mehr«, seufzte sie. Es klang aber nicht nach einer Forderung, sondern mehr wie ein Dankeschön.

Ein Geräusch, ein dumpfes Rumpeln, ließ Benedikt hochschrecken. War doch seit Stunden kein Ton jenseits ihrer eigenen Stimmen zu hören gewesen.

»Was war das?«

»Ach nichts«, antwortete Nicole, wobei sich ihre Mundpartie leicht anspannte. »Manchmal kommt ein Igel in der Nacht. Der hat bei einem der Kellerfenster eine Höhle in der Mauerisolierung gefunden.«

Sie hob das Laken, in das sie sich eingehüllt hatte, und gab den Blick auf ihren Nabel frei und auf noch andere geheimnisvolle Regionen ihres Körpers, die weiterer Entdeckung harrten.

»Ich möchte gar nicht, aber ich denke, ich sollte jetzt besser gehen«, sagte Benedikt.

»Bleib noch, bitte. Wenigstens bis Mitternacht. Du weißt es ja noch nicht, aber ich habe morgen Geburtstag.«

Bleiben, dachte Benedikt, als sie ihn wieder an sich zog und er ihre sanfte Haut spürte. *Nun aber bleiben,* hatte Paulus in seinem Hymnus im 1. Korintherbrief geschrieben, *Glaube, Hoffnung und Liebe. Aber die Liebe ist die größte unter ihnen.*

MONTAG, 30. MÄRZ

54

10.50 UHR

Gottesdienst in der Blutwunder-Kirche

Benedikt konnte es kaum fassen, als er diese Titelzeile auf der Online-Kulturseite des *Alsberger Anzeigers* entdeckte. Herschel hatte allen Ernstes einen Bericht über seinen Auftritt am Palmsonntag verfasst, der am morgigen Dienstag in der Druckausgabe erscheinen würde.

Nüchternheit ist wieder eingekehrt in der St.-Petri-Gemeinde. Zwar versammelten sich gestern unmittelbar vor dem Gottesdienst zahlreiche Gläubige vor der Petrusskulptur des Künstlers Marius Diepholz, die nach Recherchen einer kirchlichen Medienagentur vor wenigen Tagen Blut geweint haben soll. Während Pastor Benedikt Theves (42), der seit zehn Jahren in Alsberg seine Schäfchen versorgt, ein solches Wunder für möglich hält, reagieren die Alsberger eher zurückhaltend. »An solche Sachen glaube ich nicht«, sagt Edith Kröpelin (72), »das Ganze wird eine natürliche Ursache haben.« Werner Wiechmann (65) ergänzt: »Die Kirchenmitarbeiter sollten ihre Kunstwerke einfach mal anständig putzen.« Die große Aufregung der vergangenen Tage scheint sich gelegt zu haben. Bei genauerem Hinsehen erweist sich die vermeintliche Blutträne am linken Auge der Skulptur mit großer Wahrscheinlichkeit als eine normale Verschmutzung, deren Ursache auf die Tauben zurückgehen dürfte, die sich gelegentlich in den Kirchenraum verirren. Nach Auskunft der Alsberger Polizeiwache sehen die Behörden derzeit keinen hinreichenden Grund, Ermittlungen zu starten.

Benedikt atmete erleichtert aus. Diese Nachricht löste zwar nur einen winzigen Teil seines Problems, aber ab jetzt dürfte es nun wieder einfacher sein, auch das zunehmend drängende Entsorgungsprojekt anzugehen, wenn nicht nur den Behörden, sondern auch den Alsberger Bürgern ihre Kirche wieder so egal war wie schon viele Jahre zuvor. Als er weiterlas, musste er sich jedoch eingestehen, dass er mit seiner Einschätzung falschlag.

Dennoch sollten die zahlreichen Gottesdienstbesucher es nicht bereuen, am Palmsonntag früh aufgestanden zu sein. In einer Zeit, in der die Gottesdienste vielerorts zu Events voller Mitmachaktionen und alberner Symbolhandlungen verkommen, wählte Pastor Theves eine schlichte und würdige Liturgie, unterstützt durch das einfühlsame Orgelspiel der Kirchenmusikstudentin Ludmilla Petrowa (23). In einer leidenschaftlichen Predigt zur Geschichte über eine Frau, die Jesus' Haar mit Salböl einreibt, sprach Theves von der Macht der Liebe, die sich nicht nur bei Gott, sondern auch in allen sinnlichen Alltagserfahrungen finden lasse. Auch wenn die Ausdrucksweise des Geistlichen dabei mitunter etwas zu blumig geriet, so vermochte er seine Zuhörer durchaus zu fesseln und erntete am Ende sogar verhaltenen Applaus.

Der Anflug von Zorn, der Benedikt aufgrund der kritischen Untertöne überkam, verflog rasch wieder. Denn natürlich war nicht zu erwarten gewesen, dass dieser unbedeutende Journalist, der sich insgeheim für einen verkannten Feuilletonisten hielt, eine vollständige Bekehrung durchgemacht hatte. Differenziert betrachtet war ein solches Lob aus der Feder eines erklärten Kirchenverächters, nur von einer harmlosen kleinen Stichelei über Benedikts Sprachspiele unterbrochen, eine echte Sensation. Mit Genugtuung las er noch den letzten Absatz des Artikels.

Es dürfte sich also lohnen, einmal wieder einen Gottesdienst in der Alsberger Petrikirche zu besuchen. Am kommenden Osterwochenende bietet die Gemeinde zahlreiche Andachten an.

Für einen Moment hielt er noch inne und genoss den Erfolg, der ihm so lange verwehrt worden war. Etwas war in seinem Inneren gewachsen, er verspürte ein leichtes Beben in der Brust, ähnlich wie bei der Explosion seiner Wut in jener Nacht, als Hambrück zur Beichte gekommen war. Nur milder, weniger aggressiv. Ob es sich so angefühlt hatte, als die Apostel von der Kraft des Heiligen Geistes ergriffen worden waren? Ganz geheuer war Benedikt dieses Beben, dieses kraftvolle Pochen des Herzens, immer noch nicht. Aber dennoch war er fest entschlossen, seinen seelsorgerlichen Pflichten künftig mutiger und weniger zaghaft nachzukommen. Und noch heute würde er weitere Schritte dazu einleiten.

55

12.10 UHR

Köstlich duftete der Kaffee, auch wenn es nur ein Pappbecher auf seinem Schreibtisch war, aus dem das kräftige Aroma in seine Nase stieg.

Benedikt hatte einen kurzen Ausflug zur Bäckerei am Marktplatz unternommen, um einer drohenden Mittagsmüdigkeit vorzubeugen. Denn das Gebräu, das die gemeindeeigene Kaffeemaschine nach endlosen Schlürf- und Gurgelgeräuschen zutage förderte, löste im besten Fall Depressionen aus. So hatte er sich von der molligen, vergnügten Verkäuferin einen großen *Americano to go* einschenken und eine Zimtschnecke einpacken lassen. Das Flüstern einer Gruppe von Männern, die an einem der Bistrotische belegte Brötchen verzehrten, war ihm nicht entgangen. *Ist das nicht …? Doch, ich bin mir sicher.* Aber anstatt wie noch vor einigen Tagen gleich in eine leichte Paranoia zu verfallen, hatte Benedikt das Getuschel unaufgeregt und mit Wohlwollen zur Kenntnis genommen. Es hatte auch nicht hinterhältig, sondern überrascht und bewundernd geklungen.

Ungeduldig starrte er nun auf das kleine rotierende Rädchen am oberen Rand des museumsreifen Bildschirms, auf dem er eine Google-Suche starten wollte. *Ein Jahr werden Sie sich schon noch gedulden müssen,* hatte Schmiedemann mit Hinweis auf die aktuelle Kassenlage bei der letzten Kirchenvorstandssitzung gesagt, nachdem Benedikts Antrag auf Erneuerung der IT-Geräte in der Gemeinde ausführlich diskutiert worden war. Benedikt hatte sich nicht getraut einzuwenden, dass es mittlerweile gefühlt schon ein ganzes Jahr brauchte, bis eine dringend benötigte Website auf seinem Rechner heruntergeladen war.

Nun wischte er mit der Serviette die Zuckerreste der unanständig süßen Zimtschnecke von den Fingern und spülte den klebrigen

Gaumen mit einem letzten Schluck Kaffee. Der suspekte braune Umschlag, den er zunächst zu Hause verwahrt hatte, lag nun, weiterhin ungeöffnet, auf seinem Büroschreibtisch. Endlich erschien das Logo mit dem großen blauen G, und Benedikt konnte zur Tat schreiten, wie er es dem Ehepaar Stern zugesagt und wie es sein Beichtschützling Clara dringend verdient hatte.

Er tippte *Gerhard Lindner* ein und fühlte sich sogleich wie erschlagen von der Unzahl der vermeintlichen Treffer. Wieder dauerte es, bis er die ersten Ergebnisse sichten konnte, und wirklich hilfreich erschien ihm seine Aktion fürs Erste nicht. Sogar Wikipedia kannte einen Mann dieses Namens, einen ehemaligen DDR-Politiker, inzwischen hochbetagt. Die Hinweise auf zahllose Einträge in Internet-Telefonbüchern überging er, desgleichen die Nennungen des Namens in beruflichen Netzwerken, die in der Regel nur Mitgliedern konkrete Informationen feilboten. Ein Ingenieurbüro war angeführt, ferner wurden ein Pflegedienstleiter einer großen Senioreneinrichtung in Dortmund und der Schriftleiter eines bundesweit agierenden Modellbauklubs angezeigt. Fehlanzeige, auf ganzer Linie.

In manchen fernen Ländern gab es Verzeichnisse, teils von Behörden, teils von besorgten Bürgern eingerichtet, die über Namen und Wohnorte von Personen Auskunft gaben, die sich des sexuellen Missbrauchs von Kindern schuldig gemacht hatten. Grundsätzlich fand Benedikt es richtig, dass eine solche Praxis in Deutschland streng verboten war, doch hätte er in seiner momentanen Lage einiges dafür gegeben, Zugang zu einem solchen Register zu bekommen. Oh, ja, und plötzlich rumorte die Wut so gewaltig in seiner Körpermitte, dass sie die leise Stimme der Vernunft erstickte.

Fast wollte er schon aufgeben, da sprang ihm ein Eintrag namens »Freundschaft« ins Auge. Unter dem hellblau gedruckten Link fand sich eine Erläuterung: Der Toleranz-Blog für die vielen Formen des Miteinanders. Es folgten mehrere Namen, die ihm nichts sagten: W. Ringleben ... H. Ross ... J. Fischer. Und ganz am Ende der Liste stand noch ein Name: G. Lindner.

Benedikt klickte auf den Link, und wenig später erschien eine auffallend bunte und ziemlich dilettantisch gestaltete Seite, die mit der handschriftlich anmutenden Titelzeile *Freundschaft* überschrieben war. Die Schrift war umkränzt von kleinen Signets, die zahlreiche abstrakte menschliche Figuren, stets in Paaren, darstellte. Ähnlich wie bei den Zeichen, die Toilettenbesuchern den richtigen Weg wiesen, war ihre Geschlechtszugehörigkeit an der Darstellung der Umrisse ablesbar. Farblich eher unauffällig waren die Paare, die einen Mann und eine Frau, eine Frau und eine Frau sowie einen Mann und einen Mann abbildeten. In krassem Grün stach Benedikt nun eine männliche Figur ins Auge, die eine kleinere männliche Figur an der Hand hielt. Ein Pärchen in Pink zeigte einen Mann und ein kleines Mädchen, und in dunklem Violett war daneben noch eine Frau mit einem Jungen abgebildet.

Benedikts Hände zitterten, als er nach der Maus griff, um die Seite hinunterzuscrollen. Minutenlang glitt sein Auge über eine Tabelle hinab, in deren erster Spalte ein Autorenname verzeichnet war. Die zweite Spalte zierten kleine stilisierte Bilder: lachende Sonnen, Blumensträuße oder ineinander verschränkte Herzen. Den meisten Platz auf der Seite nahm eine dritte Spalte ein, in der Texte unterschiedlichster Länge zu finden waren. In einem Eintrag eines gewissen M. Glessmann, der zur Veranschaulichung seiner Worte zwei einander mit Kussmund zugewandte Smileys gewählt hatte, las Benedikt:

Die Liebe ist ein Geschenk. Liebe darf niemals strafbar sein!

In Erinnerung an die vergangene Nacht hätte Benedikt diesem Autor liebend gern zugestimmt, nur wurde ihm schmerzhaft bewusst, in welchem möglicherweise entsetzlichen Kontext er sich auf dieser Forumseite bewegte. Fieberhaft scrollte er weiter, bis er endlich auf G. Lindner stieß. Der Mann hatte ein naives Bildmotiv von einer Kindergruppe, die Ringelreihen tanzte, neben seinen Text platziert:

Wahre Freundschaft kann ein Mann nur mit Wesen erleben, die ihm voll und ganz vertrauen. Es ist egal, ob es Mädchen oder Knaben sind. Diese Unbefangenheit und Frische lässt sich mit Gleichaltrigen nicht erleben. Komm zu mir, meine Kleine! Ich will dich auf Händen tragen. Nichts Böses soll dir im Leben widerfahren.

»Hab ich dich!«, entfuhr es Benedikt. Er musste sich zusammenreißen, um nicht den an Lindner adressierten Umschlag mit voller Wucht gegen die Wand zu schleudern. Claras Sprachverlust und ihre nur unter Tränen wiedergefundenen Worte waren doch wohl die Folgen seiner Verbrechen. Konnte es daran noch irgendeinen Zweifel geben? Die Stimme der Vernunft hatte inzwischen aufgegeben, im Lärm des Zorns noch Vorsicht anzumahnen.

Diese Beiträge! Unbefangenheit und Frische. Solche Männer waren derart gestört, dass sie nicht einmal ahnten, wie sie die zarten Seelen von Kindern und Halbwüchsigen vernichteten. Eine falsche Programmierung im Gehirn ließ diese Monster glauben, es geschähe wirklich zum Besten ihrer Opfer. Dabei war es nach solchen Vorfällen für die Kleinen mit der Unbefangenheit und Frische endgültig vorbei. Viele von ihnen waren traumatisiert für den Rest ihres Lebens, würden niemals echte Freude an der Sexualität empfinden. Und diese Täter kamen oft ungeschoren davon. Und falls sie doch angezeigt wurden, widerriefen die Opfer vor lauter Angst und Scham ihre Anschuldigungen vor Gericht.

»Gott im Himmel!«, brüllte er.

Er schlug auf das Päckchen ein. Es konnte, es durfte einfach nicht sein, dass solche Unmenschen ein Lebensrecht in unserer Mitte behielten. Kurz hielt er inne. Es war nur der Hauch eines Flüsterns aus einer Tiefenschicht seiner Seele. Wenn er sich da in etwas verrannte? Hatte er Beweise? Er knirschte mit den Zähnen und resümierte beherzt: die gut begründeten Verdachtsmomente der Eltern. Claras Mutismus, für den es eine traumatische Ursache geben musste. Und Lindners wahnwitziger Blogbeitrag.

Dann schwoll sie wieder an, diese geheimnisvolle Energie. Vom Bauchraum stieg sie auf in Benedikts Brust, ähnlich wie beim Anblick der geschundenen Nicole auf dem Handyvideo. Diese Kraft, von der er nicht wusste, ob es seine eigene war, oder ob sich eine höhere Macht seiner bemächtigte. Irgendwo unterhalb dieses zornig-explosiven Brodelns zuckte noch die Angst, blitzten Filmbilder auf – eine Leiche, an der sich Fliegenlarven gütlich taten, ein grinsender Küster, der mit Schlüsseln jonglierte –, doch er schüttelte sie ab und ließ sie verblassen.

»Was hast du mit mir vor?«, fragte Benedikt, hob den Blick und fixierte die Decke seines bescheidenen Büroraums. Burkhard Buhse, der fromme Therapeut aus seinen Kindertagen, hatte einmal zu ihm gesagt, dass Gott noch etwas Großes mit ihm vorhätte. Aber er konnte mit diesen naiven Vorstellungen von einer himmlischen Person, mit der er redete und die einen lenkte, nicht mehr viel anfangen. Natürlich sprach er in seinen Gottesdiensten Gebete, aber das war seiner pastoralen Rolle geschuldet, und, wenn er ehrlich war, trug er die Texte oft nicht mit innerer Haltung, sondern eher unbeteiligt wie ungeliebte Gedichte vor.

Es war merkwürdig, dass ihm gerade jetzt wieder sein Kinderpsychologe einfiel. Lag es daran, dass er am Abend noch einen Termin bei Frau Dr. Montenbruck haben würde? Noch merkwürdiger aber war es, dass er nun erstmals seit vielen Jahren Gott wie ein reales Gegenüber anrief.

»Sag, was hast du mit mir vor?«, raunte er und starrte weiter an die Decke.

Es erschien keine Antwort auf der allmählich abblätternden Raufasertapete. Da war nur eine ziemlich fette Spinne, die geduldig und kunstvoll zwischen der Decke und der Gardinenstange ihr Netz wob.

Segnet, die euch verfolgen
(Römer 12,14)

»Bubu«, sagte der kleine Junge, betastete mit seinen Fingern die winzige Holzfigur und legte sie behutsam in die Krippe. Burkhard Buhse betrachtete ihn mit wohlwollendem Blick. Manchmal wirkte sein Patient, der inzwischen acht Jahre alt geworden war, noch wie ein Kleinkind. Aus den zehn Sitzungen, die der Kinderpsychologe zunächst mit der Mutter verabredet hatte, waren inzwischen schon fast dreißig geworden. Weil es des Öfteren Rückschläge gab, weil der Junge an manchen Tagen kaum ansprechbar war und weil die Mutter immer wieder, mal besorgt, mal geradezu zornig, angerufen hatte, wenn ihr jüngerer Sohn zum wiederholten Male mit einer Beule am Kopf oder aufgeschürften Knien von der Schule nach Hause gekommen war. Theodor dagegen, der ältere Sohn, schien der alleinstehenden Frau weiterhin nur Freude zu bereiten. Vielleicht idealisierte sie den Großen ein wenig, vielleicht war sie überempfindlich, was den Jüngeren betraf, aber es musste schon etwas dran sein an ihrer Sorge über die Wutausbrüche des kleinen Patienten, auch wenn davon in den Beratungsstunden praktisch nie etwas zum Vorschein kam.

Da es nun die letzte Praxiswoche vor Weihnachten war, hatte Buhse alle biblischen Spielfiguren mit Ausnahme der Heiligen Familie vom Tisch abgeräumt und einen Ochsen, einen Esel, einen Engel und zwei Hirten dazugestellt. Die Weisen aus dem Morgenland hatte er im Karton gelassen, denn die erinnerten ihn an Ölscheichs und gefielen ihm nicht besonders.

»Hast du eben Bubu gesagt?«

Andächtig kniete der Junge vor dem in Windeln gewickelten Jesuskind. Ein Schmunzeln huschte über sein Gesicht.

»Weil das Kindchen jetzt schlafen soll?«, fragte Burkhard Buhse nach.

Der Junge errötete und legte die rechte Hand vor seine Augen. »Nein. Bubu, das bist du!«
Er bevorzugte es eigentlich, wenn seine kleinen Patienten ihn siezten. Aber er ließ ihn gewähren.
»Wie meinst du das?«
»Wenn ich mal nicht einschlafen kann, dann sage ich Bubu und denke an dich. Und dann werde ich ganz müde. Und wenn Mama mit mir schimpft, dann sage ich Bubu, ganz leise in meinem Kopf.«
»Und wenn du einmal richtig böse bist?«
»Dann sage ich auch Bubu und stell mir vor, dass du bei mir bist. Und dann bin ich ganz schnell wieder lieb.«
Buhse war gerührt, auch weil sich der Junge nicht mehr zierte, sondern ihm ganz offen in die Augen blickte. Der Psychologe hatte sein therapeutisches Konzept in den letzten Monaten ganz darauf ausgelegt, an den charakterlichen Stärken seines jungen Klienten zu arbeiten. Er fand ein unerschöpfliches Potenzial an Milde, an Empathie und Beziehungsfähigkeit in ihm vor. Dieses Kind war nahe dran, so zu werden, wie Gott es für die Menschen seines Wohlgefallens vorgesehen hatte. Eines Tages würde er allen Anfechtungen trotzen, indem er in Barmherzigkeit und Liebe jedwedem Bösen, das man ihm entgegenbrächte, die Schärfe nahm und – wie hieß es doch so schön – Schwerter in Pflugscharen verwandelte.
»Darf ich Bubu zu dir sagen?«, fragte der Junge, nun wieder ein wenig schüchtern geworden, ganz leise.
»Aber ja. Wenn ich dich ab heute dann auch Bene nennen darf«, antwortete Buhse, und als er das begeisterte Nicken des Jungen sah, fuhr er fort: »Bene sagen übrigens die Italiener, wenn sie etwas gut finden. Bene, bene. Und wenn ich ab jetzt bene, Bene zu dir sage, dann heißt das: Gut gemacht, Benedikt!«
Der kleine Benedikt lächelte.

»Gut gemacht *hat gestern auch der Mann in der Kirche zu mir gesagt.*«
»Aha. Und warum?«
»*Ach, wir waren mit Frau Dietrich da und haben für das Weihnachtsspiel geprobt. Und ich war ein Hirte, und der Mann da in der Kirche – den nennt man Pastor –, der hatte genauso ein Kostüm wie ich. Nur viel größer.*« Flink schnappte er sich eine der beiden hölzernen Hirtenfiguren und hielt sie in die Höhe. »*Guck mal! Genau so. Und dann habe ich meinen Text aufgesagt ohne einen einzigen Fehler. Und dann hat er gut gemacht gesagt.*«
»*Das freut mich aber für dich. Ich kenne den Pastor. Das ist ein guter Mann.*«
»*Du meinst, der Mann ist bene?*«, gab Benedikt zurück, und beide mussten lachen.
Buhse freute sich, dass die letzte Therapiesitzung vor der Weihnachtspause ein fröhliches Ende versprach. »*Machen wir Schluss für heute. Bist du so gut und stellst alle Figuren wieder ordentlich auf?*«
Vorsichtig platzierte der Junge den Hirten wieder neben den anderen, der etwas abseits von der Krippe stand. Dann stellte er den Esel, der anfangs beim Spielen umgefallen war, wieder auf die Beine. Das Jesuskind lag noch schief auf seinem Krippenbettchen. Er wollte es anheben, aber die Stoffwindel, die um den holzgeschnitzten Säuglingskörper gewickelt war, hatte sich im Stroh der Krippe verfangen. Er schüttelte die Figur, aber die Windel löste sich nicht von den Halmen. Er versuchte es erneut. Ohne Erfolg. Er schüttelte nun immer kräftiger, und mit einem Mal krachte die Figur geräuschvoll gegen die Tischkante.
Er erschrak. Der Kopf des Jesuskinds war abgebrochen.

56

19.35 UHR

Gabriele Montenbruck schwieg. Elegant hatte sie die Beine übereinandergeschlagen, bei dem engen, knielangen Rock, den sie trug, war das schon eine bemerkenswerte Leistung. Sie wirkte nicht wie eine Ärztin, so wie sie da in dem modernen Arbeitssessel saß, mit aufrechtem Rücken und leicht schräg gelegtem Kopf. Dr. Montenbruck war ein wenig kräftiger geschminkt als bei den Terminen zuvor. Ob sie im Anschluss an die Therapiestunde noch eine private Verabredung hatte? Oder galt die Zurschaustellung ihrer Schönheit gar ihm? Benedikt verwarf den Gedanken schnell wieder. Die Nacht mit Nicole war ihm wohl ein wenig zu Kopfe gestiegen.

Zu seinen Füßen lag der Wutkorb, der sich kaum von der beigebraunen Farbe des edlen Parkettbodens der Praxis abhob. Nach seinen Lindner-Recherchen hatte er den Korb auf dem Bücherregal in seinem Büro wiederentdeckt, wo er ihn ein paar Tage zuvor achtlos abgestellt hatte. Alle Versuche, mehr über die Homepage *Freundschaft* zu erfahren, über ihre Betreiber und die Identität ihrer Autoren, hatten leider nicht gefruchtet. Gleichwohl hatte er genug erfahren, um wenigstens in Ansätzen zu wissen, was zu tun war. Da seine Fäuste immer noch geballt gewesen waren, hatte er es mit der Wutkorbübung versucht, die seine Ärztin ihm in der vorherigen Sitzung empfohlen hatte. Aber er war sich lächerlich dabei vorgekommen. Darüber konnte und mochte er jetzt aber nicht reden.

Noch immer schwieg Gabriele Montenbruck. Das tat sie oft in den Therapiesitzungen. Manchmal sagten beide minutenlang kein Wort. Benedikt hatte Silke einmal davon erzählt. Hämisch hatte sie ihn ausgelacht und ihm mit auf den Weg gegeben, er solle die Schweigeminuten stoppen und von der Rechnung abziehen. Denn der Kostenanteil, den die Versicherung nicht übernahm, wäre ja nicht eben unerheblich.

»Und was ist nun drin in Ihrem Wutkorb?«

»Ehrlich gesagt, nicht viel«, gestand Benedikt. »Aber immerhin habe ich meine negativen Gefühle deutlicher gespürt in der letzten Woche. Und ich habe Wege gefunden …« – ein leichtes Unwohlsein überkam ihn, als er zu dieser Offenbarung seines Innenlebens ansetzte – »… Wege gefunden, die Schuld nicht immer bei mir zu suchen. Das Bild mit den zwei Pfeilen, das Sie neulich gezeichnet haben. Die Energie muss raus, so viel habe ich gelernt.«

Die Ärztin schmunzelte und nickte ihm zu. »Wissen Sie was? Ich hatte mir schon gedacht, dass ein gebildeter Mensch wie Sie die Übung mit dem Wutkorb für ein Kindergartenspielchen hält. Aber dass dieser Korb bei Ihnen war, hat Ihnen geholfen. Er ist zu einem Symbol für Ihren Konflikt und dessen Lösung geworden.«

Benedikt lächelte. Er konnte schlecht zugeben, dass er den Wutkorb während der vergangenen sieben Tage vollkommen ignoriert hatte. Aber Dr. Montenbrucks Einschätzung, dass sie ihn für einen gebildeten Menschen hielt, schmeichelte ihm, und er freute sich, dass sie offenbar mit ihm zufrieden war.

»Und da ist noch etwas.« Sie breitete die schlanken Hände aus. »Sie sind ein attraktiver Mann, Herr Theves! Sie haben alles, was man braucht, um das Leben zu meistern. Merken Sie, wie Sie sich in wenigen Tagen verändert haben? Ihr Rücken ist jetzt gerade. Sie halten ohne Probleme meinem Blick stand. Und da ist auch viel mehr Kraft in Ihrer Stimme. Jemand wie Sie gehört nicht in einen Therapiesessel, sondern hinaus ins pralle Leben!«

Flirtete Sie mit ihm? Oder wollte sie ihn loswerden? Er fand den Mut, sie direkt zu fragen: »Erklären Sie hiermit unsere Therapie für beendet?«

Gabriele Montenbruck lachte auf und schüttelte ihren Kopf, dass ihre Haare wogten.

»Nein, das wäre zu früh. Wir wollen nichts überstürzen. Die fünf weiteren Sitzungen, die die Kasse genehmigt hat, wollen wir uns noch gönnen. Und ich sage Ihnen jetzt etwas, das ich eigentlich nicht sagen darf.«

Neugierig rutschte Benedikt auf die Vorderkante seines Sessels. Sie tat es ihm gleich, sodass ihre Gesichter einander ganz nahe kamen.

»Ich würde Sie vermissen. Es macht mir Freude, mit Ihnen zu arbeiten. Sie haben so viel Potenzial!«

Dr. Montenbruck warf einen Seitenblick auf die Wanduhr, bemerkte offenbar, dass die Stunde abgelaufen war und erhob sich.

Benedikt brauchte einen Moment, bis er sich aufgerappelt hatte. Wann hatte – Nicole einmal ausgenommen – ihm jemals eine Frau derart ermutigende Worte zugesprochen? Leicht verlegen ergriff er ihre Hand, die sie ihm entgegenstreckte. Noch einmal fiel ihm auf, wie hübsch sie sich heute zurechtgemacht hatte. Ganz ohne Hintergedanken fragte er:

»Haben Sie heute noch was vor?« Er errötete, weil ihm bewusst wurde, dass es wie eine Einladung klang. Und so war es wohl auch angekommen.

»Netter Versuch«, antwortete Gabriele Montenbruck mit einem offenen Lächeln. »Ich nehme das mal als Kompliment.«

DIENSTAG, 31. MÄRZ

57

14.40 UHR

»Endlich … unsere Sprache ist eine eigentümliche Erfindung. Kann sie doch unterschiedliche Befindlichkeiten in dieselben Buchstaben und Laute fassen. ›Endlich‹, zum Beispiel. Denken wir uns einen Seufzer und ein Ausrufezeichen hinzu, so meint ›endlich!‹ die lang ersehnte Erfüllung einer großen Erwartung. Der Geliebte ist zurück, die Krankheit überwunden, der wichtige Moment gekommen. Ganz anders dagegen die Bedeutung, die unser menschliches Leben so nüchtern umschreibt. Endlich sind wir, begrenzt ist unser Leben. Das Schicksal unserer Sterblichkeit.«

In aufrechter Haltung und für seine Verhältnisse ziemlich selbstbewusst trug Benedikt seine Beerdigungsansprache vor. Schon früher hatte er die Kanzel als Predigtort bei solchen Anlässen gern gemieden, weil ihn ja hoch oben über der Gemeinde immer der Schwindel plagte. An diesem Tag aber wurde ihm erstmals klar, dass es aus seelsorgerlichen Gründen ohnehin besser war, sich am Lesepult zu platzieren, mit gebotener Nähe zum Sarg der verstorbenen Elisabeth Haselböck, den Kandetzki, der Bestatter, mittig oberhalb der Chorstufen aufgebaut hatte. Auch den Angehörigen war er auf diese Weise näher. Etwa vierzig Personen waren erschienen und hatten sich dicht beieinander in die ersten Reihen gesetzt. Heike Thalmann, die Tochter der Verstorbenen, saß mit ihrem Ehemann und den beiden Töchtern, jeweils samt junger männlicher Begleitung, ganz vorn. Es wurde viel geweint bei dieser Trauerfeier, immer wieder knisterten zwischendurch die Packungen mit den Taschentüchern. Blasse Gesichter in scharfem Kontrast zum Schwarz und Grau der Anzüge und Kostüme.

Benedikt hatte nur den Vormittag Zeit gehabt, um seine Ansprache zu Papier zu bringen. Am Vorabend, nach der angenehm aufregenden Therapiestunde, war er zu müde gewesen, um noch damit anzufangen. Zum Glück ging Silke ihm nach wie vor aus dem Weg und besiegelte so auch das stille Einverständnis, dass er in seiner Klause schlief. Immerhin hatte er so, von Silkes Neugier abgeschirmt, noch ein kurzes, aber liebevolles Telefonat mit Nicole führen können.

»Dass wir leben, liebe Familie Thalmann, liebe Angehörige, dass wir leben, erscheint uns Menschen – unbewusst – oft selbstverständlich. Dabei ist, dass gerade wir leben, biologisch-statistisch ein Einzelereignis von unfassbarer Unwahrscheinlichkeit. Die Wahrscheinlichkeit unseres Sterbens, hingegen, liegt bei hundert Prozent. Und wir sterben schon von Anfang an. In jeder Sekunde werden Millionen Zellen unseres Körpers von anderen Zellen gefressen. Weitere Zellen wachsen nach, aber nicht unbegrenzt, jedenfalls nicht in einem und demselben Individuum. Der große Organismus stirbt irgendwann und gibt somit Raum für anderes Leben.«

Ihm war bewusst, dass solch ein Text ein Wagnis darstellte. Trauernde bevorzugten meist sehr persönliche, gern auch ein wenig sentimentale Rückblicke auf das Leben eines geliebten Menschen, das zu Ende gegangen war. Biblisches, Theologisches und Wissenschaftlich-Kluges wurde in den meisten Fällen als zweitrangig empfunden. Ein Trostwort am Schluss, mit dem ein Geistlicher bezeugte, dass eine Hoffnung auf ein Leben danach bestand, ließ in der Regel die Tränen versiegen.

In dieser Trauerfeier wollte Benedikt ausdrücklich etwas wagen. Denn er hatte keineswegs vergessen, wie er von der Tochter der Verstorbenen gedemütigt worden war. Als dritte Wahl hatte Frau Thalmann ihn hingestellt.

»Sterben. Sterben mag ganz natürlich sein. Viele andere Lebewesen kümmert das nicht. Auch wenn sie über ihre Lebensprogramme des Sichernährens, Sichvermehrens und Sichwehrens hinaus auch Freude und Angst und Schmerz empfinden können. Um seine Sterblichkeit weiß allein der Mensch. Und verzweifelt oft daran. Denn wo bleibt der tiefe Sinn des eigenen Lebens, wenn alles

Selbst-Sein so begrenzt ist und bald schwindet wie ein Hauch? Während Lust und Liebe und Freundschaft doch nach ewig Währendem trachten, und so schmerzhaft beschädigt und entleert werden, wenn das Gegenüber verscheidet und entrissen wird. Trauer mag ein lebendiges Gefühl sein, aber an der Trauer kann ein Leben auch zerbrechen. Woher kommt der Trost? Aus dem Glauben?«

Noch sehr genau erinnerte sich Benedikt an die Fragen der Familie, die sie im Trauergespräch gestellt hatten. Ob es denn fair sei, einen noch gar nicht lebenssatten Menschen aus dem Leben abzurufen, ob es einen göttlichen Willen gebe, der nachvollziehbar sei. Benedikt legte seine rechte Hand an die Stirn, als würde er gerade jetzt, beim Vortrag seiner bereits ausformulierten Predigt, darüber nachdenken.

»Wenn wir nicht um unsere Sterblichkeit wüssten, hätten wir dann überhaupt eine Religion? Schauen wir uns um in der Welt der großen mythischen Erzählungen: himmlische Reiche der Erfüllung in einem fortgesetzten oder neuen Leben, Wiedererweckung der Verstorbenen an einem Jüngsten Tag, Orte der Belohnung, auch Orte der Bestrafung, Einswerden mit der göttlichen Macht, Wanderung der Seelen von einem Leben in ein anderes. Diese Geschichten haben über Jahrtausende Trost und Hoffnung gespendet, und das ist gut und soll nicht angefochten werden, solange es noch Menschen hilft.«

Nun hatte er eine schöne Spannung aufgebaut, die ein großes Aber nach sich ziehen musste. Alle Augen waren auf ihn gerichtet. Sogar Julia, die Lieblingsenkelin von Elisabeth Haselböck, hatte inzwischen ihr tränennasses Taschentuch zusammengeknüllt und war ganz Ohr, als Benedikt deutlich wie nie zuvor die verbreiteten Zweifel am Trost der Religion, die auch seine eigenen waren, thematisierte.

»Aber mir ist bewusst, dass es jenseits der Mauern von Kirchen, Tempeln und Synagogen immer mehr Menschen werden, die sich ein Leben nach der irdischen Existenz nicht mehr vorstellen können. Und mehr noch: dass auch unter den Religiösen das Vertrauen auf einen lebensüberschreitenden Sinn spürbar schwindet. Wie schlimm ist das? Muss die Kirche dagegen vorgehen? Nachdrücklicher predigen? Vielleicht sogar jenen, die öffentlich zweifeln, den Mund verbieten? Natürlich nicht. Und es wäre auch fatal, den Zweiflern mit immer lauter und kraftvoller gepredigten Behauptungen vorzuhalten, man müsse halt glauben, sonst ergäbe alles keinen Sinn.«

Heike Thalmann biss sich auf die Lippen und strich mit den Händen ihren schwarzen Rock glatt. Benedikt vermutete, dass sie in Sorge darüber geriet, wie er aus dieser gefährlichen Lage wieder zum rechten Glauben finden würde. Sie sollte sich noch wundern!

»Doch es wäre auch fatal zu verkünden, die alten Geschichten von Totenerweckungen und Paradiesen wären nichts anderes als primitive Märchen, weil es den Altvorderen nur an wissenschaftlicher Einsicht gemangelt hätte. Das Leben ist so viel mehr als Physik, Chemie und Biologie, als alles Messbare in unserer Welt. Das Leben ist Schöpfungsgeschichte und Sommernachtstraum, Leonardos Abendmahl und eine Sonnenblume des Vincent van Gogh, es ist Matthäuspassion und *Yesterday*. Und es ist das Leben von Elisabeth Haselböck, die wir heute betrauern. Ein Leben, das länger währen sollte, das aber auch in seiner Begrenzung schön, erfüllt und vollständig war. Was wirklich zählt in allem, ist der Zauber unserer nicht ewig währenden Lebendigkeit, betörend schön, um das Leben nicht nur zu erleiden, sondern zu lieben. Was auch immer tröstet, mag einer guten Quelle entspringen. Und möge es stets ein Trost auf eine offene Zukunft hin sein, auf die Unendlichkeit der Hoffnung. Endlich.«

Benedikt war erstaunt, wie gebannt nun alle Zuhörer seinen Sprachbildern folgten. Würden sie auch noch bei ihm sein, wenn er die letzte Wendung seiner Gedanken vortrug?

»Endlich!? Die Dichter der Barockzeit, die den großen Oratorien ihre Stimme liehen, konnten es kaum erwarten, das Jammertal auf Erden zu verlassen und den süßen Tod zu schmecken. So erleben die Menschen das heute nicht mehr. Was ihnen bleibt, ist das Jetzt und ein großes Fragezeichen – wobei eine offene Frage noch lange nicht auf Sinnlosigkeit verweist. Ja, es ist besser, einen vertrauten Menschen heute zu umarmen, anstatt auf morgen zu warten, eine lang ersehnte Reise heute anzutreten und nicht erst in zehn Jahren. Weil wir weder Tag noch Stunde wissen. Das Reich Gottes – wenn Sie mir diese Metapher gestatten –, es ereignet sich immer jetzt und nicht nur irgendwann. Aber ist darum stets Eile geboten, rasendes Auskosten jeder diesseitigen Möglichkeit? Weil alles vergeht und nichts bleibt? Ach, nein. Es gibt noch mehr als unsere Traurigkeit. Ich kann es nicht begründen und doch von ganzem Herzen sagen: Im Reich des Ungewissen wird es schön und friedlich sein. Und so lassen wir sie gehen, Elisabeth Haselböck, die Mutter, Großmutter, Nachbarin und Freundin, und vertrauen auf eine Geborgenheit, die für uns, die wir leben, unsichtbar bleibt.«

Für einen Moment blieb er noch reglos stehen und blickte die Trauernden an. Dann wandte er sich dem Sarg zu und verneigte sich dezent, sprach die Aussegnungsworte, trat noch einmal zum Pult zurück, betete mit der Gemeinde das Vaterunser und schloss mit einem Segensworte. Ludmilla, deren Orgelspiel ihn mehr und mehr berührte, improvisierte sanft und leise über die Melodie von *Befiehl du deine Wege,* dem so tröstlichen Vertrauenslied aus der Feder von Paul Gerhardt.

Tief ergriffen schüttelten die Trauergäste seine Hand, nachdem sie sich am Sarg von der Verstorbenen verabschiedet hatten. Die beiden Enkelinnen von Elisabeth Haselböck schickten sich sogar an, ihn zu umarmen, was, weil es ihn doch ein wenig überforderte, nur in Ansätzen gelang.

Und Heike Thalmann, die nun nicht mehr so traurig wirkte, vollendete das Defilee und sprach: »Sie sind ja ein richtiger Philosoph! Das hätte ich nicht erwartet.«

58

15.35 UHR

»Papa, pass doch auf!«, rief Laura und krallte ihre Finger ins Leder des Beifahrersitzes. Ein knallroter Porsche raste mit heulendem Dauerhupton auf der mittleren Spur an ihnen vorbei.

Es hätte nicht viel gefehlt, und René Wilmers hätte einen schweren Unfall verursacht, als er unbedacht hinter einem riesigen Wohnmobil samt einer ganzen Fahrräderfamilie am Heck zum Überholen ausgeschert war. Immerhin war er geistesgegenwärtig genug, um das Lenkrad noch schnell nach rechts herumzureißen. Noch nie war er beim Fahren unaufmerksam gewesen, aber mit dieser Tour hatte er sich auf die traurigste Reise seines bisherigen Lebens begeben. Mit einem Blick in den Rückspiegel vergewisserte er sich, dass mit Maria alles in Ordnung war. Er schniefte einmal kurz, denn wieder schossen ihm ein paar Tränen in die schon rot geränderten Augen, die von den Anstrengungen der vergangenen Tage zeugten.

»Papa, deine Nase läuft«, sagte Laura mitfühlend, kramte in der Ablage und hielt ihm ein Papiertaschentuch entgegen.

René Wilmers schnäuzte sich. Lag es am Beinaheunfall, oder warum schoss ihm gerade jetzt das Bild von einem verbeulten und zersplitterten Außenspiegel in den Kopf? Er schämte sich dafür, dass er nicht einmal jetzt seine Arbeit ganz vergessen konnte. Die Kollegen von der Streife hatten die Anzeige eines Fahrzeughalters, der regelkonform an der Kastanienallee geparkt hatte, aufgenommen und an ihn weitergeleitet. Während der Nacht hatte ein vorbeifahrendes Fahrzeug einen Renault touchiert und den linken Außenspiegel abgerissen. Ein paar Meter davon entfernt hatten die Kollegen am Straßenrand einen weiteren Spiegel gefunden, einen schwarzen, der vom Typ her mit Hambrücks BMW übereinstimmte. Die Kastanienallee führte zur Autobahnauffahrt. Das passte zur

Theorie von Hambrücks Frau, die davon ausging, er wäre sturzbetrunken einfach davongefahren.

Warum blieb er trotzdem misstrauisch? Vielleicht weil Nicole Hambrück so sorglos wirkte und seine Fragen stets so heiter und aufgeräumt beantwortete? Wie verstört und schwach hatte sie hingegen damals gewirkt, als »der Geist« mit seinen Einbrüchen das Villenviertel terrorisierte? Wie konnte es nur sein, dass es für das Verschwinden ihres Mannes keine Zeugen gab. Vielleicht sollte er nach seiner Rückkehr aus der Schweiz – ein tiefer Seufzer entfuhr ihm bei dem Gedanken – einmal die Alsberger Kneipen durchforsten und nach Saufkumpanen des Tankstellenkönigs suchen.

»Irgendetwas stimmt da nicht«, murmelte er.

»Ach, Papa«, flüsterte Laura.

Viele Abendstunden hatte er mit dem Umbau des großen Kombis verbracht, den er vor acht Jahren für Familienurlaube mit viel Gepäck angeschafft hatte. Damals, als Maria, Laura und er noch an eine lange heitere Zukunft geglaubt hatten. Auch wenn sein Dienst bei der Alsberger Polizei anstrengend und zeitraubend war, hatte er sich in den Ferienzeiten doch immer ganz seinen Lieben widmen können.

Norwegen. Mit zwei kleinen Zelten waren sie damals aufgebrochen, hatten beeindruckende Fjorde und endlose Wälder bestaunt und auf Wiesen abseits der Dörfer kampiert, abgewartet, bis sie Lauras leises Schnarchen im Nebenzelt hörten, und sich dann auf einer unbequemen Luftmatratze geliebt und ein paar Tage später fröhlich fröstelnd am Nordkap dem Rauschen der Wellen gelauscht. Damals.

Jetzt passierten sie gerade Heilbronn auf der A 81 in einem – man konnte es nicht anders nennen – privaten Krankenwagen. Manfred, ein Freund der Familie, der als reisender Ingenieur für ein Lübecker Medizintechnik-Unternehmen arbeitete, hatte ihnen ein mobiles Beatmungsgerät zur Verfügung gestellt, welches man, zusammen mit dem Monitor für die Vitalfunktionen, an die Autobatterie anschließen konnte. Da ein professioneller Krankentransport nach Zürich unbezahlbar gewesen wäre, hatte René Wilmers die Rückbank seines Wagens zum Krankenbett umfunktioniert und die Apparate, ein wenig Gepäck und Marias klappbaren Rollstuhl im Fond platziert.

Laura legte ihm tröstend die Hand auf die Schulter, während sie einen ganzen Tross von überbreiten Spezialfahrzeugen passierten, die Rotorblätter für Windkraftwerke transportierten.

René Wilmers dachte daran, wie tapfer seine Tochter doch war. In zwei Tagen musste sie von ihrer Mutter, die ihr viel bedeutete und jahrelang mindestens ihre zweitbeste Freundin gewesen war, für immer Abschied nehmen. Es lag wohl an der besonderen Bindung, vielleicht hatte es auch mit einer ihm noch etwas fremden Unbefangenheit der jüngeren Generation im Umgang mit dem Tod zu tun, dass Laura gegen den Sterbewunsch ihrer Mutter niemals angekämpft hatte. Aber natürlich hatte auch sie geweint, vor allem, als Edyta, die Pflegerin, am Morgen zu ihrem letzten Besuch gekommen war, am Pflegebett die Hände gefaltet und ein Gebet in polnischer Sprache gesprochen hatte. Und auch an den Tagen zuvor, als sie gemeinsam mit einem von ihm gebastelten Tastschalter geübt hatten. Manchmal konnte Maria nämlich die Finger ihrer linken Hand noch recht gut bewegen, und das war wichtig für den letzten Willensakt in der Sterbeklinik. Die Sterbewillige musste den Mechanismus zur Infusion des tödlichen Giftes eigenhändig auslösen. Das war der entscheidende juristische Unterschied zwischen einem assistierten Suizid und einer Tötung auf Verlangen. Nach dem Betätigen des Schalters gab es dann keinen Weg mehr zurück.

René Wilmers startete den Sendersuchlauf im Radio. In einem Klassiksender spielte ein Lautenist mit sanftem Anschlag die *Bourrée* von Bach. Vor seinem geistigen Auge erschien das Gesicht von Pastor Theves, dessen Zuspruch nach einem holprigen Gesprächsbeginn so wohltuend gewesen war. Wobei er aus diesem Geistlichen nicht schlau wurde. Warum wirkte der Mann so zerrissen? Richtig blass war Theves gewesen, als er vor der Haustür stand. Und seine anfängliche moralische Strenge war dann plötzlich großer Einfühlsamkeit gewichen. *Wir dürfen uns selbst nicht über den Willen Gottes stellen.*

Für einen Moment erwog Wilmers, ob es nicht doch einen Weg zurück gab. Einfach die nächste Ausfahrt nehmen und wieder nach Hause. Er wandte sich um, nur ganz kurz, damit er die Kontrolle über den Verkehr nicht verlor. Maria zwinkerte ihm zu. Viel ließ sich nicht mehr ablesen auf ihrem Gesicht, das von der Atemmaske weitgehend bedeckt war. Und doch wirkte sie entschlossen und zuversichtlich. Nein, dieser einzigartigen Frau, mit der er so gern gelebt hatte, konnte und würde er den Wunsch nach Erlösung nicht verwehren.

59

16.05 UHR

Da die Konfirmanden bereits Osterferien hatten, war die Trauerfeier das einzige größere Ereignis im Tagesplan von Benedikt Theves gewesen. Viele der Ehrenamtlichen, die der Kirchengemeinde in Gremien und Kreisen dienten, waren über die Feiertage verreist, sodass es auch keine abendlichen Sitzungen vorzubereiten gab. Die Sonne schien an diesem Tag erstaunlich kräftig, die Vögel wagten ein erstes Frühlingskonzert, und nichts hielt ihn mehr in seinen muffigen Gemeinderäumlichkeiten.

Er schwang sich aufs Rad und fuhr an der Merve entlang, um Antonius einen spontanen Besuch abzustatten. Vielleicht gelang es ihm ja, den Altbischof zu einem Plauderspaziergang den Uferpfad entlang zu überreden.

Antonius, der das gute Wetter nutzte, um die Rückstände des schmuddeligen Vorfrühlings vom Deck seines Hausbootes zu schrubben, zeigte sich hocherfreut über Benedikts unverhofftes Erscheinen und seinen Vorschlag, eine kleine Wanderung zu unternehmen. Er zielte mit dem Scheuerschwamm auf den gut drei Meter entfernt an der Reling lehnenden Eimer und traf perfekt, sodass ein wenig schmutziger Schaum auf das Deck spritzte.

»Wenn du es aushältst, mein Lieber, dass ich im Blaumann mit dir spazieren gehe, bin ich in einer Minute fertig.«

Sorgfältig räumte der Bischof sein Putzzeug zusammen, zog einen Norwegerpullover über seinen Overall und kletterte, für sein Alter erstaunlich behände, die Leiter zum Steg hinab, an dem sein Hausboot vertäut war. Die beiden Freunde wählten die Richtung flussaufwärts, sodass sie noch ein wenig die Nachmittagssonne genießen konnten. Ein frankophiler Heimatdichter hatte dem meist gemächlich dahinfließenden Flüsschen Merve einmal den Beinamen »La Merveilleuse« verpasst und die Region um Alsberg in L'Alsace du Nord, Elsass des Nordens, umgetauft, was die bescheidene Anmut der Landschaft zwar charmant zu preisen wusste, aber doch gelinde übertrieben war.

»Nun sag schon, lieber Benedikt«, sprach Kluge, als sie ihren Gehrhythmus gefunden hatten, »was gibt es denn Wichtiges? So ganz ohne Grund kommst du ja nicht einfach vorbei.«

Ein paar Blesshühner, die es sich an der Grasnarbe am Wegesrand bequem gemacht hatten, flatterten aufgeregt gackernd davon, als sich die beiden Männer ihnen näherten.

»Ach, ich denke halt viel nach in letzter Zeit«, antwortete Benedikt. »Tausend Dinge gehen mir durch den Kopf. Da rumoren immer noch die Themen, über die wir uns zuletzt ausgetauscht haben: Gottes Werk, unser Handeln und die Frage nach der Gerechtigkeit. Gibt es nun eine Instanz für unser moralisches Tun? Sind wir Werkzeuge im Dienst eines höheren Meisters? Oder bleiben wir mit der Bewertung unserer Taten letztlich allein?«

Sie kamen an der Abzweigung zum Schotterweg vorbei, der zur alten Wäscherei führte, wo Hambrücks Auto, wie Benedikt hoffte, immer noch unter einer vermoderten Plane versteckt war. Er beschleunigte das Tempo, damit ihn die Erinnerung an die hektische Verschleierungsaktion nicht zu sehr vom Gespräch mit dem Bischof ablenkte. Wieder setzte er an: »Aber da ist noch mehr. Genährt durch deine gepflegte Skepsis, lieber Antonius, frage ich mich, ob wir uns überhaupt auf etwas beziehen können. Theologisch, meine ich.«

Antonius hatte den Blick konzentriert auf den Boden geheftet. Sein leises Brummen signalisierte, dass er ihm zuhörte.

»Ich weiß es einfach nicht, Antonius. Vorhin hatte ich eine Trauerfeier. Eine Frau in den Siebzigern. Eine gewisse kirchliche Restbindung bei den Angehörigen. Nichts Besonders, eigentlich Routine. Aber irgendetwas hat mich diesmal angespornt, in meiner Ansprache grundsätzlich zu werden. Einmal auszusprechen, dass wir es uns vielleicht zu einfach machen mit unserem Trost. Dass wir mit der Ungewissheit leben müssen und eben nicht wissen, was alles bedeutet und ob da noch etwas kommt.«

»Mutig. Gratuliere!«

Anerkennend zog der Altbischof die linke Augenbraue hoch.

»Danke. Aber so ganz glücklich bin ich trotzdem nicht. Auf den letzten Metern bin ich dann doch wieder ein bisschen eingeknickt, weil ich ein schlechtes Gewissen hatte, die Trauernden mit offenen Fragen allein zu lassen.«

»Was hast du denn gesagt, zum Schluss?«

»Im Reich des Ungewissen wird es schön und friedlich sein.«

»Aber das ist doch großartig!«

Benedikt blieb stehen und sah ihn verwundert an, zumal er sich an viele Lästerungen erinnerte, mit denen Antonius die Harmoniesucht der Prediger verhöhnt hatte.

»Weißt du, Benedikt, es ist nicht unsere Aufgabe, Menschen vor den Kopf zu schlagen.«

Der buchstäbliche Sinn dieser Worte entging Benedikt nicht, sodass er stockte und einen Schritt zurückblieb.

Doch Antonius Kluge fuhr ungerührt fort: »Ich habe das erst spät in meinem Leben gelernt. Søren Kierkegaard sagt dir etwas?«

Benedikt nickte ohne große Begeisterung. Ziemlich lustlos hatte er in seiner Studienzeit einmal versucht, sich durch die tentakelartigen Gedankenketten des dänischen Religionsphilosophen hindurchzuwinden.

»In seiner Schrift *Entweder – Oder*«, dozierte Antonius Kluge nun, »stellt Kierkegaard zwei Existenzweisen einander gegenüber, die eine nennt er die ästhetische, die andere die ethische Lebensanschauung. Kierkegaard würdigt beide, aber …«

Ein älteres Ehepaar in erstaunlich jugendlich wirkender Outdoor-Kleidung kam ihnen Hand in Hand auf dem Uferweg entgegen und grüßte freundlich. Leicht widerwillig, eher pflichtbewusst erwiderte Benedikt den Gruß. In einer Gemeindeversammlung hatte sich eine ältere Dame einmal darüber ausgelassen, dass er sie beim Einkauf im Supermarkt übersehen hätte. Antonius dagegen schien die Spaziergänger nicht einmal bemerkt zu haben.

»Aber Kierkegaard entscheidet sich tendenziell für die ethische Existenzweise, weil sie ihn seiner Meinung nach eher zu Gott führt. Tja, aber ich bin mit meinen eigenen Gedanken in die andere Richtung gegangen, zumal ich es aufgegeben habe, überhaupt irgendeinem Gott oder, nun ja, sonstigem Numinosum nahe sein zu wollen. Ich bin überzeugt, die *Ästhetik* ist der Schlüssel zur theologischen Kunst.«

»Kunst?« Irritiert riss Benedikt die Augen auf, weil ihm bei diesem Reizwort eine Erinnerung aus einer Berlin-Reise mit Silke in den Kopf schoss. Eine kanadische Künstlerin hatte sämtliche Räumlichkeiten der Neuen Nationalgalerie mit grünen Glasscherben ausgelegt und die Installation in einem Erklärungsvideo als »Dekonstruktivistische Bildhauerei« bezeichnet.

»Ja, Benedikt, Kunst! Kunst – und nicht Verhaltenslehre. Kunst – und auch nicht mehr Wissenschaft.«

»Aber …« Benedikt haderte mit diesem Gedanken.

»Ich weiß, was du einwenden willst«, sagte Antonius ruhig. »Die Theologie versteht sich nach wie vor gern als Wissenschaft. Einige kühne Geister halten sie sogar immer noch für die Krone aller Forschungsdisziplinen. Aber das ist längst vorbei, seit die Gelehrten der Zunft aufgegeben haben, ihrer Vernunft zu folgen. Physik ist Wissenschaft, Medizin und so weiter, sogar die Germanistik oder, was weiß ich, Ethnologie. Sie alle beobachten oder messen etwas und systematisieren und bewerten dann ihre Erkenntnisse mit Logik und Verstand. Kein Wissenschaftler der Welt kommt heute mehr auf die Idee, seinen Forschungen einen Gott vorauszusetzen.«

»Aber folgt nicht jeder Wissenschaftler Setzungen, womöglich sogar unbedachten und unausgesprochenen?«, fragte Benedikt kleinlaut.

»Sicher. Und an dieser Stelle haben die Theologen nach eigener Einschätzung immer noch Oberwasser. Letztlich zu Unrecht, denn die Einsicht, dass man bei allem Trachten nach Erkenntnis immer etwas voraussetzt, kann ja nicht heißen, dass es egal ist, was man voraussetzt. Und die Theologie verfährt meistens so, dass sie mit einer irrationalen Setzung beginnt, will sagen: Gott ist der Ursprung aller Dinge, und dann versucht sie, daraus rationale Ableitungen zu inszenieren. Das ist doch keine Wissenschaft!«

Benedikt beobachtete, wie die Sonne allmählich hinter den hohen Bäumen am anderen Ufer der Merve verschwand und ein rötlicher Schein am Himmel den hereinbrechenden Abend ankündigte.

»Gut, keine Wissenschaft. Aber dadurch wird Theologie doch noch nicht zur Kunst?«

»Da hast du recht, wenn sie so weitermacht, wird sie bald einfach nur überflüssig sein. Die Theologie muss aufhören, Gott begründen zu wollen, den Glauben an ihn zu rechtfertigen, unser Leben aus Gott heraus erklären zu wollen. Sie müsste umgekehrt vorgehen, die Welt nüchtern betrachten und dann einen göttlichen Sinn hinein entwerfen, im gänzlich Profanen die Schönheit finden, ja sogar: *erfinden*.«

Die beiden Freunde hielten an. Es war an der Zeit, den Rückweg anzutreten.

»Ist es nicht das, was die von dir so geschätzten Kritiker der Religion immer vorwerfen?«, wollte Benedikt wissen. »Dass all ihre sogenannten Wahrheiten nur Fantasien, Wunschträume und Erfindungen sind?«

»Ja, nur geht es bei meinem Ansatz nicht darum, letzte Wahrheiten zu behaupten, sondern, wie ein Künstler das tut, aus ein paar schlichten Farben und Formen eine bedeutungsvolle Welt zu erschaffen. Ein britischer Kollege von uns, der ähnliche Ansichten vertritt, hat auf einem Biologen-Kongress einmal die Theologie als eine *Poetical Life Science* bezeichnet, und in einer Vorlesung für Ingenieure nannte er unsere Kunst einfach *Meaning Engineering*. Und bei einem der wenigen deutschen Gelehrten unserer Zunft, die ich noch lesen mag, habe ich neulich das schöne Wort ›Theopoesie‹ entdeckt.«

Auch wenn die Tageswärme schon deutlich nachgelassen hatte und der Spaziergang alles andere als anstrengend war, musste sich Benedikt ein paar Schweißtropfen von der Stirn wischen. Ein wenig von alldem hatte er ja schon geahnt, als er in seiner Traueransprache auf Leonardo und van Gogh gekommen war, doch diese wohldurchdachte Sichtweise des bischöflichen Freundes war geradezu überfordernd neu für ihn.

»Bitte sag mir, Antonius, was hat das nun alles mit meinem hilflosen Satz am Ende der Beerdigungspredigt zu tun?«

»Nichts leichter als das!«

Antonius öffnete die Arme zu einer ausladenden Geste. »*Im Reich des Ungewissen wird es schön und friedlich sein.* Was für ein herrliches Paradox! Welch ein Lobpreis für einen Gott, den es vielleicht niemals gab und niemals geben wird! Dieser eine Satz ist große Kunst, mein Lieber!«

Die trippelnden Schritte eines Joggers näherten sich von hinten. Kurz darauf waren die zirpenden Töne einer Musik aus Kopfhörern zu vernehmen.

»Hallöchen«, flötete Vikar von Wagner, als er Antonius und Benedikt auf dem Weg zurück zum Hausboot passierte, dann grinste er sie kurz an und setzte ungebremst seinen Lauf fort.

»Dieser Pisser!«, entfuhr es Benedikt.

Antonius Kluge schmunzelte.

»Also, an deiner Ausdrucksweise könntest du noch ein bisschen arbeiten. Aber deine Menschenkenntnis ist dagegen ganz hervorragend.«

60

19.10 UHR

Holz auf Jesu Schulter, von der Welt verflucht, ward zum Baum des Lebens und bringt gute Frucht …
Kläglich erklang der Gesang einiger weniger älterer Damen, die an der Melodie des pseudomodernen Kirchenlieds scheiterten. Auch Ludmilla an der Truhenorgel schien sich eher widerwillig an der Begleitung des aus den Niederlanden stammenden musikalischen Machwerks abzumühen. Benedikt grinste verhalten, weil ihn *Holz auf Jesu Schulter,* diese lächerliche dichterische Umschreibung des kreuztragenden Christus, immer an einen herrlich blöden Witz erinnerte. Da wurde ein Wilderer, der beim Wegschleppen eines erlegten Wildtiers vom Förster erwischt, und auf die Frage, was er denn da auf der Schulter habe, blickte der Übeltäter überrascht zur Seite und schüttelte sich mit den Worten: *Iiih, 'n Hirsch!*

Nachdem er seinen väterlichen Freund am Steg zum Hausboot mit einer herzlichen Umarmung verabschiedet hatte, war Benedikt noch einmal zum Gemeindehaus zurückgeradelt. Dort hatte er ein paar Kärtchen mit Stichworten für die Karfreitagspredigt eingesteckt, für den Fall, dass ihn zu Hause noch die Muse küsste. Zuerst war er erstaunt gewesen, dass die Kirchentür offen stand und drinnen Licht brannte, dann war ihm wieder eingefallen, dass der Vikar eine Passionsandacht für den Dienstagabend anberaumt hatte. Zwar stand ihm nicht der Sinn nach einer weiteren Begegnung mit dem eitlen Schnösel, doch witterte er eine Chance, den Küster zur Herausgabe des Schlüssels zur Krypta zu nötigen. Denn egal, wie erfreulich manche Dinge in seinem Leben inzwischen liefen: das Kernproblem, dass eine Leiche unterhalb des Hochchors der Kirche vor sich hin moderte und wahrscheinlich schon Brechreiz erregend stank, musste unbedingt, ja unverzüglich, behoben werden.

Inzwischen war Christian von Wagner, die Haare noch feucht vom Duschen nach seinem Fitnesslauf, samt Talar und violetter Stola auf die Kanzel getreten, was einigermaßen lächerlich wirkte, weil nicht mehr als sieben Seniorinnen in den ansonsten verwaisten Bänken saßen und nun ihre Hälse zu ihm reckten. Hatte der Nachwuchstheologe nicht erst kürzlich in einer Kirchenvorstandssitzung damit geprahlt, wie er mit neuen Ideen und Formaten die Jugend für den Kirchgang begeistern wollte? Er faselte nun von Kreuzen, an denen Rosensträucher wuchsen, aber Benedikt hörte nicht richtig zu. Und da er kein Interesse hatte, seinem ungetreuen Schützling das Gefühl zu geben, er würde sich für dessen religiöse Elaborate interessieren, betrat er gar nicht erst das Mittelschiff, sondern begab sich gleich ins nördliche Seitenschiff, wo sich die Vogtei befand. Dort könnte er sich vermutlich unbemerkt hinter den Säulen am Andachtsgeschehen vorbeischleichen.

Auf halbem Wege hielt er inne. Nicht, weil Demuth vor der geöffneten Vogteitür harrte, sondern weil dunkelblondes Haar hinter ihm hervorlugte. Demuth sprach mit einer Frau, die ihm ganz nah gegenüberstand. Vorsichtig beschleunigte Benedikt seinen Schritt, um angesichts der schummrigen Beleuchtung erkennen zu können, mit wem der Kirchendiener dort in trauter Eintracht stand und offensichtlich flüsterte; dann machte sein Herz einen Sprung, als er erkannte, dass es Nicole war. Was hatte sie mit dem Küster zu schaffen? Demuth wandte sich um, als er Benedikt bemerkte, nickte ihm beiläufig zu und verschwand mit geschäftigem Gestikulieren in der Vogtei.

Verstört, ein bisschen ratlos, und doch mit einem wohligen Kribbeln im Oberbauch, näherte sich Benedikt der Frau, die er so sehr begehrte. Während die Stimme des Vikars knarzig aus den Lautsprechern ertönte und von der Rose als dem Symbol der Hoffnung für die Welt erzählte, widerstand er der Versuchung, Nicole in die Arme zu nehmen. Weil er nicht wollte, dass Demuth etwas mitbekam, blieb er ein wenig auf Distanz und suchte nach Worten, die er ihr zuflüstern konnte.

»Nicole. Du hier?« Zu einer ansprechenderen Formulierung reichte es angesichts seiner Verblüffung nicht.

»Benedikt. Wie schön!«

Da war wieder dieses Strahlen, diese Wärme, die sich sofort übertrug und Benedikts Haut ganz weich werden ließ.

»Du kennst Demuth?«

»Ja, nein …«

Nicole errötete, wirkte durcheinandergebracht, fing sich aber rasch wieder und wisperte: »Ach, ich vermisse ein schönes Halstuch seit ein paar Tagen. Und da dachte ich: Vielleicht habe ich es am Sonntag beim Gottesdienst hier liegen lassen. Na ja, und in einem Werbeblättchen, das heute im Briefkasten steckte, stand, dass es um neunzehn Uhr eine Abendandacht gibt. Und dann bin ich losgefahren, um vor meiner Kassentour durch die Tankstellen mal nachzufragen. Und natürlich …«, ganz offen lächelte sie ihn an, »natürlich habe ich gehofft, dich wenigstens für einen Augenblick zu sehen.«

Vorsichtig spähte sie zur Vogteitür, ob sie beobachtet wurden.

»Einen netten Mitarbeiter hast du da.«

»Danke«, antwortete Benedikt und merkte, dass seine Reaktion weder zu Nicoles Äußerungen noch zu seinen Empfindungen Demuth gegenüber passte.

»Ich muss, ich, ich muss dich sehen, ich will …«, stammelte er. Aus dem Flüstern war ein leises Flehen geworden.

Sie hob ihre rechte Hand, streckte den Zeigefinger langsam Benedikts Gesicht entgegen.

»Bald«, sagte sie, und schon fast im Gehen stupste sie ihn an der Nase.

Das hatte nie zuvor eine Frau bei ihm gemacht.

MITTWOCH, 1. APRIL

61

11.00 UHR

April, April! Silke hatte wohl witzig sein wollen. Vielleicht hielt sie die Funkstille zwischen ihnen, die nun schon seit Tagen vorherrschte, einfach nicht mehr aus. Natürlich hatte sich Benedikt erschreckt, als Silke zwei Minuten nach dem Klingeln an der Tür zu ihm an den Frühstückstisch gekommen war mit der Nachricht, eine berühmte Schauspielerin stehe im Hauseingang und wolle sich bei ihm zur Beichte anmelden. Ihre übertrieben fröhliche Auflösung des Scherzes hatte ihm nur ein müdes Lächeln abgerungen. Denn so leicht war das Zerwürfnis zwischen ihnen nicht zu kitten, und eine Trennung, die er trotz wachsender Zweifel noch vor einigen Wochen für sich ausgeschlossen hatte, kam ihm mittlerweile als denkbare Möglichkeit vor. Noch vor Kurzem hätte er die Schuld am Scheitern ihrer Ehe bei sich selbst gesucht. Inzwischen bedachte er aber auch Silkes seit Jahren anwachsende Unzufriedenheit und Nörgelei, und ihre Unverschämtheit, seinen Bruder Theodor mit der dämlichen Wunder-Nachricht zu ködern, würde er ihr wohl niemals verzeihen. Gab es da vielleicht sogar noch mehr Gründe für eine endgültige Lösung? Mehr als einmal hatte er sie bei verschlossener Tür lange telefonieren hören. Dass er selbst das eheliche Treueversprechen nicht nur mit einem Fehltritt, sondern auch mit intensiven Gefühlen für eine andere Frau gebrochen hatte, kam ihm nur ganz am Rande in den Sinn.

Durch die angelehnte Tür seiner Klause hörte er Silkes geräuschvollen Abgang: das Klappern der Absätze, das Rasseln des Schlüsselbunds, das dumpfe Geräusch beim Schließen der Haustür. Er hatte keine Ahnung, wohin sie aufbrach. Es war ihm auch egal. Noch einmal rief er auf seinem Rechner die ominöse Forumseite auf, druckte den mit G. Lindner gekennzeichneten Beitrag aus, damit er für den Fall der Fälle ein eindeutiges Indiz in den Händen hielt, und steckte das Blatt in seine Aktenmappe. Bilder fluteten sein Gehirn. Silkes hämisches Grinsen wurde abgelöst von Nicoles vielsagendem Blick am gestrigen Abend in der Kirche. Die weinenden Gesichter der Enkelinnen von der Trauerfeier verschmolzen mit dem Antlitz von Clara und ihren verweinten Augen bei der Beichte in der Sakristei. Er hegte väterliche Gefühle für das Mädchen, dem offenkundig ein pädophiler Verbrecher unendliches Leid zugefügt hatte. Und diese nie gekannte Wut stieg erneut mit unbändiger Macht in ihm auf. Zehn nach elf, sagten die Zeiger seiner Armbanduhr. Wenn schon kein Gott die rechte Zeit fand, um das Böse zu bestrafen, so war es nun für ihn an der Zeit, der Gerechtigkeit Genüge zu tun.

62

11.30 UHR

Menschenleer war die Bäumlerstraße, als er, den leichten Nieselregen ignorierend, sein Fahrrad an einem Metallzaun anschloss und die Aktenmappe vom Gepäckträger löste. Nur wenige Autos parkten am Straßenrand. Das kam Benedikt gerade recht, denn für seinen Besuch konnte er keine Zeugen brauchen. Er wusste nicht, ob die Mietshäuser hellhörig waren. Sollte es nun zum Äußersten kommen. Er fragte sich, ob er imstande wäre, noch einmal zu töten, und tief in seinem Inneren formte sich ein *Ja!*. Es war diese neue Stimme in ihm, die immer vertrauter klang.

Doch dann fiel ihm wieder ein, dass ihm noch nicht einmal die vollständige Beseitigung der ersten Leiche gelungen war. Demuth, den er nach der Begegnung mit Nicole noch einmal aufgefordert hatte, ihm umgehend den Krypta-Schlüssel auszuhändigen, war wieder eine Ausrede eingefallen. Wenn so einfache Aufgaben schon kaum lösbar für ihn waren, dann dürfte die Entsorgung eines Toten aus einer Mietshauswohnung ein noch schwierigeres Unterfangen sein. Allerdings: Waren das nicht Äußerlichkeiten? Hatten etwa die biblischen Propheten gezögert, wenn es galt, den Willen Gottes zu erfüllen? Hätten sie in ihrer Mission, himmlische Gerechtigkeit walten zu lassen, weltliches Recht gefürchtet? Den Kerker oder gar den Tod? Für Antonius war das alles nur Poesie. Aber damit, erkannte Benedikt nun, würde doch die ganze Bibel zu einem Märchenbuch. Natürlich wurden Himmel und Erde nicht in sieben Tagen erschaffen, und gewiss hatte keine Jungfrau den Christus zur Welt gebracht. Aber dass nun alles nur menschlicher Fantasie entsprungen sein sollte, darin mochte er seinem Mentor nicht folgen. Was war mit Gottes Willen, mit Gottes Stimme, die er lauter und lauter in sich raunen hörte?

Beim Überqueren der Straße überprüfte er mit suchendem Blick zunächst die Fenster im dritten Stock, die zur Wohnung der Familie Stern gehörten. Nichts deutete darauf hin, dass jemand zu Hause war. Andere Bewohner des Blocks hatten sogar die Rollläden heruntergelassen. Aber in der Erdgeschosswohnung, die ihn besonders interessierte, brannte in einem Zimmer grelles Licht.

Die Haustür war nur angelehnt. Vorsichtig trat er ein, nahm die drei Stufen zur ersten Ebene mit einem einzigen Schritt und drückte beherzt den Klingelknopf, der mit dem Namen *G. Lindner* beschildert war. Keine Reaktion. Er drückte noch einmal. Wieder nichts. Er ballte seine rechte Hand zur Faust und pochte energisch an die Tür.

»Moment, Moment, ich komme ja schon«, hörte er eine Stimme gedämpft von drinnen rufen.

Nur einen Spaltbreit öffnete sich die Tür, und ein unrasiertes, dabei aber erstaunlich weiches Männergesicht erschien. Hatte er eine Monsterfratze erwartet? Er rief sich ins Bewusstsein, dass es gemäß seinen Recherchen durchaus eher unauffällige, harmlos wirkende Individuen waren, die sich des Verbrechens der Kindesmisshandlung schuldig machten.

»Pastor Theves, guten Tag. Ich muss Sie dringend sprechen. Lassen Sie mich bitte rein!«

Benedikt ließ dem verdutzten Lindner keine Wahl, denn er hatte seine Worte mit zunehmendem Druck gegen die Tür verstärkt, sodass er nun bereits mit einem Bein im Flur der Wohnung stand. Lindner wich zurück und hob beschwichtigend die Hände.

»Herr Pastor, äh, Theves, ich … Was wollen Sie denn? Ich gehöre keiner Kirche an.«

»Wundert mich gar nicht«, antwortete Benedikt kurz angebunden und betrat die Wohnung. Ein muffiger Geruch, ein Gemisch aus ungewaschener Kleidung und Dosenmahlzeiten hing im Flur.

»Herr Lindner, ich muss Sie dringend sprechen«, wiederholte er.

»Schon gut, schon gut, kommen Sie, legen Sie ab.«

Der Mann wies auf einen Kleiderhaken, an dem bereits eine alte Strickjacke mit ausgeblichenem gezacktem Muster hing.

Benedikt winkte ab und schritt, an einer offenen Küchentür vorbei, in der ein Kochtopf – dem Geruch nach zu urteilen: Ravioli – blubberte, schnurstracks ins Wohnzimmer. Abgesehen davon, dass der Bewohner wohl zu selten lüftete, war es hier wider Erwarten gar nicht chaotisch und dreckig, sondern penibel aufgeräumt, und wenn man die zerschlissenen Bezüge der Polstermöbel übersah, beinahe gemütlich. In einem Holzrahmen auf der Anrichte entdeckte Benedikt eine Serie von quadratischen Fotos in gelbstichigen Kodakfarben, offensichtlich vor gut fünfzig Jahren mit einer der ersten Pocketkameras geschossen: ein dicklicher Junge mit buntem Ringelpullover am Fuße einer Spielplatzrutsche, derselbe Junge zwischen einem reizlos wirkenden Elternpaar in einem Garten, eine Impression von einem Handballspiel und ein Strandbild, vielleicht Rimini oder Benidorm.

Ohne auf seinen Gastgeber, der sich noch in der Küche zu schaffen machte, zu warten, ließ sich Benedikt in einen Sessel neben dem mit einer Fliesenlage bedeckten Couchtisch fallen und platzierte die Aktenmappe mit dem suspekten Inhalt auf seinem Schoß. Auf dem Tisch lag eine schwere Taschenlampe. Er nahm sie in die Hand, begutachtete sie nach Härte und Gewicht, entschied, dass sie im Notfall als Waffe tauglich wäre, und verbarg sie unterhalb der Sessellehne.

Als Lindner eintrat, trug er zu Benedikts Überraschung ein Tablett vor sich her, auf dem neben allerlei Steingutgeschirr eine Teekanne dampfte, und stellte es erstaunlich ruhig auf dem Tischchen ab.

»Möchten Sie?«, fragte er und platzierte einen grauen Becher, auf dem das Motiv einer Dampflok prangte, in Benedikts Nähe.

»Nein, danke. Ich möchte nichts.«

Lindner goss sich selbst ein, zupfte seinen abgetragenen Baumwollpullover zurecht, schien kurz zu überlegen, wohin er sich setzen sollte, und wählte dann die Couch. Er nahm sich etwas Kandis aus einer Zuckerdose, rührte seinen Tee um und wandte sich aufmerksam dem ungebetenen Gast zu.

»Herr Pastor, nun sagen Sie, was führt Sie zu mir?«

»Das fragen Sie wirklich?«, erwiderte Benedikt streng. »Ich sage nur einen Namen: Clara Stern.«

Lindner nickte bedächtig und legte seine ungewöhnlich schlanken Hände unter dem Kinn aneinander. »Ach, Clara. Das arme Kind.«

»Das kann man wohl sagen«, gab Benedikt spitz zurück. »Seit Monaten spricht sie kaum ein Wort, weint andauernd, kommt geradezu um in ihrer Verzweiflung. Darüber muss ich mit Ihnen sprechen.«

Lindner fixierte das Bildmotiv auf seinem Teebecher. »Das ist gut«, sagte er. »Gut, dass ich nicht der Einzige bin, der sich um Clara Sorgen macht.«

Benedikt spürte Wut in sich aufsteigen und tastete mit der Hand nach der großen Taschenlampe. Wenn es so weiterging, würde er nicht zögern, der Wahrheit mit ein paar Hieben auf die Sprünge zu helfen.

»Sorgen machen?«, herrschte er ihn an. »So nennen Sie das? Sie sind doch die Ursache für die Katastrophe. Sie und Ihre ..., wie soll ich sagen, Ihre Neigungen!«

»Was? Ich?« Lindners Oberkörper schoss nach vorn. »Ich habe nichts getan!«

Mit dieser Antwort hatte Benedikt gerechnet. Es war zu erwarten gewesen, dass der Übeltäter alles abstritt. »Leugnen Sie nur«, sagte er. Dann griff er nach seiner Mappe und hielt sie vielsagend in die Höhe. »Ich habe Beweise!«

»Beweise, wofür?«, fragte Lindner, nun zunehmend verunsichert.

Benedikt war sich sicher, dass sein Gegenüber die Überraschung nur spielte. Mit einem einzigen Ratsch riss er den Reißverschluss seiner Aktenmappe auf, holte den braunen Umschlag hervor und knallte ihn so heftig auf den Couchtisch, dass das Teegeschirr klapperte.

Lindner zuckte zusammen. »Ich ... ich verstehe nicht. Was soll das sein?«

Er nahm das Päckchen und drehte und wendete es hin und her. Dann entdeckte er das Logo mit den asiatischen Schriftzeichen, und sein eben noch verkrampfter Gesichtsausdruck entspannte sich.

»Aber da ist er ja! Und ich hatte mich schon gewundert, warum das so lange dauert. Aber was hat das mit Clara zu tun?«

»Das fragen Sie?« Benedikts sprang auf, beugte seinen Oberkörper zu Lindner und schrie jetzt beinahe: »Was Ihre Post mit Claras Schicksal zu tun hat!« Voller Verachtung hatte er das Wort Post geradezu ausgespuckt.

»Bitte!« Lindner wischte sich einen Speicheltropfen, den er von Benedikts Verbalattacke abbekommen hatte, von der Wange und legte dann seine Handflächen wie zum Gebet aneinander. »Bitte, hören Sie doch auf! Das muss ... das ist ein Missverständnis.«

»Ach«, versetzte Benedikt und stemmte seine Hände in die Hüften. »Eines von den tausend Missverständnissen? Von abertausend Kindern, die nicht verstehen wollen, was man ihnen aus Liebe antut? Petitemodel, sage ich nur.«

»Nein, nein! Bitte warten Sie! Lassen Sie mich das Päckchen öffnen. Dann werden Sie sehen.«

»Was denn sehen? Soll ich mir mit Ihnen Bilder von nackten Kindern angucken?«

»Nein, bitte! Das ist ja furchtbar, was Sie denken. Bitte, ich zeige es Ihnen.«

Tränen flossen über Lindners Wangen, sodass er Benedikt nun fast leidtat. Dennoch blieb er stehen, angespannt und angriffslustig.

Mit zitternden Fingern riss Lindner nun den Umschlag auf und zerrte umständlich einen Katalog hervor. Benedikt wollte sich abwenden, weil er Abscheuliches befürchtete, doch dann konnte er nicht anders und musste einfach hinsehen.

63

11.50 UHR

»Es hat sie immer beruhigt und getröstet«, erklärte Lindner.

Nachdem Benedikt endlich realisiert hatte, dass er auf der vollkommen falschen Fährte gewesen war, war er kraftlos in den Sessel zurückgesunken. *Petitemodel.corp* – das Umschlaglogo hatte noch einmal in großen Lettern auf der Titelseite eines hochwertigen Katalogs gestanden, der vielfach vergrößerte Fotos von Lokomotiven, Waggons, Schienen und Weichen einer außerordentlich kleinen Modellbaureihe zeigte, versehen mit Maßangaben und Bestellnummern, wie es in Händlerkatalogen nun einmal üblich ist. Wie Schuppen war es ihm von den Augen gefallen, als er sich erinnerte, dass ihm bei seiner Recherche der Name Gerhard Lindner in der Mitgliederliste eines Modellbauvereins aufgefallen war.

Erstaunlich schnell hatte sich der Mann, den er unangekündigt besucht und mit schweren Vorwürfen belastet hatte, wieder beruhigt. Es hätte Benedikt nicht gewundert, wenn sein unfreiwilliger Gastgeber, dem er derart unrecht getan hatte, ihn umgehend aus der Wohnung geworfen hätte. Lindner hätte auch guten Grund gehabt, die Polizei zu verständigen. Die Beamten hätten bestimmt ihren Spaß mit ihm gehabt, vermutete er und erinnerte sich an seinen verzweifelten Besuch auf der Wache vor ein paar Tagen.

Lindner aber hatte nichts dergleichen unternommen, sondern war einfach aufgestanden und hatte ihn gebeten, ihm über den Flur zu folgen. Am Ende des Flurs hatte er eine Tür zu einem weiteren Zimmer geöffnet, welches, den Pferdemotiven auf der Tapete zufolge, bei den Vormietern der Wohnung einmal ein Kinderzimmer gewesen sein musste.

Es wurde von LED-Leuchten erhellt; das war also das grelle Licht, das Benedikt von der Straße aus aufgefallen war. Auf einer großen Platte breitete sich eine faszinierende Welt von unglaublicher Winzigkeit aus, mit Häusern, Bahnhöfen und Bäumen, sogar mit menschlichen Figuren, die er mit dem bloßen Auge kaum erkennen konnte.

»T-Kapspur«, erklärte Lindner und wies mit ausladender Geste auf sein kleines, in mühevoller Feinarbeit geschaffenes Universum. »Maßstab eins zu vierhundertachtzig. Viel, viel kleiner als die bekannte H0 und noch nicht einmal halb so groß wie die Z-Serie von Märklin, die früher mal die kleinste Modellbauserie der Welt war. Wird nur in Japan hergestellt, nicht ganz billig, denn die Zahl der Freunde, die sich damit die Mühe machen, ist überschaubar.«

Drei Schienenkreise erstreckten sich über die mit einer künstlichen Moosauflage bedeckte Sperrholzplatte und überschnitten einander mehrmals aufgrund eines ausgeklügelten Weichensystems.

»Viel Arbeit«, sagte Lindner und wies auf einen kleinen Arbeitstisch, wo unter einer fest installierten Lupe winzige Scheren, Pinzetten und Zangen aufgereiht lagen. »Und das Einzige, das mir noch geblieben ist.«

Er legte die zartgliedrigen Hände aneinander, die nicht zu seinem sonst eher untersetzten Körperbau passen wollten.

»Technischer Zeichner war ich, und in meinen jungen Jahren ziemlich gefragt. Aber dann kam die Zeit der CAD-Programme, und dann haben studentische Praktikanten auf einmal meine ganze Wochenarbeit in einer Stunde erledigt. Ich hatte den Anschluss verpasst, war zu arrogant und bildete mir zu viel ein auf meine solide Handarbeit. Tja, und dann folgte die Arbeitslosigkeit, meine Ehe ging kaputt, und schließlich blieb mir nur noch die Grundsicherung. Hätte ich nicht ein paar Reserven vor den Behörden versteckt, wäre mir nicht einmal dieses Hobby vergönnt.«

Benedikt erinnerte sich, wie sehr er sich als Kind eine elektrische Eisenbahn gewünscht hatte. Onkel Karl hatte eine Anlage in der Garage gehabt und ihm manchmal erlaubt, an den Trafos zu drehen. *Lass mich mal wieder gesund werden,* hatte sein Vater damals gesagt, *dann fangen wir ganz klein damit an.* Mit seinem frühen Tod war auch dieser Traum gestorben.

Lindner bediente einen Regler und setzte einen winzigen, futuristisch anmutenden Schnellzug in Bewegung, der nun mit kaum vernehmbarem Rauschen über die Schienen glitt. Als hätte er Benedikts Gedanken gelesen, sagte er: »Ein Kindheitstraum. Und Kinder lieben so was. Auch Clara.«

Noch immer befangen wegen seiner hanebüchenen Verdächtigungen fragte Benedikt nun vorsichtig: »Wie war das denn mit Clara? Ich meine, das Schweigen, die besorgten Eltern, der Verdacht. Mein Gott, es tut mir alles furchtbar leid.«

»Ich kann's Ihnen nicht verübeln. Wenn ich mich selbst von außen betrachte: ein alleinstehender, arbeitsloser Kerl ohne soziale Kontakte, auf den ersten Blick wahrscheinlich nicht sonderlich sympathisch, da kommen einem schon solche Gedanken.«

Benedikt sah betreten zu Boden, aber Lindner fuhr unbeirrt fort: »Ach, Clara! Ich gebe ja zu, sie ist ein hübsches Mädchen. Und ich habe sie allen Ernstes gefragt, ob sie Lust hätte, sich mal meine Modelleisenbahn anzuschauen. Zuerst war sie misstrauisch. Aber eines Tages stand sie dann wortlos vor der Tür und ist reingekommen. Stundenlang konnte sie die fahrenden Züge beobachten. Und schauen Sie mal!«

Er wies auf ein kleines Gebäude neben dem Bahnhof im Vordergrund der Platte.

»Den kleinen Laden hat sie aus einer Vorlage ausgeschnitten und selbst bemalt.«

Benedikt beugte sich zu dem Häuschen hinab. Die Beschriftung des Ladenschilds war winzig, aber nun las er deutlich den Namen *Feinkost Stern* in fein säuberlich handgezeichneten blauen Lettern auf leuchtend gelbem Untergrund. Er erinnerte sich an die kalligrafisch feinen Buchstaben, mit denen Clara ihren Beichtwunsch zu Papier gebracht hatte.

»Stundenlang«, wiederholte Lindner. »Schweigend. Gebastelt haben wir, ausprobiert und einfach nur gestaunt und zugeschaut. Immer wieder, Woche für Woche. Ihre Eltern wussten nichts davon. Die hätten ihr das auch bestimmt nicht erlaubt. Und dann ist es passiert. Vorgestern. Auf einmal haben wir miteinander geredet.«

»Geredet?«, fragte Benedikt überrascht. »Aber sie konnte doch nicht …, ich meine, ich hab's ja auch versucht, und wenn überhaupt, dann hat sie nur gestammelt.«

»Ich weiß, was Sie meinen. Sie fing ganz zaghaft an. Aber dann, als sie ganz vertieft war in den ruhigen Kreislauf der Modellbahnwelt – schauen Sie mal: die Dampflok da am Rammbock ist ihr absoluter Liebling –, sprach sie ganze Sätze, und Schritt für Schritt hat sie mir ihr ganzes Leiden offenbart.«

»Ihr ganzes Leiden!«, echote Benedikt. Kaum hatte er sich von seinem Ausbruch, der an die falsche Adresse gerichtet gewesen war, erholt, da spürte er schon wieder, wie die Wut in ihm aufkeimte. »Heißt das, Sie kennen den Kinderschänder?«

Gerhard Lindner blieb ruhig. »Ach, wissen Sie, Kinderschänder ist vielleicht nicht das richtige Wort. Einen Hauptübeltäter gibt es durchaus, aber da ist nichts Sexuelles, jedenfalls nicht in der Weise, wie Sie vermuten.«

Benedikt wollte protestieren und atmete heftig, doch Lindner hob beschwichtigend die Hand.

»Ich hatte auch zuerst an so was gedacht. Die Fernsehbeiträge, diesen Artikel, den ich gelesen habe: *Wenn es Kindern die Sprache verschlägt*. Aber das Problem, mit dem Clara zu kämpfen hat, heißt schlicht und einfach Mobbing.«

»Mobbing?« Benedikt legte schnell die Hand vor den Mund, weil es ihm peinlich war, dass er schon wieder die Worte Lindners wiederholte.

»Ja, so muss man es wohl nennen. Also, Clara ist anders, sehr besonders. Nachdenklich, künstlerisch begabt. Das kommt nicht überall gut an. Wenn sich die Mädchen in ihrer Klasse über ihre Handys mit den Kosmetiktipps von Internet-Stars beugen und darüber stundenlang kichern und diskutieren, beteiligt sie sich nie. Da gab es zwar mal eine, die hätte ihre Freundin werden können. Clara hat von ihr ein Porträt, so eine Federzeichnung, angefertigt.

Aber das Bild war wohl ein bisschen düster ausgefallen, daraufhin hat sich das andere Mädchen zurückgezogen.«

»Und was ist mit den Jungs?«

»Alles noch viel schlimmer! Da grassieren im Netz so Filmchen mit einer blassen, schwarzhaarigen Pornodarstellerin, die Clara ein bisschen ähnlich sieht, auch wenn die Frau in den Filmen schon Mitte zwanzig sein dürfte. Mitten in den Schulstunden haben sie ihr Nachrichten mit Videoanhängen zugeschickt. Einen Filmausschnitt, in dem das Sexsternchen von drei in Leder gekleideten Männern zugleich bedient wurde. Darunter stand der Kommentar: *Das ist es also, worauf du stehst.* Das große Problem ist: Im Gegensatz zu manchen Frühreifen in ihrem Jahrgang ist Clara immer noch sehr kindlich. Diese Anspielungen und Schweinereien kann sie nicht verarbeiten.«

»Also doch etwas Sexuelles.« Benedikt musste seinen Verdacht zwar korrigieren, wähnte sich aber noch auf der richtigen Spur.

»Nur vordergründig. Das Schlimmste ist nicht das Verhalten der Mitschüler, sondern der Klassenlehrer, der die fiesen Spielchen ignoriert, wahrscheinlich sogar deckt.«

»Was? Wie denn das?«, fragte Benedikt verdutzt.

»Ich verstehe es auch nicht ganz. Der Mann ist auch der Mathelehrer der Klasse. Clara ist trotz ihrer Schüchternheit in den meisten Fächern eine gute Schülerin. Aber sie hat es nicht so mit Zahlen und Formeln. Und dieser Lehrer kapiert das nicht, denkt, dass sie eingebildet und unwillig ist. Er führt sich so auf, als wäre Claras Unverständnis ein Affront gegen seine pädagogischen Fähigkeiten. Und einmal hat er sie, obwohl sie schon Tränen in den Augen hatte, nach vorn an die Tafel geholt, um eine komplizierte Gleichung aufzulösen. Und die ganze Klasse hat sie ausgelacht, während sie minutenlang belämmert auf die Variablen gestarrt hat. Und dann hat der Mathelehrer ihr das Kreidestück aus der Hand gerissen, ein paar Umstellungen aufgezeichnet und sie angeblafft: *Da! $x = 6$.*«

»Wie furchtbar!« Benedikt knetete seine Hände durch, die sich wie von allein immer wieder zu Fäusten ballten.

»Furchtbar, sagen Sie? Warten Sie ab. Es geht noch weiter. Denn danach hat er ein Auge zugekniffen und mit schiefem Grinsen gesagt: *Sechs! Ich hatte bei dir immer den Eindruck, du verstehst was von Sex.* Da haben die Mitschüler gejohlt vor Vergnügen! Ich kann nicht beweisen, ob er etwas von den Sauereien der Jungs in der Klasse weiß. Aber das ist doch krank! Und damit noch nicht genug: Weil er den Beifall der Schüler wohl genoss, hat er auf sein blödes Wortspiel – oder Zahlenspiel, wenn Sie wollen – noch eins draufgesetzt. *Setzen! Sechs!*, hat er sie angebrüllt. Und ein besonders eifriger Blödmann aus der letzten Bank hat angefangen zu skandieren: *Setzen! Sex! Setzen! Sex!* Und ein paar andere Schüler haben mitgemacht und die Schlachtrufe mit wildem Getrommel unterstützt.«

»Dieses Arschloch!«, entfuhr es Benedikt. Er konnte gar nicht mehr aufhören, den Kopf zu schütteln.

»Kann man wohl sagen«, beteuerte Lindner. »Clara ist dann – ohne Jacke, ohne alles – aus der Klasse gelaufen und tagelang nicht wiedergekommen. Und danach hat sie ...«

»... kein Wort mehr gesagt«, vervollständigte Benedikt den Satz. Nachdenklich starrte er auf die Modellbahnplatte, gegen die er sich während Lindners erschütterndem Bericht gelehnt hatte. Ein Hauch von Fahrtwind streifte die Härchen seiner linken Hand, als der filigrane Hochgeschwindigkeitszug den winzigen Bahnhof passierte. Kaum spürbar, und doch wuchs dieser Hauch in ihm zur Impulsstärke an. Wurde nicht das Wirken des göttlichen Geistes wie ein zartes Lüftchen umschrieben? Als sich Elia in der Höhle versteckte, fand er Gott weder im Sturm noch in der Feuersbrunst, noch im donnernden Erdbeben, sondern in einem sanften Sausen. Elia, der im Auftrag des Herrn getötet hatte.

In Gerhard Lindner hatte sich Benedikt getäuscht, keine Frage, und doch fühlte er sich wieder und immer noch dazu berufen, das Böse im Menschengeschlecht zu ahnden und zu rächen. Wenigstens da, wo es ihm durch das Amt der Beichte und die Vollmacht, zu binden und zu lösen, doch wohl aufgetragen war.

»Den kauf ich mir. Wie heißt der Kerl?«

»Dr. Schuster. Merve-Gymnasium. Viel Glück!«

Als sich Benedikt wenig später mit Handschlag von Gerhard Lindner verabschiedete, hatte er das Gefühl, als hätte er binnen einer Stunde anstatt eines vermeintlichen Feindes einen gleichgesinnten Kampfgefährten gewonnen. Der Eisenbahnfreund war jedoch zu schwach, um sich der Sache anzunehmen. Aber ein Funkeln in Lindners Blick ließ ihn glauben, dass er ihn decken und nicht verraten würde, falls es zum Äußersten käme.

Noch einmal blickte sich Benedikt um, als er die Bäumlerstraße wieder überquerte. Das grelle Licht in Lindners Fenster war erloschen. Doch in der Wohnung im dritten Stock sah er, wenn auch undeutlich aufgrund der Spiegelungen, ein Gesicht im Küchenfenster, umspielt von schwarzen Haaren. Es kam ihm vor, als hätte das Gesicht ihm zugelächelt.

64
14.30 UHR

Dieses Pochen, das nicht einfach nur ein Herzschlag war. Dieser Druck im Kopf, als explodierten sekündlich tausend Neuronen. Diese steilen Wellen, diese rasende Amplitude der Stimmungen. Mal der kleine, fast noch kindlich schwache Benedikt, mal der Prophet in göttlicher Mission. Mal Loser, mal Erlöser. Und in jeder dieser Varianten offenbarte sich für den Moment sein wahres Ich. Erklärungen dafür fand er keine.

Nach dem zunächst verwirrenden, dann aber doch auch ermutigenden Besuch bei Gerhard Lindner waren Benedikts Energiereserven wieder aufgefüllt. Er musste seine momentane Stärke nutzen, um den Fall zu einem guten – oder je nach theologischer Perspektive: bösen? – Abschluss zu bringen. Trotzdem hatte er dem Drang widerstanden, den Lehrer sofort zu konfrontieren. Denn wie hätte er das anstellen sollen? Noch einmal beherzt das Überraschungsmoment eines unfreiwilligen Gastgebers ausnutzen, sich Zugang verschaffen und dann darauf hoffen, dass er im Notfall etwas fand, was als Waffe taugte? Mord war einerseits vielleicht nicht die richtige Option. Andererseits stand ihm nach einem schlichten klärenden Gespräch nicht der Sinn. Nein, mindestens zu Tode erschrecken sollte sich der Übeltäter. Und falls er dabei vor lauter Panik starb, würde Benedikt es in Kauf nehmen. *Mein Gott,* blitzte es in ihm auf, *was ist nur aus mir geworden?*

Er brauchte eine wirksame Strategie, um Schuster eine Lehre zu erteilen, die dieser bis an sein Lebensende nicht vergessen würde. Also hatte er nach seinem Besuch in der Bäumlerstraße beschlossen, für ein paar Stunden in die heimische Klause zurückzukehren. Dort hatte er seinen Rachefantasien zunächst einmal in der Theorie freien Lauf gelassen, um dann eine aussichtsreiche Maßnahme einzuleiten.

An seinem Schreibtisch angekommen, rief er zunächst den Hausanschluss von Familie Stern an. Als sich nur die Mailbox meldete, begnügte er sich mit der Kurzfassung eines Berichts. Es lag ihm am Herzen, dem besorgten Ehepaar mitzuteilen, dass der Verdacht gegen den Bewohner im Erdgeschoss völlig unbegründet war und dass man einem der wenigen von Claras Vertrauten unrecht getan hätte. Er bleibe aber weiter dran, versicherte er, um die Ursache von Claras Leiden aufzudecken, und werde sich bald wieder melden.

Und mit dem »Dranbleiben« wartete er nicht lange. Zunächst durchforstete er seine Erinnerungen an die Krimis, die er in schlaflosen Nächten gelesen hatte. Doch sosehr er sich auch anstrengte, er fand nichts Passendes für sein Vorhaben in der Welt der literarischen Rächer. Plötzlich schoss ihm der Gedanke an den »Geist« in den Sinn, an jenen gewieften Einbrecher, der vor einigen Jahren die Bewohner des Stadtteils am See, wo auch Schuster lebte, in Angst und Schrecken versetzt hatte. Diese Unsichtbarkeit und Unhörbarkeit, die »der Geist« sowohl einer klugen Planung als auch seiner enormen Geschicklichkeit verdankte, hatte ihm den Beinamen eingebracht. Konnte er vielleicht den Spuren dieses Mannes folgen, um Gerechtigkeit walten zu lassen?

Benedikt fuhr seinen Rechner hoch und recherchierte: Die Ergebnisse waren eher mager, doch immerhin konnte er auf ein paar Zeitungsartikel zurückgreifen. Ein Beitrag im *Alsberger Anzeiger* erwähnte, dass »der Geist« einen Kuhfuß benutzt und sich in den meisten Fällen Zugang durch ungesicherte Terrassentüren verschafft hatte. *Aus ermittlungstaktischen Gründen möchte die Polizei keine Angaben zu den Details der Einbruchsmethode machen,* lautete der letzte Satz des Artikels.

Ein weiterer Artikel, der ein paar Monate später veröffentlicht worden war, trug den Titel: *Der Geist wurde eingefangen.* Ein Foto, das den journalistischen Text illustrierte, zeigte einen eher unauffälligen Mann in Handschellen, dessen Gesicht mit einem schwarzen Balken unkenntlich gemacht wurde. Etwas unscharf im Hintergrund war ein weiterer Mann zu sehen, der den Festgenommenen – laut Bildunterschrift handelte es sich um einen gewissen Heiner F. – streng anblickte. Benedikt erkannte, dass es sich dabei um Hauptkommissar Wilmers handelte. Ihm wurde ein wenig blümerant, als er sich an die Begegnung mit dem Beamten erinnerte. Dann aber machte er sich bewusst, dass es ja Wilmers gewesen war, der ihm mit seiner Geschichte über einen betrunkenen Autofahrer verdeutlicht hatte, dass etwas Böses durchaus dem Guten dienen konnte. Und dann war da noch seine sterbenskranke Frau gewesen. Was hatte Wilmers gesagt? Wann sollte sie in einer Sterbeklinik in der Schweiz ihre Erlösung finden? Ach, das Leben war voller Ambivalenzen.

65

16.35 UHR

Nichts mehr zu sehen, dachte Christian von Wagner enttäuscht und reckte seinen Hals, um die verdächtige Stelle besser zu begutachten. Er ging einen Schritt zur Seite und betrachtete nun die linke Gesichtshälfte des Petrus, als könnte es einen vernünftigen Grund dafür geben, dass das Blutmal über Nacht von einem Auge zum anderen gewechselt hätte. »Nichts mehr zu sehen«, sagte er nun laut.

»Da ist nichts und da war nichts«, kommentierte Demuth, der gerade hinter ihm einen Schubwagen voller Klappstühle durch die Vierung wuchtete. »Wie in diesem Schlager mit dem Schottenrock«, ergänzte er mit einem Seufzer. »Ist auch besser so.«

Der Vikar fragte sich, ob es wahrscheinlich war, dass der tränenförmige Fleck, ob er nun aus Blut oder aus Vogelkot bestanden hatte, einfach so verschwunden war. Der Spruch des Küsters ließ jedenfalls vermuten, dass dieser sich schlicht eines Putzschwamms bedient hatte, um das bemerkenswerte Zeichen aus der Welt zu schaffen. Falls dem so war, musste Demuth äußerst behutsam vorgegangen sein, denn an der entsprechenden Stelle zwischen dem rechten Auge und dem Nasenflügel der Heiligengestalt war kein Farbabrieb auszumachen.

»Christian! Kommen Sie jetzt endlich?«, tönte ein Ruf aus dem nördlichen Seitenschiff.

Magdalena Kursow hatte ihn zum Vorbereitungstreffen für das Feierabendmahl, das sie am Gründonnerstag gemeinsam zelebrieren würden, in die Kirche beordert. Als der Vikar nun flinken Schritts auf die große Abendmahlstafel zuging, die Demuth im breiten Gang des Nordschiffs aus geliehenen Bierzelttischen aufgebaut hatte, hörte er, wie sie den Küster anmeckerte.

»Alles krumm und schief. So geht das nicht! Und die Tischdecken müssen bis morgen ordentlich gebügelt werden.«

Auch von Wagner fand, dass die halb fertige Tafel erbärmlich aussah. Die Tische vom Verleih gehörten offensichtlich verschiedenen Serien an, sodass an mehreren Stellen die Kanten überstanden, und zudem waren wohl auch die Klappmechaniken der Metallgestelle ausgeleiert.

»Immer soll alles billig sein«, motzte Demuth und bugsierte geräuschvoll einzelne Klappstühle vom Wagen. »Und dann ist am Ende alles nicht gut genug.«

»Da sind Sie ja endlich, Christian«, rief die Superintendentin, die offenbar keine Lust mehr auf eine weitere Auseinandersetzung mit dem bockigen Küster hatte.

»Na, haben Sie sich etwas Schönes für morgen Abend überlegt?«

»Ich denke schon«, antwortete er kleinlaut und schob verlegen seine Haartolle zurecht.

Zwei Tage zuvor hatte die Kursow ihn abblitzen lassen. Per Handy hatte er ihr den Entwurf eines Fotoplakats zugeschickt. Mit Selbstauslöser hatte er sich im Talar an einem Tisch sitzend abgelichtet, mit zum Segen ausgebreiteten Armen. *Alle an einen Tisch,* so lautete die Botschaft, die er mit einem Grafikprogramm darunter montiert hatte. Die prompte Antwort der Superintendentin war ein grußloses *Kommt überhaupt nicht infrage!* gewesen.

»Also«, begann er zögerlich, »was halten Sie davon, wenn …«

»Kann mal jemand mit anfassen«, blökte Demuth, der sich nun wieder mit den klapprigen Tischen abmühte.

»Schluss jetzt!«, befahl Magdalena Kursow. »Das ist Ihr Job! Und wir kümmern uns um die Inhalte. Christian, fahren Sie fort!«

»Also, wenn wir jedem Gottesdienstbesucher ein Zeichenblatt und Buntstifte hinlegen, und jeder soll sein Lieblingsessen malen. Einen Apfel, ein Brötchen und so weiter. Und wir fertigen eine Collage daraus, gestalten praktisch eine Tafel zur Tafel.«

Angewidert schüttelte die Superintendentin den Kopf. »Was ist bloß los mit Ihnen, Herr von Wagner? Wir begehen die Einsetzung des Abendmahls und nicht das Erntedankfest!«

Der Vikar stützte sich auf die Lehne eines Stuhls und sah betreten zu Boden, und zwar nicht nur, weil Magdalena Kursow seine so liebevoll durchdachte Idee einfach abgeschmettert hatte. Erstmals war sie vom vertraulichen Christian zu Herr von Wagner zurück gewechselt. Er musste sich etwas einfallen lassen, um sie wieder für sich zu gewinnen. Wie wäre es, wenn er den Namen ins Spiel brachte, auf den seine Vorgesetzte nicht so gut zu sprechen war.

»Ach, ich wundere mich ja selbst, warum ich den Schatz, der in mir ruht, nicht bergen kann.« Mit ein wenig Pressen versuchte er, Tränen hervorzurufen, doch das wollte ihm nicht recht gelingen. Immerhin schaffte er es, nun einen weinerlichen Ton anzuschlagen, der in kirchlichen Kreisen meistens honoriert wurde.

»Der Pastoralpsychologe im Predigerseminar hat gesagt, ich hätte ein großes Trauma mit ambivalenten Vätern, mit Vaterfiguren, die meine Leistungen nicht anerkennen. Und immer wieder ...« Gekonnt baute er ein dezentes Schluchzen ein. »Immer wieder suche ich mir solche Väter. Ich meine, ich wurde Theves ja nicht zugeteilt. Beim Gruppentreffen mit den potenziellen Mentoren habe ich mich für ihn und St. Petri in Alsberg entschieden. Irgendetwas habe ich in ihm gesehen, irgendetwas bei ihm gesucht. Und nun?«

»Nun hat er Sie enttäuscht.«

Mitfühlend nahm die Superintendentin seinen Arm, führte ihn ins Mittelschiff zur ersten Bank und hieß ihn dort Platz nehmen, während Demuth weiter mit den Bierzeltmöbeln rumpelte. Sie setzte sich neben den jungen Mann, dessen Augen nun gerötet waren, entspannte sich und hörte zu.

»Nichts kann ich ihm recht machen«, sagte von Wagner und schniefte. »Alles findet er blöd. Aber das ist es nicht allein. Am Anfang hat er wenigstens noch mit mir gesprochen. Jetzt ignoriert er mich schon seit Wochen. *Keine Zeit, keine Zeit.*«

Mit Bedacht wählte er nun auch die förmliche Anrede. »Frau Kursow, ich mag das eigentlich gar nicht sagen, aber ich hatte schon überlegt, meinen Vorgesetzten bei Ihnen wegen Mobbings anzuzeigen.«

Die Superintendentin riss die Augen auf. »Im Ernst? So schlimm?«

»Ach, ich weiß nicht. Irgendetwas stimmt nicht mit ihm. Er brütet etwas aus. Keine Ahnung. Erinnern Sie sich noch, wie er uns alle angebrüllt hat wegen der Sache da.« Er wies auf die Petrusskulptur, von der sie nur wenige Meter entfernt Platz genommen hatten.

»Das hat mich auch sehr verwundert. Ich hatte auch den Eindruck, dass er sich verrennt. Und ja, er ist schwer einzuschätzen. Manchmal agiert er defensiv, geradezu verbittert, und dann haut er wieder auf die Pauke. Stellen Sie sich vor: Dieser Schmierfink von der Presse hat seine letzte Predigt gelobt.«

»Habe ich gelesen«, erwiderte von Wagner tonlos.

»Mir gefällt das alles ganz und gar nicht«, sagte Magdalena Kursow resolut und klopfte bestätigend mit der Faust auf die hölzerne Sitzfläche zwischen ihnen. »Ich werde ihn wohl überprüfen müssen.«

»Das wäre eine gute Maßnahme«, pflichtete er ihr bei. »Ich helfe Ihnen.«

Die Superintendentin kommentierte das Angebot nicht, sondern starrte versonnen auf die Petrusskulptur von Marius Diepholz.

»Vielleicht ein Dienstvergehen? Der Mann hat eine Leiche im Keller.«

»Apropos Keller«, wandte er eifrig ein. »Soll ich Demuth bitten, den schönen Fürbittenbaum aus der Krypta zu holen? Das wäre doch vielleicht etwas für morgen Abend.«

Magdalena Kursow berührte besänftigend seine Hand und signalisierte damit zugleich, dass das Gespräch nun beendet war.

GRÜNDONNERSTAG, 2. APRIL

66

1.40 UHR

Bereits seit zwei Stunden saß er vermummt am Lenkrad des Wagens, den er strategisch günstig mit Blick auf den kleinen weißen Bungalow und zugleich weit genug entfernt von der nächsten Straßenlaterne geparkt hatte, sodass er kaum jemandem auffallen würde. Nicht ein einziges Fahrzeug war vorbeigefahren, und in den Nachbargebäuden war kein Licht zu sehen. Es war schließlich Ferienzeit, was besonders für die Lehrer galt. Benedikt musste sich oft das Gejammer von Pädagogen anhören. So viel Arbeit, angeblich, so undankbar, und so wenig freie Zeit. Dennoch waren die meisten von ihnen, egal, ob nach den Frühjahrs-, Sommer-, Herbst- oder Weihnachtsferien, immer gut erholt und braun gebrannt ins Alltagsleben zurückgekehrt.

Lindner hatte Benedikt kurz vor dem Abschied noch gesteckt, dass Schuster in einem kleinen, flachen Haus in einer Sackgasse beim See wohnte, in der Nähe von Nicole. Und laut Claras Aussagen war der Klassenlehrer geschieden und lebte seit geraumer Zeit allein. Schuster. *Dr. Schuster.* Auf die Nennung des akademischen Titels war der Lehrer offenbar sehr erpicht, wie auch das emaillierte Schild am Gartentor belegte. Den Doktor würde er schon aus ihm rausprügeln. Eine halbe Stunde zuvor war das letzte Licht im Gebäude erloschen. Die Zeit der Rache war gekommen.

Ein letztes Mal ging er seinen Plan durch, wog Für und Wider ab, dachte an Clara, an Lindner, an Nicole, an Wilmers. Im Geiste sah er den Polizisten und seine sterbenskranke Ehefrau im Bett einer Züricher Pension nebeneinanderliegen, wissend, dass es ihre letzte gemeinsame Nacht sein würde. Dies schien eine schicksalhafte Nacht zu werden.

Er rückte die Skimaske zurecht, die auf seiner Gesichtshaut spannte und juckte. In einem Karton in der Garage hatte er das schwarze Ding wiedergefunden, ein Relikt aus der Zeit, als Silke noch versucht hatte, ihn zu den sportlichen Aktivitäten der Reichen und Schönen zu animieren. Wie lächerlich er sich doch auf der Anfängerpiste in den Bergen von Kitzbühel vorgekommen war!

Und auch der dunkelgraue Skipullover aus demselben Karton hatte sich für seine Camouflage als nützlich erwiesen.

Mit dem schweren Brecheisen in der Hand, einem Fund aus seiner Werkzeugkammer, von dessen Existenz er bis zum heutigen Tag nichts gewusst hatte, setzte er sich in Bewegung. Beinahe lautlos schloss er die Wagentür. Das Gartentor zu Schusters Grundstück ließ sich mühelos öffnen, und mit dem festen Willen, mindestens so geschickt wie »der Geist« zu agieren, umschlich er geduckt den Bungalow, bis er auf den Steinplatten der Terrasse angekommen war. Ein paar Gartenmöbel und ein kleiner Grill standen dort mit grünen Planen abgedeckt. Das Licht der zunehmenden Mondsichel spiegelte sich im See, der in der Ferne, hügelabwärts, glänzte.

Vorsichtig hantierte er mit dem Werkzeug am unteren Rand der großen Glastür, in der Hoffnung, einen brauchbaren Ansatz zum Aushebeln der Sperrung zu finden. Zu seiner Überraschung glitt die Tür bereits auf, als er nur ganz leichten Druck anwendete. Sie war offenbar nur angelehnt gewesen. Wie leichtsinnig von Schuster. Und wie gut für Benedikt, dessen Besuch nun möglicherweise keine nachvollziehbaren Spuren hinterließ.

Er kramte das Handy aus seiner Hosentasche. Seinen linken Lederhandschuh musste er abstreifen, um auf dem Display die Taschenlampenfunktion einzuschalten. Mit dem Brecheisen in der rechten Hand und dem Handy, das ihm den Weg ausleuchtete, in der linken, schlich er durch das geräumige, mit lackierten Terrakottafliesen ausgelegte Wohnzimmer. Schusters Schlafzimmer vermutete er hinter der Tür am Ende des Flurs, der sich an eine offene, opulent und teuer wirkende Küchenzeile anschloss. Denn dort hinten war, sofern ihn seine Orientierung vom Beobachtungsposten draußen nicht getäuscht hatte, zuletzt das Licht erloschen. Federnden Schrittes an der Tür angekommen, schaltete er die Handyleuchte aus, streifte den Handschuh wieder über und wartete einen Moment, bis sich seine Augen an die Dunkelheit gewöhnt hatten. Dann drückte er die Klinke mit äußerster Vorsicht und öffnete völlig geräuschlos die Tür. Die Vorhänge waren nicht geschlossen, sodass er mithilfe des Mondlichts die Umrisse des Bettes in der Mitte und die Schemen einer Wölbung darüber erkannte.

Entsetzt wich Benedikt zurück, als ihm ein ohrenbetäubendes Knurren wie von einem angriffslustigen Raubtier entgegendröhnte. Zitternd drückte er sich gegen den Rahmen der immer noch geöffneten Schlafzimmertür. Nur Sekunden später war das gefährliche Knurren in ein säuselndes Schnorcheln übergegangen, und Benedikt verstand, dass sich kein bärenartiges Ungeheuer auf ihn stürzen würde, sondern dass der Mathelehrer wohl an Schlafapnoe litt und nach längerem Atemstillstand mit ohrenbetäubendem Krach nach Luft gejapst hatte. Ein beständiges Schnarchen gab Benedikt dann Gewissheit, dass sein Opfer nicht aufgewacht war.

Mit Bedacht setzte er nun Schritt um Schritt auf dem Laminat, bis er den Nachttisch am Kopfende des Bettes erreichte. Mit vorgehaltener Brechstange beugte er sich über den schütter behaarten Kopf, der unter der Bettdecke hervorlugte, bis ihm ein leicht fauliger Atem in die Nase stieg. Angewidert drehte er den Kopf zur Seite, um einmal tief einzuatmen und sich dann ganz langsam dem rechten Ohr des Schlafenden zu nähern.

»Du elender Dreckspädagoge«, flüsterte er tonlos. Es kam ihm gelegen, dass die Konsonanten durch den Stoff seiner Maske fremd und vernuschelt klangen. Im Halbdunkel konnte er nur ahnen, wie sich die Augäpfel des Lehrers träge unter den geschlossenen Lidern bewegten. Schusters Atemfrequenz beschleunigte sich merklich. Vermutlich hatte er die Einflüsterung in einen Traum eingebaut, was ihn zwar beunruhigte, aber nicht aufwachen ließ.

»Dir werde ich's zeigen, du Mistkerl«, fuhr Benedikt fort. Schuster schreckte hoch, wollte offensichtlich schreien, aber es drang nur ein klägliches Grunzen aus seiner Kehle. Plötzlich schoss sein rechter Arm unter der Bettdecke hervor, wohl um den Schalter der Nachttischlampe zu erreichen, doch der Impuls versiegte sofort, als er mit seinem Unterarm gegen die Brechstange schlug, die Benedikt mit festem Griff vor sich ausgestreckt hatte. Nach dem dumpfen Schlag von Haut und Knochen auf Metall umfasste der zutiefst verängstigte Mann nun mit der anderen Hand seinen verletzten Arm und jammerte vor Schmerz. Benedikt holte aus und reckte das schwere Eisen drohend in die Höhe. Diese Wut war wieder da, so groß und übermächtig, dass er nicht mehr wusste, ob er selbst es war, der seine Hand zum finalen Schlag führte.

»Nein, bitte!«, wimmerte die Stimme aus dem Bett.

Es klang nach Todesangst.

»Wollen Sie Geld? Ich kann ...«

»Setzen, sechs!«, brüllte Benedikt. Noch immer hielt er die Brechstange am ausgestreckten Arm und konnte sich gerade noch zurückhalten, mit aller Wucht den Schädel des Mannes, der Clara so gedemütigt hatte, zu zertrümmern.

»Wer ... wer sind Sie?«

»Ich bin der Racheengel des Klarissenordens.« Benedikt lockerte den Griff und verlegte die Drohung in seine Stimme, wobei er darauf achtete, ein wenig knarzig und künstlich zu klingen, damit Schuster ihn nicht eines Tages an der Stimme wiedererkennen würde. »Sie haben sich der schweren seelischen Misshandlung eines zwölfjährigen Mädchens schuldig gemacht. Und jetzt heißt es Buße tun.«

Der Mann im Bett zuckte noch einmal zusammen. Hatte er schon begriffen, worauf sein Peiniger anspielte?

»Ja! Ja!«, japste Schuster in panischem Eifer. »Was ... was soll ich machen?«

»Abgrundtief schämen wäre ein Anfang. Dann das Mädchen rehabilitieren. Sie auf Knien um Verzeihung bitten. Auf den Knien!« Zur Bekräftigung schlug er dreimal mit der Brechstange gegen den Bettpfosten. Allmählich empfand er Lust daran, seinen umfangreichen Bußkatalog zu entfalten. »Die mitschuldigen Schüler drastisch bestrafen und ihre Schweinereien öffentlich machen.«

»Okay, okay, ich tu ja, was Sie sagen.« Schuster verschränkte die Hände schützend vor seinem Gesicht.

Er schien zu befürchten, die nächsten Schläge könnten nicht nur dem Bettpfosten gelten.

»Doch damit nicht genug, spricht der Herr«, fuhr Benedikt im Tonfall eines Racheengels fort und hob noch einmal drohend das schwere Eisen in die Höhe. »Die volle Punktzahl in der nächsten Matheklausur soll mir zum Zeichen dienen. Geschieht das nicht, dann komme ich wieder. Und meine Rache wird dein Geschlecht auslöschen bis ins letzte Glied.«

Er nahm die Brechstange nun in beide Hände und führte sie ganz langsam in die Richtung, wo er unter der Bettdecke Schusters Unterleib vermutete.

Der Lehrer bibberte vor Angst.

Benedikt holte aus – und besann sich dann doch eines Besseren. Er schlug noch einmal mit solcher Wucht gegen den Bettpfosten, dass das Gestell auseinanderbrach und Schuster mit markerschütterndem Geschrei samt Lattenrost und Matratze zu Boden stürzte. Und dann nutzte er die Schrecksekunde und verschwand so flink und leise, wie er gekommen war. Die Terrassentür ließ er offen stehen, hetzte durch den Vorgarten zu seinem Wagen und fuhr davon. Den Mann im Jogginganzug, der seine Flucht aus einem sicheren Versteck hinter einem Wohnmobil beobachtet hatte, bemerkte er nicht.

67

11.20 UHR

Das Kreuz ist die Wahrheit. Und die Wahrheit ist unser Kreuz.
Rasch notierte Benedikt die Formulierung auf einen kleinen gelben Zettel. Sosehr ihn auch wichtigere Missionen beschäftigten, seine eher bodenständigen pastoralen Dienstpflichten durfte er nicht völlig vernachlässigen. Und dazu gehörten nun einmal zwei Predigten, eine zur Sterbestunde Jesu am Karfreitag und eine für den Ostersonntag. Er erinnerte sich an die Geschichte von der Verleugnung. Dreimal hatte man Petrus gefragt, ob er zum Gefolge des aufrührerischen Rabbis gehörte. Dreimal hatte er geantwortet, dass er diesen Mann nicht kennen würde. Und im Johannesevangelium bekannte sich Jesus kurz vor seiner Verurteilung zur Wahrheit; woraufhin Pontius Pilatus sinnierte: *Was ist Wahrheit?*

Nie zuvor hatte Benedikt die Begriffe Wahrheit und Tod so eng zusammen gedacht wie in diesen Tagen. Wahrheit war ihm zumeist als etwas Hehres und Schönes erschienen. Bei einem Philosophen hatte er einmal gelesen, dass die Wahrheit nichts Unumstößliches sei, sondern eine besondere Sichtweise, die Möglichkeiten zum Leben eröffnen könne.

Doch nun: Hambrücks Tod, Claras zerstörtes Leben, die Todesdrohung gegen Schuster, die die Wahrheit über dessen Missetaten zum Vorschein brachte. Wahrheit war doch wohl eher eine Angelegenheit mit tödlichen Konsequenzen. Aber dann dachte er an Nicole. An seine überbordenden Gefühle, ihre jedes Maß übersteigende Zärtlichkeit, waren nicht auch sie echt und wahrhaftig? Eine aufkeimende Liebe, die ihm neue Lebenshoffnung gab. Und was war dagegen mit Silke? Wo steckte sie überhaupt? In der vergangenen Nacht war sie nicht zu Hause gewesen, glücklicherweise, sonst hätte er sich den spätabendlichen Aufbruch wohl kaum getraut. Über ihren Verbleib hatte er sich da noch keine

Gedanken gemacht. Ob sie ihm im Esszimmer oder in der Küche eine Nachricht hinterlassen hatte?

Benedikt schob seine Notizen zusammen und stieg die Treppe hinunter. Kein Zettel am Kühlschrank, nichts auf dem Küchentisch. Im Esszimmer aber hatte sie einen Stapel Prospekte und Rechnungen auf der Anrichte liegen lassen. Einladungen zu Kunstausstellungen, einen Bon aus einer Boutique in der Mühlenstraße, einen scheußlich quietschbunten Leporello eines Frauen-Meditationszentrums. Ganz unten unter dem Stapel lag ein zerknitterter Notizzettel. Eine auswärtige Telefonnummer, klein am oberen Rand, dann etwas Gekritzeltes, das er nicht ganz entziffern konnte. *#404* stand am unteren Rand, gefolgt von einem Herzchen. War das ein Hotelzimmer? Er griff nach dem Festnetzapparat und tippte die Ziffern der Telefonnummer ein. Es dauerte eine Weile, bis jemand abnahm.

»Romantikhotel *Strandperle;* mein Name ist Nadine Sonntag; was kann ich für Sie tun?«

Er biss sich auf die Zunge, weil sein Mund ganz trocken geworden war. Jetzt musste er improvisieren.

»Äh, Müller, mein Name. Ich suche … ich muss eine meiner Mitarbeiterinnen dringend sprechen. Sie heißt Silke Theves, und sie hat mir gesagt, dass ich sie im Notfall unter dieser Nummer erreiche.«

»Einen Moment, bitte.«

Benedikt spürte, wie sich die Härchen auf seinen Unterarmen aufstellten, während er im Hintergrund Stimmen und das Klappern einer Computertastatur vernahm. Es raschelte, als die Rezeptionistin wieder an den Hörer zurückkehrte.

»Also, eine Silke Theves finde ich nicht im System. Ist sie vielleicht die Gattin von Herrn Theodor Theves? Die Herrschaften sind allerdings vor wenigen Minuten abgereist.«

Benedikt ließ sich auf einen Stuhl fallen und hatte Mühe, die Sprache wiederzufinden. »Oh … äh … vielen Dank für die Auskunft.«

»Sehr gerne. Auf Wiederhören und noch ein frohes Osterfest.«

Unter anderen Umständen hätte Benedikt seine Gesprächspartnerin vielleicht belehrt, dass dieser Festtagsgruß frühestens in der Osternacht angemessen wäre, aber er war zu perplex, um noch irgendetwas Sinnvolles von sich zu geben.

»Ja, alles Gute«, antwortete er abwesend und legte auf.

68

17.30 UHR

Magdalena Kursow war enttäuscht. Sie hatte sich aus der Kostümjacke geschält, um Christian von Wagners Blick auf ihre neue, mauvefarbene Bluse zu lenken, die vom raffinierten Schnitt her ihrer Oberweite schmeichelte. Doch der Vikar hatte währenddessen nur in seinen Rucksack gespäht und unter Geraschel eine Tüte Pfefferminzbonbons daraus geborgen. Mit einem Seufzer wandte sich die Superintendentin dem geöffneten Gewänderschrank zu und stellte sich auf die Zehenspitzen, um den Kleiderbügel, auf dem ihr Talar hing, von der recht hoch angebrachten Kleiderstange zu hieven.

Von Wagner setzte sich an den wuchtigen Eichentisch und befreite den Bonbon aus dem Einwickelpapier. Ohne sie anzuschauen, sagte er beiläufig: »Er betrügt seine Frau.«

»Was sagen Sie da?«, fragte Magdalena Kursow entsetzt und ließ ihr geistliches Gewand über einen Stuhl fallen.

»Ich habe Theves, wie soll ich sagen, beschattet. Und erstaunliche Dinge beobachtet – ups!«

Mit einem klackernden Geräusch fiel der Pfefferminzbonbon zu Boden und landete unter dem Tisch. Von Wagner bückte sich, hob ihn auf und steckte ihn in den Mund.

»Igitt!«, rief die Superintendentin. »Wer weiß, was da schon alles gelegen hat. Sie können sich ja den Tod holen!«

»Ach was.«

Beschwichtigend blickte Christian von Wagner ihr nun ins Gesicht. »Der Drops ist gelutscht. Theves ist erledigt.«

»Moment mal! Was in aller Welt haben Sie denn gesehen?«

»Genug. Gestern Nacht konnte ich nicht einschlafen. Ich war wohl ziemlich aufgeregt wegen des Gottesdienstes. Dann bin ich aufgestanden, habe meine Sportsachen angezogen, um meine Runde zu laufen. Auf dem Weg zum See ist mir Theves' Wagen aufgefallen, der in der Sackgasse parkte, von der der Wanderweg abgeht. Ich dachte mir, was will der hier mitten in der Nacht?«

»Sind Sie sicher, dass es Theves' Wagen war?«

»Klar. Sein Kennzeichen. Ich bin ein wenig auf und ab gegangen und habe auf einmal Geräusche gehört. Die kamen aus einem Bungalow. Gedämpft durch die Wände, aber unverkennbar: Stöhnen, Schläge, Schreie. Nur Männerstimmen. So ein gewalttätiges Liebesspiel zwischen Schwulen, dachte ich. Das war sehr gruselig, denn in dem Haus brannte kein Licht. Ein paar Minuten später hörte ich dann Schritte, die über das Grundstück huschten. Ich habe sofort einen großen Satz gemacht und mich hinter einem Wohnmobil versteckt.«

»Haben Sie Theves gesehen?« Magdalena Kursow lauschte gebannt und vergaß dabei, dass sie mit dem Vikar noch den Ablauf der Abendmahlsfeier besprechen musste.

»Ja. Nein. Also, nicht richtig. Er *muss* es gewesen sein. Er war ganz schwarz gekleidet. Und hatte so eine, wie soll ich sagen, Fetischmaske auf. Ich konnte sein Gesicht nicht sehen. Aber der Statur nach war es Theves. Er war sehr in Eile, und er wirkte erregt und befriedigt zugleich.«

»Befriedigt?«

»Ja, und er hatte etwas Längliches bei sich. Ich glaube, es ist eine Peitsche gewesen.«

Es klopfte an der Tür. Demuth steckte den Kopf herein.

»Frau Kursow, wir wären dann gleich so weit. Die Glocken läuten, und die ersten Gäste sitzen schon an den Tischen.« Er zog sich wieder zurück, ohne eine Antwort abzuwarten.

»Übrigens«, raunte von Wagner mit einem anzüglichen Grinsen und streifte mit seinem Blick die Brustpartie seiner Dienstvorgesetzten, »habe ich Ihnen schon gesagt, dass Ihnen diese Malven- und Fliederfarben ausgezeichnet stehen?«

»Äh, danke«, erwiderte Magdalena Kursow, noch leicht irritiert angesichts der unfassbaren Geschichte, die der Vikar zuvor erzählt hatte. Aber dass das Kompliment sie beglückte, konnte sie nicht leugnen. Gewiss, sie hatte ihn gekränkt, als sie darauf bestanden hatte, die geistlichen Worte zum Einsetzungstag des Abendmahls selbst zu übernehmen. Seine theologischen Elaborate waren doch in der Regel eher ärmlich. *Konnte er sich nicht einfach auf seine Kernpotenzen besinnen?* Sie lächelte still in sich hinein. *Kernkompetenzen* hieß das Wort. Offenbar gab es Freud'sche Fehlleistungen sogar im Nicht-Gesagten.

69
17.50 UHR

Benedikt fragte sich, inwieweit sich das Strafmaß für einen einzigen Mord von der Haftdauer für gleich vier Tötungsdelikte unterscheiden würde. Von juristischen Dingen hatte er keine Ahnung, aber mehr als zweimal lebenslänglich war seines Wissens nach deutschem Strafrecht nicht möglich. In der Tat war die Liste derer, die er am liebsten umbringen wollte, binnen Stunden rapide angewachsen. Gut, den Mathelehrer hatte er verschont, aber was Silke und seinen verlogenen Bruder Theodor betraf, so hatten doch auch sie im Grunde nichts Besseres als den Tod verdient. Er spürte es wieder: dieses explosive Pochen im Kopf!

Mitten in seiner Aufregung hatte er Nicole angerufen. Sie war lieb zu ihm, aber auch kurz angebunden gewesen. Zwei Mitarbeiter waren erkrankt, und so musste sie in einer Tankstelle nahe der Autobahn bis Samstag den Kassendienst selbst übernehmen. Benedikt war also allein geblieben mit seinen Gefühlswallungen.

Geflucht hatte er, in der Küche wie von Sinnen mit einem Schnitzelklopfer auf einen Gong eingedroschen, für den seine Frau bei einem Meditationskurs fünfhundert Euro bezahlt hatte. Wie sehr sich die Wut doch seiner bemächtigte! Ein Originalinstrument aus Japan soll es gewesen sein. Danach hatte es aber die Form von Afrika gehabt. Spät war ihm aufgegangen, dass er außer einem spartanischen Frühstück noch gar nichts zu sich genommen hatte. Und da sich aus einer Packung Butterschmalz, einem Glas Gewürzgurken und einem Topf mit Apfelmus, über das sich schon der Schimmel ausgebreitet hatte, keine Mahlzeit zubereiten ließ, war er zu Fuß in die Innenstadt aufgebrochen. In der Hoffnung, dass ein Spaziergang sein Gemüt ein wenig herunterkühlen würde.

Murats Döner – wäre ihm jetzt am liebsten gewesen. Aber als er sich dem ältesten, beeindruckend windschiefen Fachwerkhaus der Stadt im kleinen Durchgang zum Rathausmarkt näherte, fand er die Imbissstube dunkel und verschlossen vor. Er kehrte um, nahm die Kirchstraße und hoffte, wenigstens im *Niedersächsischen Hof* seinen Hunger stillen zu können. Das Geläut der Petrikirche schallte ihm entgegen. Da es achtzehn Uhr sein musste, nahm er die Glocken kaum zur Kenntnis, denn es war die gewohnte Zeit für das tägliche Abendgeläut. Erst als er ein paar Gestalten über den Kirchplatz huschen sah, fiel ihm ein, dass die Kursow und sein unsäglicher Vikar – war der nicht auch ein potenzieller Todeskandidat? – gleich ihr Feierabendmahl zelebrieren würden. Ihn schauderte bei dem Gedanken, dass sie wahrscheinlich fromme Gedichte aus einschlägigen Internetforen vortragen und kindergartentaugliche Mitmachlieder anstimmen würden. Glücklicherweise gelang es ihm, den Kirchhof ungesehen zu passieren. Er überquerte die Kirchstraße. Dann öffnete er die Tür zur traditionsreichsten Gaststätte Alsbergs.

Zu seinem Unbehagen fand er die Gaststube des *Niedersächsischen Hofs* fast voll besetzt vor. Er steuerte auf einen kleinen freien Tisch in einer abgelegenen Ecke zu, doch darauf hatte man ein Schild platziert: *Reserviert 18.30 Uhr*. Verstohlen blickte er sich um, befürchtete, man könnte ihn erkennen und ihn vielleicht noch bitten, sich an den Tisch einer ihm halbwegs bekannten Familie zu gesellen. Konnte man nicht einfach in Ruhe eine kleine Mahlzeit zu sich nehmen?

Jemand tippte ihm von hinten auf die Schulter. Mit einem Ruck fuhr Benedikt herum. Es war Frau Stern. Freundlich lächelte sie ihn an. Die rote Schürze mit dem Logo des Hauses stand ihr gut.

»Oh, entschuldigen Sie! Ich wollte Sie nicht erschrecken. Schön, dass Sie einmal wieder vorbeischauen, Herr Pastor Theves. Und ganz, ganz lieben Dank für Ihren Anruf vorgestern. Wir schämen uns so, dass wir dem armen Mann mit seiner Eisenbahn unrecht getan haben. Aber das kriegen wir wieder hin.«

Nun schaute sie ihn mitleidsvoll an. »Ich fürchte nur, wir haben heute nichts frei. Ach, warten Sie, ich sehe gerade: Da hinten an dem Vierertisch sitzt nur ein einzelner Mann. Ich frage mal, ob der etwas dagegen hat.«

»Ach, lassen Sie nur«, wandte Benedikt schnell ein. Doch Brigitta Stern war schon losgegangen, und er sah, wie sie am anderen Ende des Gastraums auf einen Mann mit einem merkwürdigen Hut einredete und dazu einladend gestikulierte. Schon nach wenigen Sekunden drehte sie sich um und winkte Benedikt zu sich. Kurz überlegte er, einfach die Flucht zu ergreifen, aber das wäre dann doch zu albern.

70
18.25 UHR

Lustlos stocherte Benedikt in seinem Lammbraten herum, auch wenn es an der Leistung des Kochs nichts auszusetzen gab. Dabei hatte er doch noch eine halbe Stunde zuvor großen Hunger gehabt. Hübsch angerichtet waren die Fleischscheiben im Spiegel einer würzigen Sauce, flankiert von einem Kartoffelgratin und fein geschnitzten Gemüsestückchen. Dem Mann mit seinem historisch anmutenden Wollfilzhut, der ihm diagonal gegenübersaß, schien es dagegen zu schmecken. Obwohl er nur einen frugal wirkenden Salatteller und einen Brotkorb vor sich stehen hatte, kaute er jeden Bissen sichtlich mit Genuss.

Noch nie hatte Benedikt einen wandernden Handwerksgesellen so aus der Nähe betrachten können, wobei er nur vorsichtig zu ihm hinüberschielte. Die Perlmuttknöpfe auf der schwarzen Weste des Mannes blitzten im Kerzenschein der Tischdekoration. Seinen vermutlich selbst geschnitzten, korkenzieherartig gewundenen Wanderstab sowie ein Bündel mit seinen Habseligkeiten hatte er auf der Sitzbank neben sich gegen die Wand gelehnt. Mit seiner Gabel pickte der Fremde ein Tomatenstück auf, betrachtete es für einen Moment, als wäre es ein Weltwunder, und führte es ganz langsam zum Mund. War er Vegetarier oder gar Veganer? Schuldbewusst starrte Benedikt auf seine Fleischportion. Ein junges Tier hatte für ihn sterben müssen, und er ließ den Opferbraten unangetastet kalt werden. Vegetarismus war durchaus ein Thema in kirchlichen Debatten. Es wurde viel geredet über die Verantwortung für die Mitgeschöpfe. Das hatte auch ihn nie kaltgelassen, wobei er doch immer den leisen Verdacht hegte, es ginge der theologischen Zunft weniger um Edelmut als um die altbewährte Grundhaltung, alles problematisch zu finden, was Spaß macht und Lebenslust bereitet.

Nachdem er mit dem letzten Schluck aus dem Bierglas seine trockene Kehle befeuchtet hatte, sah er, wie der Mann mit dem wettergegerbten Gesicht seine Karaffe in die Hand nahm und sich Rotwein nachschenkte. Der *Niedersächsische Hof* war bekannt für seine gute Auswahl an offenen Weinen, aber nie zuvor hatte Benedikt einen Roten von so leuchtender Farbe gesehen. Aber das mochte an der ausgeklügelten Beleuchtung der erst zwei Jahre zuvor gründlich renovierten Gaststube liegen.

Außer einem kurzen Gruß, als sich Benedikt nach gutem Zureden von Brigitta Stern mit an den Tisch gesetzt hatte, hatten die beiden Männer bislang noch kein Wort miteinander gewechselt. Nun aber erhob der Fremde sein Glas wie zum Prosit und schaute seinen Tischgenossen mit einem freundlichen Blick aus hellbraunen Augen an.

»Es ist gut, dass es noch Gasthöfe wie diesen gibt. Nicht sehr viele haben noch einen Sinn für alte Traditionen. Aber hier ist ein Mann auf der Walz noch herzlich willkommen.«

Er genehmigte sich einen Schluck.

»Ein leckeres Abendessen und ein Gästezimmer. Und wenn man am nächsten Morgen um die Rechnung bittet, sagen sie: *Stimmt so. Gute Reise.*«

»Sind Sie Zimmermann?«

»Zimmermannsgeselle, wie schon mein Vater. Und zurzeit auf Wanderschaft, drei Jahre und einen Tag.«

Er reichte eine große, schwielige Hand quer über den Tisch.

»Jens«, sagte er.

»Benedikt.« Der Händedruck des Fremden war kraftvoll, aber zum Glück nicht schmerzhaft.

»Wo kommen Sie her, wenn ich fragen darf?«

»Von ganz woanders. Während der Wanderjahre müssen wir zu unserem Heimatort mindestens fünfzig Kilometer Abstand wahren. Zuletzt war ich in Hannover. Und übermorgen werde ich zum Bau eines Dachstuhls in Rothendorf in der Heide erwartet. Da ist im letzten Jahr eine Scheune halb abgebrannt.«

Benedikt schaute sich um, weil er noch ein Bier bestellen wollte.

Aber Jens griff nach seinem Weinglas und stellte es neben Benedikts Teller.

»Hier. Probieren Sie den, Benedikt! Ich sehe Ihnen an, dass Sie Sorgen haben. Man sagt, dieser Burgunder habe heilende Kräfte.«

Benedikt zierte sich zunächst ein wenig, doch dann besann er sich und nahm einen tiefen Schluck. »Sieht man mir meine Sorgen wirklich an?«

»Ich weiß nicht, ob das jeder mitbekommt, aber ich habe ein Auge dafür«, antwortete der Wanderer und kratzte sich den Dreitagebart am ausgeprägten Kinn. »Möchten Sie erzählen?«

»Ach, wie gern möchte ich, aber ...« Benedikt fixierte den leuchtend roten Wein und schob dann das Glas zu seinem Gegenüber zurück. Es war ihm, als hätte schon der eine Schluck seine Stimmung ein wenig aufgehellt.

»Was auch immer es ist: Wir begegnen uns heute ein einziges Mal und werden uns niemals wiedersehen. Und ich werde schweigen bis ins Grab«, erwiderte er und nickte dreimal zur Bekräftigung seiner Worte.

War dies nun für Benedikt die Gelegenheit zur Beichte? Er wusste nicht, wie ihm geschah, aber seine Zunge löste sich, und er erzählte mit gedämpfter Stimme. Er flüsterte beinahe, damit niemand im Restaurant etwas mitbekam. Die meisten Gäste an den Nebentischen waren ohnehin mit ihren eigenen Gesprächen beschäftigt. Er redete und redete, gestand dem Fremden alles, was auf seiner Seele lastete. Und mehr als einmal war es ihm, als ob nicht er selbst die Worte fand, sondern ein anderer aus seinem Mund sprach.

Der Wanderer nickte nur von Zeit zu Zeit und erschrak nicht während der furchterregenden Passagen, er verurteilte ihn nicht, sagte für lange Zeit kein einziges Wort.

Stunden mochten vergangen sein, als Benedikt seinen Monolog beschloss. »... und mir ist all das gut und richtig vorgekommen. Trotzdem bin ich nichts anderes als ein Schwerverbrecher.« Er starrte in das kleine Pfützchen Wein, das noch im Glas geblieben war. Sogar dieser eine Tropfen schien noch zu glänzen. Alles war so still geworden. Er sah sich um. Die Gäste hatten das Restaurant längst verlassen. Brigitta Stern lehnte am Tresen und zählte Geldscheine. Der Fremde lächelte.

»Ich weiß nicht, ob das Gesetz Ihnen verzeihen kann. Aber glauben Sie mir: Es kommt der Tag, da werden Sie sich selbst vergeben.«

Die Kellnerin hatte die Teller und Bestecke längst abgeräumt, ohne dass Benedikt etwas davon mitbekommen hatte. Nur der Brotkorb stand noch in der Mitte des Tisches. Der Fremde griff hinein und nahm die letzte kleine Scheibe Graubrot, hob sie in die Höhe und musterte sie aufmerksam. Dann riss er die Brotscheibe in der Mitte entzwei und reichte Benedikt die eine Hälfte.

»Hier, als kleine Stärkung zur Nacht. Sie werden viel Kraft brauchen.«

KARFREITAG, 3. APRIL

71

2.10 UHR

Antonius Kluge konnte nicht schlafen. Stundenlang hatte er sich in seiner behaglichen Koje hin und her gewälzt und sich daran erinnert, wie anstrengend, manchmal auch erhebend, früher zu seinen Dienstzeiten die Karwoche und das Osterfest gewesen waren. Seinerzeit hatte er die Leidensgeschichten aus dem Neuen Testament genutzt, um auf das Unrecht und das Leid in der modernen Welt hinzuweisen. Eine seiner Predigten, die sogar vollständig im *Spiegel* abgedruckt worden war, hatte tatsächlich geholfen, eine Amnestie für zwei Gefangene zu erwirken, deren Verurteilung zu lebenslanger Haft von Anfang an umstritten gewesen war. Politisch engagiert war sie noch gewesen, die von *Achtundsechzig* inspirierte Theologengeneration. Ein Jesus in Revolutionärsgestalt war ihr Idol und nicht ein erhabener Gottessohn in überirdischem Glanz. Viel vom damaligen Kampfgeist war nicht übrig geblieben bei den Hirten der Gegenwart. Entweder wirkten sie geistlich so rückschrittlich, dass ihnen die kirchlich distanzierte Öffentlichkeit keinen Glauben schenkte, oder sie verhoben sich derart, wenn sie steile politische Thesen unter die Leute brachten, dass sie sich belehren lassen mussten, nicht wirklich gut informiert zu sein.

Der Altbischof musste an Benedikt denken, der ihm, als er doch für kurze Zeit eingenickt war, im Traum erschienen war. Schon manchmal hatte er von seinem Schützling geträumt, aber noch nie so bildstark und beunruhigend. Die Stadt, die er darin mit Benedikt durchwandert hatte, war Jerusalem. Antonius kannte die Heilige Stadt von mehreren Besuchen, aber niemals war er in Benedikts Begleitung dort gewesen. Leicht schwebend durchschritten sie in seinem Traum eine belebte Altstadtgasse. Die Basarhändler zur Linken priesen ihre Waren an und riefen: *Special price! Special price!* Und die Männer zur Rechten hielten Krippenfiguren aus Olivenholz, Weihrauchfässer und Töpfe mit Gewürzen in die Höhe, aber sie schrien unablässig: *Crucify him! Crucify him!* Als sich Antonius Benedikt zuwandte, um ihn auf das Geschehen aufmerksam zu machen, waren seinem Schützling die Haare lang gewachsen, und Blutstropfen fielen aus den Wunden einer Dornenkrone. Gleich darauf changierte Benedikts Gesicht, und er sah ihn als Vikar vor sich, so wie er ihn damals kennengelernt hatte. *So ein Trubel! Finden Sie nicht, Herr Bischof?*, fragte der junge Mann. Und noch einmal verwandelte sich das Gesicht seines Traumbegleiters. Aus den Haaren wurden Schuppen, die Augen zogen sich zu schmalen Schlitzen zusammen, und aus dem geöffneten Mund, der zwei gewaltige Eckzähne entblößte, schoss eine gespaltene Zunge hervor, und die nun reptilienartig anmutende Gestalt schnappte nach ihm.

Schweißgebadet war Antonius Kluge aus dem Minutenschlaf aufgeschreckt. Der frisch aufgebrühte Pfefferminztee, der ihm schon oft beruhigende Dienste erwiesen hatte, zeigte diesmal keine Wirkung. Lesen konnte er auch nicht, denn sein Augen-Tic war in den letzten Tagen so schlimm geworden, dass die Buchstaben tanzten und verschwammen. Gleich nach Ostern würde er sich um einen Arzttermin bemühen.

Ob jemandem wie Benedikt Theves in der Kirche noch eine große Zukunft offenstand? Die letzten Begegnungen waren vielversprechend gewesen. Aber irgendetwas stimmte nicht. Ob sein junger Freund in dieser Nacht auch noch wach lag?

Meine Seele ist betrübt bis an den Tod, hatte Jesus in der Nacht vor seiner Kreuzigung im Garten Gethsemane gesagt. *Bleibet hier und wachet mit mir!* Aber nachdem er ein wenig umhergegangen war, um zu beten, da waren seine Jünger eingeschlafen.

72

14.30 UHR

Ein trüber Himmel wölbte sich über der Petrikirche. Bevor Benedikt auf das Portal zuging, wandte er seinen Blick nach oben. Die Turmspitze war von Nebel umwölkt. Manchmal harmonierten Theologie und Meteorologie doch ganz gut miteinander. Hatte sich nicht der Himmel verdunkelt in der Stunde, als der Erlöser starb?

Nach der denkwürdigen und geheimnisvollen Begegnung mit dem Fremden am Vorabend im *Niedersächsischen Hof* war Benedikt, kaum dass er sich ins Bett gelegt hatte, in einen tiefen Schlaf gefallen und erst gegen zehn Uhr morgens wieder erwacht. Diese ungewöhnliche Beichte, bei der er der Beichtende gewesen war, hatte ihn tatsächlich beruhigt und ihm eine erholsame Nacht beschert. Obgleich ihm der rätselhafte Fremde nicht alle Last abnehmen konnte. Vom Gesetz hatte er gesprochen, welches die Untaten vielleicht nicht verzeihen würde. Und sich selbst vergeben sollte er. War das überhaupt möglich?

So hatte seine innere Unruhe in den wenigen Stunden bis zur Andacht wieder zugenommen. Keine Nachricht von Silke, aber das war ihm ganz recht. Und wieder nur ein kurzes Telefonat mit Nicole, die ihn nicht trösten konnte, aber seine Sehnsucht wachhielt. *Nur ein Weilchen noch,* hatte sie gesagt, am Ostersonntag wäre sie den ganzen Nachmittag und Abend für ihn da. Und wenn er wollte, auch die ganze Nacht. *Bis dann, Liebster!,* hatte sie zum Schluss mehr gehaucht als gesagt. Wie konnte sie nur so gelassen bleiben, während ihr toter Gatte, abgedeckt mit einem alten Teppich, provisorisch versteckt hinter gestapelten Umzugskartons verweste. Konnte er sich noch des Problems entledigen, ohne Spuren zu hinterlassen? Benedikt bezweifelte es. Aber was konnte er angesichts der Feiertage, an denen die Kirche zu allen möglichen Zeiten belegt oder mit kleinen Besucherscharen bevölkert war, schon anderes tun, als zur Tagesordnung überzugehen und behutsam einen Schritt nach dem anderen zu setzen?

»Sie werden staunen, Herr Pastor Theves«, begrüßte ihn der Küster überraschend freundlich, nachdem er seinem Dienstherrn sogar die Tür aufgehalten hatte. Einen Stapel Gesangbücher balancierte er geschickt auf seinem linken Arm.

»Guten Tag, Herr Demuth«, entgegnete Benedikt, »was gibt es denn zu bestaunen?«

»Sehen Sie doch mal!« Der Küster gestikulierte in den Kirchenraum, ohne dass ein einziges Gesangbuch ins Rutschen geriet. »Da sitzen jetzt schon mehr Leute als gestern zum Feierabendmahl. Und das bei der Andacht zur Todesstunde! In den vergangenen Jahren sind ja die Besucherzahlen immer weiter in den Keller gegangen.«

»Apropos Keller«, erwiderte Benedikt und bemühte sich, im entspannten Plauderton zu bleiben, »haben Sie nun endlich einen Krypta-Schlüssel für mich?«

»Ach, Herr Theves, ich war es nicht, der ihn verbummelt hat. Und Sie sehen ja, was hier los ist. Gestern hatte ich die ganze Zeit mit diesem Abendmahl zu tun. Brot und Wein allein reichen unserer Frau Kursow ja nicht. Es muss unbedingt mit Käse, Tomaten und Feinkostsalaten sein. Und eine ganze Kiste Fanta für die Kinder habe ich durch die Kirche geschleppt. Und dann waren nicht mal Kinder da.«

»Schon gut, Herr Demuth, Sie müssen sich nicht entschuldigen. Aber ich brauche bitte dringend einen Schlüssel.«

Eine Gruppe von Gottesdienstbesuchern mittleren Alters trat ein. Benedikt begrüßte sie mit Handschlag, und der Küster versorgte sie mit Gesangbüchern.

Als sie wieder allein waren, sagte Demuth: »Ich werde morgen mal gucken. Aber ich glaube nicht, dass der Schlüsseldienst am Karsamstag geöffnet ist.«

Als Demuth merkte, dass Benedikt damit nicht zufrieden war, fuhr er eifrig fort: »Sagen Sie mir doch einfach, was Sie brauchen.

Das alte Vortragekreuz? Ich weiß, wo das liegt. Bleiben Sie doch einen Moment hier am Eingang, und ich gehe runter und hole es Ihnen.«

»Nein, nein, nein!«, mahnte Benedikt eilig und musste – wie schon bei der Predigtvorbereitung – daran denken, wie Petrus seinen Herrn gleich dreimal verleugnet hatte. »Lassen Sie nur. Das brauche ich nicht.«

Er wählte nicht den direkten Weg zur Sakristei, um die verbleibende Zeit zu nutzen, sich auf die schlichte »Andacht zur Todesstunde« vorzubereiten. Obwohl ihm bange war, ging er flink durchs Südschiff auf den Chorumgang zu, blieb kurz vor der Treppe zum Krypta-Eingang stehen und schnupperte. War da nicht so ein süßlich fauliger Geruch? Er konnte es nicht mit Bestimmtheit sagen. Die leichte Übelkeit, die ihn überkam, konnte auch andere Ursachen haben.

O Haupt voll Blut und Wunden würde er in wenigen Minuten mit der Gemeinde singen. Ohne Orgelbegleitung, ganz schlicht, der stillen Stunde angemessen. Und es würde wieder nicht allein das blutige Haupt Jesu sein, an das er dann denken müsste. Aber mit seiner Predigt würde er hoffentlich ein weiteres Mal die Gemüter begeistern, mit seiner leidgeprüften, neuerdings aber auch kraftvoll gewordenen Kunst des Wortes.

Das Kreuz ist die Wahrheit. Und die Wahrheit ist unser Kreuz. Große Geister würde er zitieren, Männer und Frauen, die etwas gewagt hatten, um der Wahrheit willen, und denen das keineswegs nur gedankt worden war. Galileo Galilei, Marie Curie, Sophie Scholl und Martin Luther King. Allen Anfechtungen zum Trotz hatten sie entweder Schlimmes verhindert oder gar die Welt zu einem besseren Ort gemacht.

In der Sakristei angekommen, überflog er noch einmal sein Predigtmanuskript, zog seine Jacke aus und warf den Talar über. Als er am Kragen das Beffchen befestigte, das dringend einmal wieder gewaschen und gebügelt werden musste, ertappte er sich dabei, wie er halblaut Christus ansprach.

»Dir sind sie auch an den Kragen gegangen. Aber dann bist du auferstanden am dritten Tage. Ein Mythos? Eine Wundererzählung aus dem Geist der Antike? Wahrscheinlich. Sag du es mir. Aber wären wir alle überhaupt noch hier, wenn wir insgeheim nicht doch an Wunder glaubten?« Er fragte sich, ob er inzwischen wieder fromm oder schlichtweg unzurechnungsfähig geworden war.

73

15.00 UHR

Es war nicht viel Verkehr auf der Autobahn. Die große Reisewelle zu den Osterfeiertagen war am gestrigen Abend bereits abgeflaut. *Am traurigsten Donnerstagabend aller Zeiten,* ging es René Wilmers durch den Kopf. Er blickte in den Rückspiegel und sah die Kissen, die sich bis zu den Kopfstützen der Rücksitzbank stapelten, den Bezug mit dem Sternchenmuster: die Lieblingsbettwäsche seiner Frau. Er meinte, noch ihren Körperabdruck darin wahrzunehmen. Das mobile Beatmungsgerät gab keine Geräusche mehr von sich. Dieses rhythmische Fauchen hatte ihr Leben, aber auch seines, monatelang begleitet. Manchmal war er dankbar gewesen, manchmal hatte er es verflucht. Gleich nach Ostern würde der Freund aus Lübeck vorbeikommen und den Apparat wieder abholen.

Hinwege und Rückwege. Jeder Weg hat seine Verheißung und seinen Fluch, dachte Wilmers, als er den vorbeirasenden Verkehr auf der Gegenfahrbahn sah. Ganz elend wurde ihm, als er daran dachte, dass er irgendwann Marias Kleider weggeben würde. Und ihre Schuhe. Gab es Traurigeres als die Schuhe einer Verstorbenen? Laura würde sie nicht tragen wollen. Er wandte den Blick zum Beifahrersitz. Ruhig und in sich gekehrt saß sie da, tapfer, wie schon die ganze Zeit. Auch seine Frau war tapfer gewesen in ihren letzten Stunden. Er hatte sich unter Aufbietung aller seiner Kräfte zusammenreißen müssen. Auch wenn er wusste, dass alles richtig und im Sinne seiner Liebsten gewesen war. Aber als dann der Moment gekommen war, als die Betreuerin Laura und ihn sanft an den Schultern berührt und sie aufgefordert hatte, das Sterbezimmer zu verlassen, weil die Sterbewillige aus rechtlichen Gründen den letzten Schritt des Weges, der vielmehr nur ein Knopfdruck war, allein gehen musste, da war all sein Leid aus ihm hervorgebrochen. Sein Tränenfluss war erst versiegt, als sie das Zimmer wieder betreten durften. Ihr friedliches Gesicht auf dem Kissen, die beiden Rosen, die auf der Bettdecke lagen. Das Licht der Kerze am Totenbett.

Eine vertraute Melodie säuselte aus dem Radio. Er hatte das Gerät auf Flüsterlautstärke eingestellt, weil er keine wichtige Verkehrsdurchsage verpassen wollte. Grönemeyers Stimme: ... *heillose Euphorie, Marie.*

Obwohl René Wilmers' Augen feucht wurden bei dieser ihm wohlvertrauten Musik, wagte er es, die Lautstärke ein wenig höher zu regeln. Doch schon während der ersten Takte der zweiten Strophe wurde der Song ausgeblendet und der Kurznachrichten-Jingle des Regionalsenders eingespielt, gefolgt von einer Ansage: »Tragischer Unfall. Mitten auf der Brücke des Autobahnkreuzes Alsberger Heide hat ein Sprinter einen Fußgänger erfasst. Der Mann starb noch am Unfallort. Über die Identität des Toten ist noch nichts bekannt. Die Polizei teilte mit, dass seine Kleidung und die sichergestellten Gegenstände auf einen wandernden Handwerksgesellen hindeuten. Für den Rettungseinsatz wurde eine Teilsperrung der Autobahn veranlasst. Reisende in Richtung Hamburg werden gebeten, äußerst vorsichtig an das Stauende heranzufahren.«

Wilmers seufzte. Der Tod schien allgegenwärtig zu sein. Bestimmt waren auch einige seiner Kollegen vor Ort.

Laura las eine Nachricht auf ihrem Smartphone. »Du, Papa? Kim fragt, ob ich heute Abend mit ihr ein paar Filme gucken will. Ich darf auch bei ihr übernachten. Natürlich nur, wenn du nichts dagegen hast.«

»Nein, das wird dir guttun, mein Mädchen.«

»Aber was machst du dann, ganz allein?«

»Weißt du, vielleicht klingt das verrückt. Aber ich möchte mich am liebsten heute noch zum Dienst zurückmelden. Sonst drehe ich durch. Und wie du eben gehört hast, gibt es wieder viel zu tun.«

Er erzählte seiner Tochter nicht, dass ihn ein anderer Fall viel mehr beschäftigte als der Tote auf der Autobahn und ihn selbst inmitten seiner Trauer nicht zur Ruhe kommen ließ. Der schwarze BMW. Warum in aller Welt war dieser Wagen zuletzt, regelwidrig geparkt ganz nah bei der Kirche gesehen worden? Im *Niedersächsischen Hof* hatten die Kollegen nachgefragt, ob sich der Tankstellenkönig dort vielleicht abgefüllt und dann ans Steuer gesetzt hatte. Im Gasthaus war er bekannt – und für seinen Alkoholkonsum auch gefürchtet, wie eine Serviererin ausgesagt hatte –, aber er war am Abend seines Verschwindens nicht dort gewesen.

»Mein Gott«, stöhnte er, als das Blaulicht in der Ferne ihm signalisierte, dass sie sich der Unfallstelle am Kreuz Alsberger Heide näherten.

Laura streichelte seinen Arm.

»Mein Gott«, wiederholte er. Ob so ein Ausruf schon ein Verstoß gegen den Missbrauch des heiligen Namens war? Das könnte er bei Gelegenheit den Pastor fragen. Merkwürdig, dass ihm das Antlitz des Geistlichen immer wieder in den Sinn kam. Wie hatte er gewirkt, als sie im Wohnzimmer miteinander geredet hatten? Verloren. Und irgendwie … schuldbewusst. So wie ein Schuldiger beim Verhör, kurz bevor er seinen Widerstand aufgab. Könnte es einen Zusammenhang …? Er verwarf den Gedanken wieder, ein Grobian wie Hambrück und ein sensibler Feingeist wie Theves, das ergab keinen Sinn.

KARSAMSTAG, 4. APRIL

74

8.55 UHR

Schon vor dem Frühstück hatte Benedikt seine Mails gecheckt. Kein Lebenszeichen von Silke, weder auf dem Handy noch auf dem Rechner. Dann war eine neue Nachricht eingegangen, und zwar von Schmiedemann, dem Vorsitzenden des Kirchenvorstands. Voll des Lobes für seine Karfreitagspredigt hatte er ihn gebeten, ihm doch das Manuskript zuzuschicken oder in der Osternacht mitzubringen. Das würde ihn sehr freuen.

Benedikt nahm einen Schluck Kaffee, bestrich seinen Toast mit einem dürftigen Rest Orangenmarmelade und überlegte, ob er, sofern er dann mit seinen eigenen Vorbereitungen für Ostersonntag fertig wäre, vielleicht am nächtlichen Gottesdienst teilnehmen sollte. Einerseits hatte er keine Lust, der Superintendentin, die traditionell diesen Termin übernahm, über den Weg zu laufen. Andererseits konnte es nicht schaden, sich mit denen gut zu stellen, die ihn unterstützten. Schmiedemann war zwar Anwalt, aber für Familienrecht, und käme nicht infrage, ihn bei einer Mordanklage zu vertreten. Aber wahrscheinlich hätte dieser menschlich angenehme und sozial engagierte Jurist keine Hemmungen, ihn im Gefängnis zu besuchen. Bestimmt würde er auch ein gutes Wort für ihn einlegen, wenn er als Zeuge befragt würde. *Hohes Gericht, ich kann nur betonen: Benedikt Theves ist ein guter und verantwortungsvoller Gemeindepastor gewesen.*

»Was denke ich nur für einen Scheiß!«, rief Benedikt nun laut und schlug mit der Faust auf den Küchentisch, dass das Geschirr schepperte. Noch gestern hatte er wieder Hoffnung gehegt, dass sich eine Lösung finden würde.

Nicole, diese wunderbare Frau, für die er, auch wenn sie bislang nur eine einzige Nacht miteinander verbracht hatten, inzwischen eine tiefe Zuneigung empfand. Immer wieder hatte sie betont, dass alles gut werden würde. Woher nahm sie nur diese unerschütterliche Zuversicht? Wusste sie etwas, was sie sich nicht zu sagen traute? Selten zuvor war jemand so offen und ehrlich zu ihm gewesen. Aber erkennt man einen Menschen wirklich in seiner Gänze? Er musste lächeln, als ihm einfiel, dass im Hebräischen, dieser alten Sprache, die er im Studium erlernen musste, *erkennen* und *miteinander schlafen* in derselben Verbform ausgedrückt werden. Nun, das Erkennen war eine Sache, aber was war mit dem Durchschauen? Wollte man das überhaupt, wenn man jemanden liebte? Sollte nicht selbst ein Mensch, mit dem man sich tief verbunden fühlte, im Wesenskern ein Geheimnis bleiben dürfen?

Denn bei aller Vertrautheit, die sich so rasch eingestellt hatte, erschien ihm diese faszinierende Frau doch stets auch geheimnisvoll. Diese Szene vor ein paar Tagen, als er sie im Gespräch mit Demuth überrascht hatte. Was hatte Nicole mit diesem kauzigen Küster zu schaffen? Er würde sie am Ostersonntag darauf ansprechen, ganz behutsam zwischen prickelndem Champagner und der hautschmeichelnden Bettwäsche aus Satin.

Noch ganz in erotischen Fantasien versunken, räumte er seine Tasse und seinen Teller in den Geschirrspüler. Dann hörte er ein Klappern an der Haustür. Der Briefträger hatte etwas durch den Briefschlitz eingeworfen. Rasch eilte Benedikt zur Tür und fand eine Kunstpostkarte auf dem Boden des Flurs. Vier Quadrate in leuchtenden Farben. Abstrakte Kunst. Er drehte die Karte um. Silkes Schrift. Der linke obere Rand war bedruckt: *Horst Bartnig, Quadratur ohne Kreis, Museum Ritter.* Der Stempel auf der Briefmarke, die ein Segelschiff zierte, war leider unlesbar. Neben seiner Adresse standen nur drei Sätze, keine Anrede, kein Gruß.

Bitte sei nicht böse.
Brauchte eine kleine Auszeit.
Komme Ostermontag zurück.

Ostermontag schon, dachte Benedikt. Auszeit. Was für ein vielsagendes Wort …

75

13.00 UHR

Es war ein einfaches Mittagessen, aber dennoch raffiniert und liebevoll zubereitet. In ihrer Ausbildung zur Restaurantfachfrau hatte Brigitta Stern schon einiges über die gute Küche gelernt. Und Karlheinz, der gemütliche Chefkoch vom *Niedersächsischen Hof*, hatte ihr viele Rezepte zugesteckt und ihr so manchen genialen Küchentrick verraten, so zum Beispiel die Kunst des langsamen Garens und den fantasievollen Einsatz von frischen Kräutern.

Ein allzu edles Mahl schickte sich nicht in der Karwoche. Von ihrer katholisch erzogenen Mutter hatte sie die Tradition übernommen, ihrer Familie nicht nur am Karfreitag, sondern auch am Sonnabend vor dem Osterfest ein Fischgericht, eine Mehlspeise oder ein vegetarisches Menü zu servieren. Gleichwohl war dies kein gewöhnlicher Karsamstag, sondern einer, an dem es etwas zu feiern, ja, und auch zu versöhnen gab.

Noch am Mittwochabend hatten sie und Robert gemeinsam mit Clara gesprochen, die sich zunächst erschreckt und schließlich über die schrägen Verdächtigungen ihrer besorgten Eltern belustigt gezeigt hatte. Gesagt hatte sie dazu zwar wieder einmal kein einziges Wort, dafür aber so herzlich gelacht, dass Brigitta vor Freude Tränen in die Augen geschossen waren.

Am Donnerstag war sie in ihrer Mittagspause zusammen mit ihrem Mann, der schon früh Feierabend hatte, und Clara die Treppen ins Erdgeschoss hinabgestiegen. Mit einem klammen Gefühl in der Magengegend und einer Flasche Wein in der Armbeuge hatte sie bei Gerhard Lindner geklingelt. Sie war völlig verblüfft, wie heiter dieser sonst so scheu wirkende Mann sie alle empfing, ihre Entschuldigungslitanei mit einem Lächeln ertrug und sie bat, ihm ins hintere

Zimmer zu folgen. Wie stolz dann Clara ihnen diese winzige Modelleisenbahn präsentiert und auf den kleinen Feinkostladen hingewiesen hatte, der den Namen der Familie trug. Sie mussten sich von Lindner eine Lupe geben lassen, um die filigranen Buchstaben entziffern zu können.

»Das macht mir Spaß«, hatte Clara gesagt. Unfassbar! Sie sprach wieder – in ganzen Sätzen.

Es zischte, als sie nun die Pfanne vom Herd nahm. Elegant platzierte sie die scharf angebratenen Dorschfilets auf die vier Teller des für ihre privaten Verhältnisse doch ungewöhnlich festlich eingedeckten Küchentisches. Gerhard Lindner hatte die Einladung tatsächlich angenommen. Sein Haar war ein wenig strubbelig, aber frisch gewaschen. Er trug ein sauberes weißes Hemd, das ihn gleich viel seriöser aussehen ließ, und er hatte ihr sogar einen kleinen Blumenstrauß mitgebracht.

Während Clara beim Essen wieder schwieg, waren sie schon sehr bald in ein Gespräch vertieft, und die Männer lobten den feinen Kartoffelsalat, den Brigitta zum Fisch gereicht hatte, und auch die süßsauer angemachten Gurkenscheiben mit den Dillspitzen genossen sie sichtlich.

Sie unterhielten sich über Alsberg, über die Vor- und Nachteile des Lebens in einer kleinen Stadt, und Lindner erzählte aus der Geschichte des Modellbaus, und dass es für einen Langzeitarbeitslosen nicht so leicht war, ein so anspruchsvolles Hobby zu pflegen. Die heiklen Themen hatten sie zunächst gemieden. Erst als sie den Kaffee und vier kleine Gläser mit selbst gemachtem Tartufo-Eis servierte, kam Robert noch einmal auf den Anlass ihrer ungewöhnlichen Tischgemeinschaft zu sprechen.

»Es tut uns alles so furchtbar leid«, hob er an. »Es ist nur so, wir wissen ja immer noch nicht, worunter unsere Clara so leidet.«

Clara merkte auf und wurde blass, sagte aber nichts.

»Nun«, erwiderte Lindner, »dazu könnte man Dinge vermuten.«

»Nein, Gerhard, bitte nicht«, ergriff Clara das Wort. »Bitte nicht heute!«

»Schon gut«, sagte Lindner beschwichtigend.

»Schon gut«, echoten sie und ihr Mann wie aus einem Mund. Nachdem Clara ihren Nachtisch aufgegessen hatte, bedankte sie sich bei ihr, gab Lindner die Hand und zog sich zurück.

76

14.15 UHR

Auch wenn es schön gewesen war, mit Gerhard und ihren Eltern beisammenzusitzen, freute sich Clara doch darauf, den Rest des Nachmittags allein in ihrem Zimmer zu verbringen. Sie schaltete Musik ein und summte mit.

Dann kramte sie den Brief hervor, den sie im Bezug ihres Kopfkissens versteckt hatte. Am Morgen hatte sie ihn im Briefkasten vorgefunden. Ohne Absender, ohne Briefmarke. Sofort hatte sie ihn aufgerissen und überflogen. Jetzt legte sie sich aufs Bett, las ihn in Ruhe noch einmal und wog jedes Wort einzeln ab.

Liebe Clara,

es ist schrecklich, was man Dir angetan hat. Entsetzlich, wie Du leiden musstest. Und ich selbst – das habe ich nach längerem Nachdenken erkannt – trage wohl die größte Schuld daran. Ich verspreche Dir, ich werde gleich nach den Ferien einige Deiner Klassenkameraden zur Rede stellen, und falls es eine Handhabe gegen sie gibt, werde ich den Direktor informieren. Und mach Dir nicht so viele Sorgen wegen der Mathematik! Du bist schon viel besser geworden. Nach der nächsten Klausur werden wir weiter sehen.

Herzlich
Dr. Volker Schuster

Clara atmete tief durch. Schuster mochte ein Scheusal sein, aber offenbar war er, wenn er denn wollte, doch imstande, das Richtige zu tun. *Weiter sehen? Das schreibt man doch zusammen! Was soll's? Mathelehrer!*

77

22.45 UHR

Es war in Ordnung, Gottesdienste nicht zu mögen. Benedikt konnte es gut nachvollziehen, dass es immer mehr Menschen gab, die den liturgischen Feiern nichts abgewinnen konnten. Die schier endlosen Litaneien, die alten, oft unverständlich gewordenen Texte der biblischen Lesungen, die meist so künstlich wirkende Sprache der Gebete.

Eine gute Predigt vermochte allerdings das Geschehen zu beleben, wie er, wenn er die Trauerfeier mitrechnete, binnen weniger Tage gleich dreimal erleben durfte. Aber einen inneren Antrieb, jenseits seiner Dienstpflichten, aus freien Stücken einen Gottesdienst zu besuchen, verspürte er schon seit Jahren nicht mehr. *Geh hin, so oft du noch kannst,* hatte Antonius Kluge einmal gespottet. *Wenn unsere Geistlichkeit so weitermacht, wird man sich in zwanzig Jahren fragen, was das damals am Sonntagmorgen eigentlich war.* Bei dem Gedanken schien der alte Freund sogar ein wenig Genugtuung zu empfinden.

Benedikt machte sich nichts vor. Die Zeiten, in denen die Kirche das gesellschaftliche Leben wenigstens unterschwellig geprägt hatte, waren wohl ein für alle Mal vorbei. Dabei befürchtete er allerdings, dass mit dem Relevanzverlust der Kirche das Thema der Religion keineswegs erledigt wäre. Der Fundamentalismus, ob nun in der weltanschaulichen Parallelwelt der scheinbar harmlosen Evangelikalen oder in den gefährlichen Zirkeln gewaltbereiter Fanatiker, würde erstarken und an Terrain gewinnen. Und auch die vermeintlich Ungläubigen würden an etwas glauben: an das Geld, an den Erfolg oder auch ganz blind an den wissenschaftlichen Fortschritt, als könnte der am Ende alle Probleme lösen. All das flößte ihm Angst ein.

Mochten Sonntagsgottesdienste auch oft langweilig sein, Osternächte waren es nicht. Das wussten nicht nur die treuen Gemeindeglieder. Auch viele, die sonst einen Bogen um die Kirche machten, kamen in Scharen zur feierlichen Erscheinung und Ausbreitung des Lichts. *Ein wenig Licht in der Finsternis könnte auch ich gut gebrauchen,* dachte Benedikt.

Mit einer schlichten, noch nicht angezündeten Kerze ausgerüstet, die ihm Demuth mit einem jovialen Gruß samt einem Liederzettel in die Hand gedrückt hatte, ging er vorsichtig durch den Mittelgang. Nur am Raunen in den Bankreihen konnte er erahnen, dass die Kirche schon gut gefüllt war. Sehen konnte er so gut wie nichts. Denn nicht nur die Lampen, die in den Schlusssteinen der gotischen Gewölbe angebracht waren, hatte Demuth abgeschaltet, sogar die Außenbeleuchtung, mit der die Gemeinde Alsberg in den Abendstunden eine der wenigen Sehenswürdigkeiten im Stadtbild hervorhob, pausierte in dieser Nacht, sodass auch kaum Restlicht in die Kirche eindrang. Eine Frau aus dem Handarbeitskreis geleitete die älteren Besucher zu ihren Sitzplätzen, damit sie im Dunkel nicht stürzten.

Benedikt ertastete zur linken Hand einen freien Platz am Rand einer Bankreihe ziemlich genau in der Mitte der Kirche, verharrte, mehr aus Gewohnheit als aus andächtiger Einkehr, einen Augenblick im Stehen und setzte sich dann behutsam. Er spürte, dass jemand direkt neben ihm saß, konnte aber nicht mehr als dessen grobe Umrisse erkennen. Sein Sitznachbar, dessen Augen sich offenbar schon an die Dunkelheit gewöhnt hatten, wandte sich ihm zu, wie er am leicht rasselnden Atemgeräusch bemerkte.

»Na, ein bisschen Auferstehung tanken?«

»Antonius!«, entfuhr es ihm, fast ein bisschen unangemessen laut. Trotz der kleinen, durchaus angenehmen Überraschung berührte ihn das Wort *tanken* doch unangenehm am Ort seiner schrecklichen Untat. Leiser fragte er ihn nun: »Du in der Kirche?«

»Tja. Das erste Mal seit vielen Jahren. Jetzt denkst du bestimmt: Nun wird er richtig alt, der Altbischof.«

»Nein«, erwiderte Benedikt eilig, nicht nur aus Höflichkeit, sondern auch weil sein geschätzter Mentor zumindest geistig ausgesprochen jung und rege wirkte. »Ich hätte nur im Leben nicht damit gerechnet, dich heute Nacht zu sehen.«

»Von *Sehen* kann ja bislang keine Rede sein«, gab Antonius Kluge mit dem ihm eigenen Humor zurück, während sich im Mittelgang die Schrittgeräusche der weiterhin zuströmenden Gäste mehrten. »In letzter Zeit regt sich bei mir manchmal doch wieder so eine Sehnsucht«, fuhr der Altbischof seufzend fort. »Was auch immer das bedeuten soll. Glaub bloß nicht, dass mein Sarkasmus allein mir zum Trost und Heil gereicht.«

»Was Schlimmes?«, fragte Benedikt besorgt und griff instinktiv nach Antonius' Hand und fand sie auch gleich im Dunkeln. Nie zuvor hatte er eine solche körperliche Vertraulichkeit gewagt. »Etwa schlechte Nachrichten vom Arzt?«

»Keine Sorge«, antwortete der Altbischof leise und löste gelassen, aber nicht abwehrend den Griff des jüngeren Freundes. »Ich weiß nicht genau, was es ist. Das Leben ist voller Widersprüche. Ganz schön kompliziert.«

Benedikt nickte, weil er nur zu gut verstand. Und als ihm klar wurde, dass Antonius seine Kopfbewegung nicht sehen konnte, murmelte er einen sanften Laut des Einverständnisses dazu.

Ein zarter Hauch von Stimmen, die sich an einen Dur-Dreiklang herantasteten, war aus der Ferne zu erahnen. Einen Kirchenchor hatte St. Petri schon seit Jahren nicht mehr, aber offenbar hatte Ludmilla zur Feier dieser Nacht ein kleines Vokalensemble zusammengestellt. Alsbald wurde es ruhiger in den Bankreihen. Der Gottesdienst würde in wenigen Minuten beginnen.

Antonius schien noch nicht bereit zu sein, sich der Stille hinzugeben, und fuhr mit seinen Überlegungen fort:

»Es ist nicht so, wie du vielleicht denkst, dass ich alles wüsste und alles im Griff hätte. Auch in meinem Leben gibt es finstere Abgründe. Wahrscheinlich bin ich hier, weil ich herauskriegen möchte, wo der Hund begraben liegt.«

Nach dieser Metapher breitete sich eine Gänsehaut auf Benedikts Armen aus, und er schluckte bitter. Doch Antonius unterbrach seinen Redefluss nicht. Es schien ihn nicht zu stören, dass durch die eingetretene Stille auch andere seine Worte hören konnten.

»Ich spreche hier nicht von Krankheit, Angst und Trauer. Das ist dir alles bekannt. Ich spreche von Schuld, von schrecklichen Dingen, die ich getan habe. Ja, ich wollte Macht. Darum bin ich Bischof geworden. Und dann musste ich Macht ausüben. Das war Teil meines Amtes. Aber das entschuldigt nichts. Am schlimmsten war es mit den Personalangelegenheiten. Da gab es Dienstverfahren gegen Pastoren und Mitarbeiter, über die konnte man so oder anders urteilen. Manchmal bin ich mit unbotmäßiger Härte vorgegangen. Ich habe Menschen gekränkt, verletzt. Ein junger Kollege aus Lüneburg hat sich nach einer Zwangsversetzung umgebracht. Alle haben mich verteidigt, denn der Mann hätte ja schon seit Jahren an Depressionen gelitten. Aber … Benedikt, ich habe Leben zerstört!«

Benedikt traute sich kaum noch zu atmen. Der Altbischof schien mitzubekommen, dass diese Worte seinen Schützling sehr aufwühlten, und so wählte er zum Abschluss seines Bekenntnisses einen parodierenden pastoralen Ton, um die Spannung ein wenig zu mildern: »Und das alles, um des heiligen Evangeliums unseres Herrn Jesu Christi willen.« Dann schwieg er für einen Moment.

Verhaltene Geräusche aus dem Eingangsbereich der Kirche kündeten an, dass die Superintendentin einzog.

Nun war es Antonius, der Benedikts Hand ergriff. Langsam neigte er seinen Kopf ganz nah ans Ohr des Freundes und flüsterte: »Ich habe viel nachgedacht. Über mich. Aber auch über dich. Über deine Zerrissenheit und deine neu entwickelte Stärke. Unsere Gespräche. Diese merkwürdige, diese anonyme oder hypothetische Fallgeschichte, in der es ein Todesopfer gab. Dieser Gott, der Gutes und Böses bewirkt und Böses zum Guten wendet. Benedikt, hab keine Angst. Was es auch sein mag. Solange ich noch atmen kann: Ich werde immer auf deiner Seite sein.«

78

23.00 UHR

Christus ist das Licht.
Gelobt sei Gott.

Mit einer erstaunlich warmen Altstimme, die Benedikt bislang so noch nicht aufgefallen war, intonierte die Superintendentin den Gesang der österlichen Antiphon. Der kleine Chor, noch immer unsichtbar, antwortete aus der Ferne.

Benedikt wandte sich um und sah, wie das Licht der großen Osterkerze, die Magdalena Kursow vor sich hertrug, ihr Gesicht und ihr Gewand erhellte. Von den Chorstufen aus war nun eine gregorianische Psalmenrezitation zu hören. Festlich schritt die Superintendentin durch den Mittelgang. Ihre Albe, um die sie eine weiß-goldene Stola gelegt hatte, umwehte ihren Gang. Benedikt selbst besaß nur einen schwarzen Talar. Einmal hatte er eine Albe anprobiert, aber er war sich darin wie ein katholischer Priester vorgekommen, und das behagte ihm gar nicht. Zwar hatte ihn sein Professor für Praktische Theologie im Studium aufgeklärt, dass selbst die Reformatoren noch die Messe in weißen Gewändern zu zelebrieren pflegten, aber für Benedikt entsprach die Farbe Schwarz einfach mehr der protestantischen Nüchternheit.

»Ich finde ja, nur Ärzte sollten weiße Kittel tragen«, feixte Antonius Kluge von der Seite, als Frau Kursow an der Bank vorbeizog, auf der die beiden Geistlichen saßen. Benedikt musste grinsen.

Endlich oberhalb der Chorstufen angekommen, stellte die Superintendentin mit einiger Mühe die große und schwere Kerze auf den dafür vorgesehenen Bodenständer. Sechs junge Menschen, vier Frauen, darunter Ludmilla mit ihrem strohblonden Schopf, und zwei Männer traten zu ihr in den Lichtschein, entzündeten ihre kleinen Handkerzen an der Osterkerze und schwärmten dann aus, um das Licht der Flammen an die Kerzen auf dem Altartisch und auf den Kandelabern weiterzugeben, die an den Pfeilern im Chorbereich angebracht waren. Benedikt vermutete, dass die jungen Leute Ludmillas Kommilitonen von der Musikhochschule waren. Auch wenn es noch nicht mehr als zwanzig Lichter waren, die nun den gottesdienstlichen Raum erleuchteten, war er tatsächlich ein wenig geblendet nach der langen Wartezeit im Dunkeln.

Die Superintendentin leitete den Gottesdienst souverän, wenn auch nicht überragend, was die Qualität ihrer eigenen Texte betraf, wie Benedikt befand. Nach mehreren Lesungen und Meditationen sowie kurzen Intermezzi des Chores, den Ludmilla auf der kleinen Truhenorgel begleitete, stieg Benedikts Dienstvorgesetzte auf die Kanzel hinauf und schaltete die Pultleselampe ein, was leider einen kleinen Bruch in der Inszenierung des allmählichen Hellerwerdens durch die Kerzen allein darstellte.

Kaum hatte sie mit ihrem *Liebe Gemeinde!* ihre geistliche Rede eröffnet, merkte Benedikt, wie er allmählich wieder in seinen eigenen Gedanken versank. Er hörte gerade noch, wie Frau Kursow ein paar Verse aus Xavier Naidoos *Alles kann besser werden* zitierte, und fand das ziemlich anbiedernd. Wird jemals wieder etwas besser werden? Er schaute vorsichtig nach rechts. Antonius hatte seine Augen geschlossen. Vielleicht grübelte er oder war eingeschlafen. Würde sein Mentor tatsächlich zu ihm halten, wenn er die grausame Wahrheit erfuhr? Als Benedikt ihm diesen Fall geschildert hatte, der ja alles andere als hypothetisch war, hatte Antonius in Hinsicht auf die Wiederherstellung der Gerechtigkeit durch eine gottwohlgefällige Bluttat doch sehr abwehrend reagiert. An der Richtigkeit von Gesetzen hatte er jedenfalls nicht gezweifelt. Aber möglicherweise war er da im philosophischen Denkmodus gewesen. Vielleicht betrachtete er die Dinge anders, wenn er jetzt seine eigenen menschlichen Defizite, seine Betroffenheit besah.

Gesetz und Evangelium. Martin Luther hatte über die Spannung zwischen diesen beiden Begriffen viel nachgedacht. Ein Gesetz zum Erhalt der äußerlichen Ordnung erkannte er an, erinnerte sich

Benedikt aus seiner früheren Studienlektüre. Aber für den Glauben hatte das Gesetz, wie zum Beispiel die Zehn Gebote, keinen rechtlich verbindlichen Sinn. Was Gottes Gerechtigkeit und Gnade betraf, war das Gesetz nur ein *Zuchtmeister*, wie Luther das nannte, ein Lehrer, der uns beibringt, dass wir von selbst niemals sündlos und gerecht handeln können. Gott spricht uns gerecht, Gott macht uns gerecht. Das sei das ganze Evangelium. Vielleicht bediente er sich ja auch unserer Taten zur Durchsetzung seiner Gerechtigkeit? Benedikts Gedanken kreisten.

Magdalena Kursow redete noch immer. Ihre Stimme blieb recht monoton und begleitete als Hintergrundgeräusch sein Abwägen und Hin-und-her-Überlegen. Nur manchmal merkte er kurz auf, wenn sie theologische Schlüsselbegriffe wie Versöhnung, Erlösung und Erweckung verwendete. Allmählich schien sie zum Ende zu kommen. Sie erhob ihre Stimme, und die Sätze wurden kürzer. Dann breitete sie die Arme aus.

»Er ist auferstanden. Das ist wahr. Und wir werden mit ihm auferstehen. Das glaube ich von ganzem Herzen. Wir werden es erleben. Amen.«

»Hast du gesehen, wie sie gezwinkert hat?«, raunte Antonius ihm zu. »Sie lügt.«

»Wer tut das nicht?«, gab Benedikt zurück. Allerdings sagte er das nicht, um die Predigerin in Schutz zu nehmen. Er war ganz bei sich selbst in diesem Augenblick.

79

23.50 UHR

Der Herr ist auferstanden. Halleluja!
Er ist wahrhaftig auferstanden. Halleluja!

Langsam breitete sich das Licht aus und erfüllte bald den gesamten Kirchenraum. Zwar war es noch nicht Mitternacht, aber nicht irgendeine Funkuhr, sondern die Logik des gottesdienstlichen Ablaufs bestimmte den Zeitpunkt der rituell nachvollzogenen Auferweckung Christi von den Toten. Das österliche Geläut, bei dem alle Glocken erklangen, hatte eingesetzt, ließ den Kirchenraum beben und würde draußen weit über die Grenzen Alsbergs hinaus hörbar sein.

Magdalena Kursow und die Sänger des Ensembles gingen durch die Bankreihen und gaben das Licht an die Gottesdienstbesucher weiter, die sich erhoben und ihnen tief ergriffen ihre Handkerzen entgegenstreckten. Ein junger Mann, der Bariton des Ensembles, trat an Benedikts Bankreihe heran und half ihm, seine Kerze zu entzünden. Benedikt wandte sich zur rechten Seite und reichte das Licht an Antonius weiter. Ihre Blicke trafen sich im Kerzenschein. Der alte Mann lächelte ihm zu.

Klangkaskaden, getragen von tiefen Bässen, erfüllten den Raum. Ludmilla war inzwischen zur großen Orgel hinaufgestiegen, um mit viel Getöse und kalkulierten Dissonanzen den Choral *Christ ist erstanden* zu präludieren. Dann schälte sich die archaisch anmutende Melodie des Osterliedes aus der wuchtigen Improvisation heraus. Die Besucher nahmen ihre Liederzettel zur Hand und fielen lautstark ein mit ihrem Gesang. *Des soll'n wir alle froh sein, Christ will unser Trost sein. Kyrieleis.*

Jetzt, da sich das Licht bis in den letzten Winkel ausgebreitet hatte, sah Benedikt, wie voll die Kirche war. Und für einen Augenblick erschien es ihm, als wäre ein Freudenschein in seine düstere Verzweiflung hereingebrochen. Doch als sich die Gemeinde wieder setzte und die Superintendentin das Fürbittengebet anstimmte, tauchte er wieder ab in seine eigene Gedankenwelt und nahm die Gebetsworte nur mit halber Aufmerksamkeit wahr.

»Gott, wir bitten für die Menschen in Not, für die Verfolgten im Krieg und auf der Flucht …«

War fliehen noch eine Option, oder musste er sich ergeben? Noch konnte er sich selbst anzeigen. Ein Schuldeingeständnis, bevor ihm andere auf die Schliche kamen, würde ihm beim Strafmaß Vorteile einbringen. Wenn sein Verteidiger auf Notwehr plädierte? Wenn ein Freund wie Antonius ein gutes Wort für ihn einlegte?

»Wir bitten dich für alle Kranken an Leib und Seele, für alle, die Schmerzen leiden, für alle, deren Geist getrübt ist …«

Und wenn man ihn für unzurechnungsfähig erklärte, was wäre dann? Viele Jahre in der geschlossenen Psychiatrie, umgeben von Kinderschändern und Mördern, die vor dem Gefängnis bewahrt worden und vermutlich noch gestörter waren als er selbst. Oder …

»Wir bitten dich für unsere Verstorbenen, für Elisabeth Haselböck, die wir zu Grabe getragen haben …«

Die ich zu Grabe getragen habe, korrigierte Benedikt im Geiste, *weil du zu faul warst, die Beerdigung zu übernehmen.* Aber immerhin hatte die Tatsache, dass er dazu bereit gewesen war, ihn zu neuen Höchstleistungen herausgefordert und ihm dank der gelungenen Trauerfeier neue Bewunderer in der Gemeinde beschert.

»Wir bitten dich für einen jungen Wandergesellen, der am Karfreitag beim Autobahnkreuz überfahren wurde und noch am Unfallort starb. Nimm ihn auf mit deiner großen Güte, und lass ihn in deinem Frieden ruhen …«

Jens! Die Nachricht explodierte in Benedikts Kopf. Ein Unfall? Wie konnte es nur sein, dass er davon noch nichts erfahren hatte? Den Namen des Unglücksopfers hatte die Polizei offenbar noch nicht bekannt gegeben, sonst hätte die Kursow ihn erwähnt. Wehmütig erinnerte er sich an die Stunden im *Niedersächsischen Hof,* in denen er sich alles von der Seele geredet hatte. Der Fremde hatte ihm versprochen, über das Anvertraute zu schweigen. Nun schwieg er tatsächlich für immer. Was hatte der Wanderer auf einer Autobahn zu suchen gehabt? Benedikt erinnerte sich an die Ausführungen aus einem theologischen Buch über Opfer. Früher, so hatte er dort gelesen, seien Opfer eine Angelegenheit der religiösen Kulte gewesen, heutzutage opferte man Leben im Straßenverkehr. *Neuzeitliche Automobilitäts-Religion* hatte der kluge Autor dieses Phänomen genannt. Hambrücks BMW stand wohl immer noch, überdeckt von einer Plane, auf dem Gelände der alten Wäscherei.

»… und die Kraft und die Herrlichkeit in Ewigkeit. Amen.«

Benedikt hatte nicht mitbekommen, dass sich die Gemeinde inzwischen zum Vaterunser erhoben hatte. Antonius Kluge war neben ihm sitzen geblieben, vielleicht um sich solidarisch zu erweisen. Er wusste aber auch von seinem Mentor, dass er es ohnehin hasste, wenn die Gemeinde die *Trimm-dich-Übungen,* wie er die Wechsel der liturgischen Körperhaltungen nannte, in preußischem Gehorsam nachvollzog, als hinge das Seelenheil davon ab.

Nach dem Segen, zu dem nun auch die beiden Freunde aufgestanden waren, wurde der nächtliche Gottesdienst mit dem österlichen Lied *Wir wollen alle fröhlich sein* beschlossen. Gleich darauf begann ein eifriges Treiben zum Kirchenportal, dorthin, wo die Superintendentin mit ihrem Chorgefolge ausgezogen war. Jemand tippte Benedikt von hinten auf die Schulter.

»Gesegnete Ostern! Schön, dass Sie gekommen sind«, frohlockte Schmiedemann. »Gehen Sie noch mit ins Gemeindehaus? Der Kirchenvorstand und einige Ehrenamtliche wollen noch auf einen Absacker beisammensitzen.«

Benedikt verneinte mit gespielter Zerknirschung und verwies auf seinen Dienst am Ostermorgen. Er versprach dem Vorsitzenden, die Mail mit der Textdatei vom Karfreitag über die Feiertage zu senden.

Antonius legte, nachdem er Schmiedemann nur mit einem Nicken gegrüßt hatte, seinem jüngeren Freund beide Hände auf die

Schultern, was sich merkwürdig anfühlte, da er ein ganzes Stück kleiner war und sich zu dieser Geste strecken musste.

»Mach's gut. Ich gehe rasch zum Ausgang. Da wartet ein Taxi auf mich.«

Benedikt ließ sich noch etwas Zeit. In der Schlange zum Portal galt es, so viele Grüße zu erwidern, dass sein erzwungenes Lächeln allmählich zum Grinsen gefror. Er war einer der Letzten, die noch an Magdalena Kursow vorbeimussten, die mit ihrem weißen Gewand in der Eingangshalle Hof hielt.

»Christus ist auferstanden«, sagte die Superintendentin und gab ihm die Hand.

»Er ist wahrhaftig auferstanden«, erwiderte Benedikt, mehr automatisch, als von Herzen überzeugt, den traditionellen österlichen Gruß.

»Ein frohes Osterfest wünsche ich Ihnen erst einmal.« Dann verfinsterte sich ihre Miene. »Aber gleich nach den Feiertagen rufen Sie Frau Balzer an und lassen sich einen Termin geben. Es gibt da ein paar Dinge, über die ich dringend mit Ihnen reden muss.«

Benedikt erschrak und blickte verlegen zur Seite. *Sie weiß es. Verflucht!* Sein Blick blieb an Vikar von Wagner hängen, der verschwörerisch zu Magdalena Kursow hinüberschielte. War von Wagner in der Krypta gewesen? Hatten sie die Polizei schon informiert? Nervös blickte er um sich und hielt Ausschau nach Ermittlern in Zivil, die vielleicht schon auf ihn angesetzt waren und ihn beobachteten. Doch die letzten anwesenden Gäste sahen alle harmlos und unverdächtig aus.

Er löste sich aus den Fängen seiner Dienstvorgesetzten und ging wortlos hinaus in die Dunkelheit.

OSTERSONNTAG, 5. APRIL

80

4.45 UHR

Sie zitterte, als sie sich der schweren Kellertür näherte. Ein gewaltiges Poltern hatte sie geweckt. Nun aber herrschte wieder Totenstille. Rasch hatte sie sich den Morgenmantel übergeworfen, einen mit Feuchttüchern, Cremes und anderen Hygieneartikeln gefüllten Gefrierbeutel an sich genommen und war barfuß nach unten gegangen. Klamm und feucht war der Estrichboden, sodass sie auf Zehenspitzen lief. Sie musste sich ducken, um sich nicht an den Rohren, die unverkleidet an der Decke entlangliefen, den Kopf zu stoßen. Nur ein wenig Licht von der Stiege half ihr bei der Orientierung, denn die Glühlampe, die sonst den langen Gang erhellte, war offenbar durchgebrannt. Sie durfte nicht vergessen, Richard zu bitten, sich darum zu kümmern. Früher hätte ihr ein finsterer Ort wie dieser Angst eingejagt, aber jetzt empfand sie nichts dergleichen. Nach einigen behutsamen Schritten verharrte sie vor der dunkelgrauen Tür, die im Restlicht wie ein Höhleneingang wirkte, umgeben von nackten Steinen. Sie drehte den Schlüssel, umfasste den Türgriff mit beiden Händen und musste ihren linken Fuß mit aller Kraft gegen die Wand stemmen, um den Zugang zu öffnen.

Grelles, kaltes Licht blendete sie für einen Moment. Sie hatte am Abend wohl vergessen, es auszuschalten. Ein Handtuch, das vor zwei Tagen noch strahlend weiß gewesen war, lag zusammengeknüllt und mit Schmutzflecken übersät in der Mitte des Raumes.

Die Gestalt auf der klapprigen Liege gab mit kratziger, klagender Stimme einen Laut von sich.

»Hast du wieder getobt, du unruhiger Geist?«, schimpfte sie. »Sieh dir nur deine Handknöchel an! Alles schon ganz blutig.«

»J… J… Ja.«

»Na, komm schon«, sagte sie jetzt milde. »Es ist Zeit aufzustehen. Schau mal, ich habe dir Salbe mitgebracht.«

81

10.25 UHR

Der Schwindel meldete sich wieder, als er die Kanzel erklomm. Dieses wacklige Gefühl in den Beinen, welches Benedikt früher öfters, aber in den vergangenen zwei Wochen nicht mehr gespürt hatte. Wie gut, dass seine Predigt schon am frühen Samstagabend fertig geworden war und dass seine zärtlichen Sehnsuchtsgefühle für Nicole ihm Formulierungen voller Tiefe und Lebensklugheit beschert hatten. Denn nach der beunruhigenden, ja, Unheil verheißenden nächtlichen Begegnung mit der Kursow hätte er kaum noch etwas hinbekommen. Nur einen einzigen Satz, mit dem er den Tod des Wandergesellen in seine Ausführungen aufnahm, hatte er mit Mühe am frühen Morgen noch zu seinen Predigtworten hinzugefügt.

Vom Blick in den Spiegel in der Sakristei wusste er, wie er an diesem Ostermorgen aussah: blass, mit teigiger Haut und dunklen Ringen unter den Augen. Aber bis hierhin hatte er sich zusammengerissen, sodass die zahlreich erschienenen Gottesdienstbesucher nichts von seiner Seelenpein gemerkt haben dürften. Und Ludmilla hatte sich so viel Mühe gegeben, den Gottesdienst festlich zu gestalten. Einen hervorragenden Trompeter hatte sie eingeladen und mit ihm zum Einzug den *Prince of Denmark's March* von Jeremiah Clarke gespielt. Nicht gerade geistliche Musik im eigentlichen Sinne, aber wunderbar feierlich und des höchsten Festtags der Christenheit würdig.

Benedikt klammerte sich an das Lesepult auf der Kanzel und wagte einen ersten Blick über die Bankreihen. Clara Stern saß mit ihren Eltern rechts außen neben einer der Säulen und nickte ihm lächelnd zu. Und sofern ihn sein Augenlicht nicht täuschte, saß tatsächlich Gerhard Lindner neben ihnen. Dann wandte er seinen Blick nach links und begann plötzlich zu taumeln. Sein Sichtfeld verengte sich, und das Bild kippte leicht zur Mitte hin, als hätte eine übermenschliche Macht alle Bänke gleichzeitig angehoben. Benedikt zwinkerte ein paarmal, senkte den Blick und versuchte, sein Manuskript zu lesen. Da war so ein Flimmern, das die bedruckte Seite auseinanderzureißen schien. Vor Jahren hatte er das schon einmal erlebt. Seine Augenärztin hatte damals von einem Skotom gesprochen, das normalerweise harmlos sei. Eine solche Sehstörung könnte allerdings auch das Symptom für eine in Kürze eintretende Migräneattacke oder einen epileptischen Anfall sein. Das fehlte jetzt gerade noch, dass er zuckend und mit Schaum vor dem Mund zusammenbrach. Andererseits, wenn er dabei gleich rückwärts die Kanzelstufen hinunterstürzte und sich das Genick brach, hätten sich all seine Probleme auf einen Schlag erledigt. Sein Herzschlag galoppierte.

Ein Pulsschlag, lauteten die ersten beiden Worte seiner Predigt. Die Buchstaben tanzten noch ein bisschen, aber allmählich ließ das Flimmern nach. Er vergewisserte sich mit einem neuerlichen Blick in die Gemeinde. Links und rechts saßen die Menschen wieder in der Horizontalen. Der Spuk war vorbei. Er zwang sich zu einem Lächeln. Würde dies seine beste und womöglich letzte Osterpredigt sein? Haftanstalten hatten ihre eigenen Seelsorger und überließen ihre Gottesdienste sicherlich keinem Sträfling. Oder sollten, falls sich das Schicksal noch wendet, weitere und bessere Predigten in den nächsten Jahren folgen?

»Ein Pulsschlag«, murmelte er leise vor sich hin. Und dann fing er an.

82
10.30 UHR

»Ein Pulsschlag. Und du spürst das Leben. Nur eine kleine Kontraktion inmitten der Brust, und eine belebende Kraft durchströmt den ganzen Leib, dringt hindurch bis in die feinsten Kapillaren unserer Fingerspitzen. Der Pulsschlag scheint die elementare Kraft unseres Lebens zu sein. Auch wenn wir heute wissen, dass es in Wirklichkeit das Gehirn ist, das unseren Organismus steuert, und dass dort nicht nur unser Denken, sondern auch das Wahrnehmen und Empfinden, das Bewusstsein und der Lebensgeist wohnen.

Trotz dieses Wissens wundert es uns nicht, dass die Menschen in früheren Zeiten das Herz als die Mitte unseres Wesens, als die treibende Kraft ansahen. Nennen wir doch auch heute noch eine liebevolle Geste herzlich, spüren wir, wie eine schöne Musik unser Herz berührt. Und erachten wir eine Klugheit, die nicht nur mit Wissen prahlt, sondern sich fürsorglich und umsichtig zeigt, für Herzensbildung.

Ein Pulsschlag. Nein, nicht nur einer, sondern Abermillionen davon bestimmen unser Leben, im rhythmischen Kommen und Gehen. Systole und Diastole, Einatmen und Ausatmen, Rasen und Ruhen, Geben und Nehmen. Mal kraftvoll, mal schwächlich, mal leise, mal laut. Dieser Pulsschlag ist die Dynamik unseres Lebens, ist wie ein musikalisches Werk mit seiner gegliederten Zeit. Ein Wunder? Ganz gewiss. Und um dieses Wunder zu erfassen, muss man nicht einmal schöpfungsgläubig sein. Selbst die nüchternsten Evolutionsbiologen können sich der Faszination und dem Zauber nicht entziehen. Dass alles wirklich lebt, was da lebt.

Entziehen können wir uns aber auch nicht der Wahrheit. Der Wahrheit, dass unser Leben flüchtig ist und dass der Pulsschlag eines Tages versiegt. Manchmal versiegt er schon früh. Kleine Kinder sterben. Das ist furchtbar. Und der Wanderer, der vor zwei Tagen auf der Autobahn ganz in unserer Nähe ums Leben kam, war noch ein junger Mann und hätte so vieles noch vor sich gehabt.

Ist das Wunder des Lebens dann noch etwas wert, wenn es sich als flüchtig, als kurz und vergänglich erweist? Müsste dann nicht aller Sinn und alles Trachten einem geistigen Sein, jenseits des Irdischen, des Körperlich-Kreatürlichen, gelten?

Nein. Leiblich pulsierend soll, darf und muss unser Leben sein. Daran ließ Gott keinen Zweifel, als er sein Werk schon ganz am Anfang kommentierte. Dass es gut war, und siehe: sehr gut sogar, dieses geschöpfliche Sein.

Als Sündenfall bezeichnet es die Bibel, dass der Mensch nicht akzeptieren wollte, nur ein Pulsschlag des Lebens zu sein. Höher wollte er hinaus, wollte göttlich und ewig werden, musste aber letztlich seine Begrenztheit erkennen. Was wissen wir von dem, was die Bibel Sünde nennt? Schnell denken wir da an Moral und an erotische Versuchungen. Dabei geht es im Kern um etwas anderes. Es geht um die Grenzen unserer Möglichkeiten, dem Leben zu dienen. Auch um die Grenzen aller Versuche, es über Gebühr auszudehnen. Vielleicht ist es sogar richtig und im Sinne des großen Plans, wenn wir selbst dem Leben Grenzen setzen. Wer will die Frau verurteilen, deren unheilbares Leiden ihre Seele zerbricht? Wer will den Mann richten, der sie aus Liebe unterstützt, einen würdevollen Abschied zu finden? Kennen wir den himmlischen Ratschluss über Anfang und Ende? Kann es sein, dass der Himmel manchmal zu uns spricht und uns Weisung gibt? Und dass eine solche Weisung auch anders lautet als das, was wir vom Regelwerk der Welt zu wissen glauben?

Ihr werdet sein wie Gott, verhieß die Schlange den ersten Menschen im Paradies. Nun, wir wurden nicht wie Gott. Wir konnten nicht mehr tun, als uns mit allen unseren Brüchen und Unvollkommenheiten in seinen Dienst zu stellen. Wir wurden nicht wie Gott. Aber mitten in der Zeit wurde Gott wie wir. Christus, Pulsschlag und Atem, Rhythmus des Lebens in der Welt. Entfaltete zum Guten, was an Irdischem zuhanden war: Liebe, Leidenschaft, seelische und körperliche Kraft. Die *Dynamis,* die in uns allen ruht und der wir meist nicht allzu sehr vertrauen.

Christus starb und wurde auferweckt, so erzählen die Ostergeschichten, auferweckt zu neuem Leben. Nicht als Engel, nicht als ätherisches Licht, nicht als Idee, sondern leiblich, in Fleisch und Blut, so wird bezeugt. Weil Leben zwar brüchig, aber gut ist. Und weil es so scheint, als habe Gott in Jesus Christus die Lust am Pulsschlag erst so richtig für sich entdeckt.

Was wird aus uns? Aus unserem unvollkommenen und begrenzten Sein? Leben wir, lieben wir, handeln wir! Im Rhythmus, im Atem und im Klang der Sinfonie unseres Lebens, unseres irdischen Pulsierens. Erspüren wir die Kraft und lassen wir sie wirken bis zum letzten Zuge. Und wenn dann einst das Lied in uns verklingt, wird danach alles still und stumm? Wir wissen es nicht, wir ahnen es vielleicht. Wir kennen bestenfalls die ersten Noten. Und üben sie mit Vorsicht in unsere Herzen ein. Das ganze Werk ist noch geheim und noch verschlossen. Nur von ferne tönt eine leise Melodie. Das neue Lied wird herrlich sein.«

83

11.15 UHR

»Vielen Dank, Herr Theves, das hat uns gut gefallen.«

Die hübsche Alina sprach offensichtlich stellvertretend für die kleine Gruppe, die aus dem Konfirmandenkurs trotz Ferien zum Gottesdienst gekommen war. Auch Yannick, Finn und Ann-Kristin gaben ihm die Hand. Nur Marvin, den sie Snickers nannten, war abgelenkt, weil er nach über einer Stunde Entzug dringend ein Überraschungsei auswickeln musste.

Benedikt war erstaunt, dass er auch dieses Mal so viele positive Rückmeldungen von den Gottesdienstbesuchern empfing, die sich in einem großen Pulk am Ausgang sammelten. Er selbst war nur froh, es überstanden zu haben.

»Sehr lebendig, Herr Pastor, weiter so«, sagte eine ältere Dame, die zuerst eine ihrer Krücken gegen die Hüfte lehnen musste, um ihm die Hand zu geben. »Sie haben recht. Das Leben ist schön, auch wenn es bald zu Ende geht. Ach, und sagen Sie der Organistin: Die Musik war wunderbar.«

Benedikt war, trotz seiner Erschöpfung, ebenso begeistert gewesen von Ludmillas Improvisationstalent. Ganz spontan hatte sie auf den Duktus seiner Predigt reagiert, zunächst über einen pulsierenden Basston Motive aus Passionsliedern angedeutet und war dann in eine beinahe tänzerische Interpretation des Chorals *Auf, auf, mein Herz, mit Freuden* hinübergeglitten und hatte dabei alle Möglichkeiten der großen Orgel ausgeschöpft. Das hatte ihm genügend Schwung gegeben, auch die zähe Abendmahlsfeier, die angesichts der großen Gemeinde mehr als zwanzig Minuten gedauert hatte, durchzustehen. Während Schmiedemann mit der Patene voller Oblaten die Runde machte, war es an ihm gewesen, den Gläubigen den Kelch zu reichen. Wie schon des Öfteren hatte er sich gefragt, welche Miene er aufsetzen sollte, während er die Spendeworte sprach. Sollte er ernst oder gar tragisch blicken, wenn er *Christi Blut, für dich vergossen* sagte oder doch eher heiter, weil die Gabe ja zur Erlösung verhelfen sollte. Und wieder einmal nagte die Frage an ihm, ob Blutvergießen eine Lösung sei.

Clara Stern stand jetzt vor ihm und sagte, ohne zu zögern: »Vielen Dank, dass Sie mir geholfen haben.«

Benedikt war so verdutzt, dass ihm die Worte fehlten. Das Mädchen drückte ihm mit einem Lächeln einen winzigen rechteckigen Gegenstand in die Hand. Es war ein gerahmtes, offensichtlich selbst gemaltes Miniaturaquarell, das die Petrikirche im Abendlicht zeigte. Auch Claras Eltern bedankten sich. Und Gerhard Lindner folgte ihrem Beispiel. Die drei dürften sich angefreundet haben.

Zahlreiche Hände musste er noch schütteln, bis am Schluss eine leichenblasse, vollständig in Grau gekleidete Frau mittleren Alters vor ihn trat. Ihr Haar war schlohweiß, sodass es geradezu leuchtete. Die Gläser ihrer altmodischen Brille ließen ihre fast schwarzen Augen riesengroß erscheinen.

»Frohe Ostern«, sagte sie.

Benedikt erwiderte ihren Gruß.

»Aber eines muss ich Ihnen leider sagen«, fuhr sie fort. »Ihre Predigt hat mir überhaupt nicht gefallen. Mein Sohn hat vor einem Jahr Selbstmord begangen. Als Sie davon sprachen, dass es erlaubt sein müsse, dem Leben selbst eine Grenze zu setzen, das hat mir sehr, sehr wehgetan.«

»Das tut mir …«, setzte Benedikt betroffen an, aber die Dame in Grau war sofort nach ihren letzten Worten weitergegangen. Er wollte ihr nachblicken, doch sie war plötzlich verschwunden, als hätte eine geheimnisvolle Kraft sie von der Erde entrückt. Benedikt schluckte.

Der Küster, der neben ihm die Gesangbücher eingesammelt hatte, sprach ihn an: »Ich räume noch ein bisschen auf und gehe dann nach Hause. Aber nach Ostern mache ich gründlich sauber. Irgendwie mieft es hier, vor allem da hinten im Chorumgang.«

Ein Stechen schoss Benedikt in den Bauch, sodass er sich zusammenreißen musste, um nicht laut aufzustöhnen. Nun roch es also offenkundig nach Tod und Verwesung.

»Ja, Herr Demuth, nach Ostern«, krächzte er.

Rasch wollte er in der Sakristei verschwinden, sich schnell umziehen und einfach nur weglaufen, aber schon beim beschleunigten Gang durch das Mittelschiff schwächelte er, bekam kaum noch Luft und ließ sich auf die erste Bank vor den Chorstufen nieder, wobei er sich so ungeschickt setzte, dass mit einem lauten Ratschen eine Seitennaht des Talars aufplatzte. Er hob den Kopf und schaute in Richtung Altar, gen Osten. Dorthin, wo Gläubige die Präsenz Gottes erwarteten. Aber genau da stand die Petrusskulptur im Weg, dieses unsägliche Machwerk moderner Kunst, mit dem die Katastrophe richtig Fahrt aufgenommen hatte. Hambrücks Leichnam, Silke und ihre esoterischen Wahnvorstellungen, Theodor und sein grenzenloser Zynismus. Von Wagner, die Kursow …

Mit Blicken tastete er den Kopf des Heiligen ab, der ihm zuzulächeln schien. Kein Blutfleck mehr, kein Schatten. Aber falls die Polizei … Luminol und UV-Licht …

Polizei, Polizei, Polizei!, dröhnte es in seinem Kopf. *Ich kann nicht mehr! Es ist vorbei!* Die Frau in Grau, diese Botin aus dem Reich einer höheren Weisheit, die ihm erschienen war, sie hatte ihm die Augen geöffnet. *Niemals darf ein Mensch die Grenze setzen. Niemals anstelle Gottes über Leben und Tod richten. Niemals! Ich bin ein Mörder. Es ist vorbei!*

Er erhob sich, prüfte vorsichtig, ob ihn die Füße wieder trugen, und eilte in die Sakristei. Mit zittrigen Händen nestelte er an den Talarknöpfen herum, was ihn viel Anstrengung kostete. Schließlich riss er am Stoff, wobei sich zwei Knöpfe lösten und auf den Boden fielen. Einer davon kullerte bis vor den kleinen Altar, genau dahin, wo Hambrück gelegen hatte. *Es ist vorbei.*

Achtlos warf Benedikt sein beschädigtes Gewand über einen Stuhl und griff nach seinem Handy in der Aktenmappe. Ohne auch nur noch einen Augenblick zu überlegen, wählte er die 110. Bereits zwei Sekunden später drang eine nasale Frauenstimme in sein Ohr.

»Polizeinotruf.«

»Theves. Ich … bin Pastor an St. Petri Alsberg. Ich möchte …, ich muss ein Verbrechen melden. Bitte kommen Sie schnell!«

»Herr Theves, bitte beruhigen Sie sich«, sagte die Stimme routiniert. »Was für ein Verbrechen? Einen Einbruch? Eine Gewalttat? Sind Menschen zu Schaden gekommen? Wird der Rettungsdienst benötigt?«

»Ja. Ich meine: nein. Kein Rettungswagen. Die Sache ist kompliziert. Ich kann das so nicht erklären. Einfach nur eine Streife, bitte!«

»Können Sie mir bitte etwas genauer sagen, was passiert ist?«

»Nein.«

»Bleiben Sie vor Ort! Ich schicke jemanden vorbei.«

Vorbei. Die Stimme der Frau von der Notrufstelle hallte nach in seinem Kopf. Jetzt gab es kein Zurück mehr. Die Wahrheit musste ans Licht. Was hatte er sich eingeredet? Was hatte er sich eingebildet? Dass böse Taten Gutes bewirken könnten? Gutes? Als ihn damals beim Studienbeginn eine Kommilitonin gefragt hatte, warum er sich für Theologie entschieden hätte, hatte er geantwortet: *Ich möchte Gutes tun.* Schon seiner Mutter war er nie gut genug gewesen. Er war zweite Wahl. Gut war für sie nur Theodor. Ihn dagegen hatte sie zum Psychologen geschickt. Doch Burkhard Buhse, dieser nette Mann, der an das Gute im Menschen glaubte, hatte ihn nur angespornt und damit alles noch viel schlimmer gemacht. Letztlich seinetwegen hatte er sich für die Theologie entschieden. Hatte es denn nicht genügt, dass bereits Theodor auf die Idee gekommen war, diese Disziplin zu studieren, die derart zu Hybris und Selbstüberschätzung verführte? *Nichts wissen wir! Gar nichts über Gott.* Ausgezogen war er damals, um das Gute zu suchen, aber irgendwann hatte sich das Böse seiner bemächtigt. Gutes tun, das konnte jetzt nur noch bedeuten: das Böse zu bekennen und zu büßen.

Gehet hin in alle Welt
(Markus 16,15)

Dreißig Stunden hatte die Krankenkasse übernommen. Burkhard Buhse hatte mit der Mutter des Jungen gesprochen und ihr vorgeschlagen, eine Verlängerung der Therapie zu beantragen, doch sie hatte abgelehnt. Buhse wurde das Gefühl nicht los, dass sie ihm nicht traute und seine psychologischen Methoden in Zweifel zog. Gern hätte er den Kleinen, der in den vergangenen Monaten auch körperlich ein beachtliches Stück gewachsen war und insgesamt ein wenig reifer wirkte, noch länger begleitet. Und dass sich der Junge in Gegenwart des Kinderpsychologen immer wohl und sicher gefühlt hatte, war offensichtlich. Nur ein einziges Mal war es ihm möglich gewesen, das Kräfteverhältnis im Familiengeflecht in Augenschein zu nehmen. Und er hatte schon sehr bitten müssen, bis sich die Mutter mit beiden Söhnen zu ihm bemühte. Als sie dann mit den zwei Jungen erschien, hatte sie sich erfolgreich geweigert, sich dem Therapeuten oder gar ihren Söhnen gegenüber zu öffnen. Und als er sie aufgefordert hatte, einmal eine von den biblischen Figuren in die Hand zu nehmen, hatte er nur ein Kopfschütteln geerntet. Nun, welche hätte sie auch nehmen sollen: Maria? Salome, die sich den Kopf Johannes' des Täufers auf einem Tablett servieren ließ, gehörte natürlich nicht zu den Figuren. Buhse musste schmunzeln, als er sich jetzt daran erinnerte. Der ältere Bruder, Theodor, hatte dagegen keinerlei Hemmungen gezeigt. Es war in der Woche nach Epiphanias gewesen, und es hatten noch alle Krippenfiguren auf dem Tisch gestanden. Ohne Zögern hatte er sich den hölzernen Herodes geschnappt, ihn triumphierend hochgehalten und immer wieder Ich bin der König, ich bin der König gesungen. Die Mutter hatte das lustig gefunden, ihren Theodor angestrahlt und dabei nicht bemerkt, wie sein jüngerer Bruder währenddessen die Jesusfigur schützend in seinen klei-

nen Händen barg. Überhaupt, wenn es in dieser Familie ein Problemkind geben sollte, dann hätte der Therapeut mit Sicherheit auf den älteren Jungen getippt. Bene dagegen hatte ihm in den vergangenen Monaten nur Freude bereitet.
Ein bisschen gedrückt war die Stimmung nun in dieser abschließenden Therapiestunde. Anfangs hatte sein kleiner Patient kurz geweint, und Buhse hatte ihm ein Taschentuch gegeben, in welches sich der Junge dann geräuschvoll schnäuzte. Nun lag das zerknüllte Papiertuch auf dem Tisch, und der kleine Klient platzierte die Jesusfigur darauf. Alle anderen Figuren, die Jünger, die Hirten, ja selbst Moses und David und Goliath, stellte er diesem Jesus in einem Halbkreis gegenüber. Es wirkte so, als würde eine Volksmenge auf ihn schauen.
»Braucht Jesus heute auch ein Taschentuch, weil er so traurig ist?« Buhse versuchte behutsam, ein Gespräch zu eröffnen.
»Nein«, antwortete Benedikt, »der steht auf einer Wolke. Vielleicht ist er auch ein bisschen traurig, aber er weiß, dass jetzt alles schön wird.«
»Und das erzählt er all den Menschen, die sich um ihn versammelt haben?«
»Ja. Er sagt ihnen, dass es gut ist, gut zu sein.«
»Bene, Bene?«
Jetzt lächelte der Junge ihn an: »Ja, Bubu, bene.«
Buhse begleitete seinen Patienten noch zur Tür, half ihm in die Jacke, strich ihm übers Haar und sagte: »Bleib behütet!«

84

11.40 UHR

Hektisch lief Benedikt vor den Chorstufen auf und ab, dann stoppte er kurz, starrte erwartungsvoll zum Portal und nahm sein nervöses Gerenne wieder auf. Ja, er hatte Angst, sah im Geiste ein Spezialeinsatzkommando vor sich, das schwer bewaffnet den Kirchenraum stürmte. Einmal blickte er in den Gewölbehimmel, aber nicht, weil er ein Eingreifen Gottes erwartete. Dort oben war eine abgedeckte Luke, über der im Dachraum ein Seilzug befestigt war. Zum Erntedankfest hängte Demuth den großen Erntekranz daran auf, der dann über der Gemeinde thronte. Wenn sich nun ein Polizist, mit Schutzweste und Maschinenpistole ausgerüstet, von dort abseilte, um den Mörder-Pastor von Alsberg zu stellen?

Angst hatte er auch vor dem Gefängnis, vor der Schande, die ihn erwartete, Angst davor, Nicole niemals wiederzusehen. Denn war das, was sie erlebt hatten, schon verlässlich genug, dass sie ihn besuchen und die vielen Jahre seiner Haft auf ihn warten würde? Hoffentlich erlaubten sie ihm, ihr eine SMS zu schreiben, wenn sie ihn zur Vernehmung auf die Wache brachten. Er hatte noch in der Sakristei versucht, ihr eine Mitteilung zu schicken, dass es nicht zu ihrem Treffen am Nachmittag kommen würde, aber seine Hände waren zu zittrig gewesen.

Doch inmitten aller Sorge und der Anwandlungen von Panik spürte er noch etwas anderes. Mit jedem Schritt, den er wie ein Tiger im Käfig nach den anderen setzte, keimte auch Erleichterung in ihm auf. Eine Klarheit, die den Nebel seiner sich ständig wandelnden Gefühle lichtete. Gewiss, er hatte profitiert von seiner Tat, von seiner neu erwachten Stärke, und er vermisste jetzt schon all seine vorher nicht einmal geahnten Kompetenzen, die gewachsene Beliebtheit in der Gemeinde. Auch die Beliebtheit bei den Frauen. Doch der Preis dafür war zu hoch gewesen!

Er hörte ein Klappern und das Rauschen eines Wasserhahns aus der Vogtei, deren Tür offen stand. Demuth reinigte die Abendmahlskelche. Einige waren über dreihundert Jahre alt, wurden sorgsam gepflegt und nach dem Gottesdienst in einem Safe gesichert. *Der Küster entfernt die Blutreste des Opferkultes,* dachte Benedikt schicksalsergeben.

Mit einem leisen Klacken öffnete sich das Kirchenportal. Benedikt blieb wie angewurzelt stehen. Doch keine Mannschaft rückte an, nur zwei Gestalten betraten das Gotteshaus. Da helles Sonnenlicht von außen eindrang, konnte er zunächst nur an den Konturen erkennen, dass es sich um einen großen Mann und eine deutlich kleinere Frau handelte.

»Herr Pastor Theves?«, rief der Mann.

Benedikt erkannte die Stimme. Als sich die beiden näherten, sah er, dass es Hauptkommissar Wilmers war, begleitet von einer jungen Kollegin in Uniform. Die Polizistin nahm ihre Mütze ab, weil man ihr wohl beigebracht hatte, dass es sich an einem sakralen Ort so gehörte. Ihr Haar hatte sie zu einem Pferdeschwanz zusammengebunden.

»Herr Pastor Theves«, wiederholte Wilmers, als er Benedikt nun gegenüberstand und ihm die Hand reichte. »Die Kollegin vom Notruf sagte, Sie seien ganz durcheinander gewesen und hätten nicht einmal richtig sagen können, worum es geht.«

»Ja, das stimmt, leider«, bestätigte Benedikt tonlos. »Es ist nur so …«, fuhr er fort, »dass … dass …« Schon hatte er den Faden verloren.

Die Polizistin nickte ihm ermunternd zu, und Wilmers ergriff erneut das Wort.

»Nun, das bereden wir gleich in Ruhe. Aber zuvor, lieber Herr Pastor, möchte ich mich bei Ihnen herzlich bedanken. Unser Gespräch hat mir so gutgetan. Ihre Worte, nein, Sie mit Ihrer einfühlsamen Art, Sie haben mir sehr geholfen. Ich konnte gleich viel entschlossener zu meiner Entscheidung stehen und den schweren letzten Weg in Würde gehen.«

»Ist sie …?« Benedikt sah die sterbenskranke Frau wieder vor sich, wie sie in ihrem heimischen Pflegebett lag. Auch in der Predigtvorbereitung hatte er an das Schicksal dieses Paares gedacht.

»Ja, Maria ist am Donnerstag gestorben. Ganz friedlich hat sie ausgesehen. Am Dienstag wird sie überführt. Kandetzki kümmert sich um die Formalitäten. Ach, und ich wollte Sie noch fragen, ob Sie am nächsten Freitag die Trauerfeier übernehmen könnten.«

»Ja. Ich meine, ich weiß nicht. Wir müssen erst einmal sehen.«

»Kein Problem. Sie haben sicher einen vollen Terminkalender. Es kann auch ein anderer Tag sein. Wir stellen uns darauf ein.«

Benedikt musste sich zusammenreißen, um das Gespräch zum eigentlichen Anlass zu lenken. Danach würde Wilmers seine seelsorgerlichen Dienste bestimmt nicht mehr in Anspruch nehmen, zumal er dann wohl in der Untersuchungshaft vor sich hin schmorte.

»Herr Hauptkommissar«, sprach er ihn nun an, »es gibt eine Leiche!«

Wilmers starrte ihn ungläubig an, und die Uniformierte schüttelte den Kopf.

»Glauben Sie mir, bitte, da liegt ein Toter in der Krypta, seit fast zwei Wochen schon.«

»Ein Toter? Aber warum? Wie kommen Sie darauf?«

Wilmers kniff die Augen zusammen, und seine Kollegin runzelte die Stirn. Die beiden Beamten schienen seiner Verbrechensmeldung keinen Glauben zu schenken.

»Bitte!«, flehte Benedikt die beiden an. »Ich habe …, ich war so verzweifelt. Ich erkläre es Ihnen später. Schauen Sie selbst – Herr Demuth!«, rief er laut durch die Kirche, sodass der Name des Küsters sekundenlang nachhallte. »Bitte schließen Sie die Krypta auf!«

85

11.55 UHR

»Stets zu Diensten«, erwiderte Demuth ausgesprochen höflich. Gemessenen Schrittes näherte er sich den dreien, die sich vor den Stufen zur Krypta im Chorumgang versammelt hatten, und rasselte mit seinem großen Schlüsselbund.

»Oh, Polizei«, bemerkte er und nickte der uniformierten Beamtin zu. »Worum geht es denn?«

»Das tut jetzt nichts zur Sache«, erwiderte Benedikt schroff. »Schließen Sie die Krypta auf!«

»Nichts leichter als das.«

Demuth zog eine Grimasse und sortierte in aller Seelenruhe die vielen Schlüssel an dem stattlichen Metallring. Nach einer gefühlten Ewigkeit öffnete er das neue Vorhängeschloss und schob die Tür einen Spaltbreit auf. Dann bediente er den Lichtschalter, der außen am Eingang angebracht war.

»Bitte sehr.« Er stieg wieder hinauf und wahrte etwas Abstand zu den anderen.

Benedikt merkte, wie ihm wieder schwindlig wurde, und stützte sich an der Mauer ab. »Schauen Sie nach! Sie müssten es schon riechen.«

Der Hauptkommissar ging voran, die Streifenpolizistin folgte ihm. Noch immer hielt sie ihre weiße Mütze in den Händen.

»Ich rieche nichts.«

Wilmers' Stimme kam nur noch gedämpft bei Benedikt an, nachdem der Beamte die Tür ganz aufgestoßen und den Kellerraum betreten hatte.

Sekunden vergingen. Benedikt wischte sich den Angstschweiß von der Stirn.

»Hier ist nichts«, rief die Polizistin von unten. Erstmals hatte die junge Frau etwas gesagt.

»Doch.« Benedikt hechelte. »Hinter den Kartons, abgedeckt mit einem alten Teppich.«

»Hier ist kein Teppich. Kommen Sie!«

Benedikts Knie zitterten, als er sich anschickte, die Stufen hinabzusteigen. Er warf Demuth einen verzweifelten Blick zu, aber der Küster schien ungerührt zu sein.

Unten angekommen, erblickte Benedikt den Hauptkommissar und seine Kollegin, wie sie, auf den Stapel von Umzugskartons gestützt, den Bereich dahinter absuchten. Die junge Frau hatte eine Taschenlampe angeschaltet, sodass ihr auch in dem abgeschatteten Winkel nichts entging. Benedikt trat zu ihnen, beugte seinen ganzen Oberkörper über den Stapel, der dabei ein wenig nachgab, und strengte seine Augen an. Nichts. Kein Teppich, kein Blutfleck, nicht die geringste Spur.

»Aber wie kann das sein? Ich meine, ich habe doch, ich selbst! Oh, mein Gott! Ich musste das doch melden. Ich bin ein …«

Wilmers legte die Hand auf Benedikts Schulter und ermunterte ihn, sich wieder aufzurichten.

Ostern, schoss es dem Geistlichen in den Sinn. *Das Grab ist leer.* Was für eine schöne Botschaft, wenn sie nicht so absurd wäre. War er vollends wahnsinnig geworden? Hatte er das alles nur fantasiert? *Nein,* dachte er, *unmöglich.* Allzu lebhaft schossen ihm die Details seiner schrecklichen Tat wieder in den Sinn.

»Lieber Herr Pastor«, sprach Wilmers ihn nun an und rief ihn aus seinen wirren Erinnerungen in die Gegenwart zurück. »Haben Sie viel Stress zurzeit?«

Der Blick des Beamten wirkte milde.

»Stress? Ja, und ob.«

»Das habe ich schon bei Ihrem Besuch in der vergangenen Woche bemerkt. Sie wirkten so angespannt und überfordert.« Wilmers neigte den Kopf leicht zur Seite und blickte Benedikt tief in die Augen.

»Herr Theves, es bleibt unter uns, aber bitte beantworten Sie mir eine Frage.«

»Ja. Bitte fragen Sie.« Benedikt legte die Hände vor seinem Gesicht zusammen. Gleich darauf senkte er die Unterarme, als erwartete er, gleich Handschellen angelegt zu bekommen. Die Uniformierte blickte derweil verlegen zu Boden. Mitfühlend sah Wilmers ihn an.

»Sehen Sie manchmal Dinge, die gar nicht da sind?«

»Dinge? Nein. Es ist alles ganz anders. Ich habe einen Menschen …«

Der Hauptkommissar unterbrach ihn und ließ sich von seinem Text nicht abbringen. Vermutlich hatte er schon öfter solche Gespräche geführt.

»Bitte seien Sie ehrlich zu mir. Nicht nur Sie, auch wir unterliegen der Schweigepflicht. Sind Sie in Behandlung?«

Benedikt stutzte. »Äh, ja. Bei Frau Dr. Montenbruck. Aber nicht wegen so was. Ich habe nur Depressionen und Schlafstörungen.«

»*Nur* Depressionen, sagen Sie? Die Depression ist eine ernste Erkrankung. Und soweit ich weiß, kann sie in extremen Fällen auch dazu führen, dass man Stimmen hört, die nicht da sind, und Dinge sieht, die überhaupt nicht existieren. Die Ärzte nennen es Dissoziation.«

»Aber verstehen Sie doch!« Benedikt rang mit sich, merkte aber auch, dass seine Energie, zu gestehen und die Folgen seines Handelns zu ertragen, allmählich versiegte.

»Ich verstehe Sie besser, als Sie denken«, sagte Wilmers leise und strich einmal sanft über Benedikts Oberarm. »Machen Sie sich nicht so große Sorgen! Das heißt doch nicht, dass Sie in eine Anstalt eingesperrt werden. Sie müssen sich auskurieren. Eine längere Auszeit vielleicht, eine Luftveränderung, was weiß ich. Sprechen Sie unbedingt mit Ihrer Ärztin darüber!«

Benedikt blies die Wangen auf und pustete geräuschvoll aus. Er wusste nicht mehr, was er noch sagen sollte. Es war alles so irreal. Er hatte diese Bilder vorhin schon deutlich vor sich gesehen: wie er aus der Kirche abgeführt und in den Streifenwagen bugsiert wurde. Schaulustige hatten ihn begafft, und er hatte versucht, sein Gesicht zu verbergen. Und jetzt. Was jetzt? Therapiegespräche bei Frau Dr. Montenbruck? Eine Kur in einer Privatklinik im Grünen?

»Alles wird gut«, sagte Wilmers tröstend. »Sie sind ein guter Mann, ein begnadeter Seelsorger. Aber vergessen Sie nicht, sich auch um Ihre eigene Seele zu sorgen. All das Leid um uns herum, das kann einen schnell überfordern. Glauben Sie mir: Ich weiß, wovon ich rede.«

In einer Verfassung, als hätte er einen Marathonlauf hinter sich gebracht, verließ Benedikt die Krypta und geleitete die beiden Beamten zurück zum Portal. Demuth hatte sich inzwischen zurückgezogen.

»Frohe Ostern noch«, sagte die Streifenbeamtin lächelnd an der Kirchentür.

Und Wilmers kündigte an, ihn wegen der Trauerfeier gleich am Dienstag nach den Feiertagen anzurufen.

86

15.10 UHR

Frisch geduscht und in sauberer Freizeitkleidung ging er auf die Haustür der weißen Villa zu. Innerlich fühlte er sich schmutzig und verklebt wie ein alter Putzlumpen. Würde Nicole ihm helfen können? Sie war die Einzige, mit der er noch über alles reden konnte, auch über diese unfassbare halbe Stunde mit den Polizeibeamten in der Kirche. Ein erotisches Stelldichein am Nachmittag hätte ihn erwarten sollen. Daraus würde nun nichts werden.

Irgendwie hatte ihn sein rotes Fahrrad nach dem Erlebnis in der Krypta nach Hause getragen, sogar unfallfrei durch den österlichen Ausflugsverkehr. In seiner Klause hatte er sich aufs Bett geworfen und war vor Erschöpfung sofort eingeschlafen. Schweißgebadet war er nach zwei Stunden wieder aufgewacht und hatte sich dann auf den Besuch bei seiner Liebsten vorbereitet.

Klamm fühlten sich seine Finger an, als er auf den Klingelknopf drückte und den inzwischen vertrauten Dreiklang aus dem Hausflur vernahm. Als sich die Tür öffnete, war er beinahe wie geblendet. Knallrot war ihr Kleid und bildete einen scharfen Kontrast zu den leuchtenden Haaren, die ihr auf die Schultern fielen. Knallrot waren auch ihre Lippen. Sie lächelte ihn erwartungsvoll an. Sosehr er sich auch bemühte: Ein Lächeln gelang ihm nicht.

»Nicole«, flüsterte er angespannt. »Es ist alles so furchtbar! Wenn du wüsstest, was passiert ist. Ich bin total verzweifelt.«

Nicole zog ihn an sich und umarmte ihn fest.

»Ruhig, ruhig, ganz ruhig«, beschwichtigte sie ihn und bedeckte dann sein Gesicht mit Küssen.

Auch wenn sich Benedikt insgeheim wünschte, dass sie niemals damit aufhören würde, löste er sich von ihr und griff nach ihren Oberarmen. »Nicole, aber du weißt nichts.«

»Doch ich weiß alles«, entgegnete sie selbstsicher und schmiegte sich wieder an ihn. »Ich weiß alles, mein Liebster. Und alles wird gut.«

»Nichts wird wieder gut«, klagte er, den Tränen nahe. »Ich wollte heute Selbstanzeige erstatten, aber die Polizei hat mir nicht geglaubt. Die Leiche, also, dein Mann, er ist verschwunden.«

»Nun komm erst mal richtig rein«, sagte Nicole, immer noch frohgemut, so als ob Benedikts Selbstoffenbarung ohne Belang gewesen wäre. Sie nahm ihn bei der Hand und zog ihn sanft durch den Flur. Er folgte ihr zaghaft wie ein bekümmertes Kind.

Als sie das geräumige Wohnzimmer mit der großen Glaswand zur Wiese und zum See hin betraten, traute er seinen Augen nicht. In einem Sessel saß Demuth. Vor sich hatte er ein Kaffeegedeck stehen. Genüsslich knabberte er an einem Schokoladenkeks und schien sich wie zu Hause zu fühlen. Er erhob sich, als er ihn erblickte.

»Benedikt, darf ich vorstellen?«, fragte Nicole formvollendet. »Das ist Richard.«

»Richard? Du kennst ihn näher? Sag nicht, dass er Bescheid weiß!«

Nicole ließ sich nicht aus dem Konzept bringen.

»Ja, ich kenne ihn. Dreißig Jahre lang war er für mich nicht mehr als mein Erzeuger. Aber seitdem meine Mutter tot ist, ist er mein Vater geworden und kümmert sich um mich. Ganz heimlich, so gut es eben geht. Wir haben das nie öffentlich gemacht.«

Demuth blickte betreten auf den halb gegessenen Keks in seiner Hand, dessen schmelzende Schokoladenglasur sich auf den Fingerspitzen verteilte.

»Wie du weißt, ist Richard verheiratet«, setzte Nicole ihre Erklärungen fort. »Er wollte seine Frau nicht verletzen, und das wäre passiert, wenn er ihr seinen früheren Fehltritt gestanden hätte. Damit konnte ich leben. Seinetwegen bin ich nach Alsberg gezogen, um ihn öfter sehen zu können.«

»Okay«, sagte Benedikt, auch wenn für ihn gerade nichts okay war und diese Neuigkeiten ihn nur noch mehr verwirrten. »Aber wir beide müssen über etwas ganz anderes reden.«

»Du meinst, über Klaus?«

Benedikt starrte Nicole warnend an und legte seinen Zeigefinger auf die Lippen, damit sie nicht weiterredete. Sie durften doch nicht in Demuths Beisein über den toten Hambrück sprechen.

Sie fuhr fort, als hätte sie seine Geste nicht bemerkt.

»Richard hat mich damals vor Klaus gewarnt, aber ich war so naiv und träumte von einem schönen und abgesicherten Leben. Weißt du, was eine Friseurin verdient, wenn sie sich keinen eigenen Salon leisten kann?«

»Ja, sicher, aber ich verstehe das alles nicht so ganz.«

»Geduld, mein Lieber«, erwiderte sie zärtlich und hakte sich bei ihm ein. »Richard hat mich getröstet, als es anfing, schlimm zu werden. Als Klaus dann immer gewalttätiger wurde, hat er ihn sogar zur Rede gestellt. Der ist allerdings auf ihn losgegangen wie ein wildes Tier. Das war kurz vor Weihnachten.«

Benedikt erinnerte sich, dass Demuth bei den Heiligabend-Gottesdiensten ziemlich lädiert ausgesehen hatte.

»Und ich habe die Wut dieses Wahnsinnigen daraufhin fast täglich zu spüren bekommen. Richard und ich haben angefangen, Pläne zu schmieden, wie wir ihn loswerden können. Tabletten, Gift, ein fingierter Unfall unter Alkoholeinfluss. Es waren erst einmal nur verrückte Ideen, und wir hatten keine Ahnung, wie wir sie umsetzen sollten. Ja, und dann. Dann bist du uns zuvorgekommen.«

Benedikt blieb für einige Sekunden der Mund offen stehen. Schließlich fasste er sich wieder. »Habt ihr etwa den Leichnam weggeschafft? Seid ihr denn völlig durchgeknallt? Es gibt doch so viele Spuren. Sie werden euch, sie werden uns auf die Schliche kommen.«

Unruhig wechselte sein Blick zwischen Nicole und Demuth hin und her.

Der Küster schleckte die Schokoladenreste von seinen Fingern und ergriff das Wort: »Es ist alles geregelt. Den Sakristeiboden habe ich mit Spezialreiniger nachbearbeitet, den Fleck an der Petrusskulptur mit Spiritus weggerieben. Das fand ich fast ein bisschen schade, weil sich die Leute so schön das Maul drüber zerrissen haben. Und falls Sie sich um den BMW sorgen, der ist längst auf dem Weg nach Rumänien. Zwar hat der halbseidene Überführungsfahrer noch kurz vor der Autobahnauffahrt einen kleinen Unfall gebaut, aber weg ist weg.«

Das alles war zu viel für Benedikt. Er schrie den Küster an: »Verdammt noch mal, wann haben Sie den Leichnam weggeschafft? Und wo, zur Hölle, haben Sie ihn vergraben?«

Demuth ließ sich nicht aus der Ruhe bringen.

»Nicole hat mich noch in derselben Nacht angerufen, als sie bei Ihnen in der Kirche war. Ich bin sofort losgefahren, und wir haben das Problem mit vereinten Kräften gelöst.«

»Demuth! Sind Sie denn von allen guten Geistern verlassen? Sie arbeiten für die Kirche!«, fauchte Benedikt ihn an.

»Und Sie?«, konterte Demuth.

Das saß. »Gut. Entschuldigung.« Benedikt räusperte sich. »Aber nun sagen Sie mir bitte, wo die Leiche ist.«

Nicole lächelte ihn an. »Richard hat doch schon erklärt, dass alles geregelt ist. Ein bisschen müssen wir noch nacharbeiten, und es wäre schön, wenn du uns dabei hilfst.«

Wieder nahm sie ihn bei der Hand. »Komm mit in den Keller.«

Benedikt wurde übel. Er würgte einmal kurz und befürchtete, sich übergeben zu müssen. Dennoch gehorchte er und ließ sich von ihr zurück in den Flur bis zur Stiege führen. Demuth folgte den beiden schweigend.

Benedikt stieg langsam Schritt für Schritt die Stufen hinunter. Er verstand einfach gar nichts mehr.

87

15.25 UHR

Es war keine Abstellkammer, sondern ein geräumiges Souterrainzimmer, das sich auftat, nachdem Demuth ein Schloss geöffnet und die schwere Feuerschutztür mit einem kräftigen Ruck aufgerissen hatte. Hell war es darin, was jedoch weniger an den zwei kleinen, vergitterten Fensterluken knapp unterhalb der Decke lag, durch die nur spärlich etwas Licht von draußen hereinfiel, sondern an den vier Neonröhren, die unangenehm surrten und flackerten. Grob verputzte Steinwände, Linoleumfußboden, nur eine einfache Liege mit grauen Wolldecken, ansonsten keine Möbel. Eine halb geöffnete Schiebetür auf der gegenüberliegenden Seite wies auf einen mit Sperrholzwänden abgetrennten kleinen Nebenraum hin, in dem eine Toilette und ein Waschbecken zu sehen waren.

Als Benedikt zögernd eintrat, bemerkte er einen dicken Mann, der in einem erbärmlichen Zustand war und in der äußersten Ecke des Raumes auf dem Boden saß und vor sich hin dämmerte. Leere Korn- und Bierflaschen standen und lagen um ihn herum. Sein Kinn ruhte auf der Brust, sodass Benedikt das Gesicht noch nicht erkennen konnte, auch wenn eine finstere Ahnung in ihm aufkeimte.

Als der Koloss, der nun wach zu werden schien, seinen Oberkörper nach vorn beugte und ihn sogleich wieder gegen die Wand fallen ließ, vernahm Benedikt ein Rumpeln. *Das kann nicht sein! Das Geräusch, das mir nachts aufgefallen war? Nicole meinte, es wäre ein Igel gewesen.*

Ein großes Pflaster klebte am fliehenden Haaransatz des Mannes. Seine Hände waren mit Mullbinden umwickelt. Breitbeinig saß er da, bekleidet war er nur mit einem zerschlissenen schwarzen T-Shirt, dessen Aufdruck einen Hundewelpen zeigte, sowie einer Feinrippunterhose mit gelblichen Flecken in Höhe des Schritts. Benedikt rümpfte die Nase angesichts des strengen Geruchs, den dieser Haufen Elend verströmte.

»Dada«, lallte der Mann und hob seinen lädierten Kopf. Dann hustete und röchelte er und spie eine quallenartige Pfütze zwischen seine nackten Füße.

Hambrück? Er lebt?

»Klausimausi«, flötete Nicole mit zuckersüßer Stimme und ging ein paar Schritte auf den Kauernden zu. »Ich hab's dir tausendmal gesagt: Du sollst nicht spucken. Mach das wieder weg!«

Mit einem blöden Grinsen tastete Hambrück nach einem Lappen zwischen den leeren Flaschen und zerrieb seinen Auswurf auf dem Boden, wobei er die Zunge herausstreckte. Dann biss er die Zähne zusammen und gab ein paar unverständliche Laute von sich, die an das Röhren eines Hirsches erinnerten.

»Also, Klaus«, schalt ihn Nicole, »wenn du jetzt wieder laut wirst, hat das alles keinen Sinn.«

»Oh, oh«, jammerte Hambrück.

Er war nicht einmal mehr ein Schatten seiner selbst und schützte seinen verletzten Kopf mit beiden Händen. Benedikts Herz setzte aus für einen Schlag.

88

15.40 UHR

»Noch Kaffee?«, fragte Nicole und hob die chromglänzende Thermoskanne an.

Benedikt nickte kraftlos. Im gleichen Tonfall hatte sie Minuten zuvor mit dem erbarmungswürdigen Kerl im Keller gesprochen und gefragt, ob dieser noch ein Wässerchen wollte, bevor sie dann aus einem Karton im Vorraum zwei Flaschen Doppelkorn geholt und dem immer noch brabbelnden Hambrück vor die Füße gerollt hatte.

Mit glasigem Blick saß Benedikt nun auf dem teuren cremefarbenen Sofa und fand keine Lehne, auf der er seine Arme ablegen konnte. Nicole setzte sich neben ihn und tätschelte seine Hand. Demuth hatte wieder im opulenten Fernsehsessel Platz genommen.

»Die Wunde ist äußerlich schon gut verheilt«, sagte der Küster. »Aber die Schäden von dem schweren Schlag sind wohl nicht mehr rückgängig zu machen. Zum Glück!«

»Er kann mir nichts mehr antun«, ergänzte seine Tochter. »Er ist zwar immer noch laut, aber völlig harmlos und lammfromm.«

Auch wenn sich Benedikt allmählich an die gute Nachricht gewöhnte, dass er zwar nach wie vor eines Verbrechens, aber nicht mehr eines Mordes schuldig war, hatte sich seine Übelkeit noch nicht gelegt.

»Wir haben uns ein wenig eingelesen«, berichtete Nicole. »Ein Schädel-Hirn-Trauma an dieser Stelle kann zu tiefer Bewusstlosigkeit führen. Wenn der Verletzte aufwacht, nimmt er die Welt nicht mehr richtig wahr, wird distanzlos und kindisch. Und wenn durch die Heftigkeit des Schlags das sogenannte Broca-Areal beschädigt wird, versteht er nicht mehr richtig, was man sagt, und kann nur noch lallen.«

»Aber was …, aber wie …?« Benedikt versuchte, eine Frage zu formulieren, aber auch sein eigenes Sprachzentrum schien nicht mehr richtig zu funktionieren. Demuth half ihm aus.

»Ich weiß, was Sie beschäftigt, Herr Theves. Wir waren auch verblüfft. Als Nicole mich anrief mitten in der Nacht, da habe ich schnell alles Mögliche in meinen Kofferraum gepackt: Decken, Planen, Seile, Klebeband. Wir gingen ja davon aus, dass wir schnell einen Toten loswerden mussten, bevor jemand es sich noch anders überlegt und die Polizei verständigt. Zum Hainhuder Moor hatte ich ihn bringen wollen. Da haben die Leute schon komplette Familien entsorgt, wie böse Zungen behaupten.«

»Als wir die Krypta betraten«, übernahm Nicole, »da haben wir hinter den Umzugskartons ein Grunzen gehört. Richard hat dann den Teppich angehoben, und ich habe Klaus untersucht. Die Verletzung an der Stelle sah schlimm aus, aber die Wunde hatte schon fast aufgehört zu bluten. Sein Atem war flach, aber seinen Puls konnte ich deutlich spüren.«

»So war es«, bestätigte Richard Demuth. »Was sollten wir tun? Ihn ins Krankenhaus bringen? Von wegen! Mit vereinten Kräften haben wir ihn zum Auto geschleppt und hierhergebracht. Den Teppich haben wir auch mitgenommen und in den Müllcontainer auf dem Schulhof geworfen.«

»Aber warum …«, wandte sich Benedikt mit erhobenen Händen an Nicole, »warum hast du mir denn nichts gesagt? Ich bin durch die Hölle gegangen.«

Demuth wandte ein: »Glauben Sie denn, ich hätte mit *meiner* Liebsten darüber reden können, die nicht mal weiß, dass ich eine Tochter habe?«

Nicole schmiegte sich an Benedikts Schulter. Trotz seiner Wut ließ er sie gewähren.

»Ach, Benedikt. Es tut mir ja so leid. Anfangs wussten wir nicht, ob Klaus überlebt. Und ich war so verwirrt, so durcheinander. Nie im Leben hätte ich damit gerechnet, dass ich so schnell so große Gefühle für dich entwickeln würde. Da war diese grausame Geschichte auf der einen Seite und das zarte Pflänzchen unserer Liebe auf der anderen.«

Benedikt registrierte mit Freude, dass sie von Liebe sprach. Er hatte sich in jener zärtlichen Nacht sehr zurückhalten müssen, dieses magische Wort nicht auszusprechen. Das änderte aber nichts daran, dass noch viele Fragen offenblieben.

»Und dann hast du deinen schwer verletzten Mann, was für ein Scheusal er auch immer gewesen sein mag, dann hast du ihn – wie lange? – zwölf Tage und Nächte einfach da unten im Keller liegen lassen?«

»Ach, ja«, seufzte Nicole. »Er hat sich erstaunlich schnell erholt, von diesen Ausfällen einmal abgesehen. Aber als ich erlebt habe, wie schwach, dumm und hilflos er war, da habe ich – wie soll ich es ausdrücken, ohne dass du mich hasst? –, da habe ich es ein bisschen genossen. Immer im Wechsel: ein bisschen bemuttern und ein bisschen quälen. Auch wenn er so belämmert wirkt, er erinnert sich durchaus an seine Untaten und kapiert, warum er das erleiden muss. Ich weiß nicht, ob du das verstehst, aber jeder einzelne Tag seitdem war eine Befriedigung für mich, für alles, was er mir angetan hat. Ich bin richtig über mich hinausgewachsen. Ich habe die Geschäfte übernommen, von heute auf morgen. Und ich konnte das, und es hat mir Spaß gemacht. Und dann gab es da noch dich: mein großes Glück nach all den schlimmen Zeiten.«

Benedikt legte den Arm um sie. Allmählich beruhigte er sich. Nur konnte er nicht glauben, dass alle Probleme damit gelöst waren.

»Aber es kann doch nicht so weitergehen. Willst du ihn jahrelang wie ein Tier im Käfig halten?«

»Natürlich nicht«, erwiderte sie sanft und streichelte seine Wange. »Richard und ich, wir hätten unser weiteres Vorgehen ohnehin heute mit dir besprochen, auch wenn du nicht die Polizei verständigt hättest. Was glaubst du, was er durchgemacht hat, als du ihn heute gerufen hast, dass er die Krypta aufschließen soll!«

»Tut mir übrigens leid, dass ich Sie mit dem Vorhängeschloss und dem Schlüssel ausgetrickst habe. Es war auch echt heikel, von meiner Tochter zu verlangen, Ihnen den Schlüssel wieder aus der Talartasche zu ziehen, als sie Ihnen den Zettel zum Rendezvous zugesteckt hat.«

»Oh, Benedikt«, flehte Nicole, »wirst du mir jemals verzeihen können?«

Er atmete einmal tief durch. Der frühere Benedikt, der schwache und hilflose Pastor Theves, der für jedes Zeichen der Zuneigung einfach nur dankbar gewesen war, hätte diese Frage sofort bejaht. Der neue Benedikt wollte aber zuerst sichergehen, dass er die Kontrolle über die Situation bald wiedererlangen würde.

»Er muss unverzüglich raus aus diesem Keller!«, gab er Nicole und ihrem Vater zu verstehen.

»Klar, Chef«, sagte Demuth und salutierte.

»Schon morgen«, sagte Nicole. »Wir haben einen Plan. Ich bereite uns jetzt erst einmal ein paar Schnittchen zu, und dann bereden wir alles.«

Nach diesen Worten küsste sie ihn zärtlich auf den Mund. Und Benedikt sank dahin.

Siehe, ich mache alles neu
(Offenbarung 21,5)

Gegen einen leitenden Redakteur des Evangelischen Pressedienstes besteht ein Anfangsverdacht wegen Untreue. Das teilte die Staatsanwaltschaft Frankfurt/Main am Montagabend mit. Theodor Theves (45) soll über viele Jahre Nebeneinkünfte nicht versteuert sowie seine dienstliche Kreditkarte für private Zwecke wie Wellnessurlaube und Restaurantbesuche missbraucht haben. Für den populären Theologen, der bis vor einem Jahr auch eine christliche Talkshow moderierte, scheint sich das Blatt zu wenden. Vor einigen Monaten warf ihm der EKD-Ratsvorsitzende Finkbeiner vor, seiner journalistischen Arbeit mangele es an Seriosität. Kirchliche Pressearbeit bedürfe der Wahrheitstreue, ließ der Bischof verlauten.

Da hatte sich Silkes Veränderung ja wirklich gelohnt. Großstadt, Prestige und ein weltgewandter Lebenspartner: War es nicht das, was sie immer schon wollte? Auch wenn er seiner Ex-Frau nichts Schlechtes wünschte, spürte er doch eine innere Genugtuung. Er legte die Zeitung zusammen, wandte sich seinem Milchkaffee zu und genoss den Blick auf die Dünen. Es sei ein Jahrhundertsommer, hieß es überall. Selbst hier, wo eine frische Nordseebrise für gelegentliche Abkühlung sorgte, waren in den letzten Wochen die Temperaturen kaum unter 25 Grad gesunken. Die Bauern auf dem Festland klagten, aber die Hotel- und Restaurantbesitzer, die Strandkorbvermieter und Eisverkäufer hatten ihren Spaß. Ein ausgiebiger Strandspaziergang gehörte zu Benedikts neuen Gewohnheiten, wie auch die ausgedehnte Kaffeepause auf der Terrasse der Strandbar.

Die Trennung von Silke war undramatisch verlaufen. Seit einem Jahr waren sie geschieden. Als damals, vor gut drei Jahren, in Alsberg diese sonderbaren Ereignisse schließlich ihr gutes Ende fanden, hatte es ihn nicht länger dort gehalten. Im Gespräch mit Magdalena Kursow hatte er klären können, dass nicht er selbst, sondern sein Vikar große Probleme hatte. Denn richtig sei zwar gewesen, dass Benedikt eines Nachts in einem Bungalow am See gewesen war, aber nur, weil er einem suizidgefährdeten überforderten Lehrer beigestanden hatte; der Rest wäre der Fantasie des profilsüchtigen Nachwuchstheologen entsprungen. Die Superintendentin hatte ihn am Ende des Gesprächs sogar noch ausdrücklich gebeten, dass er blieb, weil die halbe Stadt davon redete, wie gut seine Predigten waren. Aber Benedikt hatte schon am Ostermontag das kirchliche Amtsblatt durchgesehen und eine Ausschreibung für die Pfarrstelle auf Spiekeroog entdeckt. Da er der einzige Bewerber gewesen war, hatte es auch kein langwieriges Auswahlverfahren gegeben.

Alsberg gehörte der Vergangenheit an, auch wenn beim Abschiedsgottesdienst viele Tränen geflossen waren. Auch die Termine bei Frau Dr. Montenbruck waren Geschichte. Sein unterschwelliger Zorn, der ihn so lange gequält hatte, war verflogen. Wenn ihn heute irgendetwas nervte, dann sprach er es aus, und in aller Regel genügte das vollkommen.

Noch einmal ließ er die Geschehnisse vom Sonntag Judika bis zu den Ostertagen des für ihn lebenswendenden Jahres Revue passieren. Nicole und Richard hatten tatsächlich einen genialen Plan gehabt, und zwar eine bemerkenswerte Flucht nach vorn. Am Ostermontag hatte Nicole die Polizei und den Rettungsdienst gerufen. Als die Beamten eintrafen, fanden sie einen halbwegs vollständig bekleideten Klaus Hambrück auf dem Sofa liegend vor, der nur unverständliche Laute von sich gab. Nicole hatte bezeugt, dass ein grobschlächtiger Mann in Lederkleidung den übel Zugerichteten vor der Haustür abgesetzt, geläutet und dann in ein nicht identifizierbares Auto eingestiegen und mit quietschenden Reifen davongefahren wäre. Es wäre doch alles so schnell gegangen, hatte Nicole dem immer wieder mit skeptischem Blick nachfragenden Hauptkommissar gesagt. Nein, sie hätte sich keine großen Gedanken gemacht, hatte sie den Polizisten unter Tränen erklärt. Knapp zwei Wochen zuvor wäre ihr Mann zu *einer Sauftour aufgebrochen, und das täte er seit Langem mindestens zweimal pro Jahr. Früher hätte sie einmal nach ihm suchen lassen, aber er wäre immer nach höchstens zwei Wochen von allein zurückgekommen. Nein, sie hätte keine Ahnung, in wessen Fänge er da geraten war.*

Im Krankenhaus hatte man einiges für Hambrück tun können, aber die Schäden des Schädel-Hirn-Traumas waren nicht mehr zu beheben gewesen. Die Polizei ermittelte gegen unbekannt, doch die Untersuchung schien im Sand zu verlaufen.

Ein wenig heikel war das Beerdigungsgespräch gewesen, zu dem sich Benedikt mit Wilmers auf dessen Wunsch hin in der Sakristei verabredet hatte. Natürlich war es dabei vor allem um Wilmers' verstorbene Frau, seine Liebe zu ihr und seine Wünsche für eine würdige Trauerfeier gegangen, und doch hatte der Polizeibeamte dabei immer wieder den Tischaltar mit dem versilberten Kruzifix angestarrt und war für einige Sekunden in tiefes Grübeln abgetaucht. Das Kreuz!, hatte er dann in einem Tonfall gesagt, als wäre er kurz davor gewesen, einen neuen Gedanken zu fassen. Aber Benedikt hatte ihn geistesgegenwärtig abgelenkt und einen neuen Gesprächsfaden geknüpft, mit dem er Wilmers dann in seine Trauerstimmung zurückgeholt hatte. Ja, hatte er im Tonfall einfühlsamer Anteilnahme geseufzt … das Kreuz. Ihre geliebte Frau hat ihr Kreuz mit großer Würde getragen. Wenige Wochen nach der Trauerfeier, in der Benedikt wieder einmal zur Höchstform aufgelaufen war, hatte Wilmers dann bei Nicole angerufen. Er sei zwar mit seinen Ermittlungsergebnissen zur schweren Körperverletzung im Fall Hambrück alles andere als zufrieden, aber es bliebe ihm nichts weiter übrig, als die Strafsache zu den Akten zu legen. Schluchzend hatte Nicole ihm geantwortet, dass sie dafür Verständnis habe, und ihm für seine Mühen gedankt.

Nicole. Benedikt vermisste sie. Aber es war ja nur für ein paar Tage. Er hatte nichts dagegen, dass sie alle zwei Monate nach Wilhelmshaven fuhr, wo Klaus in einem Pflegeheim für Hirngeschädigte untergebracht war. Was auch immer dieser Fiesling ihr angetan hatte, jetzt verdankte sie ihm eine ganze Menge. Nach dem Verkauf der

Villa und der Einstellung einer Geschäftsführerin für die Tankstellen hatte sie mehr als genug Kapital, um den »Salon Nicole«, den sie unweit der Alten Inselkirche von Spiekeroog eröffnet hatte, zu finanzieren. Fünf Mitarbeiterinnen beschäftigte sie während der Saison und zahlte ihnen das Doppelte von dem, was in der Branche üblich war. Und Benedikt selbst war beliebt, in der Gemeinde und bei den Urlaubern. Sie hatten ein schönes Leben.

Mit großem Gekreische landeten ein paar Möwen gleich neben der Terrasse der Strandbar. Ein kleiner Junge hatte ein Brotstückchen über den Zaun geworfen, und jetzt kämpften die Vögel um die bescheidene Beute.

Von Zeit zu Zeit erfuhr Benedikt, wie die Dinge in Alsberg liefen. Clara Stern hatte eine Postkarte mit selbst gezeichnetem Bildmotiv geschickt. Es war ein Porträt von ihm, von ihrem Lieblingspastor, wie sie schrieb. Gut getroffen, wenn nicht gar ein wenig schmeichelhaft. Sie habe jetzt mit Klavierunterricht angefangen, und außerdem sei sie nicht mehr nur in Kunst und in den Sprachen, sondern mittlerweile auch in Mathe die Klassenbeste.

Richard Demuth rief oft an. Er war Küster in Alsberg geblieben. Mit welchen Argumenten hätte er seine Frau auch überzeugen sollen, auf eine Nordseeinsel umzuziehen? Eine junge Pastorin leitete inzwischen die St.-Petri-Gemeinde und machte ihre Arbeit offenbar sehr gut. Christian von Wagner hatte man in eine ausgesprochen ländliche Gegend entsandt: Fuchshausen. Benedikt hatte noch nie davon gehört. *Dass gelegentlich ein Hase vorbeikomme, um ihm Gute Nacht zu sagen,* hatte Richard gelästert.

Wilmers war mit seiner Tochter nach Hannover gezogen, dort hatte man ihm eine gut dotierte Stelle im Landeskriminalamt angeboten.

Antonius Kluge war gestorben, und zwar nicht auf seinem Boot, sondern in einem Gästehaus hier auf Spiekeroog. Der Krebs war dann doch zurückgekehrt. Ein letztes Mal war der alte Freund noch zu Besuch gekommen, schon sehr schwach auf den Beinen. Sie hatten sich noch aussprechen können, auch wenn es Benedikt letztlich nicht gelungen war, seinem Mentor gegenüber das volle Ausmaß seiner Taten zu gestehen. Nach einem Abend, an dem sie noch angenehm miteinander geplaudert hatten, klingelte mitten in der Nacht das Telefon. Benedikt war gleich zum Gästehaus losgelaufen und hatte ihn hustend und schwer atmend im Bett vorgefunden. Antonius' letzte Worte bewahrte Benedikt in seinem Herzen. *Das Nichts, in das ich gehe, wird freundlich zu mir sein.* Er fehlte ihm sehr.

Mit einem Seufzer griff Benedikt nach seiner Tasse und trank den letzten Schluck Kaffee, der trotz der Sommerhitze längst kalt und schal geworden war.

Als er seine Zeitung unter den Arm klemmte und gerade aufbrechen wollte, fiel ihm auf, dass am Nebentisch ein Mann zu ihm herüberschaute und offensichtlich mit sich rang, ob er ihn ansprechen sollte. Nur im Augenwinkel hatte er den Mittfünfziger mit dem vollen Haar und den grauen Schläfen zuvor registriert, der einen Espresso nach dem anderen bestellte und unzählige Zigaretten dazu rauchte. Sicherlich ein Tourist, wie die überwiegende Zahl der Menschen im Sommer auf der Insel.

»Sie sind doch der Pastor hier, nicht wahr?«

Er hatte eine angenehme, tiefe Stimme.

»Ja, das stimmt.« Benedikt lächelte, wenn auch ein wenig mechanisch, weil er nun einmal sehr oft angesprochen wurde.

»Ich habe Sie gestern gesehen, als Sie die Begrüßungsworte gesprochen haben. Sie wissen schon, das Konzert dieser entzückenden Gastorganistin mit dem russischen Namen.«

»Ludmilla Petrowa. Ja, sie ist großartig. Ihr Professor hat ihr eine große Zukunft vorausgesagt.«

»Darf ich Sie mal was fragen?«, sagte der Mann und zündete sich schon wieder eine Zigarette an.

»Fragen Sie!«

»Im Urlaub hat man Zeit, und manches geht einem durch den Kopf. Irgendwie das halbe Leben. Kann ich Sie mal besuchen?«

Benedikt zog eine Visitenkarte aus der Brusttasche seines Sommerhemds hervor und reichte sie dem Fremden.

»Rufen Sie mich morgen früh an, und wir verabreden einen Termin.«

Der Mann zog an seiner Zigarette und blies rücksichtsvoll den Rauch zur Seite weg. Er konnte nicht ahnen, dass es Benedikt, der sich inzwischen abends gern einmal einen Zigarillo gönnte, nichts ausmachte. Dann schmunzelte der Mann verlegen. Da war offenbar noch mehr, was er auf dem Herzen hatte.

»Sagen Sie doch einfach, was Ihnen durch den Kopf geht«, ermunterte ihn Benedikt.

»Nun ja. Hoffentlich halten Sie mich nicht für verrückt. Ich meine, Sie sind evangelisch, ich bin es auch. Auf dem Papier zumindest. Aber ich frage Sie jetzt trotzdem: Kann ich bei Ihnen beichten?«

NACHWORT

»Bitte richten Sie Ihre Pistole nicht ins Publikum!«

Ich kann mich noch sehr gut an unseren ersten Wortwechsel erinnern. Die Freundschaft zwischen Bernd und mir – und damit die Genese des Buches, das Sie gerade gelesen haben – begann nämlich mit einem Missverständnis. Im Herbst 2007 betrat ich, mit einer Schusswaffe in der einen und einer mit Fast Food gefüllten Papiertüte in der anderen Hand, die Kultur- und Universitätskirche St. Petri zu Lübeck, in der Pastor Dr. Bernd Schwarze die künstlerische und geschäftliche Leitung innehat. Kurz zuvor hatte ich dem NDR ein Radiointerview gegeben, in dem man mich fragte, wie es sich anfühlte, vor so vielen Menschen in einer entweihten Kirche zu lesen.

Ich war Bernds Einladung zur Lübecker Kriminacht gefolgt, in der ich eine szenische Inszenierung meines aktuellen Thrillers *Amokspiel* vor über 800 Gästen plante. Der Roman handelt von einer Geiselnahme in einem Radiosender, und ich wollte dem interessierten Publikum vorführen, wie ein SEK-Team üblicherweise eine solche Ausnahmesituation löst. Dazu war ich mit Stunt-Leuten angereist, von denen sich einer auf ein Signal hin aus dem Gewölbehimmel abseilen sollte, um dann gemeinsam mit zwei anderen aus der Sakristei stürmenden »Polizisten« in Windeseile eine »Geisel« zu befreien, die ich mit einer Schusswaffenattrappe in Schach hielt. (Die Gäste, das war mir bewusst, waren übrigens hauptsächlich wegen Sky du Mont angereist, der ebenfalls aus seinem neuen Krimi lesen sollte, was mich nicht davon abhielt, sein Publikum für mich in Beschlag zu nehmen.)

Vor meinem großen Auftritt aber kam die beschämende Erdung, als Bernd mir klarmachte, dass seine Kirche keineswegs entweiht, sondern, im Gegenteil, eine der aktivsten des Landes sei. Ich hatte mich, pistolenschlenkernd, als unwissender und unvorbereiteter Trampel geoutet, der sich mehr mit sich selbst und seiner Lesung befasste als mit dem heiligen Ort und den Menschen, die ihn zum Leben erweckten.

Sowohl die von ihm organisierte Veranstaltung als auch die Tatsache, dass sich trotz unseres holprigen Erstkontaktes eine herzliche, langjährige Freundschaft zwischen uns entwickelte, zeigt – im besten Sinne –, welch ungewöhnlicher Geist Bernd Schwarze ist. Offen, neugierig, vorurteilsfrei, hochintelligent und immer alles infrage stellend, am meisten sich selbst. Mit all seinem Wirken beschreitet er neue Wege und schafft es in einer Zeit, in der angeblich die Kirchenmüdigkeit um sich greift, die Menschen für sein Haus zu begeistern. In St. Petri muss man ihn nur einmal als Organisator seiner ebenso zahlreichen wie außergewöhnlichen Veranstaltungen erleben, am besten aber eine seiner sprachlich geschliffenen, die Sichtweise auf theologische Fragen erweiternden religiösen Reden hören.

Als wir einst über das Bedürfnis nach Wahrhaftigkeit im Werken und Wirken sprachen, stellte er in einem Nebensatz die Frage, wie ein so hässliches, unaussprechliches Wort wie Authentizität überhaupt ein so schönes, erstrebenswertes Lebensziel definieren könne. Dabei trifft diese Vokabel auf ihn zu wie auf keinen Zweiten. Und wenn er jüngere Menschen anspricht, dann geschieht das ohne anbiedernde Peinlichkeit, wie man sie zum Beispiel aus der Werbung kennt, wenn der Bausparvertreter versucht, im Jugendslang zu rappen. Allerdings sollte man sich nicht wundern, wenn Bernd Schwarze auch einmal eine Andacht in einer sehr erwachsenen Form der *Spoken Poetry* präsentiert. Sein Kriminalroman *Mein Wille geschehe* ist der beste Beweis dafür, dass man Menschen ohne jeglichen Klamauk unterhalten und ihnen authentische Einblicke in ein besonderes Metier geben kann, sodass sie am Ende der Lektüre im besten Falle ihre eigenen Ansichten und Haltungen reflektieren.

Bernds Werkzeug ist die Sprache. Zudem ist er ein begnadeter Geschichtenerzähler. Man muss kein Genie sein, um sein schriftstellerisches Talent zu erkennen und ihn zu fragen, ob er nicht schon einmal mit dem Gedanken gespielt hat, einen Roman zu schreiben. Das tat ich anlässlich eines gemeinsamen Essens in der

Lübecker Innenstadt, und je weiter der Abend voranschritt, desto intensiver wurde unser Brainstorming, wovon sein Debüt denn wohl handeln könne.

Wenn Bernd auch nicht müde wird, zu betonen, wie groß mein Anteil an dem daraus entstandenen vorliegenden Werk ist, dann zeigt das seine positiven Charaktereigenschaften: Großmut und Selbstlosigkeit.

Wahr ist, dass ich kein einziges Wort von *Mein Wille geschehe* geschrieben habe. Wenn, dann war ich vielleicht ein Impulsgeber und im weiteren Verlauf ein Sparringspartner, also genau das, was jeder gute Freund dem anderen sein sollte.

Natürlich habe ich es kurzfristig bedauert, dass Bernd nach unserem Abendessen seine ohnehin spärlich bemessene Freizeit nun immer seltener für gemeinsame Treffen und Diskussionen, sondern zum Schreiben nutzte. Jetzt aber bin ich dankbar, dass ich *Mein Wille geschehe* in den Händen halten und bedingungslos empfehlen darf.

Allein schon wegen der Einmaligkeit, dass hier kein Außenstehender klischeehaft davon schreibt, wie er sich kircheninterne Vorgänge vorstellt, sondern ein mit Schlagfertigkeit, Humor und Hintergrundwissen ausgestatteter Insider, der einen mit dem Fakt verblüfft, dass die katholische Kirche kein Monopol auf das Instrument der Beichte hat. Kaum jemand weiß, dass man auch jederzeit einen evangelischen Geistlichen ansprechen darf, wenn man seine Sünden bekennen möchte.

Dass meine eigene Beichte ihn zu einigen Szenen in diesem Roman verleitet haben soll, gehört allerdings ins Reich der Legenden.

Ich bin froh und glücklich, dass aus einem Missverständnis ein so großartiger Roman entstanden ist, und fordere an dieser Stelle schon einmal eine Fortsetzung ein, lieber Bernd. Gerne lasse ich mich auch dafür von Dir zum Essen einladen!

Sebastian Fitzek
Berlin, einen Tag vor dem zweiten Lockdown, am 15. Dezember 2020

DANKSAGUNG

Lieber Sebastian,

in einer Talkshow hast Du einmal über mich gesagt, dass es Wörter gebe, die ich nicht aussprechen kann. Zum Beispiel »Marzilade«, den Namen eines leckeren, in Lübeck beliebten Marzipan-Frucht-Aufstrichs, den ich wegen einer sprachästhetischen Barriere nicht in den Mund nehme. (Dabei ging es eigentlich darum, dass Dich der Moderator mit dem endlosen Umrühren seines Tees provozieren wollte, weil Du das entstehende Geräusch angeblich nicht erträgst.) Nun, es gibt Schlimmeres als »Marzilade«. Eine Lübecker Bäckerei bietet riesige Brötchen an, die außen knusprig und innen herrlich flauschig sind. Das Problem: Diese Backwaren heißen »Pummel«. Zwar kann ich am Tresen einfach darauf zeigen, aber dann laufe ich Gefahr, dass die Verkäuferin an meiner Stelle das Unwort ausspricht.

Was ich damit sagen will: Wir beide haben einiges gemeinsam. (Und da ich keinen Tee, nur Kaffee ohne Milch und ohne Zucker trinke, werde ich unsere Freundschaft wohl nie mit unerfreulichen Geräuschen gefährden.) Wir beide lieben Worte und das Spiel mit ihnen und benutzen sie, um sie in aberwitzige Geschichten zu überführen. Geschichten, aufgrund deren manche fragen, ob wir noch alle beisammenhaben. Während man bei Dir immerhin nur mutmaßt, dass in Dir ein psychopathischer Gewalttäter stecken würde, habe ich über meine geistige Verfassung schon weitaus Schlimmeres gehört. Was uns auch verbindet, ist, dass wir überdurchschnittlich häufig skurrilen Menschen begegnen, die uns zu Geschichten inspirieren. Wobei ich klarstellen muss: Keine der in diesem Buch vorgestellten geistlichen Persönlichkeiten gibt es wirklich. (Allerdings kannte ich einen Pastor, dem auf der Kanzel stets schwindlig wurde.) Und man möge sich hüten, durch kabbalistische Buchstabenspiele auf reale Personen schließen zu wollen. Zumal Du die meisten Namen vorgeschlagen hast. (Ich wäre nie auf die Idee gekommen, einen Bischof Antonius Kluge zu nennen.)

Überhaupt hast Du in Deinem Nachwort Deinen Einfluss zur Entstehung dieses Buches sehr bescheiden kleingeredet. Niemals hätte ich angefangen, wenn Du mir nicht ständig gesagt hättest, dass ich es versuchen soll. Und anders als Du wäre ich nicht auf die Idee gekommen, mal eben über Nacht unsere gemeinsam zurechtgesponnene Idee gleich in einen zehnseitigen Plot-Entwurf umzusetzen. (Vor allem nicht mit Fußnoten, die das Potenzial für die Weiterentwicklung zu einer zehnteiligen Netflix-Serie offenbaren.) Ohne Deine beständige, warmherzige Ermutigung, Dein stets offenes Ohr für meine Fragen, Deine professionelle Hilfestellung, wenn es einmal stockte, wäre es nie passiert! Du warst so großzügig, mir etwas, das in unser beider Köpfe spukte, zu schenken, auf dass es mein Buch mit meinem Stil würde. Du hattest Deine helle Freude an meinen theologischen Exkursionen und an den camouflierten biblischen Motiven wie dem letzten Abendmahl, der salbenden Maria Magdalena und dem leeren Grab.

Was ich unter anderem auch von Dir gelernt habe, ist die Kunst des Sichbedankens. In Deinen Büchern sind die Danksagungen manchmal ähnlich umfangreich wie der Roman selbst. Das werde ich Dir nicht nachmachen, aber ich will wenigstens versuchen, niemanden zu vergessen.

Ich danke herzlich …

… meiner Verlegerin Dr. Doris Janhsen, die mir Mut gemacht hat, diesem Buch den letzten Schliff zu geben. (Sie muss das Manuskript irgendwie gemocht haben.) Und allen bei Droemer Knaur, insbesondere Steffen Haselbach, Natalja Schmidt, Katharina Ilgen und Hanna Pfaffenwimmer.

… Roman Hocke, meinem Agenten, der nicht nur großartig verhandelt, sondern mich auch mit seinem unglaublichen Erfahrungswissen in die Autorenwelt eingeführt hat. Und seinem fantastischen Team bei AVA International, vor allem Susanne Wahl, Claudia von Hornstein und Cornelia Petersen-Laux.

… meiner Lektorin Alexandra Löhr, die nicht nur genau gelesen, präzise nachgefragt und Verbesserungen inspirierend angeregt, sondern mich auch fürsorglich begleitet hat, wenn es einmal nicht so gut lief.

… Manuela Raschke von Raschke Entertainment, die mir gezeigt hat, dass zu einem Buch mehr gehört als nur ein Buch, und ihrem fleißigen Team: Angelina Schmidt, Jörn Stollmann (»Stolli«) und Sally Raschke. Sabrina Rabow als hochkompetenter Beraterin in Medienfragen.

… Prof. Dr. Matthias Kroeger, der mich früh gelehrt hat, in der Theologie meiner Intuition und meinem eigenen Denken zu vertrauen, und meinem Doktorvater Prof. Dr. Peter Cornehl, der mir darüber hinaus gezeigt hat, dass die Kirche nicht der schlechteste Ort für intellektuelle Seligkeit sein muss.

… dem Kuratorium, dem Team und den Kreativgruppen von St. Petri zu Lübeck, die mich tatkräftig dabei unterstützen, eine vernünftige und einigermaßen geistreiche kirchliche Programmarbeit zu machen, meinen Partnern an der Universität, der Technischen Hochschule und der Musikhochschule Lübeck, die aus unerfindlichen Gründen meinen Beitrag zur Wissenskommunikation schätzen, sowie allen Aktiven der Citykirchenkonferenz.

… für Inspiration, Ermutigung, Hilfestellung und freundschaftlichen Rat (in alphabetischer Reihenfolge): Prof. Dr.-Ing. Stefan Bartels-von Mensenkampff, Pfarrer Andreas Cabalzar, Dr. Mirella Carbone und Joachim Jung (nicht nur wegen Nietzsche), Prof. Franz Danksagmüller, Willy Daum, Sigrid Dettlof, Ronald Doll und Andrea Wegner, Dr. Reinhard Eggers, Pastor em. Walther Gahbler, Dr. Wolfram Gentz, Robert Gernhardt †, Dr. Mark Harvey und Kate Matson, Birgit Hauf, Dr. Dorothea Hedderich, Nicole Hennecke (Friseurin und Namensgeberin einer meiner Hauptfiguren), Pröpstin Petra Kallies, Prof. Dr. Karl-Friedrich Klotz, Andreas Krohn, Prof. Dr. Joachim Kunstmann, Joanne Long und Clive Judd,

Christian Martin Lukas, Dr. Britta-Lena Matthiessen, Dr. Michael Mehrgardt, Landesbischof Ralf Meister (wohl zuständig für Alsberg), Pastorin Diemut Meyer, Michael D. Müller, Prof. Dr. Alexander Münchau (nicht nur wegen Herder), Anne Oschatz (tolle Fotosession), Antje Peters-Hirt, Dr. Hanna und Prof. Dr. Dirk Petersen, Stefan und Rita Petersohn, Uwe Reinberg, Dr. Sven-Alexander Rieper, Pastor Burchard Rüter †, Eva-Maria Salomon (und allen von VivaVoce), Max Schön, Raoul Schrott, Prof. Dr. Christoph Sigrist, Anika Stender-Sornik, Prof. Dr. Jürgen Westermann, Thomas Wiesner, Knut Winkmann, Arnold Winter und Alice Chow, Prof. Dr.-Ing. Klaus-Peter Wolf-Regett, Dr. Oliver Zybok.

… allen Buchhändlerinnen und Buchhändlern, hier nur stellvertretend: Finn-Uwe Belling, Maike Bialas, Martina Dussolier, Hannelore Adler.

… den Leserinnen und Lesern, selbstverständlich.

… meiner geliebten Esther fürs Immer-wieder-Lesen, Kommentieren, Unterstützen und tausend andere Dinge. (Nein, sie ist nicht meine Silke, sie ist eher ein bisschen meine Nicole.) Und unserer kleinen, feinen Patchworkfamilie: Michael, Anneke, Sven, Nicole, Jolina, Lara, Jürgen.

Ach, Sebastian, warum schreibe ich Dir das alles? Vielleicht weil wir beide wissen, dass es für ein Buch ganz viele tolle Menschen braucht. Menschen wie Dich, zum Beispiel.

Herzliche Grüße – in Freundschaft,
Dein Bernd
S.D.G.

QUELLENNACHWEIS

Die Bibel nach der Übersetzung Martin Luthers. Deutsche Bibelgesellschaft, Stuttgart 1984.

Die Bibel. Deutsche Ausgabe mit den Erklärungen der Jerusalemer Bibel, Herder Verlag, Freiburg im Breisgau, 16. Auflage, 1968.

Herder, Johann Gottlieb: Lieder der Liebe. Teil 1 – Salomons Hohes Lied, Leipzig 1778, S. 212–214.

Dr. Martin Luthers Evangelien-Auslegungen. Hrsg. von Erwin Mülhaupt, Vandenhoeck & Ruprecht, 4. Auflage, Göttingen 1969, S. 109.

Schiller, Friedrich von: Die Bürgschaft. In: Laufhütte, Hartmut (Hg.): Deutsche Balladen. Stuttgart 2013, S. 149.

Nietzsche, Friedrich: Über Wahrheit und Lüge im außermoralischen Sinn. In: Reclams Universal-Bibliothek, Stuttgart 2015, S. 20.

Nietzsche, Friedrich: Jenseits von Gut und Böse, Menschliches, Allzumenschliches. Werke in 3 Bänden, München 1954, Bd. 3, S. 146, S. 153.

Was geschieht, wenn zwei Menschen einen Tag verbringen,
als wäre es ihr letzter?

SEBASTIAN FITZEK

DER ERSTE LETZTE TAG

KEIN THRILLER

Livius Reimer macht sich auf den Weg von München nach Berlin, um seine Ehe zu retten. Als sein Flug gestrichen wird, muss er sich den einzig noch verfügbaren Mietwagen mit einer jungen Frau teilen, um die er sonst einen großen Bogen gemacht hätte. Zu schräg, zu laut, zu ungewöhnlich – mit ihrer unkonventionellen Sicht auf die Welt überfordert Lea von Armin Livius von der ersten Sekunde an.
Bereits kurz nach der Abfahrt lässt Livius sich auf ein ungewöhnliches Gedankenexperiment von Lea ein – und weiß nicht, dass damit nicht nur ihr Roadtrip einen völlig neuen Verlauf nimmt, sondern sein ganzes Leben!

Der Debütroman von Deutschlands Bestsellerautor Nr. 1.

SEBASTIAN FITZEK
DIE THERAPIE
PSYCHOTHRILLER

Keine Zeugen, keine Spuren, keine Leiche. Josy, die zwölfjährige Tochter des bekannten Psychiaters Viktor Larenz, verschwindet unter mysteriösen Umständen. Ihr Schicksal bleibt ungeklärt.
Vier Jahre später: Der trauernde Viktor hat sich in ein abgelegenes Ferienhaus zurückgezogen. Doch eine schöne Unbekannte spürt ihn dort auf. Sie wird von Wahnvorstellungen gequält. Darin erscheint ihr immer wieder ein kleines Mädchen, das ebenso spurlos verschwindet wie einst Josy. Viktor beginnt mit der Therapie, die mehr und mehr zum dramatischen Verhör wird…